U0636327

西安曲江文化产业资助项目

西安市政协文史资料委员会
西安曲江新区管理委员会 编

西安秦腔剧本精编

五一剧团卷

63

西安出版社

图书在版编目(CIP)数据

西安秦腔剧本精编. 五一剧团卷:全 8 册/西安市政协
文史资料委员会,西安曲江新区管理委员会编. —西安:
西安出版社,2011.10

ISBN 978 - 7 - 80712 - 839 - 7

Ⅰ.①西… Ⅱ.①西… ②西… Ⅲ.①秦腔—剧本—
作品集—中国 Ⅳ.①I236.41

中国版本图书馆 CIP 数据核字(2011)第 217422 号

西安秦腔剧本精编 ㊿   五一剧团卷

编 委 会	西安市政协文史资料委员会
	西安曲江新区管理委员会
出　　版	西安出版社
	(西安市长安北路 56 号)
电　　话	(029)85253740　邮政编码　710061
网　　址	http://www.xacbs.com
发　　行	西安曲江出版传媒股份有限公司
	(西安市雁塔南路 300 - 9 号曲江文化大厦 C 座)
电　　话	(029)85458069　邮政编码　710061
网　　址	http://www.xaqjpm.com
印　　刷	西安新华印务有限公司
开　　本	710mm × 1092mm　　1/16
印　　张	326
字　　数	4210 千
版　　次	2011 年 12 月第 1 版
	2011 年 12 月第 1 次印刷
书　　号	ISBN 978 - 7 - 80712 - 839 - 7
全套定价	1740.00 元(共 12 册)

读者购书、书店添货或发现印刷装订问题,请与本公司营销部联系。
电话:(029)85458066　85458068(传真)

《西安秦腔剧本精编》
编辑委员会名单

主　任	程群力			
副主任	段先念			
成　员	王忠义	李　元	申崇华	周斌生
	张军孝	赵文涛	雍　涛	侯红琴
	张保卫			
编　辑	冀福记	刘养民	丁金龙	陈昆峰
	倪运宏	卢　恺	雒社扬	孙见喜
	苏芸芝	江　巍	李增厚	郑升旭
	张培林	张增兰	屈炳耀	
编　务	王方伟	余水民	郑黎雯	杨益焕
	刘　建	马万霞	李晓娟	邵薇兰
	王　瑜	张丽丽	吕妮娜	芦新隆

序

西安市政协主席　程群力

　　戏剧是人类精神文化形态之一,在世界戏剧史上,中国戏剧具有辉煌的地位。周、秦、汉、唐以来,历经千百年的发展积淀,中国戏剧形成了属于华夏文明自有的、独特的艺术体系。这个体系如同一个庞大的家族,遍布全国各地。在这个大家族中,秦腔以其丰厚的文化滋养、突出的历史贡献、沉雄质朴的艺术魅力而备受尊崇。

　　关于秦腔的起源和形成问题,历来争论甚多,有秦汉说、唐代说、明代说,甚至还有更早的西周说、春秋战国说等。但相对多数的看法,趋向于秦腔形成于明代中后期,即明代说。明代说认为,社会发展的基本规律表明,一切文化意识形态的发展变化,都由当时的生产力发展状况和水平来决定。明代中期正是我国资本主义萌芽期,商品经济的产生、发展,为当时文化的发展、变革、传播、繁荣提供了较丰实的经济基础。明代说也提供了必要的实物例证和文献记载。现在能见到的最早的陕西凤翔流传下来的明代正德九年的两幅《回荆州》戏曲木板画;现存文字记载中最早能见到"秦腔"字样的明代万历年间《钵中莲》传奇抄本中标出的[西秦腔二犯]曲调名,就是

1

明代说有力的支撑。明代说的另一个支撑是比较能经得起专家、学者和秦腔爱好者以"体系"的视角作"系统论"式的考查和诘问。作为地方戏,秦腔和其他兄弟剧种一样,既有中国戏曲的共性,又有其独具的个性。共性的一面,都是以表演艺术为中心,融文学、音乐、表演、美术等各种艺术形式于一体的高度综合艺术,具有成熟的、完备的写意性、虚拟性、程式性和以"唱、做、念、打,手、眼、身、法、步""四功五法"为基本技艺手段,以生、旦、净、丑的行当角色作舞台人物,以歌舞扮演故事等这些经典的中国戏曲美学特征。个性的一面,秦腔与许多地方剧种相比,在"出身"上有着更多的原创性特征,体现在其声腔、音乐、文学、表演等基本要素与我国源远流长的原创性大文化之间,存在着直接的一脉相承的亲缘关系。这是因为,我国古代许多原创性文化,特别是诞生于周秦汉唐时期的《诗经》、秦汉乐舞、汉乐府、俳优和百戏、唐梨园法曲、歌舞戏、唐参军戏等等,都直接发生在以古长安(今西安)、咸阳为中心的关中地区,从而使这一地区成为当时全国文化最发达、成就最高的地区。根之茂者其实遂,膏之沃者其光晔。由于有这些原创性文化的滋养,更由于板腔体音乐在民间音乐和说唱文学的基础上日益成熟而引发的变革,最终造就了秦腔这个大的地方剧种,在西至陇东与银南、东至豫西与晋南、南至川北与鄂北、北至陕北与蒙南这片广袤的古秦地生根、发芽、成长,并影响到之后其他众多地方戏和京剧的产生与发展。

秦腔一经形成,就显现出卓尔不凡的气质和强大的生命力。一是秦腔长期从民间音乐和说唱艺术

《西安秦腔剧本精编》
QINQIANGJUBENJINGBIAN

中吸取营养,活跃于人民群众之中,有广泛的群众基础;二是秦腔首创了板腔体音乐结构,奠定了中国梆子戏的发展基础。从而在声腔艺术的创造方面,在剧本创作、表演艺术等多方面,凸显出不可取代的许多特点,有力地推动了戏曲艺术特别是梆子腔艺术的大发展,具有划时代的意义。

由于秦腔是诞生最早、历史最悠久的梆子腔戏曲,更由于它当时作为新的艺术形式,内容上贴近生活、通俗易懂,表现形式上好听好看、生动感人、极易流传,所到之处,除了在陕西境内形成中路、东路、西路、南路、北路五路秦腔外,还渐次流传到晋、豫、川、鲁、冀、鄂、苏、皖、浙、滇、黔、桂、粤、赣、湘、闽、蒙、新、藏等全国许多地方,并与当地民间曲调融合,对当地新生剧种的催生、成长、成熟、完善做出了重大贡献。因之它也赢得了"梆子腔鼻祖"的地位和称誉。

近百年来,秦腔表演艺术,其行当角色之全、演出剧目之多、表现手段之丰富、唱腔艺术之精湛、四功五法之规范、演出综合性与整体性之完善,都备受文艺界和城乡观众的推崇。在陕西乃至西北广大地区,秦腔与老百姓的精神生活息息相关。人们津津乐道秦腔的魅力,对心目中的秦腔演员如数家珍,特别是一提起西安城里有易俗社、三意社、尚友社以及五一剧团,更带有几分神往。相当多的人,不仅会谈到演员,还会谈起许多脍炙人口的剧目《三滴血》《柜中缘》《看女》《三回头》《软玉屏》《翰墨缘》《夺锦楼》《庚娘传》《新华梦》《伉俪会师》《双锦衣》《盗虎符》《貂蝉》《还我河山》《西安事变》等等,更会谈论

在这些琳琅满目的剧目后面,站着的一群让人们肃然起敬的剧作家:康海、王九思、李十三、李桐轩、孙仁玉、范紫东、高培支、李仪祉、吕南仲、李约祉、王伯明、封至模、马健翎、李逸僧、李干丞、淡栖山、王淡如、冯杰三、樊仰山、姜炳泰、谢迈千、袁多寿、袁允中、鱼闻诗、杨克忍等等,还有由于种种原因没有留下名姓的剧作家,以及后来四个社团中加入编剧队伍的一批新知识分子,他们用心血熬成了一个个可供世代传唱的剧本。正是有了他们幕后的辛勤劳作,才有了台前精彩的表演。西安市的四大秦腔社团易俗社、三意社、尚友社、五一剧团,前三个都跨越了两个时代、两种社会制度,其中长者年已百岁。百年以来,四个社团总计演出的剧目逾千部之多。这些剧目,有些来自明清以来的秦腔老传统、老经典;有些来自各社团根据本单位的演员和资源条件,根据时势和观众的审美需求而开展的新创作、改编或移植、整理。这些众多的秦腔剧本满足着一代又一代观众的精神需求,也在很大程度上支撑着古城西安的文化舞台。西安秦腔事业的发展,为西安、为秦腔积累了一大笔可贵的精神财富。保护、传承、弘扬这笔财富,增强古城西安的文化软实力,扩大其国内国际影响力,实在是我们应尽的历史责任、文化责任和社会责任。

从 2008 年下半年起,西安市政协与西安曲江新区管委会合作,着手策划、组织、实施《西安秦腔剧本精编》工作。这是一项大型的剧本编辑工程,收录了西安市易俗社、三意社、尚友社、五一剧团四大著名秦腔社团上自清末、下至二十一世纪初百年来曾经上演于舞台的保存剧本,共计 679 本,2600 余万字;另有 22 个内部资料本,约 65 万字。参与编辑本书的专家、学者、工作人员,面对四个社团档案室中尘封了百年的千余本三千万字的剧本稿样,其中不少含混不清、章节凌乱、缺张少页、错误多出及其他众多问题,本着抢救、保护、弘扬国家非物质文化遗产的责任感,按照"精审精编"的工作要求,专心致志地投入工作。通过收集筛选、初审初校、集中审校、勘疏补正、规划编辑、三审三校等几个工作程序,对上述文本问题和学术问题,逐一研讨、逐一明晰、逐一完善。历经三年,终于编辑了这套纵跨百年、横揽西安四大秦腔社团舞台演出本的《西安秦腔剧本精编》,了却了广大剧作家、表演艺术家和人民群众的一大心愿,对西安的秦腔文化是一个重要的回眸与总结,对未来秦腔的振兴与发展做了一件坚实的基础性工作,对此我们感到欣慰。

编辑这套剧本集,工程浩繁,工作难度大,加之时间紧,错漏不足在所难免,诚望各方面人士,特别是专家、学者、业内人士提出批评指导意见,以便修订完善。

目录

演出单位

西安市五一剧团

西安三意社

西安易俗社

鱼腹山

马健翎　编剧

剧情简介

　　明朝末年,政治腐败,经济衰败,各级官府横征暴敛,加之连年灾荒,使民不聊生,饿殍遍野,闯王李自成,自幼家贫,饥寒冻馁,对无道的大明君臣恨之入骨,遂率民起义,所到之处,铲除贪官污吏,开仓救济灾民,深得百姓拥戴。闯王部属大将刘宗敏,英勇善战,但自恃有功,骄傲自大,在剿杀恶贯满盈的知县胡荣贵后,纳胡妻王兰英为己妻,终日饮酒作乐,贻误战机,致起义军陷于被四面包围的陕、川、豫边界的鱼腹山之中。后在李自成的正确指挥下,又因王兰英谋杀刘宗敏之心败露,迫使刘杀戮了王,并拼命突围。经过起义军英勇奋战,冲出敌人对鱼腹山的包围,胜利到达河南与李信、红娘子的起义军会师。

《西安秦腔剧本精编》
QINQIANGJUBENJINGBIAN

场　目

人 物 表

胡荣贵　明家知县,贪财好利,攀高附贵,是个贪官污吏
胡　富　胡家人
练　备　明武官,凶恶残毒
二校卫　练备的武士
田　母　六十左右,苍老饥瘦
田秀贞　田母的女儿,艰苦朴实,颇有志气
田占彪　田母的儿子,青年,刚毅有胆
刘　熊　衙役头
曹　三　善良的衙役
王兰英　知府之女,知县之妻。华装艳丽甚美貌,从小娇生惯
　　　　养,只知有己不知有人,生性阴毒
翠　儿　王兰英从娘家带来的丫环,妖艳诡诈,奴性十足
吴老汉　农民
常老汉　农民
贫　民　一二三
李自成　明末农民领袖,自幼家贫为吏所迫,随高迎祥率民起
　　　　义,视推为闯王,艰苦朴素,勇敢有为
李　过　闯的将官,年二十有为,精明果断
刘宗敏　闯帐下大将,勇力过人,颇有功劳,骄傲自大
田见秀　闯帐下大将,稳健老练
马维兴　闯帐下大将,忠实,勇猛,鲁莽
闯　兵　甲、乙、丙、丁、戊、己、庚、辛
杨嗣昌　明奸臣
猛如虎　明总兵
陈洪范　明总兵
贺人龙　明总兵
赵光远　明总兵
报　子　小丑模样
明　兵　酉、子、丑、寅、卯、辰
　　　　巳、午、未、申、伍、长

第一场 横 征

〔胡荣贵红官衣,圆翅帽,八子须,小丑模样上。

胡荣贵 （念） 有钱买得鬼推磨,

无势焉能坐高官。

（坐场诗）

坐官要心狠,

心善没钱花。

钱多身自贵,

富贵享荣华。

下官胡荣贵,大明为臣,官坐七品知县,新夫人乃知府大人之女。她是千金玉体,我要好好侍候,讨得岳父大人,就能升官上达。幸喜流寇李自成、张献忠数月以来,贼势衰败,这陕南川边一带,倒还安静。不免乘此机会,吩咐三班衙役,下乡催讨剿饷。三两的加二两,五两的加三两,有钱到手,何愁夫人不喜欢,何愁下官不上达。嗯,便是这个主意。

胡 富 （胡的跟班,俗称二爷。内喊)报!

〔胡富上。

胡 富 启禀大人,上司派来武官,门外等候。

胡荣贵 （吃惊)嗯! 武官?

胡 富 正是。

胡荣贵 你没有问他是干啥的?

胡 富 那人凶怒满面,小人不敢问。

胡荣贵 （慌了)嗯! 快快有请! 快快有请!

胡 富 有请。（下）

〔武官带二校卫上。

〔练备即武官,明在各州府县设练备、练总,专练民兵。此人黑眉立眼,满脸歪肉,凶狠残毒,穿黄龙马褂,带宝剑,黑短胡须,上。

胡荣贵 大人在哪里,大人在……

〔练备傲然不理。

胡荣贵 (恭手)请到敝衙。

〔练备向一校衙摆头。

〔二校卫各挂腰刀,以后简称"子""丑",下。

〔练备进门。

胡荣贵 (随后进门)大人请坐。

〔练备落座。

胡荣贵 不知大人驾到,有失远迎。多多得罪。

练 备 胡知县。

胡荣贵 大人。

练 备 只因流寇作乱,朝廷又要征收新兵,增加练饷。上边派我驾到,来到你县,征收新兵,催收练饷。

胡荣贵 噢!原来是练备大人,失敬失敬。

练 备 各路军饷甚急,练兵也要抓紧,若有迟慢开刀问斩!

胡荣贵 大人,这却不难,只要你我能下得手,何愁无兵,何愁无钱。

练 备 我来问你,这朝廷的旨意?

胡荣贵 不敢怠慢。

练 备 公差的度用?

胡荣贵 也要宽余。

练 备 嗯,这还罢了。

胡荣贵 可有一件……

练 备 哪一件?

胡荣贵 自古常言,讲得确好,人在钱在,人去钱空。此地连年兵灾天旱,民不聊生,如果人财两空,我们还是先将剿饷、练饷催收齐全,然后再来抽兵抓人方好。

练 备 就依你的办法。

胡荣贵	这催饷逼款,有我担任,倘若黎民造反,由谁压制?
练　备	自然有我。
胡荣贵	如此甚好,你我下边从长计议了。

（唱二六）

　　　　朝廷征兵又征饷,

　　　　你我下边细商量。

　　　　咱们有兵又有将,

　　　　黎民谁敢耍强梁。

〔二人下。

第二场　卖　女

〔田秀贞扶母上。

| 田　母 | （唱慢板） |

　　　　在草堂饿得人头昏眼晕,

　　　　睁双目分不清南北西东。

　　　　我的儿出门去借米度用,

　　　　怕只怕他回来两手空空。（落座）

（绕）女儿。

田秀贞	母亲。
田　母	你看你哥哥这时候还不回来,把娘我快要（哭）饿死了。
田秀贞	母亲忍耐一时,等我哥哥回来,孩儿给你做饭。
田　母	哎！要是你哥哥借不回来米粮,咱们今天就不得过去！
田秀贞	我想或多或少总能借到一些。
田　母	哎！这年月。家家都难,人人受饿。我看无有指望,非饿死不可,非饿死不可！
田秀贞	母亲不要担心,要是借不回来,咱们再想办法,只要

我们小的活着，不能把你老人家饿死。

田　母　哎！我该死！我该死！我不死把你们也连累坏了！

田秀贞　（叫板）哎！我的母亲！

（唱二六）

母亲不要那样想，

孩儿把话说心上。

我兄妹凭你抓养大，

如今养你理应当。

〔田占彪上。

田占彪　（唱二六两句截）

家家户户嘴高挂，

两手空空转回家。（垂头叹气而进门，不知说什么好）

田　母　占彪，你回来了。

田占彪　回来了。

田　母　借到粮没有？

田占彪　母亲，孩儿把亲戚朋友都走遍了，人家跟咱一样，都没办法。

田　母　哎！有啥办法?！我还是死了好！

〔三人拭泪，沉默无语。

〔二衙役拿签、票、铁链、棍子气汹汹上。

刘　熊　（念）　收公款也收私款，

曹　三　（接念）张家穷李家也穷。

刘　熊　伙计。

曹　三　伙计。

刘　熊　来到田占彪的门上啦，这小子穷得连个啥都没有，干骨头油水不大。

曹　三　哎！田占彪穷得连个啥都没有，可怜得很。

刘　熊　管他可怜不可怜，上边催得紧，你我给他来一个霸王硬上弓，哪怕他不想办法。走！

曹　三　走。（无精打采地）

《西安秦腔剧本精编》
QINQIANGJUBENJINGBIAN

刘　熊　（连叫带进门）田占彪。

〔母等见二人进来，吓得缩作一团。

田占彪　二位宽容宽容，我们只欠下五钱剿饷银子，想办法送上就是。

刘　熊　五钱！如今皇上要练兵哩，剿饷以外，又加练饷，你家该出二两，一共是二两五钱，马上就要，迟了连我们都不得活，你看着办吧！

田占彪　二位请看，我们一家人饿了几天啦，这不是要人的命哩！

刘　熊　要命也是皇上要你的命，可不是我们要你的命。

田占彪　要了命还是个没办法。

刘　熊　哈哈，你们说了个干脆，由了你世上要王法做啥哩，我问你，有办法无有？

田占彪　二位，我实在没有办法！

刘　熊　好，你没办法了我有办法，（示意曹）捆起来！（曹三不愿上去）

刘　熊　（打曹）捆起来！（曹三只好上去，铁绳套了占）

刘　熊　拉着走！

田　母　（跪下拉刘，女亦跪下）老爷！老爷！不能把我娃拉走，我一家人凭他活命哩！

刘　熊　你交出二两五钱银子，我们就放他回来。

田　母　哎！我哪里来的钱么？

刘　熊　没有了滚开！（把母推过，向曹）拉着走！

田秀贞　慢着，你们不要把我哥哥拉走，我家有办法。

刘　熊　啥？你家有办法？

田秀贞　有办法。

刘　熊　有办法就好，（向曹）放了。（曹三去了占的铁链）

〔此时母、占呆住了。

刘　熊　不受好气的东西！快把银子拿出来！

田秀贞　这是母亲，哥哥。

田　母　女儿！

田占彪　妹妹!

田秀贞　事到如今,为了救我哥哥一条活命,把孩儿我……我
　　　　卖了吧!

田占彪
田　母　噢!(抓秀)

田　母　什么? 把你卖了,救你哥哥活命?

田秀贞　正是。

田　母　为娘我……我舍不得!

田占彪　妹妹使不得!

田秀贞　(叫头)母亲! 哥哥! 哎!

　　　　(唱)(滚白)

　　　　　　　　我叫叫一声母亲母亲!

　　　　　　　　我的哥哥! 事到如今,

　　　　　　　　眼看咱们一家人就要饿死,

　　　　　　　　官府又要款饷,哥哥被人拉走,必然受死,年
　　　　　　　　迈母亲,必然饿死。

　　　　　　　　倒不如把孩儿卖了,

　　　　　　　　留得你们二人活命,

　　　　　　　　也算尽了孩儿我的(哭)孝心了。

田　母　噢!(抓秀盯视之)为娘我(哭)……我舍不得!

田占彪　妹妹! 使不得!

田秀贞　哎咦! 说什么舍不得,使不得,卖我一人,你们能活,
　　　　若不卖我,全家都死,母亲哥哥,莫要难为,孩儿我,
　　　　哎,主意拿定了!

　　　　(唱)(紧带板扯喝场)

　　　　　　　　我这里把亲人高声叫唤,

　　　　那……那……那是哥哥! 哎!(流水)

　　　　　　　　听我把话说心间。

　　　　　　　　为了全家把我卖,

　　　　　　　　莫要难为想不开。

　　　　　　　　卖我你们留活命,

　　　　　　　　留我三人都为难。

QINQIANGJUBENJINGBIAN
《西安秦腔剧本精编》

受苦受罪我情愿，

我不愿眼看着全家死完。

（喝场三人齐唱）

田　母　（哭）女儿呵！

田占彪　（哭）妹妹呵！

〔母子三人在痛苦中沉默啜泣。

刘　熊　哎，伙计。

曹　三　（对这一家人很表同情）啥么！

刘　熊　咱们知县老爷，要给太太买丫环哩，我看这（指秀）女娃子，又伶俐又好看，咱们买下就是。

曹　三　哎！你是头儿哩，你看着办吧，我不管。

刘　熊　（向母等）哎！我们老爷要买丫环哩，把你女儿卖给我们。

田　母　嗯？

田秀贞　母亲，卖就卖了。（哭）

田　母　哎！（哭）只好卖了！

〔田占彪哭。

刘　熊　要卖几两银子？

田　母　你家老爷有钱，就给我十两银子。

刘　熊　什么，十两银子！我看你老糊涂了，这是什么年头，多少人家把女子都往河里掀哩，一个人比一个馍都贱，你晓得不晓得？

田　母　你给多少？

刘　熊　不给你多，不给你少，三两。

田　母　三两太少。

刘　熊　三两这太少，老实给你说，这是凑在一起啦，我给你碰数呢。不是坐官的有钱，百姓人家谁买得起。不卖了拉倒，还是带上走！

田　母　老爷，不要把我儿带走，我卖就是了。

刘　熊　好，你听我说，你们欠剿饷五钱，又摊练饷二两，共二两五，下余五钱，就算我们（指曹）两个人的鞋脚費咧。

曹　三　哎,哎,你不要把我说在里边,我用不起这一笔钱。

刘　熊　你不用了我用哩,看把你……

曹　三　对,你用去,我不用。

刘　熊　(向左)你请个人写一张卖人契约,拿来交我,我就把你家的交款收条给你,现在你妹子就要跟我们走。

田　母　嗯!

田占彪　还是宽限一日,明天我亲自带来。

刘　熊　不行,我这就要带。

田占彪　这就太无情了!

刘　熊　嗯!你说我无情,好,不带你妹子啦,你跟我走!

田秀贞　哥哥不要争吵了,妹妹我这就去。

田占彪　噢!(哭)妹妹!

田秀贞　(哭)哥哥!

田　母　(哭)女儿!

田秀贞　(哭)母亲!

〔三人相视,放声大哭。喝场三人齐唱。

田　母　(唱)(带板扯喝场)

　　　　　眼巴巴母女难得见,

那……那是女儿,

我的秀贞女,哎!(流水)

　　　　怎不叫人痛伤怀。

儿呀!

　　　　你不要把娘来怪,

　　　　万般出于无奈何。

田占彪　(接唱带板扯喝场)

　　　　　我这里含泪把妹妹唤,

那……那是秀贞妹,

我……我的好妹妹,哎……(流水)

　　　　为兄有话对你言。

　　　　为老娘你把自身卖,

　　　　　　为兄我,哎!……我心不安。

田秀贞　（接唱带板）

　　　　　　母亲哥哥莫流泪,（流水）

　　　　　　听我把话说心里。

　　　　　　为了全家我情愿,

　　　　　　不怨亲人单怨天。

　　　　　　你们不要把我念,

　　　　　　我若能回来自回来。

刘　熊　走!

田秀贞　（接唱）哭着哭着出门外。（出门）

　　　　〔刘、曹跟着出门,占、母跟出。

田秀贞　（扯喝场）那……那是母亲,那……是哥哥,哎……

　　　　（唱）　从此后每日泪不干。

　　　　（绕）母亲!

田　母　女儿!

田占彪　妹妹!

田秀贞　你!你们回去吧!

刘　熊　走!（推秀下,曹三亦随下）

田占彪　（遥望叫唤）妹妹,妹妹!（放声哭）啊!
田　母　　　　　　女儿,女儿!

　　　　（二人喝唱）（带板扯喝场）

　　　　　　我一见女儿离家院,
　　　　　　　　　妹妹

　　　　那……那是女儿,那……那是女儿哎!（流水）
　　　　　　　　妹妹　　　　　　　　妹妹

　　　　　　珠泪滚滚洒下来。

　　　　　　三人只留两人在,

　　　　　　母子二人好可怜。

　　　　〔二人哭下。

第三场　骄　奢

王兰英　（内叫板）（内唱）（二倒板）
　　　　花园里只觉得精神爽，
　　　〔兰英丫环翠儿轻狂地上。
王兰英　（接唱二六）
　　　　秋风儿吹来桂花香。
　　　　我的父知府大人官在上，
　　　　嫁了个知县七品郎。
　　　　自幼儿生来把福享，
　　　　千金玉体三姑娘。
　　　　但愿郎君官星旺，
　　　　富贵荣华好鸳鸯。（截）
　　　　翠儿。
翠　儿　太太。
王兰英　看什么时候了？
翠　儿　（看了一下天色）太太，日色正午了。
王兰英　把胡富给我叫来。
翠　儿　是，（出门，向下场门）胡富，胡富。
胡　富　（内喊）哎。
翠　儿　快来，太太唤你哩。（进门）
　　　　〔胡富上。
胡　富　来了。（进门）太太。
　　　　〔王兰英不理。
胡　富　太太，唤小人前来，有何吩咐？
王兰英　（傲然的，把富看都不看）现在是什么时候？
胡　富　日色正午了。

《西安秦腔剧本精编》QINQIANGJUBENJINGBIAN

王兰英　为什么还不端饭上来?

胡　富　启禀太太,老爷会客,等老爷到来,一同用饭。

王兰英　(生气)什么?

胡　富　(吓的)太太。

王兰英　什么老爷回来一同用饭,你家老爷要是今天不回来,难道教我等到明天不成?

胡　富　小人不敢。

翠　儿　不管老爷回来不回来,你快给太太端饭去,去!

胡　富　是。(下)

王兰英　哼!啥东西!

翠　儿　太太不要生气,他们这些人有眼无珠,心里只就是个老爷,(说着,另放一把椅子)太太坐在这里用饭。
　　　　〔王兰英移坐。

翠　儿　(取一块花单子,给兰往胸前披)太太,这饭单上的花儿是我绣的,你看好不好?

王兰英　(看了一下饭单上的花子,这才稍微把沉恼的脸色转变了一些)还好,就是花儿有点少了。

翠　儿　对,那我明天再绣上几朵菊花,那就更好看了。

王兰英　我不爱菊花,我爱红玫瑰。

翠　儿　对,再绣几朵红玫瑰。
　　　　〔胡富端饭上,只用一个盘子,内放酒杯酒壶就代表了。把盘子放在桌上,侍立一旁。

王兰英　(把盘内看了一下,很不乐意地)过来过去,就是这几个菜。

胡　富　太太,我常吩咐厨子多变花样呢。

王兰英　青蛙变鳖哩,越变越难看。

胡　富　太太,给你做饭的厨子,在此地要算是第一的。

王兰英　(冷笑)我没见过啥。

胡　富　太太,厨子是有名的。他做的饭很好。

王兰英　(生气拍桌)不要你多嘴!(把胸前饭单一把摔在地下)端下去,我没有福气吃你这好饭!

翠　儿　（把饭单捡起来）胡富！你少说几句！

胡　富　（跪下）太太，小人有什么不对的地方，尽管指教。

〔王兰英不理不语。

胡　富　太太！太太！

王兰英　我问你，难道世上就是个猪肉羊肉、海参鱿鱼，再就没啥吃咧？！

胡　富　太太，这是因为流寇扰乱，四路不通，很好的山珍海味，这地方来不了，花钱多少，着实买不到。

王兰英　哼！我娘家那里什么都有，偏就是你们这里什么都买不到。

胡　富　太太，知县衙门，比不得知府衙门。知府衙门官大路宽，自然什么都方便。

王兰英　住嘴！买不起就说买不起，不愿意买就说不愿意买！

胡　富　太太，小人不敢道谎。

王兰英　哼！

〔王兰英凶得不理睬，胡富跪下不敢起。

〔胡荣贵高兴地上。

胡荣贵　（唱二六）

　　　　　　练备大人真不错，

　　　　　　他的办法比我多。

　　　　　　催饷三天还不过，

　　　　　　元宝堆下几百颗。（截）

　　　　　（进门，先只看见兰和桌上摆的饭，用讨好的态度与口气）太太，你先用饭了。

〔王兰英把胡瞪了一眼，理都不理。

胡荣贵　（愣了一下）太太，谁得罪你，告诉我，我要把他结实地打！（说着向兰走去，碰着富）

胡　富　老爷！

胡荣贵　（生气）你做啥呢？

胡　富　老爷，太太嫌饭不好，我这里叩头请罪。

胡荣贵　太太嫌饭不好，你就该另做一席好饭。

QINQIANGJUBENJINGBIAN
西安秦腔剧本精编

胡　富	老爷,这里买不到山珍海味。
胡荣贵	放屁! 买到也要买,买不到也要买,把饭端下去!
胡　富	是。(灰溜溜端盘下)
胡荣贵	(视富的身后骂)混账东西! (转身嬉皮笑脸地走到兰跟前)太太,他不懂啥,你不要见怪。
王兰英	哼! 他是老爷的人,我还敢见怪。
胡荣贵	太太,这话下官我实在担当不起,下官有什么不对之处,也请指明教训,打也打得,骂也骂得,下官我决不脸红。(做搬弄样的)哎,哎,(拉兰)太太,你只管骂,你只管打。
王兰英	(把胡觑一眼笑了)看你那个样子。
胡荣贵	(见兰笑了)哈哈……
翠　儿	(也笑了)老爷真有办法,把太太逗笑了。
胡荣贵	这是太太的恩宽。(落座,坐副位)
王兰英	这几天收款收得怎么样?
胡荣贵	好,我正要告诉你,练备大人,能下毒手,三班衙役,都肯出力,银子长处很多,升官发财,就在眼前,令人可喜,哈哈……
	〔胡富内喊:"跟我来!"引秀上。
胡　富	不要哭了,见了老爷太太就叩头,记下没有?
田秀贞	记下了。
胡　富	好,等我进去传禀,(进门)启禀老爷太太,他们买了一个丫环,在门外侍候。
胡荣贵	教她进来。
胡　富	(出门向秀)进去。(下)
田秀贞	(进门用哭音)与老爷太太叩头。
王兰英	(又生气了)哪里的穷妖鬼怪。赶出去!
翠　儿	(踢秀)出去! 出去!
胡荣贵	慢着,待我观看。(站起来到秀跟前,审视了一下)这娃打扮起来,一定好看。
王兰英	我不用,我嫌脏呢。

胡荣贵　你不明白,穷人家的女孩子好使唤,翠儿。

翠　儿　老爷。

胡荣贵　带下去,给她换一身好衣服,搽粉抹胭脂,自然好看了。

翠　儿　是。(拉秀,用讨厌口气)看你那穷酸样子,不要哭了,跟我来。

〔翠与秀下。

胡荣贵　太太,这里不凉爽,你我到楼上用膳。

王兰英　(气得把身脸转过,几乎背向胡了)什么事都由你着哩。

胡荣贵　哎,又生气了,又生气了。来来来,我给你捶背。(说着给兰捶背)

王兰英　(推开胡)不要脸!（下）

胡荣贵　对对对,我不要脸。(跟兰下)

第四场　碰　石

田占彪　(内叫尖板)(唱)

　　　　　　官府抓人太可恨,

〔田占彪紧张上,流水。

田占彪　(唱)　棒打绳拴不容情。

　　　　　　急急忙忙往回赶,

　　　　　　见了母亲(截)说分明。

　　　　(进门)母亲! 母亲!

〔田母慌张上。

田　母　什么事? 什么事?(跌倒)

田占彪　(扶起母)母亲不好了!

田　母　什么事?

田占彪　官府行凶,到处抓人,咱们赶快逃走。

田　母　这……这逃出去,如……如何得了!

田占彪　母亲,说走便走,不敢等待了。

田　母　(两手抓占)儿呀! 你听我说,你……你不要管我,赶快逃走!

田占彪　孩儿逃走留下母亲一人,就要饿死。

田　母　儿呀,我快六十的人了,活够了,死了不要紧。

田占彪　母亲不要那样说,孩儿把你背上逃走。

田　母　哎! 我不去,你快去!

田占彪　(急的)母亲! 我们不能多讲话了,马上就去! (说着硬把母背起来,刚出了门转半圈)

　　　　〔明兵子手拿明晃晃大刀一口,左手拿绳一条,奔上挡住。

明兵子　哪里走?

　　　　〔田占彪将母放下,头抖。

　　　　〔练备上。

练　备　(看见情况)绑起来!

田占彪　这是为什么?

明兵子　(连打几个耳光)不准说话!

田　母　老……老……(往上走)

明兵子　去! (推母一掌,捆占)

　　　　〔田占彪几乎跌倒,吓呆了,抖头。

　　　　〔曹拉民一民二,以后简称"一""二",上。子、丑在后押着。民二有须。

练　备　怎么短了一个?

丑　　　跑咧,马上会追回来的。

练　备　哼! (向民)杀死几个,你们才晓得王法厉害。(向一)把那一个也捆在一起。

子　　　是! (将占与其他捆在一起)

　　　　〔刘熊拉一逃民,内喊:"走! 再不走,把你一刀砍了。"拉上。

刘　熊　练备大人,抓住啦。

秦腔
鱼腹山
YUFUSHAN

练　备　把狗日的给我砍了!

逃　民　(跪下祈告)老爷!老爷!饶命!我再不敢跑了。

练　备　哼!死罪饶了,活罪难免。(向子)给我割下一个耳朵来。

子　　　是!(举刀砍了逃民一个耳朵)

〔逃民大哭大叫,打滚,满脸血,吓得新兵只是哭。母吓得躲在后边不敢看。

练　备　拉下去!

〔子拉民,刘拉其他新兵,丑在后,曹难受地跟着,练压后,往下走。

田　母　(见人拉占走,扑上去拉练备)老爷!

练　备　(一脚将母踢倒)滚蛋!(下)

田　母　啊哟!(跌倒)

(唱阴司慢板)

　　　　　　　拉我儿把人的心疼烂,

　　　　　　　一家人到如今留我身单。

　　　　　　　强打了(转板)精神睁开眼,(跑起左右看)

　　　　啊哟!(起立)(流水)

　　　　　　　不见我儿在哪边。

　　　　　　　哭了声占彪儿难得相见,(拉喝场)

　　　那……那是占彪儿,

　　　娘……娘的儿,

　　　哎…………若要相逢难上难。

　　　　　　　背地里我把皇上骂,

　　　　　　　无道昏君把人杀。

　　　　　　　今日杀明日战,

　　　　　　　又要人来又要钱。

　　　　　　　到如今只丢我一人在,

　　　　　　　孤苦伶仃实可怜。

　　　　　　　越思越想越短见,

　　　　　　　倒不如碰墙头,

QINQIANGJUBENJINGBIAN
西安秦腔剧本精编

唉！死也心甘。(用力碰墙,倒地而死)

〔两个老汉上。

吴老汉 (唱二六两句截)

　　　　耳听有人放声哭,

常老汉 (接唱)急忙上前问根由。

吴老汉 老兄。

常老汉 老兄。

吴老汉 官府把占彪抓走了,老婆哭了一阵没声了,你我进去看一看。

常老汉 我也觉得有点不对,咱们进去看一下。

常老汉
吴老汉 (进门,见状吃惊,弯腰叫)占彪妈的,占彪妈的……

吴老汉 哎！说不对就不对,她当真给自尽了！

常老汉 哎！黎民百姓快要死完了！

吴老汉 老兄,(走在常跟前)咱们向这一带的左邻右舍凑几个钱,把老婆埋了。

常老汉 对。

常老汉
吴老汉 (望天作揖)老天！老天！保佑闯王快快到来,拯救万民！

〔二人下。

第五场　探　报

〔李自成的侄子李过,始终跟随自成东打西杀,少年有为,精明果断。穿白色紧身靠,戴白色英雄帽,披白底花凤袍,趋马上。

李　过 (唱尖板)

　　　　昼夜不停快如风,(一句停)

俺,李过,李闯王营下为将。奉了闯王之命,打探军

情,得知张献忠攻陷四川几个州县,打得官兵手忙脚乱。川边陕南一带,官府横征暴敛,百姓甚苦,不免回得营去,即刻报于闯王得知,就此马上,(叫板)哎,加鞭了。

(接唱)(流水)

急忙回营报军情。

马上加鞭往前进,

见了闯王说分明。(下)

第六场　传　令

〔刘宗敏,自成帐下大将,铁匠出身,勇力过人,虽然忠实憨厚,但因修养不足,常有蛮干自恃之病。自高自大,自以为有功,闹独立,违反纪律不在乎。穿黑靠,黑胡须,脸青黑。起霸上。

〔田见秀白靠黑须粉面。起霸上。

〔李过与马维兴拉短身靠架子双上,四人齐报名。

刘宗敏　大将刘宗敏。

田见秀　田见秀。

李　过　李过。

马维兴　(无须,脸色青绿,带有凶残之气,穿绿色紧身靠,戴绿色英雄帽)马维兴。

刘宗敏　请了。

其　他　请了。

刘宗敏　大王开帐,我们两下侍候了。

〔升帐乐起,四将两边侍立,先上四兵,拿长刀,再上四兵拿长柄刀,兵丁都是红包巾,白圆点花,黑短衣白边,黑白裹腿,麻鞋或牛鼻鞋。

〔李自成高鼻大眼,颧骨突出,须发丛茂,貌甚魁威,

QINQIANGJUBENJINGBIAN《西安秦腔剧本精编》

声音洪亮。头戴英雄式盔,身穿鱼白上马衣,绿裤薄靴,披素斗篷,腰挂宝剑,有武士慷慨磊落之风度。上。

李自成 （念引子）

　　　　恨大明君臣无道,

　　　　与义师拯救万民。

　　　　（坐帐诗）

　　　　自幼贫穷在家乡,

　　　　饥寒冻馁恨朝纲。

　　　　为除残暴率兵将,

　　　　千万黎民上战场。

俺,闯王李自成。陕西米脂人氏,自幼家中贫穷,饥寒冻馁。可恨大明君臣无道,苦害良民。是我为民诉苦,知县贼官将我逮捕,全凭好人相助,越狱逃走,投奔舅父高迎祥,率民起义。我与昏君崇祯苦战一十二年,所到之处开仓济贫,铲除贪官污吏,为民除害。昨日李过打探军情回报,言说张献忠在四川抢州夺县,杀得官兵手忙足乱。官府剿饷之外又加练饷,苛捐暴税,黎民痛苦不堪。不免唤众将进帐,商议军机,来,众将进帐。

众　兵　大王有令,众将进帐。

四　将　咋! 众将告进。（进帐）参见大王。

李自成　收礼,站下。

四　将　啊! 大王,唤我等进帐,哪路有差,

李自成　众将哪知,李过昨日探得军情回来,因之唤你们进帐,商议行兵之策。

田见秀　但不知军情如何?

李自成　这是李过。

李　过　在。

李自成　将军情报与众将得知。

李　过　遵命,诸位将军请听:

秦腔

鱼腹山

YUFUSHAN

（念诗句两句一顿）

> 末将领命去侦探，
> 穿山越岭渡重关。
> 献忠四川略州县，
> 杀得官兵心胆寒。
> 大明又来增饷款，
> 到处百姓更可怜。
> 黎民受苦千千万，
> 单等闯王救命还。

刘宗敏 大王，这一晌待在军中，浑身发痒，就该传一支将令，待俺杀下山去。

李自成 刘将军言之有理，乘此官兵忙于四川，我们急速发兵，进攻陕南川边一带，拯救万民，众将意下如何？

众　将 情愿前去。

李自成 好！你们站东列西听我一令了。

（唱带板）

> 坐宝帐闯王传将令，
> 大小三军听号令。
> 大明无道害百姓，
> 众家兄弟救黎民。

　　　　刘宗敏。

刘宗敏 在！

李自成 （接唱）率兵打前阵，

刘宗敏 （兴高采烈地大喊一阵）啊啦……得令！马来马来马来。

〔甲与敏递马，刘宗敏上马威风下，乙随敏下。

李自成 （接唱）再叫见秀上前听。

田见秀 在！

李自成 （接唱）你带领人马去接应。

田见秀 得令！马来。

〔丙与田递马，田见秀上马，下。丙、丁随田下。

《西安秦腔剧本精编》 QINQIANGJUBENJINGBIAN

李自成　（接唱）要把大明一马平。

二位将军先莫动，

随着大王压后营。（截）

马维兴　（闯每次传令,都想扑上去,都落了空）大王,众将出马杀贼立功,为何不让我前去!

李自成　将军不必性急,随军征杀,何愁无用武之地,呔!众将官,带马即刻动身。

〔戊给过递马,己给闯递马,庚给马递马,然后四兵向下场门排列胡同,将帅兵丁依次下场。

第七场　待　援

胡荣贵　（内叫尖板）（内唱）

听一言来胆颤惊,

〔胡荣贵慌张上。

胡荣贵　（唱）　心锤儿不噔不噔不噔地跳不停。

急忙我把练备请,

请出大人说分明。（截）

练备大人! 练备大人!

〔练备急上。

练　备　什么事?!

胡荣贵　不好了! 不好了!

练　备　什么事?

胡荣贵　这……这简直是天上降……降下来的!

练　备　什么事? 快讲明白。

胡荣贵　人……不知,鬼……不觉来……来了!

练　备　什么来了,快讲!

胡荣贵　闯王来……来了!

练　备　（警）嗯! 到什么地方了?

胡荣贵　他……他们说离……离这里才几十里。

练　备　啊哟！这便如何是好?!

胡荣贵　这……这一带并无兵……兵将,不……不得了了,不得了!

练　备　该想个什么办法?（想）

胡荣贵　快……快想办法,快想办法!

练　备　事到如今,赶快让全城黎民百姓,同新兵一起防御,死守此城。

胡荣贵　啊哟！闯……闯贼厉害,守……守不住,守不住!

练　备　督帅杨大人率领大兵,在这陕西、湖北、四川三省交界之地,他若知道闯贼到了此地,一定会前来追杀。

胡荣贵　赶……赶不上,如何是……是好!

练　备　我们守城在上边,他们攻城在下边,守他个半月二十,也就对了。

胡荣贵　这……还有,黎民百姓恨……恨我们,怕……怕不……不好好守城哩!

练　备　不要紧,有我带领新兵,哪一个不听命令,开刀便杀,谁敢违抗!

胡荣贵　大……大人,这……这就要全……全靠你……你了。

〔忽听战鼓声,二人惊怕。

胡荣贵　妈呀,来了！赶……赶快上城。

〔二人慌张急下。

第八场　进　攻

〔四兵奔上,硬砸门。

〔李宗敏上。

刘宗敏　刘宗敏,奉了大王将令,攻打此地,来到城下,待我传令,呔！众将官!

四　兵　有!

QINQIANGJUBENJINGBIAN 西安秦腔剧本精编

刘宗敏　将这座城池与我——团团包围。

〔四兵如搜门式巡视一遍下。

第九场　兵　变

〔一、占捧腹饥饿上,头上还如被抓时,只是多穿了一件红背心,二人各持短刃。

田占彪　（唱二六）

　　　　　每日不能吃饱饭,

一　　　（接唱）挨打受气太可怜。

田占彪　（接唱）怀恨在心怒满面,

一　　　（接唱）闯王到来我喜欢。（截）

　　　　占彪,你唤我到此,有什么话讲?

田占彪　咱们每天挨打受气,连一顿饱饭都吃不上,如今又要白天晚上守城,难道硬硬等死不成?

一　　　我心里有一个盼望哩。

田占彪　盼望啥哩?

一　　　（看两边）盼望闯王早一点进城来,咱们就有救了。

田占彪　听人说闯王也是穷人出身,走到处开仓济贫,杀死贪官污吏,与民除害。我们就该想个办法,把闯王迎进城来,才能报仇雪恨。

一　　　你说得很对,就怕人心不齐,董下乱子就不得了。

田占彪　你看新兵家里,都教官府迫害,人死财散,如今又受罪受饿,我想大家会齐心的。

一　　　哎哟!我不放心,百姓百姓,人心隔肚皮,谁知道咝是怎么想法。

田占彪　无论什么事,都要有人敢出头,才能干起来,你我就该暗暗和大家商议,都是可怜人,不会有什么乱子,纵然出差,死也心甘!

一	好,你有胆量,难道我就不敢,就这样办。
田占彪	如此甚好,你我分头找人,须要小心。

〔在暗鼓声中,占下下场门,一下上场门,接着占引二上,一引三上。双方互相耳语,各有表情,慢慢都走到前台。

田占彪	众位情愿不情愿?
众	情愿!
田占彪	好,我们再细细地商量一番。
三	说干就干,商量什么,马上开城!(说着要走)
田占彪	(阻三)慢着,不敢莽撞,听我讲来。伍长对咱还好,什长太恶,练备最坏。咱将伍长请来,要他跟咱们一路走。
一	倘若不从,岂不坏了大事?
田占彪	倘若不从,将他捆绑起来,然后将练备、什长骗到这城楼上,用刀砍死,联络百姓开了城门迎接闯王,诸位觉得对不对?
众	好!
三	我给咱请伍长去。(开步)
田占彪	(抓住三)记着,就说有军机相告。
三	记下了。(下)
田占彪	(向其他)今日之事,说干就干,不能三心二意。
众	听你吩咐!

〔丑上,三随之。

丑	你们唤我出来,有什么军机相告?

〔众愕然,面面相觑无语。

丑	(加疑)到底有什么话讲?
田占彪	(挺身而出)伍长!闯王乃仁义之师,为民除害,我们大众不愿守城,念你平日待我们甚好,因此不忍加害,请你跟我们一同造反。
丑	哎,这个……(犹豫)
田占彪	(持刀逼近一步)伍长!

QINQIANGJUBENJINGBIAN 西安秦腔剧本精编

〔众亦持刀围逼。

田占彪　你是明白之人,此话讲出非同小可,要你马上回答。

〔丑看众。

众　　　讲!

丑　　　也罢! 我也看不惯这些贪官污吏,情愿跟随大家。

众　　　伍长是好的!

田占彪　(向三)你叫练备、什长快来城楼,就说伍长有大事
　　　　相商。

三　　　对。(下)

田占彪　伍长,霎时他们到来,你也得动手。

丑　　　自然要动手。

众　　　好伍长!

〔练备,子,三上。

练　备　(向丑)有什么大事相商?

〔丑猛不防,不知说什么好。

练　备　(见众都在,生气地)哎! 你们为什么都集在这里,
　　　　赶快守城去!

子　　　赶快去!

田占彪　请问,我们是为谁守城?

练　备　(吃惊,大怒)你这是什么话? 嗯,你这是什么话?!
　　　　(逼问占)

田占彪　(大喊)杀!(刀随声下)

众　　　(齐大喊)杀!(连丑在内,一齐举刀将练备、子砍
　　　　倒,杀了一阵)

田占彪　众位英雄!

众　　　在!

田占彪　此地不可久待,马上纠合百姓,大开城门,迎接闯王!

众　　　迎接闯王!

〔各位所带兵刃,紧张欢呼喊"杀!"而下。

第十场 进 城

〔台左方立布城,门紧闭,一阵呐喊骚动,城门被打开。涌出占、一、二、三、丑、吴、常。众人高声呼:"迎接闯王!"等口号。

〔四兵奔上。严阵排列,敏紧张猛上,众跪下,继续喊口号。

刘宗敏 诸位父老不必下跪,站起来哈……

〔众起立,欢笑望敏。

田占彪 请问将军,你可是救民的闯王?

刘宗敏 我家大王还在后边。

田占彪 将军哪一位?

刘宗敏 我是闯王帐下大将刘宗敏。

众 噢!原来是刘将军。(打躬)

田占彪 我们新兵起义,斩了练备,联络百姓,打开城门,迎接将军进城安民。

刘宗敏 大家都是好的!但不知城中还有坏人无有?

田占彪 贼官知县还在城内未动。

刘宗敏 如此不敢迟延,小心走了狗官。你叫什么名字?

田占彪 我叫田占彪。

刘宗敏 噢!田义士,你们人熟地熟,留下一半看守城池,我们也留下一半人马看守城池,以防不测。

田占彪 愿受指挥。

刘宗敏 好!众将官。

四兵 在!

刘宗敏 一半人马把守城池,一半人也随俺进城捉拿狗官!

四兵 呵!

〔群众与敏等一拥进城,又是一阵欢呼呐喊骚动。
甲、乙、占、一留下。

甲　　刘将军留我们看守城池,须要小心。

其　他　呵!

甲　　田义士引路,咱们一同上城把守,请。

田占彪　请!

〔众齐下。

第十一场　斩　吏

〔刘、曹慌张喊叫而上,浑身抖颤。

刘　熊　知县大人! 知县大人! 快! 快……

〔胡、兰、翠、秀慌张上,都发抖,秀此时的穿戴也很好
看了,但没有翠那样华丽。

胡荣贵　什……什么事?!

刘　熊　大……大人,不……不好啦,新……新兵造反,斩
　　……斩了练……练备。

胡　等　嗯!

刘　熊　他……他们联络百……百姓,打……打开城门。

胡　等　嗯!

刘　熊　快……快跑! 就……就来了!

胡荣贵　我……我的妈呀! (急得向众,简直说不出话了)快
　　……快跑! (说着自己先要往出跑)

王兰英　(生气地把胡一把拉住)怎么,就是这样随随便便
　　跑吗?

胡荣贵　太……太太,不……不这样跑,再……再有啥……
　　办法?!

王兰英　不,我要坐轿哩。

胡荣贵　哎哟! 好! 好我的太……太呢,事……事到如今,不

	……不能坐……坐轿了！
王兰英	不行,我活了这么大,无论远近,但出门就要坐轿子,我非坐不可！
胡荣贵	天……天呀！你……你能把……把我急死！

〔忽听人声喊叫,众大惊。

| 刘　熊 | 大……大人！再……再不走……就完了！ |
| 胡荣贵 | (拉兰)快……快走！ |

〔胡、兰刚出门,两边拥上军民,敏抓住胡,丙抓住刘,丁抓住曹,其余拿刀拿斧的两边密围,兰、翠、秀躲在旁边,缩作一团,呆望,颤抖,不敢动。

刘宗敏	贼官你与我跑！
胡荣贵	(下跪叩头祈告)将军饶命！将军饶命！
刘宗敏	众位父老,这贼官该留还是该杀！
众　民	该杀！
刘宗敏	(手起刀落)去他娘的！

〔胡荣贵倒地而死。

| 丙 | 这个狗腿衙役,该杀该放？ |
| 众 | 杀了！ |

〔此时观众注意转移,胡尸溜下。

| 丙 | 看刀！(一刀砍死刘熊,刘熊倒地) |
| 丁 | 把这狗日的也砍了！(说着举刀) |

〔刘尸乘此时观众注意转移,溜下。

| 众　民 | 慢着！他是好人,不可杀伤。 |
| 刘宗敏 | 既是好人,不可杀伤。 |

〔丁放开曹。

| 曹三 | (给敏叩头)谢过大王！(然后与众列立) |
| 刘宗敏 | (发觉兰等)呔！这是什么人?! |

〔兰、翠、秀吓得跪下叩头。

| 曹三 | 这是知县的太太丫环。 |
| 刘宗敏 | 你们抬起头来,待我观看。 |

〔兰、翠抬头,秀没有抬头。

西安秦腔剧本精编
QINQIANGJUBENJINGBIAN

王兰英	（哀告而微笑地）大王，你是好人，饶了我的性命，我情愿侍候大王。
刘宗敏	（一见大喜）站起来，哈……
王兰英	谢过大王。（与翠、秀同起）
刘宗敏	（向丙）留你在这里看守，不要难为她们。
丙	遵命！
刘宗敏	众位父老！
众	刘将军。
刘宗敏	闯王说话就到，大家出城迎他进城，好也不好？
众	我们天天盼望闯王，今日来到，哪有不迎之理。
刘宗敏	好！出城迎接闯王！
众	迎接闯王！
	〔众与敏下，只剩丙、兰等。
丙	你们回到后堂。不准乱跑，哪个乱跑，定斩不饶。
王兰英	我们不敢。
丙	下去！
	〔兰等前行，丙后随，兰、翠不时后顾，齐下。

第十二场　欢　迎

〔以新兵与民众为欢迎群众，举长方形旗，上写"闯王万岁""迎接闯王""拯救万民""万民同庆"等标语，依次拥出城门，吴、常一个端盘，内有杯，一个提壶，接着甲、乙、丙、丁列队出城门。李过趓马上。

李　过	（向众观察一会儿，向四兵）怎样不见刘将军？
四　兵	有请刘将军。
	〔刘宗敏上。
刘宗敏	李将军，下马来哈……
李　过	（下马）刘将军马到成功，令人可佩！

刘宗敏	小小功劳,何足挂齿,大王何时得到?
李 过	待我回头一观,(回头翘望)远远望见尘土飞扬,大王立刻就到。
刘宗敏	大家等候了!

〔戊、己、庚、辛奔上,马随之,与过并立。

〔群众登时欢呼喊口号,所举标语,八兵亦呐喊,非常壮烈。

〔闯王跨马上,后有一人举大旗随之,上写一个大"闯"。

〔敏与欢迎者下跪,群众欢呼口号。

李自成	(非常兴愉)各位父老不敢下跪,待我下马来了哈……(下马,两手搀众)快快请起! 快快请起!

〔众起立,吴斟起酒来,常捧盘向闯。

吴老汉	请大王饮酒三杯,福禄长寿!
李自成	慢着,我李自成并无德能,各位父老如此相待,担当不起。
吴老汉	大王剿杀贪官污吏,与民除害,拯救万民,可谓百姓的救星,请饮三杯!
李自成	自成不敢享受,待我谢天谢地,保佑万民安康!(说着端过酒杯望天一举,然后洒酒于地。将杯放在盘中,向二老作揖辞退。向敏)刘将军。
刘宗敏	在。
李自成	这次出马,旗开得胜,立功非小。
刘宗敏	这是新兵起义,联合百姓,打开城门,迎接大王。
李自成	噢! 各位父老兄弟,都是英雄好汉,自成多谢了!(向众作揖)
众	大王进城用膳。
李自成	自成理应进城拜谢各位父老。(向兵将)呔! 众将军!
兵 众	在!
李自成	大部人马。城外驻下,进得城去,开仓济贫,不准动

QINQIANGJUBENJINGBIAN 西安秦腔剧本精编

用百姓一草一木,哪个违令,定斩不饶!

兵　众　记下了!

李自成　好!带马进城。(上马)

〔此时众又欢呼口号了。

〔闯先进,过、马、戊、己……依次进城,下。欢呼之声,延续在前台无人而后止。

第十三场　媚　诒

〔王兰英愁容满面上。

王兰英　(唱慢板)

王兰英在后堂惊慌意乱,

左思想右盘算心中不安。

(慢二六)

刘将军见了我笑容满面,

莫非他喜欢我美貌天仙。

跟随贼子谁情愿,

这时候单求命保全。

他来了我还得欢欢乐乐、亲亲热热、好招待,

搽粉戴花改容颜。

只是要他心中爱我多方便,

设法逃走有何难。

我这里梳洗打扮把衣换,

摆好了酒宴等他还。

(呼叫)翠儿,秀贞。

〔翠、秀上。

翠　儿　(唱二六)

立坐不安心胆颤,

田秀贞　(接唱)闯王来了我喜欢。

翠　儿	（接唱）耳听太太一声唤，
田秀贞	（接唱）即忙上前问一番。
翠　儿 田秀贞	（进门）太太有何话说？
王兰英	这是翠儿，秀贞。
翠　儿 田秀贞	太太。
王兰英	我们如今在患难之中，比不得从前，你们好比我的妹妹，我好比你们的姐姐，三人一条心，黄土变成金。（向秀）秀贞。
田秀贞	太太。
王兰英	我再不打你了，你要听我说。
田秀贞	是。
翠　儿	太太，娃我怕得很。
王兰英	你怕啥哩？
翠　儿	我怕死哩。
王兰英	我想不要紧，白天刘将军见我，他笑容满面，必然心里有意思。他若能容我，你们都能活。
翠　儿	太太，你要好好巴结人家哩。
王兰英	他是强盗贼寇，常常耍刀弄杖，说话就翻眼，翻眼就杀人，你们都要小心。
翠　儿	是。
王兰英	只要你们听我的话，把刘将军哄顺了，咱们就能想办法逃走。有一天回到我娘家知县府衙门，咱们都能享福。秀贞。
田秀贞	太太。
王兰英	你快备一席好酒宴。翠儿。
翠　儿	太太。
王兰英	点起灯来，给我梳洗打扮。
翠　儿 田秀贞	是。

〔在悠闲的丝弦奏音中，秀下，翠点着两支蜡烛，在桌

上放好一面镜子,兰对镜顾影,很得意的,翠给兰头上又加了几朵花。

〔敏带二兵上。

刘宗敏　(靠旗已去,身披大袍)

　　　　(唱)　适才我与大王军情议论,

　　　　　　　恨不得一霎时来会美人。

　　　　　　　摆摆手(向二兵摆手)众弟兄回营去吧,

〔二兵下。

刘宗敏　(接唱)(截)(进门)

　　　　　　　见美人只觉得心上开花。

王兰英　与将军叩头。

刘宗敏　唉!娘子,快快起来,快快起来哈……

王兰英　谢过将军。(起立,翠亦起立)

刘宗敏　娘子跪前跪后,莫非心里爱我?

王兰英　将军英雄出众,当世奇才,人人敬仰。(瞟目歧视)

刘宗敏　唉!娘子,你讲说什么?

王兰英　我说将军好,我爱将军。

刘宗敏　什么你爱我?

王兰英　我爱将军。

刘宗敏　唉这哈?!……

王兰英　我与将军准备一席酒宴,请将军饮酒。

刘宗敏　什么,有酒?

王兰英　有酒。

刘宗敏　好,今天跟美人吃酒,多喝他娘的几杯。

王兰英　如此将军请坐,秀贞。

田秀贞　(内应)有。

王兰英　(叫花音二六)摆酒来。

　　　　(唱)　忙吩咐丫环摆酒宴,(坐宝位)(绕)

〔田秀贞端酒盘上,摆在桌上,两边放好酒杯,将酒斟好,侍立一旁。

〔敏、兰各饮一杯,以后敏干一杯,兰斟一杯。

王兰英　（再亲自给敏斟酒，接唱）

　　　　　　将军听我把话言。

　　　　　　将军本是英雄汉，

　　　　　　兰英我心中真喜欢。

刘宗敏　（高兴得发狂了，大笑）

　　　　（唱带板）

　　　　　　丢去了小杯（摔小杯）换大碗。（指翠）

〔翠儿连忙端来一个碗放在敏前。

〔王兰英将酒倒干。

刘宗敏　（接唱）越看美人越喜欢，

　　　　　　张大了虎口往下咽。（起立，一双脚放在桌

上，两手捧碗，张开大口，一饮而尽。饮毕，有点昏沉

沉了）（截）

　　　　　　霎时间只觉得水上流船。

　　　　唉……（醉了）

王兰英　将军再饮几杯。

刘宗敏　喝够了，不想喝了。

王兰英　如此将军上床安眠。

刘宗敏　好好好，（两手招翠、贞，颠颠倒倒地）扶我上床

　　　　哈……

〔翠、贞扶敏，兰在后表示讨厌，齐下。

第十四场　相　会

〔田占彪已成为军官，上。

田占彪　（唱二六）

　　　　　　闯王兵真来有威望，

　　　　　　百姓个个喜洋洋。

　　　　　　但愿从此打胜仗，

推倒大明落安康。（截）

我，田占彪，听说妹妹现在刘将军公馆，不免去到那里相见，唉！兄妹们难免一场痛哭了！

（唱）　母亲碰死实可伤，

兄妹相见哭一场。

观见门内（往下场门处看）有兵将，

唤一位弟兄细商量。（截）

（向下场喊）哪位弟兄到这边来？

〔一兵上。

一　兵　讲说什么？

田占彪　刘将军公馆里，可有一位女子，名叫田秀贞？

一　兵　她在这里，你有何事？

田占彪　我叫田占彪，她是我的同胞姐妹，请你回去传禀，就说我要相见。

一　兵　随我来。（引占转一圈，进门）这是客厅，就在这里等候，她就来了。

田占彪　噢！麻烦你了。

一　兵　不要客气，你我都是闯王的弟兄。（下）

田秀贞　（内叫尖板唱）

忽听兄长来相见，

〔田秀贞上。

田秀贞　（唱）　想起了亲人我心内酸。（擦眼泪）

擦干了眼泪把兄见。（进门）

〔二人一愣，相视少许。

田秀贞　你，你是哥哥？

田占彪　你，你是妹妹？

田秀贞　哥哥！

田占彪　妹妹！

〔二人放声大哭。

田秀贞　（接唱）一见哥哥泪不干，

问哥哥母亲在不在。

田占彪 （接唱）妹妹莫哭听我言，

自从那日把你卖，

母亲每日泪不干。

有一天贼官兵怒气满面，

拉我当兵离家园。

一双儿女都不见，

头碰墙后她……她丧黄泉。

田秀贞 噢！（跌倒）

田占彪 （扶秀）妹妹！妹妹！

田秀贞 （唱尖板）

听罢言来浑身颤，（流水）

好似钢刀把心剜。（占、秀同放声大哭）

哭了声老娘难得见，（扯喝场）

田占彪
田秀贞 （同唱）那……那是母亲，

可……可怜的老娘，

哎……想见面难上难。

田占彪 （接唱）多亏闯王来得快，

为兄斩了狗军官。

从此世事要改变，

再也不会受可怜。（截）

田秀贞 （哭）罢了母亲！

田占彪 妹妹不必啼哭，如今闯王进城，万民同庆，我跟随众家英雄杀贼，你在这里好好侍候刘将军，我们从此以后，再不愁吃愁穿了。但不知他们待你如何？

田秀贞 刘将军未来以前，他们常常将我随便打骂，自从刘将军到来，太太打算逃走，对我要好，想让我同她一条心。

田占彪 妹妹，你就该将此事告诉刘将军。

田秀贞 刘将军同那女人，每日吃酒欢乐，不离左右，我不敢开口。

田占彪 妹妹，刘将军乃是闯王帐前第一大将，他替咱们报

QINQIANGJUBENJINGBIAN 《西安秦腔剧本精编》

仇,是咱们的恩人,你要小心。倘若那女人有啥不良之意,千万不敢隐藏,有话就说,牢牢记下。

田秀贞　刘将军脾气不好,我有些害怕,哥哥的话我记下了。

田占彪　记下了好,为兄有公事在身,改日再见,我就去了。

田秀贞　哥哥常来看我。

田占彪　自然要来的,妹妹请回。(出门,下)

田秀贞　(送占、叫板)嗯!

　　　　(唱二六)

　　　　　　秀贞心中细思量,

　　　　　　那女人本是坏心肠。

　　　　　　刘将军爱她我不敢讲,

　　　　　　这件事倒叫我难得下场。(截,下)

第十五场　调　兵

〔猛如虎盔靠整齐,脸色青红,红张口,起霸上。

〔陈洪范盔靠整齐,本色脸,黑三绺,起霸上。

猛如虎　(报名)总兵猛如虎。

陈洪范　(报名)陈洪范。

猛如虎　将军请了。

陈洪范　请了。

猛如虎　督师升帐,你我两厢侍候。

陈洪范　请。

　　　　〔四兵寅、卯、辰、巳举标旗依次上,又四兵午、未、申、酉举龙旗依次上。

　　　　〔杨嗣昌。黄蟒,黄靠,帅盔,奸雄脸,黑满口,坐帐。

杨嗣昌　(念)　位列大臣掌兵权,

　　　　　　　满朝文武谁敢言。

　　　　　　　统率各路兵和将,

不灭流寇誓不还。

(报名)俺,剿贼督帅杨嗣昌。崇祯驾前为臣,只因前督熊文灿战流贼不胜,崇祯大怒,将他下狱论死,因之奉王旨诣,统率各路兵将,剿灭流寇。是我追杀张献忠,将儿赶走,可恨闯贼李自成,盘踞陕南川边一带,这贼胸怀大略,不可小量,若不剿灭,终为大患。我已令人侦察敌情,为什么还不见到来。

〔报子将巾,就褂,小丑模样。内喊"报!"上。

报　子	(念)	探得军情事,
		报与杨督师。

杨嗣昌　站下。

报　子　呵。

杨嗣昌　命你侦察敌情,怎么样了?

报　子　大人容禀,闯贼盘踞陕南川边一带,贼军大将娶妻纳妾,贪酒作乐,士兵游游荡荡,不见操练。

杨嗣昌　什么?贼军大将娶妻纳妾,贪酒作乐,士兵游游荡荡,不见操练?

报　子　正是。

杨嗣昌　(狂喜)哈哈,嘿嘿,这……哈……

报　子　元帅发笑为何?

杨嗣昌　是你非知,贼军娶妻纳妾,贪酒作乐,本帅我正好将儿一扫而剿灭。

报　子　元帅,末将我有计献上。

杨嗣昌　你有何妙计?

报　子　元帅,(看两边)这耳目甚众。

杨嗣昌　嗯,明白了,(向众)左右暂时避过。

兵　众　呵!(背站)

杨嗣昌　(向报)快快讲来。

报　子　元帅容禀,闯贼大将刘宗敏,宠爱知县胡荣贵之妻王兰英,王兰英乃知府大人之女,小人侍候王大人多年,同那王兰英相识,小人情愿设法去见王兰英,要她劝说刘宗敏投降,若能成功,李自成大势已去,何愁不灭。

杨嗣昌　计倒是好计,你有此胆量?

报　子　小人敢去。

杨嗣昌　好!若能成功,大家有功。少将听令。

报　子　在。

杨嗣昌　命你乔装打扮,混在贼将刘宗敏营中,刘宗敏若肯投降,大大有功;刘宗敏若不投降,设法将儿害死,也算大功一件,马上就去。

报　子　得令。(下)

杨嗣昌　左右。

〔众应,众将进帐。

猛如虎
陈洪范　呔,告进,参见大人。

杨嗣昌　站下。

猛如虎
陈洪范　呵,大人将我等唤进帐来,哪路有差?

杨嗣昌　适才探子报到,言说李自成盘踞陕南川边一带,军中大将娶妻纳妾,贪酒作乐,士兵游荡荡,不见操练。我想闯贼必然不知四川张献忠退下,安然无虑,不做准备,正好一鼓剿灭。

猛如虎
陈洪范　大人高见,若有分派,愿从军令。

杨嗣昌　如此甚好,我即刻行文调动河南、四川、陇东各地总兵,暗暗从东南西将贼包围。你二人兵分两路,由北南下,将闯贼四面团团包围,谅儿飞走不脱。

猛如虎
陈洪范　我等情愿前去。

杨嗣昌　二将听令。

猛如虎
陈洪范　在。

杨嗣昌　你们各带人马,兵分两路,人低声,马摘铃,不分昼夜,紧急行军,会同各路总兵,将贼包围,一鼓消灭,

违令者斩！

猛如虎
陈洪范 得令,马来。(二人上马,猛由下场门下,寅、卯随去,陈由上场门下,辰、巳随之)

杨嗣昌 众将已去,不免即速调动各路总兵,剿灭群贼。(发狠地)我可莫说李自成,闯贼！儿有多大本领,竟敢消闲无事,这一回杨老爷将儿团团包围,内外夹攻。若不将儿生擒活捉哪,哎,誓不为人也！

(唱带板)

骂一声李自成儿好大胆,(离帐位)

儿焉敢不准备游荡安闲。

这一次暗调兵灵机应便,

不杀贼杨老爷誓不生还。

〔四兵侍立,杨下,四兵依次下。

第十六场 转 移

〔李自成带四兵上。

李自成 (唱慢带)

杨嗣昌各路调兵将,

四面包围要提防。

将身儿打坐中军帐,

众将到来细商量。

〔田、马上。

田占彪 (唱) 大王有令把我请,

马维兴 (接唱)(截)

进了宝帐问分明。

田占彪
马维兴 参见大王。

李自成 收礼,坐下。

田占彪 马维兴	谢坐。

〔李过气愤愤地上。

李　过 （念）　可恼刘宗敏，
　　　　　　　贪酒误军情。

　　　　　大王！刘宗敏酒醉昏昏，卧床不起。

李自成　什么，刘宗敏酒醉昏昏，卧床不起？

李　过　正是。

李自成　难道他敢不来？

李　过　是我再三催促，他才动身。

李自成　这就不对了。

李　过　大王！刘宗敏身为大将，大部人马由他所管，每日吃
　　　　酒作乐，士兵不操练，耽误军机大事，如今我大军被
　　　　人包围，就该问罪。

李自成　哎，事已如此，只有先议御兵之策，然后从长计议。

〔刘宗敏披袍，萎靡上。

刘宗敏 （念）　正在抱头睡，
　　　　　　　偏要议军情。

　　　　　参见大王。

李自成　坐了。

刘宗敏　谢坐。

〔其他三将互相谨让，独敏大模大样落座，过、马见
之，有不平之气。

李自成　众位将军。

众　　　大王。

李自成　只因我们疏忽大意，奸贼杨嗣昌，暗暗调动各路兵
　　　　将，四面包围而来。因此请来你们，共同商议应付
　　　　之策。

刘宗敏　咳！这今日跑，明日战，何日才能推倒大明？

李　过　刘将军！你身为大将，饮酒贪杯，耽误军事，侦察不
　　　　明，防备不周，到了如此境地，竟然敢在大王面前出
　　　　丧气之言，真正岂有此理！

秦腔

鱼腹山

YUFUSHAN

刘宗敏　（怒）李过，小孺子！想我身为大将，百战百胜，只喝几杯烧酒，你提来提去，难道教我怕你不成。

马维兴　呔！刘宗敏！你每天抱着老婆睡觉，误了大事，还敢口出大言，俺便不服！

刘宗敏　你是什么东西，焉敢多言！着打！（说着上前扬拳要打）

马维兴　说打便打！（也上扬拳相迎）

李自成　（生气起立）走！

　　　　〔敏、马拱手侍立。

李自成　宝帐之内，岂容尔等抢锤打架！（坚决果断，非常愤慨地）众将听令！

四　将　（起立拱手）在！

李自成　事关紧急，此地不能停留，各路军马，轻装速快，即刻向东撤退，明日鱼腹山会齐，分兵拒敌，军法严重，违令者斩！（说毕，瞪视众将一会儿下）

　　　　〔敏瞪过，马，过、马亦瞪敏。众依次下，敏表示非常气愤而不愉快。

第十七场　离　间

　　　　〔王兰英上。

王兰英　（唱二六）

　　　　　　王兰英背地里微微笑，
　　　　　　听说官兵来到了。
　　　　　　白天晚上等几会，
　　　　　　脱离了强盗向外逃。

　　　　〔翠儿上。

翠　儿　（唱二六）

　　　　　　太太命我找百姓，

问下地方好藏身。

这里的百姓一个一个都把闯王当神圣，

我不敢开口把话明。（截）

　　　　太太。

王兰英　你回来了？

翠　儿　回来了。

王兰英　老百姓哪一家可靠？能让咱们藏身躲避。

翠　儿　我出去找了好几家老百姓,他们口口声声闯王好,闯王好,把闯王亲热得跟自己人一样,藏身之事,我连提也不敢提。

王兰英　哎！这怎么办,咱们早不能逃脱,你看官兵来了,我最怕闯贼这里待不住,东奔西跑,山高路远,苦得要命,那我就不得活了。

翠　儿　太太,他们要走的话,你教他们把你留下,咱们就有办法。

王兰英　哎！刘宗敏讨厌万分,把我缠得紧紧的,一时儿都不离开,他还能把我留下。

翠　儿　太太,我看刘宗敏肯听你的话,你哭得不去,他就会留你的。

王兰英　你才是个傻瓜,刘宗敏见我对他好,因之听我的话,要是我不愿跟他去,贼娃子生了气变了脸,娃呀,（叫板）他说话就会杀人的。

翠　儿　哎！那我也就没办法了。

王兰英　（唱二六）

　　　　　　　听罢言来心烦闷,

　　　　　　　一时不能脱牢笼。

　　　　　　　怕只怕贼子把我引,

　　　　　　　那时间活活地急煞人。

　　　〔报子黑道袍,毡帽,上。

报　子　（唱二六两句截）

　　　　　　　奉了督师机密令,

乔装打扮到贼营。

我，余向荣，奉了督帅杨大人之令，假装王兰英表兄，来在刘宗敏营下探亲，设法劝说刘宗敏投降，前门让我进来，来在后院，（看）待我喊叫翠儿。翠儿，翠儿。

〔兰、翠听音一愣。

翠　儿　太太，有人叫我呢。

王兰英　我也听见啦。

翠　儿　口音熟熟的。

王兰英　快去看他是谁？

翠　儿　是，（出门）谁叫我呢？

报　子　你是翠儿？

〔翠儿一愣，审视之。

报　子　你连我也认不得啦？

翠　儿　噢，你是余向荣，快快进来，快快进来。

王兰英　噢，向荣来了。

报　子　（随翠进门，向兰行礼）姑娘见礼了。

王兰英　快快坐了，快快坐了。

〔翠儿连忙给报子放凳子。

王兰英　梦也梦不到你会来的，真是大喜。你是怎样来的？

报　子　知府王大人，惦念姑娘，让我到处访问，是我假装你的表兄，前来投亲，但不知姑娘可好？

王兰英　（长叹）哎，好啥哩，为了留一条活命，勉强跟随贼子，千愁万绪，恨不得插翅脱逃。

报　子　姑娘，听说刘将军待你甚好，为什么还想脱逃？

王兰英　你讲这话，我就不明白，想我是千金玉体，岂肯跟随贼人强盗受罪。

报　子　（遮手表示满意）姑娘，我有机密大事相告。

王兰英　有话讲讲。

报　子　嗯？（目视翠）

〔王兰英见状也看翠。

翠　儿　（随机应变）太太,你们谈话,我到后边搞饭去。（拟走）

王兰英　不要走,都是自己人,快快讲来。

　　　　〔报子示意门外。

　　　　〔三人出门分两头看毕。

王兰英　翠儿站在门外留神。

　　　　〔兰、报子进门。

翠　儿　是!

王兰英　四下无人,快讲。

报　子　姑娘! 我不是从知府大人那里来的。

王兰英　你从哪里来的?

报　子　只因我爱习拳棍,知府大人把我举荐在督师大人帐下使用。是我奉了杨大人密令,前来见你,劝说刘宗敏投降,若能成功,闯贼不战自灭,那时你我升官发财,享不尽荣华富贵。

王兰英　刘宗敏忠心闯王,我不敢开口。

报　子　现在杨督师暗暗调动各路大军,将贼团团包围,我们不敢性急,先要挑拨离间,要他将帅不和,单等贼兵到了危急之处,那时再开口,管保成功。

王兰英　你说得很对,只是今日闯贼请刘宗敏议论军情,倘若他们马上要离开这里,这便如何是好?

报　子　他们若离此地,必然从小路而走,你要向刘讨好,要求推车坐轿,从大路行军,这样刘宗敏犯了军令,一步一步就来了。

王兰英　（想了一想）嗯,我自有办法。

报　子　但不知将我如何处理?

王兰英　你要侍候我们,不离左右,难免委屈一时了。

报　子　只要成功,这有何妨。

王兰英　好,附耳来。

　　　　〔报子走进兰身,王兰英向报子耳语。

报　子　（点头）（内兵呐喊）（连忙进门）太太,刘将军回来了。

〔王兰英向翠耳语，翠引报子下后又上。敏气愤愤地
带二兵上。

刘宗敏　（唱带板）

　　　　宝帐里众将把我骂，

　　　　气得人阵阵咬钢牙。

　　　　回营来只得把令下，

　　　　我不敢无故地（截）抗军法。（摆手）

〔二兵下。刘宗敏进门。

王兰英　（起立迎上，笑容可掬）将军回来了。

刘宗敏　（无精打采地）回来了。

王兰英　将军请坐。

〔刘宗敏无语，落座，低头。王兰英见状狐疑，示意
翠。翠儿急忙端上茶来，跪在敏身前，举手捧之。

王兰英　将军请来用茶。

刘宗敏　我不想用，端下去。

〔翠儿起立，将盘放在桌上，侍立兰旁。

王兰英　（更狐疑）将军，闯王请你过去，有什么军情大事？

刘宗敏　（长叹一声）咳！

王兰英　将军为何长吁短叹？

刘宗敏　可恨那李过娃娃、马维兴小儿，竟然在大王面前，埋
怨我贪酒作乐，令人可恼。

王兰英　依我看来，这就是他们的不对，将军你英雄无比，第
一好汉，功劳最大，他们算得了什么？

刘宗敏　（越上劲了）哼！这些东西，真来不晓得天高地厚？

王兰英　闯王就该把他们教训教训才是。

刘宗敏　是我心中火起，扬拳要打，大王大怒，将我们喊住了。

王兰英　难道闯王就没有把他们训一顿吗？

刘宗敏　训是训了，连我都在内。

王兰英　（冷笑）依我看来，亲不亲一家人，李自成、李过，人
家是叔侄哩，你这姓刘的将军，拼来拼去，到老也不
得出头。

《西安秦腔剧本精编》
QINQIANGJUBENJINGBIAN

刘宗敏　夫人,你不晓得,大王待人宽厚,并无私情,不敢这样讲话。

王兰英　对,我不晓得,不说咧。(叫喊)秀贞!

〔田秀贞内喊:"来了!"上,进门立敏旁。

田秀贞　夫人唤我,有何吩咐?

王兰英　把酒席摆起来。

田秀贞　是。(拟下)

刘宗敏　慢着,顾不得吃酒了。

〔田秀贞停住了。

王兰英　将军有什么要紧事?

刘宗敏　你们哪里晓得,杨嗣昌狗娘养的,调动各路兵将,四面包围,大王传下将令,全军立刻行动,我们马上要走。

王兰英　(大吃惊)嗯!将军,我想杨督师不会就到,我们还是待在这里,什么都方便。

刘宗敏　军令如山倒,焉敢违抗。不必多言,赶快轻装打扮,要从小路穿山而过。

王兰英　嗯!(着急地)

〔翠儿给兰示意,不要跟随。

王兰英　将军,我实在受不了那上路的罪苦,还是把我留下。

刘宗敏　(惊)什么?!(瞪视兰)把你留下?

王兰英　将军!把我留下!

刘宗敏　夫人!我舍不得你,难道你就舍得离开我么?!(回过头去)

王兰英　(有点害怕)将军!我也舍不得你,我也舍不得你!

刘宗敏　(不转过脸来)不必多言,速快一同起程。

王兰英　将军,刚才讲话,总想把你留下,既是将军非走不可,我怎能舍得离开将军。只有事一件。

刘宗敏　(不生气了)夫人,哪一件?快快讲来。

王兰英　将军,你看我从小在富贵人家长大,单会坐轿不能跨马,翠儿秀贞也得坐车,多带些行装,一路才能方便。

刘宗敏　小路行车,翻山过岭,只能骑马,车轿万万使不得。

王兰英　官兵还远,将军有兵有将,走大路谅也无妨。

刘宗敏　官军有什么可怕,只是误了军期,军法不容,夫人,骑
　　　　马!骑马!

王兰英　将军是第一大将,就是误了军期,我想闯王也不好意
　　　　思难为将军。

刘宗敏　夫人,千言万语,军令事大,车轿万万不能。

〔王兰英急得不知怎么好。

〔翠儿向兰耳语,教兰下跪,教兰哭求。

王兰英　哎!(哭)我的将军!

（唱二六）

　　　　　　王兰英来泪满面,(走到敏前下跪)

　　　　　　双膝跪倒把话言。

　　　　　　咱二人欢欢乐乐多恩爱,

　　　　　　好夫妻怎忍两分开。

　　　　　　小路穿山不方便,

　　　　　　坠落深沟命难全。

　　　　　　将军你要(推揉敏,哭诉)多怜念,

　　　　　　奴不愿死在了你的前边。(两手揉眼,摇身撒
　　　娇哭)

〔兰下跪时,翠亦随跪,秀亦跪。

刘宗敏　(被感动了)呵!

（唱带板）

　　　　　　见夫人跪倒地要跟我走,

　　　　　　舍不得离开我珠泪交流。

　　　　　　罢罢罢我只得行军大路,

　　　　　　误了期谅大王(截)他岂能砍头。(扶兰)

　　　　　　夫人,不要哭了,我听你的话,听你的话!

王兰英　多谢将军。

刘宗敏　哒!众将官。

〔八兵呐喊拥上,站立两旁。

〔内起义新兵至少要有三名,而且占非有不可,占应
　与另一兵在服装上是军官模样。

刘宗敏　你们抬轿的抬轿,推车的推车,大路行军,马上起程。

田占彪　刘将军,形势如此紧急,小路行军,身离险地,大路行
　军,甚是危险。

刘宗敏　我带有家眷,小路有些不便。

田占彪　事到如今,还是军事为要。

刘宗敏　住口! 我征战多年,什么不知,什么不晓,不必多言,
　听我一令了。

〔在浪头与丝弦过门中,最后二兵,一个举轿上,一个
　推车上。

刘宗敏　(唱带板)

　　　　　三军们推过车和轿,

　　　　　大路行军向东跑。(马声尖叫)

刘宗敏　(接唱)耳听得战马连声叫,

　　　　　(向兵)马来,马来。

〔敏上马时,兰入轿,翠、秀上车。

刘宗敏　(接唱)俺人高马大称英豪。

〔众兵列胡同,轿、车、敏依次下。占等非常不愉快。

第十八场　等　待

〔四兵,田、过、马上列雁字排,按理四兵应是戊、己、
　庚、辛,但如演员互相轮用,那就不一定了。

〔李自成穿斗篷与戴风帽,色宜赭,跨马上。

李自成　(唱带板)

　　　　　三军们催马往前赶,(众列立两边)

　　　　　(到中间)(接唱)

　　　　　千万人马紧相连,

坐定了雕鞍用目看，

（张望）（截）

群山林立在眼前。

众　　　来到鱼腹山。

李自成　下马歇憩。（下马）

〔三将亦作下马势。

李自成　田将军。

田见秀　在。

李自成　命你巡哨一周，查看大小三军是否到齐。

田见秀　得令！（下，复上，有紧张的神色）启禀大王。

李自成　讲！

田见秀　刘宗敏所部人马，全军未到！

李自成　（吃惊）嗯？

〔过、马亦惊。

李自成　为何不见探报！

三　将　单听一报！

〔探子内喊："报！"急上。

探　子　（向闯跪报）启禀大王，刘将军随带夫人丫环，拉车
　　　　坐轿，走了大路。

李自成　什么？刘将军走了大路？

探　子　正是。

李自成　再探再报！

探　子　得令！（急下）

李自成　哎呀刘将军，刘宗敏，竟敢小视军令，私自行动，看在
　　　　其间好不气！气！气煞人也！

李　过　大王！刘宗敏拖泥带水，由大路而走，必然不能早
　　　　到，形势如此紧急，不敢停留，我们只得丢他不管，速
　　　　快行军。

马维兴　大王！老刘这黑小子不能用了，叫他滚蛋！

李自成　哎！虽然如此，念起刘宗敏随同大家苦战多年，勇冠
　　　　三军，立功不小，岂肯将他放弃，我们只有兵扎鱼腹

QINQIANGJUBENJINGBIAN 《西安秦腔剧本精编》

山,马上派人催促才是。

李　过　行军之事,贵在神速,在此等候,小心全军受难。

李自成　事已至此,岂能不等。

马维兴　大王,待我马上加鞭,将那黑小子拉了回来。

李自成　你太得鲁莽,惹下是非,越发地麻烦了,去不得。

马维兴　唉!

李　过　待我前去!

李自成　你与刘将军常常争论,不用你去。田将军听令!

田见秀　在。

李自成　命你快马加鞭,速调刘将军改变轻装,催动人马与大
　　　　队相会。

田见秀　得令! 马来。(上马急下)

李自成　众将官!

众　　　呵!

李自成　鱼腹山安营下寨,小心防范。

众　　　呵!（下）

　　　　〔过、马不离闯左右,闯向上场门翘望后,神情不悦,
　　　　下,过、马随之。

第十九场　密　围

　　　　〔猛持大刀,带兵寅、卯、辰、巳;陈执长枪,带兵午、
　　　　申、酉一拥而上,照面盘旋而后立定。

猛如虎　总兵猛如虎。

陈洪范　陈洪范。

猛如虎　请了。

陈洪范　请了。

猛如虎　奉了督师杨大人之令,暗暗剿杀闯贼,贼兵现在鱼腹
　　　　山扎营,正好四面包围,你我再向前推进。

陈洪范	慢着,将军,探子报道,刘宗敏随带妻小丫环,乘车坐轿独自由大路东逃,你我趁他不防,追下山去,杀儿一个片甲不回。
猛如虎	将军不可,擒贼先擒王,射人先射马,督师杨大人一心要活捉李自成,刘宗敏另有安排。眼看闯贼到了绝地,你我不敢打草惊蛇。速快传令,严密包围。
猛如虎 陈洪范	哒!众将官。(各向各兵)
众	有。
猛如虎 陈洪范	人低声,马摘铃,层层包围鱼腹山。
众	呵!(在暗鼓声中,分两头下)

〔贺人龙带兵寅、卯、辰、巳拥上。

贺人龙	(凶面黑须全副盔靠,手持大刀,报名)俺!总兵贺人龙。接得督师紧急命令,南面围杀闯贼。哒,众将官。
众	有。
贺人龙	人低声,马摘铃,向北推进,牢牢把守各路险要之地。
众	呵!(齐下)

〔赵光远带兵午、未、申、酉一拥而上。

赵光远	(黑须平面,全副盔靠,报名)俺!总兵赵光远。奉了督师紧急命令,东西围剿闯贼。众将官。
众	有。
赵光远	人低声,马摘铃,暗暗推进。
众	呵!(齐下)

QINQIANGJUBENJINGBIAN
西安秦腔剧本精编

第二十场　催　促

〔占、甲、乙、丙、报子、一、二、三,兰、翠、秀上。兵列雁字排,轿、车立兵前。如果演员分配不来,兵中只上占、甲、乙、丙、一报亦可。

〔刘家敏风帽、斗篷、跨马上。

刘宗敏 （唱带板）

狂风不住地吹云动,

〔众转动,列立两边。

刘宗敏 （到台中接唱）

人高马大显威风。

正在催马往前进,

翠　儿 启禀将军。

刘宗敏 （接唱）（截）

忽听丫环禀一声。

翠　儿 启禀将军,我们就该憩息憩息再走。

刘宗敏 还敢憩息,快走。

翠　儿 夫人没有上过长路,如今累得头昏得要紧,还是憩息憩息,怕啥哩。

刘宗敏 好,众将官。

众 有。

刘宗敏 就在这大路旁边憩息一时再走。

众 呵。

〔占与另一小军官,非常忧虑而气愤地互相视望,都就地落座。

〔敏下马,兰下轿,翠、秀下车扶兰,兰装得精神难支,连头也抬不起来。

刘宗敏　（见兰状,赔笑）夫人请坐。

〔敏、兰落座。

刘宗敏　夫人怎么样了？

王兰英　（呻吟的口气）将军我浑身疼痛,头昏得要紧。

刘宗敏　夫人受苦了。

王兰英　跟随将军受苦,我是情愿的,单怕我身体不好,每天上路,累死我倒不要紧,我实在舍不得将军。

刘宗敏　夫人不要啼哭,有我刘宗敏担当,岂能教你受罪,夫人,放心上、放心。

王兰英　哎！再不能多走路了。

一　兵　（就是随敏兵亦可）报。（走上）启禀将军!

刘宗敏　请！

一　兵　田将军手执令箭来见。

刘宗敏　夫人,你们躲避一时,快快有请。

〔兰、翠、秀同下,轿、车随之。

一　兵　有请。

〔刘宗敏迎上去。

〔田带二兵,手执令箭上。

刘宗敏　那是田将军。

田见秀　刘将军。

刘宗敏　请坐。

〔二人分宾主而坐。

田见秀　刘将军,你怎么走起大路来了？

刘宗敏　是我随带家眷,小路不能走。

田见秀　刘将军,这是什么时候,还敢大路行军,倘有不测,如何是好!

刘宗敏　我带千军万马,谅也无妨。

田见秀　刘将军,岂不知军令如山倒。你独自大路行军,岂不要误了军期。

刘宗敏　迟到一天两天,算个什么。（傲慢不逊,目中无人）

田见秀　嗯？刘将军,你还是去了车轿改变轻装,即速追赶大

QINQIANGJUBENJINGBIAN

队才是。

〔此时兰、翠从旁上偷听。

刘宗敏　我有家眷,不能轻装。

田见秀　家眷事小,军机事大。

刘宗敏　你倒算了吧! 我问你,你把你的新夫人丢下无有?

田见秀　虽然未曾丢下,她也是骑马随行,并不坐轿。

刘宗敏　哼! 你的骑马,我有坐轿,你也不比我强多少。还来夸口。

田见秀　(起立,严肃郑重地)刘将军! 形势紧急,闲言少叙,只因你走了大路耽误军期众将不满,口出怨言,这是大王命令箭,命你改变轻装,即速赶到,我就去也! 马来!

〔一兵递马,田见秀上马。

刘宗敏　(走上)田将军,田将军。

〔田见秀未理,急下,二兵随田下。

刘宗敏　(又急又气)这! ……(落座)

〔兰、翠上。

王兰英　将军,为什么他们常常对你不满?

刘宗敏　平日李过、马维兴对我不满,如今这田见秀也来了,令人好气!

王兰英　众将对将军如此无理,将军若不小心提防难免后患。

刘宗敏　哼! 大料他们将我不敢怎样?

王兰英　将军如此英雄,常在人家下边,由人家摆弄。也不是办法,还是自己打天下好。

刘宗敏　夫人,你不晓得,我随闯王征战,几次性命危险,大王不顾生死,救我活命,大王对我恩重如山,我岂忍离开大王。

王兰英　什么恩大恩小,我看还是谁大了谁好,什么时候,我把你也叫大王,我才喜欢呢。

刘宗敏　这次到了鱼腹山,众将若要对我无理,俺便不跟他们前去,看谁把我能怎样? (说着将令箭用力摔下)

王兰英　将军说得很对,哪里都能升官发财,何必常常受人家的气。

刘宗敏　夫人,闲言不提了,赶快起程,众将官。

〔众正在背坐,登时立起转身列立,车、轿亦在。

众　　有。

刘宗敏　马上起程。

　　　　(唱带板)

　　　　　　恨众将都来把我怨,

　　　　　　刘宗敏心中不耐烦。(招一马)

　　　　　　来来来与我把马带,(上马)

　　　　(兰上轿,翠、秀上车,众列侍)

刘宗敏　(接唱)大军走向鱼腹山。(下)

〔众依次下。

第二十一场　开　道

〔八兵甲、乙、丙、丁、戊、己、庚、辛,其余一名可为三,过、马、闯上。

李自成　(焦急唱)

　　　　　　贼官兵旌旗山头绕,

　　　　　　不见宗敏好心焦。

　　　　　　田将军为何也不到,

　　　　　　李自成浑身似火烧。(落座)

〔过、马亦坐两旁,低头闷闷不语。

〔田见秀上。

田见秀　(唱)(紧二六两句截)

　　　　　　可恨宗敏太无理,

　　　　　　自高自大把人欺。

　　　　　　参见大王。

李自成　噢,田将军你回来了?

田见秀　回来了。

李自成　可曾看见刘宗敏?

田见秀　我与刘宗敏大路相遇。

李自成　噢,见到了就好。

田见秀　是我将大王命令告诉与他,我便回来了。

李自成　他为何还不见到。

田见秀　我想他不敢不回来。

李自成　嗯,田将军,你就该同他一起回来。

田见秀　那人出言不逊,令人难以忍受。

李　过　大王! 刘宗敏私走大路,误了军期,派去大将相催,
　　　　　还敢出言不逊,莫非他要造反?

马维兴　大王! 我看这黑小子把心变了,待我前去把狗日的
　　　　　杀了!

李自成　哎! 你们太着急了,我就不信他能不回来。

田见秀　刘宗敏不至于不回来。

李　过　刘宗敏大有不回之势。

马维兴　我看这黑小子跑了,可惜多少人马!

　　　　　〔探子内喊"报"! 闯等惊。

　　　　　〔探子上。

探　子　启禀大王,刘将军到。

李自成　什么,(面有喜色)刘将军到了?

探　子　正是。

李自成　(严肃)命他快来见我。

探　子　是。(下)

马维兴　(在探子往下跑时说)这黑小子还有良心。

　　　　　〔刘宗敏上。

刘宗敏　(念)　心中有主意,
　　　　　　　　　谁敢把我欺。

　　　　　参见大王。

李自成　坐了。

〔田佯装不理,敏、过、马互相瞪视了一会儿,都落座。

〔探子紧张内喊:"报!"急上。

探　子　启禀大王!大事不好!

李自成　请!

探　子　杨嗣昌本部连同河南、四川、甘肃各总兵、人马几十万,团团包围鱼腹山,我军粮道截断,水路不通。

李自成
李　过　再探再报!

探　子　呵!(急下)

〔刘低头不语,闯等着急介。

李　过　(左右看后指刘)刘宗敏,呔,刘宗敏!事到如今,全军尽丧你手,你……该当何罪?

刘宗敏　李过满口胡道!这是杨嗣昌狗娘养的调动兵马,我有什么罪过?!

李　过　你听!

刘宗敏　你讲!

李　过　自从进得陕南川边以来,你身为大将,每日饮酒作乐,耽误军事,侦察不明,防备不周,致使奸贼杨嗣昌乘虚入境,这是你罪之一。

刘宗敏　我问你这二。

李　过　你听!

刘宗敏　大王传令大小三军,轻装速快,从小路行军突围,是你随带家眷,私自行军大道,这是你罪之二。

刘宗敏　难道还有?

李　过　有!

刘宗敏　你讲!

李　过　你听!

刘宗敏　哼!(回过头去)

李　过　因你行军大道,大王不舍,在这鱼腹山扎营等待,如今官兵紧密包围,粮道水路不通,全军面临绝地,这是你罪之三。有此三款大罪,我问你有何话说?呔!有何话讲?

刘宗敏	胆大的李过！你常常在大王面前辱骂于我，难道你要欺我姓刘的不成！
马维兴	呔！刘宗敏！犯了大罪，董下乱子，你还张牙舞爪，莫非你当我们离了你这黑小子就不能打天下么？
刘宗敏	呵嘿！（气介）李过，马贼！（指马）你们一个将我说得一钱不值，一个将我骂得狗血喷头，好！你们打天下他娘的，我刘宗敏哪……不去了！
李自成 田见秀	（都失色）噢！
李 过	刘宗敏，呔！刘宗敏！不去由你，军法难容。
刘宗敏	不去便不去，看你能把我怎样。
李 过	大料你不敢！
刘宗敏	你小子把我杀了！
马维兴	（抽刀一扑，要砍敏）看刀！

〔闯架马，田抱敏，过生气，敏抽刀蹬马。

李自成	（唱尖板）

众将莫要动兵刃，（生气地推马一旁，都沉默了）

李自成	（接唱）这大敌当前你……你（环视诸将）你们乱纷纷。

〔田、过、马低头，敏还在生气。

李自成	（接唱）身临绝地形势紧，

难道说等死（截）丧全军。

这是众位将军。

田见秀 李 过 马维兴	大王。
李自成	我们身临绝地，危险万状，你们相争相持，大将不和，难道让奸贼杨嗣昌灭我全军不成。
田见秀 李 过	我们知罪了。
李自成	今日之祸，不怨刘宗敏。

李　过 马维兴	怨着哪个？
李自成	单怨我李自成无能。
田见秀 李　过 马维兴	嗯！
李自成	李过指出刘宗敏三款大罪，条条是真不假，但是，倘若我主帅英明，早为防范，不至于此。我一不该坐视刘宗敏贪酒作乐，未加制止；二不该不听众将劝告，独断行事，为了不舍刘将军，在这鱼腹山扎营等待。事到如今，陷我全军父老于绝地，成的罪过……哎！天大了！（伤感）
田见秀 李　过	（哭了）大王！
李自成	事到如今，虽临绝境，岂肯低头，只有众将齐心，舍死冲杀一条血路，你们可有此胆？
田见秀 李　过 马维兴	万死不辞！
李自成	（视敏，见不语，向敏）这是刘将军，当年你在蓝田为民，官府贼兵逼你双亲去世，妻离子散。是你一怒投奔见我，我爱你生性爽朗，武艺超群，大家相处，如同亲兄亲弟。两军阵前，我救你不死，你救我生还。梓潼一战，汉奸洪承畴要置我等于死地，那时间，你是如何的豪杰，咱们骑着十八匹大马，大喊一声，杀出重围，我们前后与那无道的大明昏君，鏖战多年，所到之处父老兄弟，舍死相助，屡败屡兴，全靠黎民。如今大明越发无道，百姓更是惨苦，我们应当奋发有为，拯救万民，才是男儿大丈夫的气概。是你刚才言道："你们打天下，我刘宗敏不去了。"我要问你，你是嫌我无能，心想独自称王？还是忘了根本，有意投降官府？ 〔刘宗敏低头不语。

QINQIANGJUBENJINGBIAN
《西安秦腔剧本精编》

李自成　刘将军,你说? 刘将军,你讲?

〔刘宗敏长叹一口气,仍无语。

李自成　哎! 我的刘将军!

（唱）（紧拦头）

刘将军,（换二六）

　　　讲此话你再思再想,

　　　难道说十二年空闹一场。

　　　你从前在家乡无有名望,

　　　官府里立逼你父母双亡。

　　　那时间你本是英雄豪爽,

　　　咬着牙瞪着眼来投闯王。

　　　你与我在军中甘苦同享,

　　　不怕死不顾生血染战场。

　　　十八骑冲出了深沟万丈,

　　　狗汉奸洪承畴气断肝肠。

　　　多年来你都是好汉气象,

　　　为什么到今天儿女情长。

　　　恨大明对百姓越发无道,

　　　你岂忍眼看着万民遭殃。

　　　你本是穷苦人成了大将,

　　　难道说丧良心你……你有意投降?

刘宗敏　（深为感动）呵!（唱带板）

　　　有大王开口将我埋怨,

　　　问得我刘宗敏闭口无言。

　　　宝帐里只觉得无有脸面,（出门）

　　　心问口口问心我好为难。（愁闷忧思而下）

李　过　（接唱）刘宗敏出宝帐不言不语,

马维兴　（接唱）（截）

　　　这小子真把人气破肚皮。

李　过
马维兴　大王! 刘宗敏不言不语,出了宝帐,就该将他抓了回来!

李自成　刘宗敏并非奸谋诡诈之人,让他出得帐去思想思想

秦腔
鱼腹山
YUFUSHAN

也好,(向田)田将军听令。

田见秀　在。

李自成　布置全军一面谨防贼兵,一面小心刘宗敏,沉着,冷
　　　　静,不敢声张。

田见秀　得令。(下)

李自成　李过听令。

李　过　在。

李自成　吩咐大小三军,不论粗细,多造干粮,单等命令一下,
　　　　冲杀贼兵!

李　过　得令!(下)

李自成　马将军随我来。

马维兴　大王,今日之事,我有些不服。

李自成　若到明日,你便服了。

马维兴　大王!黑小子若是造反投降,难道还是宽容不成?!

李自成　刘宗敏不会造反投降,倘若造反投降,当然要将他斩
　　　　头问罪!

马维兴　得令!(举刀要求)

李自成　(一把将马手拖住)马将军你是怎样?

马维兴　我要赶上黑小子,将他杀死!

李自成　谁叫你杀?

马维兴　大王刚才方道,要将他斩头问罪。

李自成　哎,(拍马肩)好我的贤弟哩,你这脾气也是个使
　　　　不得。

　　　　(唱)　贤弟不敢太鲁莽,

　　　　　　　我心中自然有主张。

　　　　　　　来来来随我到后帐,

　　　　　　　退贼兵还得要细作商量。

〔马随闯下。

第二十二场 矛 盾

〔刘宗敏在后帐长叹"噢"！在紧张的锣鼓声中,敏上,揉肠子,表示心中非常矛盾,左思右想,千头万绪,有时疯狂地喊跳。一阵舞蹈。

（唱）（尖板）

　　　刘宗敏出帐来心中惭愧,

　（慢板）

　　　　悔不该贪酒作乐误军机。

　　　　细思量（转二六）

　　　　俺老刘犯了大罪,

　　　　一个人害全军被贼包围。

　　　　虽然咖李过娃娃爱多嘴,

　　　　也怪我自己惹是非。

　　　　大王的话儿都有理,

　　　　俺老刘张口没说的。

（扯带板）

　　　　背地里我把美人怨,

　　　　哭一阵笑一阵惹人为难。

　　　　我有心把美人丢下不管,

　　　　舍不得美人在身边。

　　　　这一个回营去不由她辩,

　　　　不骑马我将她捆绑在马鞍。

　　　　她若是怕受苦存心不愿,

　　　　去她娘没老婆我也心甘。

　　　　今夜晚喝烧酒大盆大罐,

　　　　到明天杀贼兵覆地翻天。（下）

第二十三场　杀　妻

〔桌上点着蜡烛一支,王兰英上。

王兰英　（唱二六）

王兰英在小房心花开放,

眼看着立大功富丽堂皇。

刘宗敏心粗性又爽,

他把我当了好鸳鸯。

假哭假笑假模样,

把一个大将军要了绵羊。

他如今活在了我的手掌上,

等翠儿到来细商量。

翠　儿　（唱）（二六两句截）

官兵到处把路挡,

报　子　（接唱）大料闯王要灭亡。

〔二人进门。

王兰英　翠儿,你站在门外边。

翠　儿　是。（出门,留神两边）

王兰英　情形怎么样了?

报　子　姑娘,官兵把这鱼腹山团团包围,贼兵到了绝地,单
等刘宗敏投降,内外夹攻,活捉李自成。

王兰英　好。今天晚上,我就开口。

报　子　我要问你,刘宗敏可愿投降?

王兰英　我觉得他一定会听我的话。

报　子　你要知道,平日的话不算啥,投降的话了不得。

王兰英　闯王请他议事,临走的时候他告诉我说,众将若再对
他无理,他就要离开闯王的。

报　子	投降的话,他提过无有?
王兰英	投降的话,在他口中没有提过。
报　子	嗯?姑娘,此事非同小可,倘若刘宗敏不肯投降,难道白白罢了不成。
王兰英	他若不肯投降,你说怎么办?
报　子	刘宗敏若肯投降,大家升官发财;倘若刘宗敏不肯投降,我们还得另想办法,立功受赏。
王兰英	(想了一会儿)你的意思我明白了。
报　子	明白什么?
王兰英	刘宗敏若不投降,我们设法将他害死,也算大功一件,你说是也不是?
报　子	姑娘!富贵就在眼前,就怕你没有胆量。
王兰英	我再问你,外边可有藏身的地方?
报　子	藏身的地方我早就安排好了。
王兰英	缺少一件东西。
报　子	缺少什么?
王兰英	缺少毒药。
报　子	(从腰里取出)我带来了。但不知怎样才能毒死刘宗敏?
王兰英	刘宗敏爱喝酒,将毒药放在酒内,还怕他不死。
报　子	姑娘,成败在此一举,你要小心。
王兰英	你不要担心,刘宗敏已经活在我的手掌上了。
报　子	好,大事托与姑娘,我就……

〔翠儿听到有脚步声,咳嗽,王兰英连忙将报子口按住,吹灭了蜡烛。

〔田秀贞端茶盘上。

翠　儿	谁?
田秀贞	我。
翠　儿	做啥呢?
田秀贞	我给夫人送茶来了。
翠　儿	夫人累了,要睡一会儿,不让人惊动,你先下去。

田秀贞　是。（有点怀疑，下）

翠　儿　（悄悄地走到门口说）太太，她走了。

报　子　（把纸包交兰）你把这拿好，我先走了。

王兰英　你要早来，打探情形。

报　子　是。（下）

王兰英　翠儿进来。

翠　儿　是。（进门）

〔王兰英把灯点着。

〔田秀贞暗摸上，立在门外听。

王兰英　刚才我们谈的话，你听见没有？

翠　儿　听见了。

王兰英　刘宗敏回来，我要劝他投降，他若不肯投降，你要给我帮言，哄他欢喜。（取纸包递给翠）这是毒药，放在酒内，把他灌醉了，咱们就跑。

翠　儿　太太，咱们要快跑哩，迟了就不得活。

王兰英　不怕的，安排好了。

〔田秀贞在外听到此话，急得情不自禁地拍腿踏脚。

〔王兰英似乎听见外边有声音。

〔翠儿也听见了，怕得退缩了一下。

〔王兰英拉翠儿到跟前耳语。

〔翠儿点头，害怕得慢慢地向门外出走。

〔田秀贞听不见说话了，也慢慢地往门跟前走。

〔翠、秀相碰。

〔翠儿吓得尖叫一声。

王兰英　（也吓得尖叫）谁？

〔田秀贞吓得一溜跑下去了。

翠　儿　（急进门）太太不好了。咱的话叫秀贞听见了。

王兰英　哎！我们太大意了！

翠　儿　太太，快想办法。

王兰英　翠儿，你把秀贞给我叫来，谅她一个小女子，坏不了大事，快去。

翠　儿	是。(急下)
	〔翠带秀上,二人进门。
王兰英	秀贞,你说我待你好不好?
田秀贞	夫人待我很好。
王兰英	你爱享福,还是受罪!
田秀贞	自然爱享福。
王兰英	秀贞,我知道你把我们的话听见了,我也正要找你谈哩,刘将军投降了,一定能坐大官,咱们都好;刘将军若不投降,你跟我走,到了外边,我把你嫁给坐官的老爷,保你富贵荣华,你说好不好?
田秀贞	多谢太太。
王兰英	我可要把话说明白,这件事你要露出半点破绽,慢说你一个,十个也不得活!
田秀贞	夫人,我不敢,只要夫人能抬举我,我死也要跟你们走哩。
王兰英	(高兴地起立拍秀)我知道秀贞是好的。
	〔刘宗敏上。
刘宗敏	(念)　愁肠有千万,
	要对夫人谈。(进门)
王兰英	(欢迎上去)将军回来了。
刘宗敏	回来了。
王兰英	快快请坐。
翠　儿	(拍刘衣下的土)哪里来的这么多土。
	〔敏、兰都落座,敏神气沮丧。
王兰英	将军,有什么军情大事?
刘宗敏	可恨奸贼杨嗣昌,将这鱼腹山团团包围,我军到了绝地,大王埋怨我刘宗敏误了大事,夫人,你把我害了!
王兰英	噢,(冷笑)连大王也埋怨你来了。
刘宗敏	哎!我如今活得人人埋怨,真来惭愧!
王兰英	(觉得话头不对,忙加怂恿)将军,树要往高处长呢,人要往好想哩,事到如今,官兵这样厉害,我看闯王

也不行了。何必他们今天怪哩,明天怨哩,将军若能想得开,眼前就是高官厚禄,出人头地,咱夫妻也能长久欢乐,岂不甚好。

刘宗敏　(疑问)夫人,你是什么意思?!

王兰英　将军,我的意思……

刘宗敏　怎样?

王兰英　你若肯投降官府,眼前就是富贵。

刘宗敏　你待怎讲?(走近兰逼问)

王兰英　(有点害怕)将军,我为咱夫妻到……

刘宗敏　呸!我把你个贱人!我刘宗敏堂堂男儿,岂肯投降奸贼,气死我也!(气愤地落座)

〔王兰英不知怎么好,田秀贞表示钦佩,翠儿示意兰哭,说好话。

王兰英　哎!我的将军!

　　　　(唱二六)

　　　　　　叫将军为什么那样生气,

　　　　　　你把我好心肠太得冤屈。

　　　　　　劝投降不把别的为,

　　　　　　单为咱白头到老好夫妻。

　　　　　　既然将军不愿意,

　　　　　　你到哪里我哪里。

　　　　　　不怕他千山又万水,

　　　　　　我不舍将军紧相随。(绕)

翠　儿　将军,你的脾气太坏了,我家姑娘一心爱你,常常烧香叩头,祈告神灵保佑她同将军白头到老哩。

刘宗敏　噢,夫人,你不怕千山万水,舍死要跟我?

王兰英　(哭)我,我舍不得将军。

刘宗敏　既是这样,我来问你,我把你绑在马上,随军征战,你怕也不怕?

王兰英　跟随将军,死也甘心,还怕个什么。

刘宗敏　(高兴地)好的!好的!哈……

QINQIANGJUBENJINGBIAN
西安秦腔剧本精编

（唱）（带板）

　　　　见夫人哭啼啼情深意厚，

　　　　不由我刘宗敏喜在心头。

　　　　今夜晚喝烧酒放开大肚，

　　　　到明日杀贼兵（截）雪恨报仇。

夫人，今夜晚我要将酒喝饱，明日要把奸贼嗣昌杀一个落花流水。

| 王兰英 | （高兴地）翠儿，秀贞，取一个大杯，端酒上来。 |

翠　儿
田秀贞　　是。

　　〔翠、秀同出门，秀表示着急下，翠端一个大碗，秀端酒盘上。未进门前，翠将毒药放在酒壶内，进门，将酒碗摆好。

王兰英　　（亲手给刘斟起一碗酒，然后给自己也斟起一杯）将军，今夜晚咱夫妻痛饮，明日一齐上战场。

刘宗敏　　（看酒）好酒，好酒，哈……（拟端碗）

田秀贞　　（早就心里很着急，开不出口来，见敏要端碗，不得不下决心开口了，精神失常，字音含糊，声大而颤）将军不敢喝酒！

　　〔兰、翠怕得尖叫一声，惊呆。

刘宗敏　　（被秀声惊动，大喊一声，连凳带人，扑在秀跟前急问）为何不敢喝酒?!

田秀贞　　（浑身颤）将军……将军，酒……

刘宗敏　　（急迫问）酒怎么样?

田秀贞　　酒里有……

翠　儿　　不敢胡说！（扑上去两手按秀口中）

刘宗敏　　滚开！（一掌将翠推倒，上去又用力把翠踏了几脚）

　　〔翠儿啊哟了一声，再不动了。

刘宗敏　　秀贞！酒里有什么?!

田秀贞　　酒……酒……酒里有……

王兰英　　（扑上禁止）你敢说！

刘宗敏　　（一把将兰胸口抓住）不准你动！秀贞，莫要害怕，快快讲来！

田秀贞　（胆子壮了）将军！酒里有毒！

刘宗敏　待我看过！（一掌将兰推过，把桌上的酒一倒，立时成火。大喊一声，上去把兰抓定，咬牙切齿）哈哈！嘿嘿！这……（打兰一个耳光）好贼！（一脚将兰踢倒）

刘宗敏　（唱带板）

狗贱人口甜有诈，

笑里藏刀把人杀。

（抽刀）哗啦啦抽出刀一把，

俺老刘今天哪（截）把

儿杀。（顺势一刀砍下去）

王兰英　（低头闪过刀口，两手紧抓敏右肘，脸上有道血，变眉失色了）呀！

〔田秀贞吓得躲闪。

〔刘宗敏拉兰转一个圈，上下进退两遍，最后咬牙发恨地，将兰杀死。

〔王兰英被敏杀时，吓得张着口，瞪视敏刀，倒在地下了。

刘宗敏　秀贞！宗敏不忘大恩，明日与贼交战，你先躲在老百姓家中。

田秀贞　将军！贼官兵害苦良民，我要拿起刀枪，跟随大家征杀！

刘宗敏　好的，速快找你兄长，明日同到战场。

田秀贞　遵命！（出门急下）

刘宗敏　（出门送秀又进门）啊哟王兰英，狗贱人！你把我刘宗敏害得好苦也。

（唱带板）

为贱人害全军遭了大难，

为贱人把我的英名丧完。

砍儿头我要把大王去见，

（将兰头砍下，包在包内，左手提着）

　　　　　见大王双膝跪（截）我……我要请罪一番。

（转一圈子与报子相碰）

〔报子鼠头鼠脑地由下场门摸上，刚刚与敏相碰。

刘宗敏　什么人?!

报　子　（下跪）将……将军！我……我是你……你的兵！

刘宗敏　做什么来了?!

报　子　我……我闲……闲转哩。

刘宗敏　呔！三更半夜，来到后院，非奸即盗，看刀！（手起刀
　　　　　落）

〔报子倒地。刘宗敏扎势即下。

第二十四场　献　头

〔李过紧张上。

李　过　李过！闻听人说刘宗敏手执钢刀，气汹汹直奔大王
　　　　　宝帐，待我赶上前去！（急下）

〔刘宗敏奔上。

刘宗敏　（大声急喊）大王！大王！大王！

〔四兵各执兵刃一拥而上，列出两边。

马维兴　（手执钢刀，一跳出来）看刀！（照定敏砍下去）

〔刘宗敏用刀把马刀拨过。

〔李自成也是执刀在手，随马奔上。

〔马维兴又向敏砍第二刀。

李自成　（左手架住马，右手执刀警戒）这是刘宗敏?!

〔此时田亦持刀上。

刘宗敏　是。

李自成　你手执钢刀，到此何事?!

刘宗敏　大王！（跪下）是我回得营去，将那坏婆娘一刀砍

死,（将包内人头举出）提来人头,进帐请罪。

李自成　噢！（推过马,收了刀）原来如此。

〔李过提刀慌张而来。

李自成　这是李过?

李　过　是我!

李自成　你又手执钢刀,进帐何事?

李　过　是我听得刘宗敏手执钢刀,气汹汹直奔宝帐,因之赶
　　　　上前来。

李自成　说是你来看。（指敏）

李　过　看什么?（看敏）

李自成　刘将军杀了坏婆娘,提来人头,进帐请罪。

李　过　（夸奖敏）刘将军令人可佩!

〔此时敏解靠带,因下场要赤着上身出来。

李自成　（向敏、田）刘将军请起。

刘宗敏　大王! 全军受难,是我一人之罪,我要冲打先锋,立
　　　　功赎罪,请大王传令。

李自成　刘将军还是站起来,再来商议。

刘宗敏　大王若不传令,俺便不起!

李自成　也好! 趁贼无备,出其不意,冲出重围,再作计议。
　　　　刘将军听令!

刘宗敏　（一跳站起）在!

李自成　命你带领所部人马,冲打先锋,向东杀出,直奔河南,
　　　　许胜不许败! 能进不能退! 马上前去!

刘宗敏　（闻传令时,兴奋地不时呐喊）唔啦……得令!（急
　　　　下）

李自成　马将军、李过听令!

李　过
马维兴　在!

李自成　命你二人,各带人马,分为左右两路,坚定后阵,掩护
　　　　全军撤退,全军未退,不得退下。

李　过
马维兴　得令!（分两路急下）

李自成　　呔！众将官！

众　　　　有！

李自成　　你们一个个抖擞精神,寸步小心,随我冲杀,马上
　　　　　去也!

　　　　　（唱）　众将官一个个血火钢胆,
　　　　　　　　　哪怕他狗奸贼四路围山。
　　　　　　　　　抖精神上战马亲身征战,（上马）

　　　　　〔田见秀亦上马。众依次退,列阵待。

李自成　　（接唱）出重围整旗鼓(截)再起河南。

　　　　　（依次齐下）

第二十五场　突　围

　　　　　〔赵带四兵上。

赵光远　　总兵赵光远,我军四面包围鱼腹山,单等刘宗敏投
　　　　　降,内外夹攻,活捉闯贼。

　　　　　〔忽听战鼓声。

　　　　　〔一兵急上。

一　兵　　报！刘宗敏冲下山来。

赵光远　　再探再报！

一　兵　　呵！（急下）

赵光远　　刘宗敏冲下山来,想是前来投降,待我看过。马来。
　　　　　（上马）

　　　　　〔众齐转,与敏兵碰头。

　　　　　〔刘宗敏猛上击赵。

赵光远　　（架住敏）来将莫非刘将军?

刘宗敏　　既知老子到了,就该下马叩头。

赵光远　　刘将军下山,想是有什么要事相商,请讲！

刘宗敏　　你老子要儿的头来了！（向赵猛打）

〔赵光远出其不意,与兵齐退下。

〔刘宗敏与兵齐退下。

〔占上打退四官兵,赵上打退占,敏上与赵激战,将赵打下马来,占上砍下赵头。

田占彪　贼将已死!

刘宗敏　马不停蹄,杀向前去!

〔四兵跑上急下,占下,敏亦下。闯、田及四兵接上又下。

〔贺、陈带四兵一拥而上。

贺人龙　总兵贺人龙。

陈洪范　陈洪范。

贺人龙　贼兵冲下山来,你我赶上前去!

贺人龙
陈洪范　哎!众将官,赶上前去。

〔众齐转与过、马兵碰头,过、马打退贺、陈,追下。

〔马上打退四兵,陈上打退马,过上打退陈,贺上打退过。

〔猛带八兵一拥而上。

猛如虎　总兵官猛如虎,李自成冲下山去,督师杨大人,命我指挥三军,追杀贼兵,活捉闯贼,来呀!

众　　　有!

猛如虎　追上前去!

众　　　呵!

〔猛与众急下。

〔闯、田带四兵上,忽听人喊马叫,闯、田戒备,四兵及敏拥上。

刘宗敏　参见大王!

李自成　这是刘将军?

刘宗敏　是的。

李自成　你是冲打先锋,为什么退了回来?

刘宗敏　大王!前边无将,并不防守,我要杀了回去!

李自成　前边无人开路,万万使不得。

〔忽听一阵战鼓喧天。

〔一兵急上。

一　兵　报！贼官兵人山人海，李、马二将军堵挡不住！

李自成　再探再报！

刘宗敏　大王！就该命我前去，杀儿一个落花流水！

李自成　刘将军听令！

刘宗敏　在！

李自成　杀上前去，接出李、马二将军，不敢贪恋战斗，即刻回来见我！

刘宗敏　唔啦……得令！（与所带兵奔下）

李自成　田将军听令！

田见秀　在！

李自成　命你带领一部人马，前边开路！

田见秀　得令！（带二兵急下）

李自成　众将官！

众　　　有！

李自成　将刀磨快，勒紧战马的捆肚，准备厮杀！

众　　　呵！是！

〔陈上打退四兵，过、马与陈战。贺上与陈双战过、马，猛上与贺、陈三战过、马。眼看过、马不支，敏冲出，贺、陈、敏，过、马架猛，分两头下。

〔贺、陈上，敏追上一场恶战，敏将二人打得落花流水退下，敏要追下，过上拉敏。

李　过　刘将军不可追杀。

刘宗敏　李将军！我正杀得性起，岂肯罢手！（又要冲去）

李　过　（再拉敏）将军不可！我们杀出突围，再作计议，千万不敢进去！

刘宗敏　李将军！是我犯了大罪，我要立功赎罪，杀不了猛如虎，斩不了贺人龙，俺绝不收兵！（又要冲去）

李　过　（再拉敏）将军打开出路，杀退贼兵，立功非小，回营请功。

刘宗敏	（又冲去）俺要杀去！
李　过	（拉不放）使不得！
刘宗敏	俺要去！……
李　过	使不得！……（二人相持着，过拉敏向上场门下）
	〔猛带四兵上，贺、陈带四兵上。
贺人龙 陈洪范	参见将军！
猛如虎	怎么样了？
贺人龙 陈洪范	贼兵逃窜。
猛如虎	走！
	〔贺、陈低头拱手。
猛如虎	河南正在大乱，闯贼若到那边，天下不可收拾，岂肯让儿逃走，随在马后，追上前去！
众	呵！（依次急下）
	〔闯带四兵上，忽听人喊马叫。
李自成	哈！耳听人喊马叫，怎么还不见众将到来，待我登高一观。
	〔闯上山，众围桌前，敏等过，猛等追下。
李自成	（向下场一看）呵！我军前边退下，贼兵后边追赶，单等贼兵主将到来，射儿一箭！（张弓以待）
	〔闯众数人及过、马、敏跑过。官兵数人追上，猛带贺、陈上。
李自成	看箭！（一箭向猛射去）
	〔猛如虎中了箭，跌倒。
贺人龙 陈洪范	（扶起猛，向众兵）快快收兵！
	〔贺、陈扶猛下。
	〔闯下山，敏、过、马及兵等上。
刘宗敏 李　过 马维兴	参见大王。
李自成	站下。

刘宗敏 李 过 马维兴	呵！

〔一兵急上。

一 兵	报！启禀大王！
闯与众将	请！
一 兵	河南李信、红娘子率民起义，人马数万，声势浩大，要投大王。
李自成	再探再报！呔！众将官！
众	有！
李自成	由南阳出攻宜阳，占领各州府县，限期与李信、红娘子会师中原！
众	呵！

〔大家雄赳赳地齐下。

——剧 终

演出单位

西安市五一剧团

三曹父子

蔡立人　编剧

剧情简介

　　新编秦腔历史剧。蜀汉魏之际,曹植在邺城洛水之滨,与落难美女甄宓相遇,互相萌发爱慕之情,交谈间,袁绍军扑来,抢走甄宓,曹植寡不敌众,被迫离去。两年后,曹军占领邺城,曹丕带兵闯入袁绍府邸,掳去已成为袁绍儿媳的甄宓。曹操看出了两个儿子均爱甄宓,但他欲立曹植为嗣,劝植不要因小失大,遂将甄宓配与曹丕为妻。曹丕忌贤妒能,权欲熏心,为夺帝位和割断曹植与甄宓的情丝,便在曹植奉父命领兵攻襄阳出发之前,以饯行为名,设陷阱欲灌醉曹植。曹植由于情场失意和对人世的冷漠,甘愿自投陷阱,狂饮大醉,以至贻误军机,被父贬为临淄侯,改立曹丕。曹丕称帝后,听信谗言,诛杀异己,毒死两个亲兄弟,又进一步迫害曹植,命植行七步赋诗一首。曹植未行七步,即吟诗一首,才免遭一死。曹丕的逆行,激起了青州兵变,而要安抚青州军又非曹植不可,于是曹丕又利用甄宓与曹植的情谊,让甄宓去劝说曹植。甄宓见曹植后,互吐肺腑,甄宓投入洛水自尽。曹植抱着他俩当年定情的金缕玉带枕,愤立洛水之滨,心残魂断,长恨绵绵。

QINQIANGJUBENJINGBIAN

人 物 表

甄　宓　　先为袁绍次子妻,后为曹丕之妃

兰　芝　　甄宓的侍女

曹　植　　字子建,曹操之子。先为平原侯、
　　　　　南中郎将,后贬为临淄侯

灌　均　　曹植随从,后为国监使者

曹　丕　　字子桓,曹操之子。先为五官中
　　　　　郎将,后为魏文帝

吴　质　　字季重,曹丕心腹。后为冀州牧、
　　　　　振威将军

刘　氏　　袁绍后妻

曹　操　　字孟德,汉丞相,后封魏王

郭　氏　　曹丕之妃,号为"女王"

卞　后　　曹操之妻,曹丕、曹植之母,封魏
　　　　　王后

贾诩、华歆、陈群、袁军校尉、袁兵、曹将、青州
兵、内侍、宫女、朝臣、御林军等

〔汉建安初年的一个秋日。洛水之滨。

〔昏暗的天空，阴沉的洛河。甄宓立于岸边崖上，在芦花衬托下，宛若一尊凌波而翔的女神。

〔一股火光从天际升起。悲风呼号，孤雁哀鸣。

甄　宓　呀！

（唱）　悲风起雁儿落云愁水怨，

　　　　望乡关无觅处四顾茫然。

　　　　求洛神降祥瑞救苦救难，

　　　　惩豪强除祸患赐福人间。（祈祷）

〔兰芝上。

兰　芝　姑娘，不好了！

甄　宓　兰芝，又怎么了？

兰　芝　刚把羹汤煮好，就被几个逃难的抢走了！

甄　宓　这……就将那金缕玉带枕拿去变卖了吧。

兰　芝　姑娘，金缕玉带枕乃姑娘祖传之宝，夫人将它留给你作婚嫁之物，怎能卖与他人呢？

甄　宓　唉，国将不国，家已无家，还谈什么婚嫁！你快去吧。

兰　芝　……是。（下）

〔曹植催马上。

曹　植　（唱）　闻袁绍逞凶焰驱兵南向，

　　　　　　　回许都赴戎机告别洛阳。

　　　　　　　何日里遂壮志扫灭烟瘴，

　　　　　　　上报国下惠民永世留芳。（望见甄宓）

啊……

〔甄宓见有来人，急忙转身下崖，进入庵中去了。

曹　植　（惊疑，下马观望）水云庵！水云庵！传说伏羲氏的女儿死在这里，遂为洛水之神，人称宓妃。想必此庵供奉的就是她了……（欲入）

〔兰芝手捧金缕玉带枕迎上。

兰　芝　这位公子,要买金缕玉带枕吗?

曹　植　金缕玉带枕……

兰　芝　我家主人说,不拘多少,好歹给些银两就是。

曹　植　为何要贵以贱卖?

兰　芝　这……

曹　植　啊,明白了。(解囊)姐姐,在下有薄金相赠。至于
　　　　此枕么,分明闺中之物,怎能轻易与人!还请带回。

兰　芝　……多谢公子。(接金)

曹　植　请问姐姐,适才有一女子进入庵中,姐姐可曾看见?

兰　芝　(警戒地)这……没有见!

曹　植　啊……(幻惑地)莫非洛神出现在此……

兰　芝　洛神?!

曹　植　嗯,是她!一定是她呀!

　　　　(唱)　　她翩若惊鸿拂水面,
　　　　　　　　婉如游龙起波间。
　　　　　　　　荣曜秋菊流光艳,
　　　　　　　　华茂春松气若兰。
　　　　　　　　仿佛轻云蔽月面,
　　　　　　　　飘摇如风迥雪旋。
　　　　　　　　皎若日出朝霞现,
　　　　　　　　灼如英蕖映碧潭。
　　　　　　　　这样的美姐姐尘世罕见,
　　　　　　　　定然是洛神宓妃到人寰。

兰　芝　(笑)哎哟,看你说到哪里去了!实话对你说了吧,
　　　　那是我家姑娘。

曹　植　怎么,她是你家姑娘……

兰　芝　是的。(夸耀地)只因夫人生她之时,梦见洛神,就
　　　　取了个和宓妃相同的名字,叫甄宓……哎哟,姑娘
　　　　不准将她姓名告诉别人,这……

曹　植　姐姐放心,曹植绝不告诉他人!

兰　芝　曹植？！莫非你就是曹丞相的公子曹子建？

曹　植　正是！

兰　芝　就是那个会吟诗作赋的曹子建？

曹　植　啊，是的！

兰　芝　就是那个爱酒如命、酒后发狂的曹子建？

曹　植　这……对！对！对呀！

兰　芝　真是闻名不如见面。我家姑娘常说，当今文坛盟主应推三曹父子。父子三人中，子建居首！

曹　植　过奖，过奖。

〔甄宓上。

甄　宓　兰芝！（取枕走向曹植）公子仗义，铭感肺腑。只是若不留下此枕，惠赐银两实不敢收。（奉枕）

曹　植　这……

甄　宓　兰芝，快将公子所赠奉还。

兰　芝　姑娘……（转对曹植）公子……（示意将枕收下）

曹　植　好！曹植暂且收下，日后定当璧还。（接枕）

甄　宓　不必了！此物能归公子，算是它的幸运……（见有人来）啊，告辞了！（忙与兰芝下）

曾　植　姐姐……

〔灌均急上。

灌　均　公子……公子速快躲避，那旁出现袁绍兵马！

曹　植　（惊）啊！

灌　均　（牵马）公子快走！（催促曹植下）

〔袁军校尉带众兵上。

校　尉　搜！

〔众袁兵扑向庵内，将甄宓和兰芝搜出。

校　尉　啊哈，甄小姐，你叫我们好找哇！

甄　宓　你们要干什么？

校　尉　干什么？袁大将军还缺个儿媳哩！

甄　宓　（惊）啊……（奔向河崖，欲投洛水）

校　尉　（拦阻）你想死？实话告诉你，你母可在袁大将军手里!

甄　宓　（震颤）啊，母亲……（昏眩）

校　尉　带走!

〔校尉与众袁兵掳甄宓下。

兰　芝　姑娘……（追下）

〔曹植持剑上，灌均随上。

灌　均　（拦阻）公子。敌众我寡，救不了她!

曹　植　闪开!（推开灌均，急下）

灌　均　（手捧金缕玉带枕）公子! 公子……（追下）

〔浊浪排空，烽烟滚滚。

〔两年之后。邺城。

〔金鼓声震，号角悲鸣。曹军战旗飞舞，青州兵奔杀
过场。

〔喊杀声中，传来一阵呼叫："曹兵进城了! 曹兵进
城了……"

〔几个袁兵仓皇逃上。袁军校尉急上。

袁　兵　报! 青州兵……曹操的青州兵杀进城来了!

校　尉　来呀! 随我杀出重围，保护袁大将军家眷逃走!（府
内袁兵保护众家眷逃走）

〔一曹将带兵杀上，众家眷惊叫着躲下。曹将杀死袁
军校尉，众袁兵四散逃下，曹兵追下。

〔稍顷，一曹兵上。

曹　兵　报! 已经攻占袁府!

曹　将　丞相有令，把守袁府!（带曹兵下）

〔曹植内唱："兵入邺城势无挡，"上。

曹　植　（唱）　白马金鞍慷而慷。
　　　　　　　当初甄宓被贼抢，
　　　　　　　不知如今存与亡。
　　　　　　　急奔袁府细查访，
　　　　　　　救她脱险免祸殃。

〔二袁军散兵暗上，持刀扑向曹植，曹植拔剑抵挡。

危急间,曹丕赶到,挥剑杀死二袁兵。

曹　丕　子建……

曹　植　兄长!

曹　丕　你不守在父母身边,来此作甚?

曹　植　这……啊,小弟是来看看袁绍这个大豪强的府第呀。

〔吴质带甲士上。

吴　质　子桓,袁军全部归降!

曹　丕　好!吴季重,随我进入袁府,杀他个鸡犬不留!

曹　植　兄长,袁绍已死,何必伤其家小。

曹　丕　袁绍,罪该灭族!

曹　植　只恐其中尚有无辜啊。

曹　丕　什么无辜!袁绍曾发檄文,辱骂父相,侮我祖宗。定要诛其满门,方解心头之恨!

曹　植　(阻)兄长……

曹　丕　闪开了!(欲入)

〔曹将带二曹兵上,拦住曹丕。

曹　将　公子,丞相有令,无论何人,不得私入袁府。

吴　质　公子进府,又当别论!

曹　将　可有令箭?

曹　丕　(沉下脸来)若无令箭呢?

曹　将　这……休怪小将无礼!(按剑)

曹　丕　大胆!你这黄巾余党,还想犯上作乱吗?

曹　植　(劝解)兄长,他乃奉命行事,怎叫犯上作乱!再说,他们当年虽投青州黄巾,乃系豪强横行,逼而造反。自从归顺父相以来,东征西杀,屡建战功,深得父相倚重。你我理当善待才是。

曹　丕　小小年纪,懂得什么!哼,一帮草寇……本性难移!

曹　植　兄长……

曹　将　(止住曹植)公子……无论怎讲,今日若无丞相令箭,就是杀了末将,也休想进府!

曹　丕　(恼羞成怒)休得多言,令箭在此!(拔剑刺杀曹将)

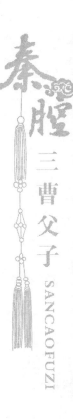

曹　将　（捂腹，怒向曹丕）你……你……

　　　　〔曹丕复又一剑，曹将倒地死去。

二曹兵　（惊呼）将军……（奔向死者）

曹　植　（对曹丕）兄长你……

　　　　〔二曹兵转身持刀怒向曹丕。

曹　丕　（横剑）谁敢拒我！

　　　　〔二曹兵愤然退下。

曹　丕　进府！（进府。吴质带甲士随入）

曹　植　待我速禀父相！（急下）

　　　　〔袁绍府内。

　　　　〔曹丕进入袁府厅堂。

　　　　〔吴质与甲士搜出袁绍后妻刘氏及甄宓。

　　　　〔曹丕横剑逼视。

刘　氏　将军饶命！将军饶命……（躲于甄宓身后）

曹　丕　（正欲动手，瞥见甄宓，急止）啊！

　　　（唱）　只说进府来抄斩，

　　　　　　忽见佳丽站堂前。

　　　　　　一派光明耀人眼，

　　　　　　心荡神移举剑难。（收剑）

刘　氏　将军饶命，将军饶命！

曹　丕　（转面带笑）不必惊慌！我乃曹丞相之子曹丕，特来
　　　　保全尔等性命。（目不转睛地望着甄宓）

刘　氏　（若有所悟）啊……多谢公子。

　　　　〔内声："丞相驾到！"

　　　　〔卫士引曹操上，曹植随上。

曹　丕　（急忙上前）参见父相！

曹　操　（坐）子桓，为何私入此府！

曹　丕　啊，父相，适才孩儿路经此地，子建正要进府，守门军
　　　　将也不阻拦……

曹　操　怎么，你是说子建要进此府？

曹　丕　正是！

曹　操　（笑对曹植）你这娃娃总爱惹事。

曹　植　（想要辩解）父相……

曹　丕　（不容曹植分辩）父相,子建年幼,还望宽恕于他。

曹　操　（点头）嗯,像个兄长的样子。这守门军将被杀,却
　　　　　是为何?

曹　丕　是他监守自盗,欲行不轨!

曹　植　（欲言）父相……

曹　丕　（再次阻止,对吴质）吴质,可是实情?

吴　质　俱是实情。

曹　操　既入此府,可曾乱我法度?

曹　丕　孩儿不敢。

吴　质　袁绍家小现在这里,可为佐证。

刘　氏　（慌忙上前）贱妾刘氏拜见丞相。

曹　操　罢了! 吾儿进府可曾乱我法度?

刘　氏　启禀丞相,若非公子在此,妾身全家难保。

曹　操　啊,这就是了。吾曾下令把守此府,就是为了保全尔
　　　　　等性命。

刘　氏　丞相盛德,无以为报。为感相救之恩,愿将儿媳甄氏
　　　　　献与公子。

曹　操　什么?!

刘　氏　啊,她乃上蔡令甄逸之女,曾配次男袁熙,只因袁熙
　　　　　远在幽州,不肯相从,故留此地。

曹　操　（起身）啊……可是甄宓?

刘　氏　正是。

曹　植　（一怔）甄宓……

曹　操　（窥见曹植神情）啊?!

刘　氏　（对甄宓）快来见过丞相!

众　　　（望见甄宓,骚动）啊……

曹　操　（审视甄宓,回顾左右,大笑）哈哈……

　　　　　（唱）　早闻此女世无双,
　　　　　　　　　果然是绝代姿容赛王嫱。

　　　　　　子桓儿一见便把刀剑放，

　　　　　　子建儿神不守舍意惶惶。

　　　　　　休道他兄弟俩如此情状，

　　　　　　老夫见了也动柔肠。

　　　　　　安定下心神细思想，

　　　　　　大丈夫岂能恋红妆。

　　　　　　但不知他弟兄胸襟怎样，

　　　　　　正好趁此识行藏。

　　　　　　如若是他弟兄相争不让，

　　　　　　借这颗美人头儆戒儿郎。

　　　　　　倘若是有一个似我志向，

　　　　　　将此女配一儿又有何妨。（对甄宓）

　　　　见了老夫，为何不跪？

刘　氏　（推甄宓）丞相恕你不死，还不跪下谢恩！

甄　宓　生于乱世，苟且偷生，既无过错，又无死罪，何言
　　　　恕我！

曹　操　哼！袁氏罪不容诛。你乃袁氏儿媳，岂能无过！

甄　宓　袁氏逼婚，举家罹难。母作人质，强为婚配，何过
　　　　之有！

曹　操　嗯！一派胡言！来呀，与我推出去……（窥探二子神
　　　　情）……砍了！

曹　植　（急拦）慢！父相，甄小姐所言俱是实情！

曹　操　你怎样得知？

曹　植　啊，父相……

曹　操　（挥手）……

　　　　〔吴质与众卫士带刘氏、甄宓下。

曹　操　（对曹植）讲！

曹　植　父相！

　　　　（唱）　两年前孩儿路过洛水畔，

　　　　　　　遇见她躲兵荒流落庙前。

　　　　　　　表同情赠薄金解她急难，

QINQIANGJUBENJINGBIAN 《西安秦腔剧本精编》

　　　　　　袁兵到她遭劫掳受屈含冤。

曹　操　啊！子建，你既与她相识，又有馈赠之情。将她配你
　　　　如何？（瞥视曹丕）子桓，你看怎样？

曹　丕　（同时）这……
曹　植

　　　　（同唱）父相分明在试探，
　　　　　　　　此事叫人好作难。

曹　丕　（唱）　宁叫佳人碧血染，
　　　　　　　　岂让子建得红颜。

曹　植　（唱）　若把真情讲当面，
　　　　　　　　诚恐相争惹祸端。
　　　　罢罢罢，
　　　　　　　　为救甄宓免遭难，
　　　　　　　　忍痛割断未了缘。（对曹操）
　　　　父相！
　　　　　　　　山河破碎民遭难，
　　　　　　　　不敢偷安为红颜。
　　　　　　　　燕雀之志非儿愿，
　　　　　　　　匡济天下效先贤。

曹　丕　（暗惊，若有所思）啊……
曹　操　（对曹植）此话当真？
曹　植　（吟）　名编壮士籍，
　　　　　　　　不得中顾私。
　　　　　　　　捐躯赴国难，
　　　　　　　　视死忽如归。

曹　操　（点头）嗯……
　　　　（吟）　"青青子衿，
　　　　　　　　悠悠我心"哪！
　　　　子桓，你……

曹　丕　（吟）　俯视清水波，
　　　　　　　　仰望明月光！

曹　操　（大笑）哈哈哈哈！好一个"仰望明月光"！有请甄

小姐。

曹　丕　有请甄小姐！

〔卫士引甄宓上，卫士下。

曹　操　（躬身）甄小姐！适才老夫多有冒犯，还望小姐海涵。我有心将你配与我儿子桓，不知你可情愿？如若不然，香车宝马送你回还。

甄　宓　这……

（唱）　只说是城破巢倾灾祸降，

　　　　未料到婚嫁事乱我愁肠。

　　　　生乱世似蒿蓬苦无依傍，

　　　　陷袁府遭凌辱恨比天长。

　　　　若允婚嫁子桓尊命丞相，

　　　　哪堪这意中人就在身旁。

　　　　洛水情常令我朝思暮想，

　　　　悔当初留玉枕未表衷肠。

　　　　叹今朝咫尺天涯空相望，

　　　　依然是镜花水月梦一场。

　　　　恨月老不该把红绳乱绑，

　　　　怨丞相没来由错点鸳鸯。

　　　　倘落得旧债未还又欠新账，

　　　　兄弟叔嫂尴尴尬尬，

　　　　忧忧伤伤愤愤怨怨，

　　　　天长日久起风浪……

　　　　又何须要嫁与曹氏儿郎！（踌躇，眼望曹植）

曹　操　（见状）嗯……?!

曹　丕　（近前躬身）小姐……

〔甄宓转过脸去，垂泪不语。

曹　操　（豪爽地）哈哈哈哈……子建，还不上前拜见你家嫂嫂！

曹　植　（心头一紧）……嫂嫂?!

曹　操　（逼视）快去拜见你家嫂嫂！

QINQIANGJUBENJINGBIAN 《西安秦腔剧本精编》

曹　植　这……

曹　操　（威逼）拜……

曹　植　（低头上前）拜见嫂……嫂……（跪）

甄　宓　（无可名状地）啊……（站立不定）

曹　丕　（急扶）小姐……小姐……（拥甄宓下）

曹　操　子建，如今袁绍虽灭，北方初定。然大业未成，任重道远。看来，能继我志者，非你莫属。你可莫要因小失大……

曹　植　孩儿明白！

曹　操　（威严地）休要负我！（下）

〔一辆宫车将甄宓推出，在曹丕伴随和甲士护卫下过场。

〔无字歌声骤起：

啊啊啊啊……………

曹　植　（怅然相望）……嫂……嫂……（下）

〔黄尘漫漫，兵车辚辚。

〔十年之后。

〔甄宓所住的芝田馆外，远处是森耸的铜雀台。碧天如洗，月明如昼。

〔侍卫引曹丕上。

曹　丕　（唱）　灭袁后又经历十年征战，

　　　　　　　父封王我弟兄位列朝班。

　　　　　　　但如今父年迈又把病患，

　　　　　　　我为长承后嗣理所当然。

　　　　　　　怨父王不立我要立子建，

　　　　　　　借夜宴试才能其心昭然。

　　　　　　　恨甄宓不向我却向子建，

　　　　　　　说子建领风骚独步文坛。

　　　　　　　父王他闻此言更是称赞，

　　　　　　　夸子建八斗才又授兵权。

　　　　　　　回府去与郭氏再作谋算，

不夺得世子位决不心甘。

〔郭氏上。

郭　氏　（唱）　人称我"女中之王"如花眷，

　　　　　　　　居人后作偏房岂肯心甘。

　　　　　参见将军！

曹　丕　唉，罢了！

郭　氏　将军如此烦恼，莫非世子之位已归子建了么？

曹　丕　那倒未曾。父王正欲议立后嗣，忽报襄阳告急。便将兵权授与子建，命他率领青州兵将，去解襄阳之危。一旦得胜还朝，这世子之位必定归他无疑了！

郭　氏　这……妾有一言，不知……

曹　丕　讲！

郭　氏　子建好酒，将军不妨去至军中为他饯行……

曹　丕　你是说让他因酒误事……不，父王明察秋毫，只恐自贾其祸。

郭　氏　父王深不可测，安知所得非福。

曹　丕　我与子建乃是手足同胞，怎忍见他……

郭　氏　只恐子建不似将军仁义心肠呀。如若不然，他怎会争这世子之位呢！

曹　丕　这……

郭　氏　将军，如今汉运已衰，气数将尽。只要将军能继魏王之位，日后就有天子之分。事不宜迟，可要当机立断呀！

曹　丕　（心动）……子建聪明过人，岂能不防！

郭　氏　哼！只要有那么一个人同你前去，他就防不胜防了！

曹　丕　谁？

郭　氏　甄宓！你那心肝宝贝，你的美人儿！

曹　丕　（触及心病，愠怒）你这贱人，想要离间我夫妻之情么！

郭　氏　哼，本是同床异梦，何用他人离间！何况，还有一个金缕玉带枕呢。

曹　丕　（一怔）金缕玉带枕……

郭　氏　是甄姐姐当初给子建的定情之物，至今还在子建
　　　　手里。

曹　丕　此话当真？

郭　氏　是跟随子建的灌均亲口对我讲的！

曹　丕　（审视郭氏，突然仰天大笑）哈哈哈哈……

郭　氏　将军……

曹　丕　去吧，我自有主意。（下）

郭　氏　（望着曹丕背影，窃笑）哼哼……哈哈哈！（下）

　　　　〔少顷，甄宓披一身月光款款走来。

甄　宓　（唱）　碧天净冰轮腾玉绳低转，
　　　　　　　　铜雀台依然是红灯高悬。
　　　　　　　　步花荫如来在蓬莱阆苑，
　　　　　　　　望高台又好似乍临广寒。
　　　　　　　　怪不得在赤壁骄兵失算，
　　　　　　　　竞豪奢怎能不断樯折帆。
　　　　　　　　到如今魏王老雄图难展，
　　　　　　　　为嗣位他弟兄暗结仇冤。
　　　　　　　　我也曾对子桓好言规劝，
　　　　　　　　没料想反遭到燕疑莺谗。
　　　　　　　　守长夜数更漏愁怀难遣，
　　　　　　　　只有在旧梦里老却红颜。（凭栏怅望，神思
　　　　飞越）

　　　　〔景物逐渐隐去。只有一轮硕大无比的圆月，辉映于
　　　　天地之间。

　　　　〔月光中，众军士引曹植上，随即传来豪迈的歌声：
　　　　　　　　才高八斗中郎将，
　　　　　　　　旌旗十万赴襄阳。
　　　　　　　　尽扫六合靖九壤，
　　　　　　　　惠泽远扬宁四方……

甄　宓　（自叹）唉！他弟兄难消积怨，怎么办？真叫人坐立

不安！

曹　植　（自语）我今日执掌兵权，解救急难。从此后鲲鹏翅展，也不枉我当初痛断情缘。可是嫂嫂她已受兄长冷淡，形只影单！适才父王试才为立嗣，她不顾猜忌，竟对我大加夸赞……

甄　宓　（自忖）……我不过禀公评判，顾不了什么瓜李之嫌！

曹　植　（自思）这件事，兄长定要忌恨！我怎能够不把心担！

甄　宓　（自解）休挂牵！世间事，难得两全，顾了公允，顾不了夫妻情面，更难顾我自身危安！子建啊，只盼你莫辜负父王重托，早奏凯歌还！

曹　植　（自励）军情急，枕戈待旦！我只能盼嫂嫂永保平安！

甄　宓
曹　植　（同时）托明月寄我心愿暗地里祝告苍天……（二人相遇）兄弟
　　　　嫂嫂……猛然间，忽相见……他
　　　　　　　　　　　　　　　　　　她怎么来到
　　　　芝田馆
　　　　军营前……唉！这真是剪不断，理还乱……想相见
　　　　又怕相见！

甄　宓　子建……

曹　植　啊，嫂嫂……

甄　宓　……当初相逢洛水畔，我赠你金缕玉带枕，如今可在身边？

曹　植　见它如见嫂嫂面，我怎能不紧藏身边。

甄　宓　这……你不是说日后将它归还？

曹　植　嫂嫂已嫁兄长，难道这身外之物留给我……你都不愿！

甄　宓　恐你兄长知晓，要生误会，起祸端。

曹　植　哼……你嫁与他才是天大的误会，地大的祸端！

甄　宓　子建……（急掩其口）

曹　植　　姐姐,当初我在袁府,为了救你,在父相面前,不能表
　　　　　明心愿。难道你看不出我有苦难言!

甄　宓　　这……已往事,莫提起,提也……枉然。

曹　植　　我来问你,兄长待你如何?

甄　宓　　……甚好。

曹　植　　不,你苦在心间。

甄　宓　　(实在控制不住感情,伏在曹植肩头痛哭)子建……

曹　植　　(泪眼望天)唉……(茫然)

甄　宓　　(逐渐恢复理智,用袖擦去曹植脸上泪痕)事到如
　　　　　今,只盼你们兄弟和好,亲密无间。我就是再受孤苦
　　　　　也心甘?!

曹　植　　小弟何尝不愿如此。只是兄长难以相容,你叫我怎
　　　　　么办?

　　　　　〔幻境中曹丕突然持剑上。

曹　丕　　住口! 是你对她怀有邪念,还想夺我世子之位,我岂
　　　　　能容你。看剑! (刺向曹植)

甄　宓　　(急挡)子桓……(竟被刺中)啊……我知道……迟
　　　　　早会有这……这一天……(紧捂胸口,站立不定)

　　　　　〔景物复现。曹植、曹丕等消失。

　　　　　〔宫女引卞后、曹操上。

甄　宓　　(定下心神)……参见母后、父王!

卞　后　　儿媳,夜静更深,你独自一人在此作甚?

曹　操　　宓儿,看你如此神情,莫非有什么心事不成?

甄　宓　　啊,儿媳这……

卞　后　　该不是子桓又与你吵闹了么?

甄　宓　　啊,不,不……

曹　操　　那又是为了什么?

甄　宓　　父王啊! 自从父王为魏公以来,六年未立子嗣。今
　　　　　日试才,儿媳见他弟兄为此相争,甚是不安。如今外
　　　　　患未除天下未定,倘若再为立嗣之事而起内乱,不但
　　　　　父王的夙愿难酬,就连父王创下的这半壁江山……

恐也难保了！

曹　操　啊……

（唱）　听罢言来暗思想，

　　　　欲防难防犯愁肠。

　　　　立子建本是孤多年愿望，

　　　　怕的是子桓日后乱家邦。

　　　　如若是依旧例立嗣以长，

　　　　又担心难继我治国主张。

　　　　孤一生纵横天下无敌手，

　　　　却难解二子相争事一桩。

　　　　猛然间只觉得头裂脑胀……

卞　后　（急）大王……
甄　宓　　　　父王

曹　操　（镇定下来）啊，不妨事！不妨事……（强笑）哈哈哈
　　　　哈……

　　　　（接唱）待子建凯旋归承嗣为王。

　　　　〔曹操在笑声中下，卞后随下。甄宓拜送。

　　　　〔曹丕暗上。

曹　丕　夫人！

甄　宓　（一惊）你……来此作甚？

曹　丕　（凑近）来与贤妻欢度良宵，说是你快随我来，哈哈
　　　　哈哈……（携甄宓下）

　　　　〔秋风萧瑟，号角连营。

　　　　〔翌日。

　　　　〔曹植的中军帐里。

　　　　〔众军将引曹植上。

曹　植　（念）　铜雀台上奉王命，

　　　　　　　金戈铁马万里征。

　　　　　　　同仇敌忾齐奋勇，

　　　　　　　誓保襄阳奏凯声。

　　　　众将官！

众　　　啊！

曹　植　午时三刻,校场点兵,不得有误!

众　　啊!(下)

〔灌均上。

灌　均　禀君侯,五官中郎将与甄夫人前来饯行!

曹　植　这……有请!

灌　均　有请!(退下)

〔侍从捧酒坛,侍女端菜肴上。

〔曹丕与甄宓上。

曹　植　(上前)参见兄长!参见嫂嫂!

曹　丕　贤弟免礼!(挽扶)

曹　植　(让座)请!

曹　丕　请!(与甄宓入座)酒宴伺候!

〔众侍女排宴下。

曹　植　兄长,午时三刻便要发兵。这酒宴么……就免了吧。

曹　丕　哎,愚兄与你饯行,焉有不饮之理呀!(目逼甄宓)
　　　　再说,这也是你嫂嫂的一片心意哟。

曹　植　(犹疑)嫂嫂的心意……

甄　宓　兄弟,你就少饮几杯吧。

曹　植　看酒!

〔甄宓把盏,捧与曹植,曹植急忙接酒。

曹　丕　兄弟,此乃内廷新酿御酒,是圣上所赐。你就多饮
　　　　几杯!

曹　植　啊,圣上所赐……(饮)嗯,好酒,好酒。

曹　丕　改日愚兄送你一坛!

曹　植　多谢兄长!

曹　丕　(举杯)请!

曹　植　兄长请!(举杯)嫂嫂请!

曹　丕　她不善饮!(对甄宓)夫人,你何不为贤弟抚琴一
　　　　曲,以壮行色。

甄　宓　恐难为听。

曹　丕　自家兄弟,何必多虑。琴案伺候!

103

〔侍女上,置琴案,下。

〔曹丕亲自把盏劝酒。

甄　宓　（走向琴案,回头忽见曹丕暗中将酒泼去,大惊）啊!

（唱）　见他将酒泼地面,

　　　　却原来明为饯行暗藏奸。

　　　　自悔未识庐山面,

　　　　我粗心上了无底船。

　　　　子建忠厚失防范,

　　　　不测风云在眼前。

　　　　今日好似鸿门宴……

曹　丕　快快弹唱!

曹　植　有劳嫂嫂!

甄　宓　嗯!

（唱）　且用这弦外音敲破机关!（抚琴而歌）

　　　　高台多悲风,

　　　　朝日照北林。

　　　　之子在万里,

　　　　江湖迥且深。

　　　　方舟安可极,

　　　　离思故难任。

　　　　孤雁飞南游,

　　　　过庭长哀吟。

　　　　翘思慕远人,

　　　　愿欲托遗音……"

曹　植　（停杯）啊……

（唱）　清歌一曲藏险韵,

　　　　分明弦外别有音。

曹　丕　（唱）　贱人行事实可恨,

　　　　　　　不如借题乱假真。（佯笑）

　　　　哈!这不是贤弟的佳作《高台多悲风》么!

曹　植　是的!

西安秦腔剧本精编
QINQIANGJUBENJINGBIAN

曹　丕　你可知她弹唱此诗的心意吗？

曹　植　小弟不知。（反诘）兄长可知呀？

曹　丕　贤弟此诗是借写离情而言朝政险恶,如今经她这么
　　　　一弹一唱……贤弟呀,你可莫要误会哟!

曹　植　误会什么？

曹　丕　误以为她是在对你抒发一腔离情别恨呀!

曹　植　（正色）你……

曹　丕　（满面堆笑）贤弟呀!
　　　　（唱）　正因为她见高台悲风紧,
　　　　　　　才把这满腹心事付瑶琴。
　　　　　　　昨夜我不知父意失谦逊,
　　　　　　　你嫂嫂又怕又担心。
　　　　　　　她怕你一朝执掌魏王印,
　　　　　　　会对愚兄行不仁。
　　　　　　　还怕你因她对我怀深恨……
　　　　　　　更怕你……

曹　植
　　　　（惊颤）啊……
甄　宓

曹　丕　（冷笑）哼哼……（变色）
　　　　（接唱）欺兄霸嫂悖人伦!

曹　植
　　　　（同唱）他血口喷人舌如刀,
甄　宓　　　　　借题发挥
　　　　　　　　冷言恶语藏祸心。

曹　植　（唱）　本想与他把理论,
　　　　　　　当着嫂嫂难启唇。
　　　　　　　强忍怒火把酒饮……（痛饮）

甄　宓　（唱）　见他饮酒我心如焚!
　　　　　　　贤弟……（欲阻）

曹　丕　（怒视）嗯……

甄　宓　（不禁后退,焦急地）啊……
　　　　（唱）　事到此哪顾得夫妻情分,（决然上前,对曹
　　　　植）

兄弟呀！

　　　你莫饮酒,莫气闷,

　　　莫将他心当我心。

　　　军情紧,如火焚,

　　　负重任,系千钧,

　　　你你你……你快抽身!(欲下)

曹　丕　(拦阻)你……

甄　宓　(怨愤地)……哼!(拂袖而下)

　　　〔曹植见状,掷杯而起。

曹　丕　(瞥见,急切中突发狂笑)哈哈哈哈……只恨我当初不该对她一见钟情! 只恨我当初不知她的真心! 只恨我才疏学浅,难比别人! 只恨我无有德能,失去父王宠信! 到如今……父王见弃,兄弟忌恨,一切都因为这个女人……

曹　植　你这是什么话!

曹　丕　兄弟,自古常言:兄弟者,手足也;女人者,衣服也。手足不可割离,衣服却能取舍。兄弟,你既倾心于她,她也有意于你。为了手足之情,愚兄我就将她……让给你!

曹　植　(正色)她可是你患难与共的妻子! 是我至亲侄儿的生母! 是小弟我敬重的长嫂! 你身为兄长,怎么能出这非礼之言!

曹　丕　(单刀直入)哼,你既知我是你的兄长,那么,我来问你,自古以来,立嗣以长。以庶代宗,乃先世之戒。贤弟素称仁孝,注重礼让,事关宗亲之义绝不妄为。今日你为何要争我这世子之位耶?!

曹　植　这……

曹　丕　再说,你既知她是你敬重的长嫂。这金缕玉带枕至今还在你的手里,又该作何而论!

曹　植　金缕玉带枕……乃是嫂嫂当初贱卖于小弟的。

曹　丕　怎么从未见你提起?

曹　植　弟怕有碍兄嫂和睦。

曹　丕　自家兄弟把话讲明，岂不更好！何况你若不讲，难道别人也不会讲吗？

曹　植　（疑惑）别人……莫非嫂嫂她……

曹　丕　（诡谲地）哼哼……

曹　植　（一惊）啊！（随即摇头）不，不……（迷乱地）她怎么会……她怎么能……怎么……

曹　丕　嘿嘿……人心难测呀！

曹　植　（愧悔难当）啊！

　　　　（唱）　一言犹如霹雳震，

　　　　　　　　惊醒十年梦中人。

　　　　　　　　他夫妻今日里心机费尽，

　　　　　　　　为嗣位竟对我不义不仁。

　　　　　　　　我真是自酿苦酒自己饮，

　　　　　　　　自作自受怨何人。

　　　　　　　　谁能与我解忧愤……

　　　　　　　　一腔苦水和血喷！

　　　　　啊呀……（吐介）

曹　丕　（见状不忍）啊……这……

曹　植　（唱）　悠悠苍天何太狠，

　　　　〔幕后催军鼓响。

曹　丕
　　　（同时一惊）啊！
曹　植

曹　植　（唱）　战鼓声声催人魂。

　　　　　　　　今日里还你金缕玉带枕，

　　　　　　　　斩断无情丝一根。（下）

曹　丕　（唱）　见子建痛心疾首我动恻隐，

　　　　　　　　一母同胞何忍心！

　　　　　　　　倒不如就此罢手作辅臣……

　　　　（催军鼓又响）

　　　　不能！

　　　　　　　　这到手的江山怎让人。

107

　　　　　　　　父王曾把枭雄困，

　　　　　　　　青梅煮酒留祸根。

　　　　　　　　项王筵前撤兵刃，

　　　　　　　　血染乌江遗恨深。

　　　　　　　　当仁不让何须论，

　　　　　　　　父王铭言涌上心……

　　　　"宁教我负天下人，不教天下人负我"！

　　　　〔曹植取金缕玉带枕上。

曹　植　（唱）　我将此物交与你，

　　　　　　　　愿你们天长地久不离分！

曹　丕　（接枕）哎呀呀，兄弟之间把话讲明也就是了，何必如此当真呀！（暗加思索，将枕留在案上。捧盏）来来来，满饮此杯，愚兄为你舞剑助酒！

曹　植　（沉静地）不必了！

曹　丕　兄弟你……

曹　植　（爆发地）哈哈哈哈……你不就是要把我灌醉！我喝就是了！喝……（连饮数杯）唉，可惜这酒中……无毒哇！

曹　丕　啊……

曹　植　兄长呀！你也知道，只要我酒醉误了军机，父王手中还有那诛杀罪臣的钢刀……

　　　　〔催军鼓声大作。

　　　　〔灌均急上。

灌　均　禀君侯，午时三刻已过！

曹　植　知道了……你且下去！

　　　　〔灌均下。

曹　植　兄长，三军等我发令，你说我是去呢还是不去？

曹　丕　（阴冷地）……你说呢？

曹　植　（苦笑）父王那诛杀罪臣的钢刀已经架到小弟的脖子上了！

曹　丕　（忧从中来）倘若父王降罪，首先轮到的是我！

《西安秦腔剧本精编》QINQIANGJUBENJINGBIAN

曹　植　（凄然）这才更叫人痛心……兄长,你可是我一母同
　　　　胞的亲哥哥呀！你不是说手足不可割离么！可是今
　　　　日为了一顶王冠,你竟然置大局于不顾,视军情如儿
　　　　戏,置你亲兄弟于死他。以饯行为名,使我贻误军
　　　　机。借玉枕之事,对我苦苦相逼。你行此不仁不义,
　　　　可谓费尽心机。纵然一时得逞,只怕天理难欺。事
　　　　到如今,我就成全于你！
　　　　（唱）　摧肝裂胆今日事,
　　　　　　　至亲骨肉成仇敌。
　　　　　　　同室操戈一旦起,
　　　　　　　四海难有升平时,
　　　　　　　父王老病何依寄呀……
　　　　　　　自叹难歌动地诗！（挥泪）
　　　　　　　魏王位兄长你尽管承继,
　　　　　　　小弟我咸礼让不敢相欺。
　　　　　　　只要兄救黎庶莫违父意,
　　　　　　　只要兄行仁政志在统一。
　　　　　　　只要兄对众弟不再猜忌,
　　　　　　　只要兄远声色自强不息。
　　　　　　　只要兄怜念我孤妻弱子,
　　　　　　　周身血项上头也甘抛掷。
　　　　〔灌均上。
灌　均　察君侯,三军等候多时,未见君侯到来。魏王大怒,
　　　　命你进宫领罪。君侯,你贻误军机,大祸临头了！
曹　植　……去吧！
　　　　〔灌均下。
曹　丕　兄弟……
曹　植　（冷冷地）你也该走了！
曹　丕　（窘）这……（竟不能举步）
曹　植　难道要让父王也治你之罪吗？
曹　丕　（慌乱）啊……

109

曹　植　（厉声）还不快走！（一掌将曹丕推出）

〔甄宓上。曹丕逼甄宓下。

〔内呼："曹植进宫领罪……"

曹　植　（在阵阵传呼声中伫立，突然一阵狂笑）哈哈哈哈
……（抱起酒坛狂饮）酒……酒……酒呀……哈哈
哈哈……（酒尽，醉极，抱着酒坛倒下）

〔静场。

〔少顷，幕后高呼："魏王驾到！"

〔内侍引曹操急上，灌均与众侍卫随上。

曹　操　（望见曹植）奴才！

（唱）　三军校场把儿等，

你却酒醉卧兵营。

贻误军机辱王命，

毁我大计罪非轻。

与我拖了起来！

〔众侍卫上前架起曹植。

曹　操　灌均，何人在此与他饮酒？

灌　均　五官中郎将与甄夫人前来饯行……

曹　操　什么，子桓与他饯行！

灌　均　正是！

曹　操　（后悔不迭）果真如此……既是饯行，为何喝得如此
烂醉？

灌　均　禀大王，他们饮酒之时忽然提起金缕玉带枕……君
侯便喝醉了！

曹　操　什么？金缕玉带枕……

灌　均　乃是当年甄夫人赠与君侯之物！（从案上取枕呈
上）

曹　植　（酒稍醒）父王……父王……

曹　操　（大怒）奴才！

（唱）　奴才做事失德行，

恨不能将尔大火烹。

当初你在袁府亲口应，
牢记我言断私情。
你自食前言违我命，
罪上加罪难逃生。
我多年的期望成泡影哪，
奴才你空有个吟诗作赋的好名声！

与我推出去……斩了！

〔众侍卫一声吼，将曹植推下。

〔卞后急上。

卞　后　刀下留人！

曹　操　你来作甚？

卞　后　要杀我儿，岂能不来！

曹　操　今日之事，休要多嘴！

卞　后　断得不公，自然要讲！

曹　操　军令如山，国法无情。言何不公！

卞　后　既是如此，为何只杀其弟而不问罪其兄呢？

曹　操　（猛省）这个……带曹丕！

卞　后　慢！你带子桓，意欲何为？

曹　操　依你之言，一同问罪！

卞　后　那他又因何犯罪呢？

曹　操　（语塞）这……唉！

卞　后　大王！

（唱）　今日之事要寻根，
　　　　兄弟争嗣是祸因。
　　　　立嗣以长古有训，
　　　　子桓应是继位人。
　　　　你若早日定名分，
　　　　哪有今朝骨肉分。
　　　　若将他们全杀尽，
　　　　不如让妾命归阴。（大哭）

子建，儿啊！你且等着，为娘与你一同去了……（奔下）

曹　操　（唱）　王后声声把我怨，

　　　　　　　　此心早似乱箭穿。

　　　　　　　　我今尚在且如此，

　　　　　　　　日后难免更相残。

　　　　　　　　这真是当断不断反生乱，

　　　　　　　　立嗣不能再拖延。

　　　　　　　　处乱世更需要多谋变，

　　　　　　　　子建儿太仁厚难掌王权。

　　　　　　　　事到此只得按照旧例办……

　　　　子建,儿啊！

　　　　　　生不逢时奈何天！

　　　来呀,传孤旨意:贬曹植为临淄侯,即日赶赴封地,非
　　　召……不得来京！

内　侍　遵旨！

曹　操　传曹丕！

内　侍　中郎将进见！（下）

　　　〔曹丕上。

曹　丕　参见父王！

曹　操　子桓,你可知罪？

曹　丕　父王,子建因酒误事,孩儿也有不是！

曹　操　哼,岂止不是！你苦心设计陷害你的亲兄弟,你……
　　　　你于心何忍哪！

曹　丕　孩儿知罪！孩儿罪该万死！（跪）

曹　操　……唉！为父今日就立你为嗣,你该如愿以偿了吧！

曹　丕　多谢父王……（伏地而泣）

曹　操　起来吧！（扶起曹丕）子桓,为父决意亲自去解襄阳
　　　　之危！

曹　丕　父王,还是让孩儿前去吧！

曾　操　不！

　　　（唱）　天下三分难遂愿，

　　　　　　　自当马革裹尸还。

《西安秦腔剧本精编》

QINQIANGJUBENJINGBIAN

悠悠此心无别念，
望儿远图勿燕安。
青州军你要善待看，
莫让豪门弄兵权。
往事切勿怨子建，
要怨怨我心有偏。
只求你一笔勾销旧时怨，
一母同胞莫相残！

曹　丕　孩儿不敢！

曹　操　（摇头）为父在日，你尚且如此。日后如何……

曹　丕　儿愿对天盟誓……

曹　操　赌咒发愿，能有何用？就看他娃娃的命了！

曹　丕　父王……

曹　操　传我军令，校场点兵！

曹　丕　是！（下）
　　　　〔卞后上。

卞　后　大王，子建前来辞行！

曹　操　……不见也罢！

卞　后　（落泪）你过去对他百般疼爱，怎么今日临别一面也
　　　　不愿见么！

曹　操　（老泪纵横）我是于心不忍哪……叫他好自为之！
　　　　事到如今，孤王我……我也顾不了许多了……（头
　　　　痛病发作）

卞　后　（惊呼）大王！大王……
　　　　〔曹植奔上。

曹　植　父王！父王！（跪地哀呼）父王呀……

曹　操　（悲怆地）儿啊……
　　　　（唱）　非是为父心肠硬，
　　　　　　　国法军规难容情。
　　　　　　　可叹儿空怀壮志难用命，
　　　　　　　可叹儿青春便作嫠妇行。

从今后再勿争强胜，

也免得遭猜忌身毁巢崩。

克让远防多自省，

自种桑麻度残生。

为父我只此言别无留赠，

临淄侯不过是徒有空名。

罢了！

叫人来快与王牵马坠镫，

到校场点兵将亲赴南征。

〔内侍牵马上，曹操难上雕鞍。曹植跪扶操上马，卞后上前拉住马缰。曹操推开卞后，挣扎着挥鞭纵马下。众侍卫随下。

卞　后　大王……（追下）

曹　植　父王……（欲送）

〔灌均带武士上。

灌　均　（拦住曹植）临淄侯，该上路了！

曹　植　（意外地）你……

灌　均　是我奉了世子之命，封为监国使者。从今往后，你可就得听我的了！

曹　植　你这势利小人……

灌　均　（厉声）走！

〔众武士押曹植下。

〔甄宓急上，灌均上前阻拦。甄宓无奈，只得目送曹植远去。

〔吴质带侍卫上。

吴　质　（对甄宓）世子有命，请夫人回府！（侍卫带甄宓下）

〔马蹄声碎，喇叭声咽。

〔三年后。洛阳。曹丕的偏殿。

〔内侍、宫人引曹丕上。

曹　丕　（念）　废汉立魏行禅让，

饿民作乱犯愁肠。

又恐众弟结朋党，

须防内祸起萧墙。

内　侍　万岁有旨，众位大臣进宫！

〔众内应："领旨！"

〔吴质与众朝臣上。

众　　　参见吾皇万岁！

曹　丕　平身！

众　　　万岁！万万岁！

曹　丕　众位爱卿，近闻山东大旱，乱民反叛，匪盗蜂起。陈爱卿，传旨青州军即刻前往清剿！

陈　群　遵旨！（下）

曹　丕　贾爱卿！

贾　诩　臣在！

曹　丕　孤曾两次下诏，册立甄宓为后，她皆上表谦辞。孤今命你再去宣诏！

贾　诩　遵旨！（下）

曹　丕　（对吴质）曹植为何还未解来？

吴　质　临淄侯已被太后迎入后宫去了！

曹　丕　这……

华　歆　万岁！子建素怀大志，终非池中之物。今日不除，必为后患。

曹　丕　可母后……

华　歆　后宫干预朝政，乃历代之大忌呀！

曹　丕　（对吴质）这是尚方宝剑，速押曹植来见！

吴　质　（接剑）领旨！（下）

〔内声："曹植带到！"

〔吴质与众御林军押曹植上。

曹　丕　临淄侯，父王病故，为何不来奔丧？

曹　植　无有兄长之命，小弟怎敢来京！

曹　丕　孤皇已登大宝，为何不来朝拜？

曹　植　小弟不知兄长登基，又无人来传达旨意！

曹　丕	那你因何怨激而哭？
曹　植	人为刀俎，我为鱼肉，能不哭么？
曹　丕	哼！你倚仗文才，纵酒疏狂，目无君父，侮谩尊长，罪在不赦！
曹　植	（冷笑）哈，文才也竟然成了罪名了！如果小弟是目无君父，侮谩尊长，那么，违背父王遗愿，置大计于不顾，溺燕安而忘远图，听信谗言，诛杀异己，发泄私愤，残害骨肉，嫉贤妒能之人又该当何罪？
曹　丕	（怒）你……（按剑）
曹　植	你逼死五弟，毒死三哥。怎么，连我这手无寸铁的皇家囚徒也不放过么！
曹　丕	厉害……怪不得父王夸你才高八斗！先王在日，你尝以文章诗赋夸饰于人。今日，不知你能否以文章诗赋保你一命？
曹　植	嗯。
曹　丕	好！孤今命你行走七步赋诗一首。若能成诗，可免一死。如若不能，数罪俱罚，决不宽容！
曹　植	酒……你还欠我一坛皇封御酒！
曹　丕	（哭笑不得）哼，死到临头，还忘不了酒！
曹　植	无酒焉能赋诗！
曹　丕	赐酒与他！
曹　植	菜……
曹　丕	……你敢戏弄孤皇？
曹　植	无菜酒难下喉！
曹　丕	煮些豆料与他！
内　侍	……遵旨！（下）
曹　丕	（厉声）武士们！
御林军	啊！
曹　丕	七步成诗，可免一死。如若不能，立斩不赦！
御林军	（齐吼）啊！！（拔刀出鞘，逼向曹植）

〔内侍端酒、豆上。

QINQIANGJUBENJINGBIAN 西安秦腔剧本精编

内　侍　临淄侯,请……

曹　植　多谢了!（自斟自饮毕）以何为题?

曹　丕　你我既是君臣,又是一母同胞,就以此为题。只是诗
　　　　中不准有"兄弟"、"昆仲"等字样!

曹　植　这有何难!（接口而吟）

煮豆燃豆萁,

豆在釜中泣。

本是同根生,

相煎何太急。

〔曹植未满七步而诗成。

曹　丕　（触动）啊……（潸然）

曹　植　（激愤地）相煎何太急! 相煎……何太急呀!

（唱）　无情海又掀起惊涛骇浪,

泪尽声咽愤欲狂。

这仇根恨种是谁酿,

这无边的苦水来何方?

兄与弟到此时恩义俱丧,

骨肉情到此时冷若冰霜。

休道是生杀予夺你执掌,

岂不知天理人心不可伤。

七步诗了却冤孽账,

仰天大笑出朝堂。（狂笑而下）

哈哈哈哈……

〔御林军收刀随下。

〔有顷,幕后鼓声大作。

曹　丕　（震惊）是何声音?

〔陈群急上。

陈　群　万岁,青州军……青州军……

曹　丕　青州军怎么样了?

陈　群　青州军将不愿回乡征剿,又闻临淄侯要被问罪,数十
　　　　万众鸣鼓而散!

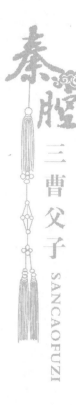

秦腔

三曹父子

SANCAOFUZI

曹　丕	（目瞪口呆）啊……（惊恐地听着远去的呐喊声）快去安抚！快去安抚……
吴　质	万岁，若要安抚青州军，非临淄侯不可！
曹　丕	就依卿言，速快召回子建！
华　歆 陈　群	这……万岁……
曹　丕	（不由分说）快召子建！快召子建！（众下）
	〔郭氏上。
郭　氏	万岁，事到如今，再召子建，他能来么？
曹　丕	这……
郭　氏	万岁，依臣妾看来，若要子建安抚青州军，还得甄宓出面！
曹　丕	哼，孤曾两次下诏，册立她为皇后，她都抗旨不遵。怎能为孤出面！
郭　氏	甄宓不愿为后，皆因子建被贬之故。如今事关子建，她能袖手旁观？
曹　丕	如此……孤就命你去传甄宓！
郭　氏	遵旨。（下）
曹　丕	（唱）　召子建也是孤权宜之计， 　　　　先安抚青州军以解燃眉。
	〔甄宓上。
甄　宓	（唱）　郭妃对我传王命， 　　　　难避嫌怨上龙廷。
曹　丕	你总算来了！
甄　宓	万岁宣召，岂敢不来！
曹　丕	好一个"岂敢不来"！孤今命你劝说子建，安抚青州军将！
甄　宓	这……
曹　丕	（对内侍）传与曹植，就说甄娘娘有请！
内　侍	遵旨！（下）
曹　丕	（对甄宓）你要仔细了！（下）
	〔内声："曹植到！"

QINQIANGJUBENJINGBIAN 西安秦腔剧本精编

〔曹植上。

曹　植　参见……嫂……嫂！

甄　宓　（不忍相看）兄弟……请……坐！

曹　植　……谢嫂嫂！

甄　宓　兄弟，已往之事，都怪为嫂累你受苦。如今你兄长初登帝位，还望兄弟捐弃前嫌，安抚青州军将，共建大业才是！

曹　植　这是嫂嫂之意，还是兄长之意？

甄　宓　自然是你兄长之意。

曹　植　为何却要你出面？

甄　宓　因你弟兄猜忌日久，故命为嫂代传……

曹　植　（苦笑）哼，难道对嫂嫂你……就没有猜忌了么？！

甄　宓　（一怔）这……

曹　植　嫂嫂！

　　　（唱）　小弟我生就的愚顽劣钝，
　　　　　　性狂放不雕励孤傲不群。
　　　　　　数年来历尽桑沧多窘困，
　　　　　　往昔的豪情壮志化烟尘。
　　　　　　弟只愿深山幽谷把身隐，
　　　　　　荷锄归来卧松云。
　　　　　　弟只求三杯淡酒消愁闷，
　　　　　　清泉石畔抚瑶琴。
　　　　　　望嫂嫂原宥我兄长恩准，
　　　　　　让小弟落一个明哲保身。

甄　宓　（唱）　一番话寒彻骨浑如霜刃，
　　　　　　他竟然与当年判若两人。
　　　　　　再不似白马金鞍驰豪俊，
　　　　　　再不似登台作赋动鬼神。
　　　　　　劝子建休为往事自伤损，
　　　　　　哪堪你八斗奇才永埋沉。

曹　植　（唱）　八斗才难抵一纸诬告信，

亲骨肉不如君王脸面尊。

勤王事命中注定无我份，

恨只恨此身错投帝王门。

早知这有才有志遭厄运，

又何必三更灯火费苦辛。

栋折梁摧气数尽，

一木难回天下春。

甄　宓　"捐躯赴国难，视死忽如归"，这不是你的诗句吗?!

曹　植　那是我少年未谙世事之作!

甄　宓　难道如今……

曹　植　如今……（苦笑）哈!

　　　　　（随口吟道）

　　　　　　　　"功名不可为，

　　　　　　　　忠义我所安。

　　　　　　　　谁言捐躯易，

　　　　　　　　杀身诚独难。"

甄　宓　（垂泪）你若不允，我怎回禀于他! 无论怎讲，你也
该为父王创下的基业着想呀!

曹　植　是他违背父王遗愿，不顾统一大计，贸然代汉自立，
又失军心民意。父王创下的基业已经被他付诸东
流了!

甄　宓　（制止）子建……

曹　植　即使我能召回青州军将，他也难容于我。

甄　宓　这……

　　　　　〔曹丕暗上。

曹　植　（瞥见）前人有言，嫂嫂可知?

甄　宓　什么?

曹　植　（声震屋宇）伴君如伴虎!

甄　宓　（绝望）啊……

曹　丕　（怒不可遏）大胆!

　　　　　（唱）　孤好意命她来相劝，

你以怨报德为哪般？

武士们！

〔御林军应声而上。

曹　丕　（唱）　且将曹植推下斩……

御林军　啊！（上前拿住曹植）

甄　宓　慢！

　　　　（唱）　求万岁赦他活命还！（跪）

曹　丕　（唱）　威威皇权不容犯，

曹　植　（唱）　我若不死你心难安。

甄　宓　（唱）　求万岁看在妾妃面，

　　　　　　　　骨肉同胞莫相残！

曹　丕　（唱）　你寡廉鲜耻失风范，

　　　　　　　　有何面目站人前。（踢倒甄宓）

〔静场。

甄　宓　（唱）　这才是抽刀断水水难断，

　　　　　　　　负薪救火火更燃。

　　　　　　　　人间处处风波险，

　　　　　　　　何时才能不相残。

　　　　　　　　生死爱恨难遂愿，

　　　　　　　　花愁玉惨徒悲酸。

　　　　　　　　清泪一滴捐万念，

　　　　　　　　披发覆面在殿前。（散其发，毁其容）

曹　植　（惊呼）嫂嫂……

曹　丕　好恼！

　　　　（唱）　贱人毁容把情断，

　　　　　　　　休怪孤王把脸翻。

　　　　　　　　三尺白绫扔当面……

〔官人取白绫上。

甄　宓　不消！

　　　　（唱）　只求葬身洛水间。

曹　丕　（恨恨地）到死都忘不了那个好地方！

秦腔
三曹父子
SANCAOFUZI

121

（唱）　将贱人押至洛水畔……

甄　宓　（唱）　多谢你将我来成全！（决然走下）

〔御林军随下。

曹　植　（挣脱）嫂嫂……（恳求地）万岁……（跪）万岁呀！

〔曹丕示意内侍取来金缕玉带枕。

曹　丕　（将枕扔于地上）拿去救人去吧！（狂笑，惨笑）哈哈哈……哈……（下）

〔内侍、宫人随下。

曹　植　（捧起金缕玉带枕，茫然呆立，继而浑身颤慄）嫂嫂……嫂嫂……

〔一个声音在空中响起："我已归水府……我已归水府……"

曹　植　（悲号）嫂嫂！

〔幕后合唱声骤起：

　　　　啊啊……

　　　　魂已断，

　　　　心已残，

　　　　香消玉殒奈何天。

　　　　洛水声咽东流去，

　　　　绵绵长恨，

　　　　长恨绵绵……

〔合唱声中场景变换，与开幕时同。

〔曹植走至甄宓当年站立之处，将金缕玉带枕投入洛水之中……

〔惊涛裂岸，乌云翻滚。

——完

《西安秦腔剧本精编》
QINQIANGJUBENJINGBIAN

演出单位

西安市五一剧团

琵琶与宝刀

蔡立人　编剧

剧情简介

　　五代时期，战乱不息，西魏文皇帝元宝钜，在大丞相宇文泰拥立下即位。为平息高欢叛乱，与柔然国联亲，迎娶柔然公主郁久闾氏为皇后，将原皇后乙弗氏废弃。剧中通过元宝钜与宇文泰在二位娘娘的废与立上所发生的矛盾冲突，和元宝钜的反复无常，展示了宫廷斗争的残酷无情，最终导致了二位娘娘饮恨而死的悲惨下场。

西安秦腔剧本精编
QINQIANGJUBENJINGBIAN

场 目

秦腔
琵琶与宝刀
PIPAYUBAODAO

人 物 表

宇文泰　先为关西大行台,后为西魏大丞相,大柱国,封安定
　　　　郡王。五十岁左右,鲜卑族

元　脩　北魏孝武帝。三十多岁,鲜卑族

元宝钜　先为南阳王,后为西魏文皇帝,三十多岁,鲜卑族

明　月　封平原公主,元宝钜之妹,二十多岁,鲜卑族

乙弗氏　先为南阳王妃,后为西魏皇后,后又被贬为尼,年近
　　　　三十,鲜卑族

杨　忠　宇文泰部将。三十余岁,汉族,隋文帝杨坚之父

李　虎　宇文泰部将。四十余岁,汉族,唐高祖李渊之祖父

元　孚　扶风王,和亲使臣。元脩、元宝钜叔祖。六十多岁,
　　　　鲜卑族

曹　宠　中常侍。四十岁左右,汉族

王　显　宇文泰妻弟及部将。三十余岁,汉族

郁久闾氏　柔然公主,西魏皇后,十七岁,蠕蠕族

勿突佳　柔然三太子,郁久闾氏之兄,送亲特使。三十余岁,
　　　　蠕蠕族

魏　恩　中常侍。三十多岁,汉族

众王公、众朝臣、部将、侍卫、羽林军、武士、宫人、内侍、女尼等

QINQIANGJUBENJINGBIAN 《西安秦腔剧本精编》

第一场 迎銮

〔公元五三四年。

〔渭水河畔。

〔音乐声起。

〔解说词:"公元五三四年,北魏发生内乱。丞相高欢发起兵变,魏主西逃入关。"

〔大幕启:天低云暗,烟尘滚滚,将士引宇文泰策马上。

宇文泰 (唱) 风卷云涛天地暗,

挥鞭纵马出长安。

堪叹魏室多内乱,

昏君离京入潼关。

迎銮驾来在了渭水河岸……

〔内声:"圣驾到!"

宇文泰 (接唱)下雕鞍施大礼参拜龙颜。(下马)

〔元脩携明月与元宝钜等王公大臣上。乙弗怀抱琵琶与众王臣家眷随上。

宇文泰 臣关西大行台宇文泰恭迎圣驾!(施礼)

元 脩 爱卿平身!

宇文泰 谢万岁!

元 脩 哎呀宇文爱卿,如今逆贼高欢追兵在后,倘若渡河西来,又该怎处呀?

宇文泰 万岁勿忧,臣已在黄河沿岸设下伏兵,一旦高欢西来,臣将亲率精兵,突袭沙苑,分进夹击,则高欢追兵可破也!

元 脩 这就好了,今后孤的江山社稷全靠你了。特加封卿为丞相,进爵略阳公!

宇文泰　谢万岁!

〔内声:"报!"一部将上。

部　将　柔然国犯我边境,三关守将告急!

宇文泰　再探!

〔部将下。

元　脩　(慌乱)哎呀爱卿,东有高欢大军追击,北有柔然兴兵犯境。这、这便如何是好!

宇文泰　万岁,依臣之见,不如暂与柔然国和亲结盟,共伐高欢!

元　脩　和亲结盟……

宇文泰　是的……近年北方柔然国征服了铁勒等部,日渐强盛,不愿再向我朝称臣。万岁若能仿汉昭君和亲故事,选派公主,嫁与柔然可汗。两家结盟,共同讨伐高欢,则可保我关中安定。关中既保,便可趁此良机改革朝政,行强国富民之法。如此则魏室中兴有望,统一大业可成了!

元　脩　(点头)如此甚好!

元　孚　只是无有合适人选!

宇文泰　万岁,臣闻南阳王之妹平原公主明月,天姿国色,可当此任!(众骚动)

元　脩　哎!平原公主乃孤皇心爱的御妹,怎忍让她远嫁柔然!还是另谋良策,另谋良策吧!起驾,起驾……(急拉明月欲下)

宇文泰　慢!万岁身旁何人?

元　脩　她她她……她……

元　孚　(气恼地)她便是明月!

元　脩　(恼对元孚)你……

宇文泰　唉呀万岁!军情如此紧急,关中危在旦夕。你与明月乃是叔伯兄妹,怎能丧此人伦,将她强纳宫中,置救国大计于不顾……真乃……真乃气煞人也。

（唱）　早闻昏君德行丧，

　　　　淫及从妹乱伦常。

　　　　君不正谈中兴纯属梦想……

　　　　恨不能废了他另立贤良。

　　　　事到此还得要遣将激将，

　　　　上前来尊一声南阳贤王。

（对元宝钜）王爷呀！

　　　　看来你素称德义乃虚妄，

　　　　兄淫妹竟然能袖手一旁。

　　　　借和亲还可把羞辱遮挡，

　　　　不然你有何颜站立朝堂。

元宝钜　（被激）啊……

　　　　（唱）　宇文泰羞辱我无处立站，

　　　　　　句句话似钢刀剜心戳肝。

　　　　　　今日里哪顾得君臣情面，

（上前一把拉过明月）与柔然国和亲你是去也不去？

明　月　我……（回顾元脩）我……

元　脩　（冷笑）哼哼……哈哈哈哈……

明　月　（慌乱而又惊恐地对元宝钜摇头示意）不……

元宝钜　（接唱）若不去顿教你血溅龙泉。（拔剑）

明　月　（惊怔）你……你你你……你就杀了我吧……（扑向元宝钜）

元宝钜　（怒极出剑）哼……

明　月　（触剑）啊……（倒地）

乙　弗　（惊呼）妹妹……（上前搀扶）

明　月　（挣扎地，望着元宝钜和乙弗）啊……兄长，不是我不愿去……昏王为了保他皇位……几次要加害于你……我若不在宫中……兄长早就被他……你……你要……要提防他呀……（怒指元脩，气绝）

乙　弗　（悲呼）妹妹……

元宝钜　（愤怒地逼向元脩）你这昏君……

元　脩　（慌乱地）反了……反了……快将反贼拿下……

宇文泰　（厉声）谁敢动手！

　　　〔众武士急上。

元　脩　（惊诧）你……

宇文泰　（怒指元脩）昏君无道，败坏朝纲；淫乱宫闱，丧尽伦常；酿成内乱，百姓遭殃；若还留你，难对上苍。拖了下去！（武士拖元脩下）国不可一日无君，今日就立南阳王为帝！

众　　　（面面相觑，不知所措）这……

宇文泰　（拔剑逼视）还不参拜新君！

众　　　（慌忙对元宝钜下跪）万岁……

　　　〔元宝钜目瞪口呆。

　　　〔灯暗，追光照向宇文泰和元孚。

宇文泰　扶风王爷，请你速往柔然国，求可汗之女南来和亲！

元　孚　是！

第二场　别　宫

　　　〔数月后。

　　　〔皇宫内苑。

　　　〔中幕前，曹宠、魏恩上。

曹　宠　（念）　昏君去了阎罗殿，
　　　　　　　　南阳王爷坐金銮。

魏　恩　（念）　乙弗娘娘为皇后，
　　　　　　　　宇文丞相掌朝权。

曹　宠　（念）　选贤能不论贵与贱，
　　　　　　　　咱汉人也能做高官。

魏　恩　（念）　宫门悬鼓置纸笔，
　　　　　　　　百姓也能把本参。

QINQIANGJUBENJINGBIAN　西安秦腔剧本精编

曹　宠	（念）	奖励清廉效周礼，
		惩治贪污法纪严。
魏　恩	（念）	励精图治朝野赞，
		只有万岁心不安。

曹　宠　（念）嘘！宣旨！

曹　宠
魏　恩　（同时）百官听了：今乃岁旦之日，万岁要在御花园

中大宴群臣。时辰已到，众位大人进宫了！（下）

〔中幕启。官人引元宝钜和乙弗氏上。

元宝钜	（唱）	渭水迎銮风云变，
		至今犹觉心胆寒。
		数月来宇文独把朝政揽，
		分明又是一高欢。

乙　弗　唉，万岁！

	（唱）	高欢举兵起祸乱，
		宇文治国人称贤。
		政令都经万岁面，
		未曾专擅越皇权。
元宝钜	（唱）	兵权不在皇家手，
		孤不依准也枉然。
		实可叹帝位一年三易换，
		长此往魏室江山难保全。
乙　弗	（唱）	当务之急防外患，
		先求安定度难关。
		劝君记取前车鉴，
		君臣和才能够国泰民安。

〔宇文泰与众朝臣上。

众　　　参见万岁！娘娘千岁！

元宝钜　众卿平身！

众　　　谢万岁！

元宝钜　摆宴！

〔曹宠引官人捧盘执箸上，官人摆宴下。

131

元宝钜	（发现酒宴十分简陋,心中不悦）嗯……曹宠,孤曾传旨支钱万贯,以备今日之宴,为何如此简陋,尽是蔬食素餐呀?
曹　宠	这……（望望宇文泰）
宇文泰	哎呀万岁! 只因连年战乱,国库空虚,无力支付,何况万岁也曾下诏:严禁奢侈。这皇家么……也不例外……
元宝钜	（语塞）这……（佯笑）哈……哈哈……丞相真乃用心良苦呀! 唉! 想孤本无德能,若无丞相之力,孤皇焉有今日呀! 如此相待,孤心甚是不安哪!
宇文泰	（窥知其意）万岁如此恩宠赞誉,老臣实不敢当呀!
朝臣甲	当得的! 当得的! 丞相丰功伟绩,有口皆碑,理当格外恩宠。
朝臣乙	对对对……如此朝廷栋梁,万岁就该格外加封才是!
元宝钜	（一怔）这……（随即掩饰地）啊……哈哈哈……嘻,孤皇早有此意呀! 宇文爱卿听封:孤今加封你为大丞相,大柱国,进爵安定郡王。
宇文泰	（大出意外,慌忙跪拜）万岁如此隆恩,老臣无以为报啊!
元宝钜	快快请起!
宇文泰	谢万岁!
众朝臣	（近前）恭喜王爷,贺喜王爷!
朝臣甲	（唱）　恭贺王爷名爵显,
朝臣乙	（唱）　封上加封理当然。
朝臣丙	（唱）　雄才大略世少见,
朝臣丁	（唱）　社稷安危一身担。
	〔众朝臣争先恐后地给宇文泰敬酒,元宝钜备受冷落。
元宝钜	（唱）　加封他并非是孤皇本愿,
	众朝臣意对他趋奉百般。
	君不君臣不臣颠倒错乱,

QINQIANGJUBENJINGBIAN

西安秦腔剧本精编

　　　　　　　反教孤受冷落如坐针毡。

　　　　　　　倒不如传旨意撤席罢宴……（愤然起身）

乙　弗　（急忙劝阻）万岁……

　　　　（唱）　劝君王莫在意胸怀放宽。

　　　　　　　转面来将宫人一声传唤，

　　　琵琶侍候!

　　〔宫人捧琵琶、持绣墩上,乙弗接过琵琶。

乙　弗　（接唱）今日里献一曲略表心弦。（抚弦而歌）

　　　　　　　昔闻岐凤鸣,

　　　　　　　抚琴叹梦周。

　　　　　　　唯彼太公望,

　　　　　　　鸿门赖留侯。

　　　　　　　重可任五贤,

　　　　　　　齐桓相射钩。

　　　　　　　霸业从此兴,

　　　　　　　安问恩与仇。

宇文泰　啊!

　　　　（唱）　闻此曲不由人心潮涌动,

　　　　　　　她将我比姜尚又如周公。

　　　　　　　似张良佐汉王齐相管仲,

　　　　　　　其用心实良苦满怀隐衷。

　　　　　　　这样的贤皇后令人敬重,

　　　　　　　胜似梅花映雪红。

　　　　　　　但愿得君与臣休戚相共,

　　　　　　　莫负她琵琶一曲无限情。

　　〔幕后鼓声骤响。

元宝钜　（震惊）何人宫门击鼓?

曹　宠　何人宫门击鼓?

内　声　扶风王议和归来。

曹　宠　禀万岁,扶风王议和归来。

元宝钜　罢宴,宣他进见!

曹　宠　扶风王进宫哪!

〔元孚上。

元　孚　参见万岁!

元宝钜　平身,议和之事若何?

元　孚　柔然国可汗愿与我朝和亲,共伐高欢……

元宝钜　这就好了!

元　孚　不过……必须迎立他女为我朝皇后!

元宝钜　(惊怔)啊……哼! 真是岂有此理!

元　孚　……万岁所言极是,不过……老臣已经答应了。

元宝钜　(拍案)糊涂!

元　孚　哎呀万岁,我若不允,柔然可汗便要与高欢结盟,驱
　　　　兵南下,马踏长安呀!

元宝钜　那就拼他个鱼死网破!

元　孚　使不得! 使不得! 那柔然国兵强马壮,有百万之
　　　　众呀!

元宝钜　(惊)有百万之众……

宇文泰　这……不知他西边的铁勒等部近况如何?

元　孚　只有铁勒不甘为其附庸。那铁勒酋长名叫土门,曾
　　　　向柔然公主求婚,可汗不允,结下仇怨,常有叛乱
　　　　发生。

宇文泰　嗯……那铁勒与柔然不和,结下仇怨……万岁,臣倒
　　　　有一权宜之计……不知当讲不当讲……

元宝钜　权宜之计……讲!

宇文泰　这一,先将乙弗娘娘移居别宫奉养,迎纳柔然女为皇
　　　　后,两家结盟,共伐高欢……

元宝钜　……这二呢?

宇文泰　派人暗通铁勒酋长土门,以促其变……到了那时,就
　　　　可废了柔然公主,迎接乙弗娘娘回宫,以正皇后
　　　　之位!

元宝钜　这……

宇文泰　情势紧迫,还望万岁当机立断!

元宝钜　（唱）　内忧外患相逼甚，
　　　　　　　　利害轻重暗区分。
　　　　　　　　孤何不倚仗柔然为后盾，
　　　　　　　　遏制权臣防宇文。
　　　　　　　　若如此乙弗难免遭危运，
　　　　　　　　不如此魏室江山难久存。
　　　　　　　　罢罢罢，宁当无情负心汉，
　　　　　　　　列祖列宗鉴我心。
　　　　　　　　权宜之计姑妄听……
　　　　　　　　难难难，开口难对结发人。

乙　弗　（唱）　十数载苦相依惟情无恨，
　　　　　　　　要分离怎能不泣血揪心。
　　　　　　　　眼前无路情势紧，
　　　　　　　　时光不待断肠人。
　　　　　　　　满目疮痍山河泪……

　　　　　　万岁！
　　　　　　　　妾情愿让后位别处安身。

元宝钜　你……妻呀……（伤感）

宇文泰　（唱）　贤皇后明大义令人赞叹，
　　　　　　　　禁不住热泪涌洒落胸前。
　　　　　　　　我这里深叩拜表明心愿……

　　　　　（施礼）娘娘啊！
　　　　　　　　恕为臣庸无能难以回天。
　　　　　　　　看起来柔然主必有谋算，
　　　　　　　　岂容她侏离女久居金銮。
　　　　　　　　权宜计莫当作真情来看，
　　　　　　　　臣保你凤驾重归镜重圆。

乙　弗　（唱）　结亲盟就应该真诚相见，
　　　　　　　　莫因我误大计再起烽烟。
　　　　　　　　忍将琵琶交当面……

　　　　　（手捧琵琶交与元宝钜）万岁！

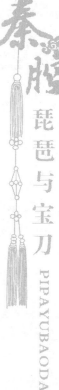

135

望君留与新人弹。

〔三拜而后起。长公主上。

长公主　母后……（扑向乙弗）

乙　弗　（难以自禁）儿呀……

〔母女相抱痛泣，众皆挥泪。

元宝钜　（仰天长叹）唉……（挥手）

〔众跪送。曹宠上前拉过长公主。

长公主　（扑向元宝钜）父皇……

〔幕后合唱声起：

　　　　儿女柔情从此销，

　　　　冷月凄风伴寂寥。

　　　　却将一掬山河泪，

　　　　空向君王眼前抛。

〔合唱声中，众朝臣拜送乙弗下。

宇文泰　王显何在？

王　显　（内应）啊，来了！来了……

〔王显上。

王　显　参见姐夫……王爷！

宇文泰　王显，和亲结盟之后，我将亲率大军东征高欢！命你
带领亲兵家将，好生护守乙弗娘娘，若有半点差池，
提头来见！（下）

王　显　是……我当是什么军国重任呢！原来是让我给皇上
不要了的女人当个看门的……这算啥事嘛……
嗯……亏你还是我姐夫呢……（下）

第三场　割　情

〔数月后。

〔新皇后郁久闾氏的寝宫。

〔中幕前。

〔曹宠、魏恩上。

曹　宠　（念）　两家结盟把亲迎，

　　　　　　　宇文带兵去东征。

　　　　　　　新来的皇后貌出众，

　　　　　　　只是习俗不相通。

魏　恩　（念）　伴君理应朝南坐，

　　　　　　　她却偏要面向东。

　　　　　　　雕梁画栋她看不中，

　　　　　　　竟在宫中搭帐篷。

曹　宠　（念）　还有一个怪毛病，

　　　　　　　爱骑骆驼游深宫。

　　　　　　　为了早日怀龙种，

　　　　　　　夜夜专宠不让空。

魏　恩　（念）　多亏万岁还顶用，

　　　　　　　总算没有白费工。

　　　　　　　近日又把心机动，

　　　　　　　要接乙弗回深宫。

曹　宠　（念）　待我去向万岁禀……

魏　恩　（念）　唉，但愿是吉不是凶。（二人下）

〔中幕启。白纱罗帐高悬垂地，形似穹庐。郁久闾氏
正斜卧帐中，如同一幅海棠春睡图，煞是好看。

〔隐隐传来一个男人的吟唱声：

　　　　　　"敕勒川,阴山下,

　　　　　　　天似穹庐,笼盖四野。

　　　　　　　天苍苍,野茫茫,

　　　　　　　风吹草低见牛羊……"

郁久闾氏　(梦呓)土门阿哥,土门阿哥……(紧紧抱住绣枕,猛然惊醒,忽地推枕起身,摘下罗帐上悬挂的宝刀抚弄。走出帐外)土门阿哥啊!你在哪里呀!

　　　　　(唱)　离草原到长安频添愁困,

　　　　　　　数月来好一似怨鬼孤魂。

　　　　　　　恨可汗对女儿专横太甚,

　　　　　　　不准我去铁勒下嫁土门。

　　　　　　　谋魏室移花接木靠红粉,

　　　　　　　还说我一人能抵百万军。

　　　　　　　又听得前皇后别宫藏隐,

　　　　　　　但不知这和亲是假是真。

　　　　　　　抚宝刀想阿哥忧愤难禁,

　　　　　　　恨不能将这宫室一火焚。

　　　　　〔勿突佳上。

勿突佳　怎么,又在想你那土门阿哥么!

郁久闾氏　哼,几日不见你面,我还当你一走了之呢!

勿突佳　嘻,哥哥我奉命南来,不见外甥出世当上太子,继承魏室江山,怎敢去见父汗呀!这几日,是在打探乙弗行踪……现在,她已在我手里了!

郁久闾氏　你是怎样将她弄到手的?

勿突佳　嘻!一头肥羊,两个女人,三坛老酒……就把宇文泰那个小舅子买通了!我看不如把她……(示意杀掉)

郁久闾氏　不!你去把她带进宫来,我自有主意。

勿突佳　是!(下)

内　乙弗氏到!

郁久闾氏　……有请!(端坐绣墩上)

　　　　　〔乙弗上。

乙　弗　（唱）　淡月昏黄凄风紧，
　　　　　　　　满怀焦虑入宫门。
　　　　　　　　进殿举目细辨认……
　　　　　　呀!
　　　　　　　　一朵娇花爱煞人。
　　　　　　　　只见她两靥笑开胭脂晕，
　　　　　　　　锦玉妆成一树春。
　　　　　　　　至此切勿失恭慎，
　　　　　　　　跪拜新来掌玺人。
　　　　　　妾身乙弗氏叩见娘娘千岁!（拜）

郁久闾氏　哟,理当我先拜你呢,怎么你倒拜起我来了! 按说我
　　　　　还该把你叫皇姐呢!（回拜,搀起乙弗,四目相对,惊
　　　　　呆）……啊!
　　　　　（唱）　不见其面心忌恨，
　　　　　　　　今日一见更伤神。
　　　　　　　　她不着胭脂不施粉，
　　　　　　　　柳眼梅腮自带春。
　　　　　　　　意态难描好风韵，
　　　　　　　　天然一尊玉观音。
　　　　　　　　割情断爱鬼才信，
　　　　　　　　除非君王发了昏。
　　　　　（满面堆笑）啊姐姐,适才我那兄长,礼数不周,你可
　　　　　甭生气……

乙　弗　不知娘娘唤我何事?

郁久闾氏　唉,说来话长。当初两家议和之时,我父可汗并不知
　　　　　这其中的情由。来到长安,才知姐姐自愿让位于我,
　　　　　可实实教我心上不安哩!

乙　弗　是我心甘情愿,娘娘不必挂心!

郁久闾氏　将心比心,由不得人,何况万岁对你也放心不下呀!
　　　　　（唱）　我常见万岁他对月伤怀难安寝，
　　　　　　　　睡梦中也在呼唤结发人。

倘若能共伴君王消愁闷，

你就是救苦救难的观世音。

乙　弗　（唱）　柔然女一番话乱我方寸，

无奈风雨锁重门。

感谢娘娘美情分，

乙弗难作失信人。

〔内声："万岁驾到！"

郁久闾氏　来得正好！

〔乙弗欲下，曹宠引元宝钜上。

元宝钜　（对乙弗凝视有顷，忽作怒容）走！大胆乙弗氏，你

乃孤皇废逐之人，竟敢夜入深宫……来呀，轰了

出去！

曹　宠　是！（急忙上前，欲带乙弗氏下）

郁久闾氏　慢！这人是我请来的，或去或留，总该问问我吧！

（对乙弗）姐姐，你就端端地坐在这里，看谁能把你

怎样？

元宝钜　这……（对曹宠挥手）

〔曹宠下。

郁久闾氏　哎，万岁呀！

（唱）　虽说她与万岁断了名份，

却难忘万岁往日雨露恩。

尝闻她花朝月夕泪不尽，

更哪堪春风秋雨夜深沉。

听说她长安八水都跑尽，

洗征衣为的是消愁除闷度光阴。

似这般凄凉境我心不忍，

因此上才请她回宫伴君。

谁知她一口回绝不应允，

真教人猜不透是何原因。

元宝钜　若留她在宫中，这和亲结盟岂不成了一纸空文了吗？

轰了出去！轰了出去……

QINQIANGJUBENJINGBIAN

西安秦腔剧本精编

郁久闾氏　慢！听说我这姐姐精通音律……何不……

元宝钜　唉，宫中自有歌伎乐人，要她何用？

郁久闾氏　不嘛！我就偏偏儿要听她的。听说我这姐姐琵琶弹得绝妙，小曲儿唱得更好。把宇文泰老头儿都听迷了，看呆了，走神儿了。（对乙弗氏）姐姐何不弹弹，让我也听听呢！

乙　弗　……妾身久不弹唱，手指生疏，只恐有污娘娘圣听！

郁久闾氏　万岁你看……（撒娇地）你看她连这一点面子都不给么！

元宝钜　这……（对乙弗）既是皇后懿旨，你就弹弹何妨呀！

郁久闾氏　（取来琵琶）这还是姐姐当初之物哩！

乙　弗　（只得接住，震颤）啊，琵琶！

（唱）　今日一见柔肠断，

你我受辱为哪般？

只因心系苍生念，

低眉俯首和泪弹……（愤然弹奏，声如裂帛）

郁久闾氏　（唱）　冷眼见她怀愤怨，

我不免火上把油添。

万岁呀！

此曲撩人心毛乱，

不如就此效鸾颠。

来呀……（凑了上去，纠缠）

元宝钜　这……这这这成何体统呀……（一时难以脱身，竟被拉入罗帐）

〔乙弗忍无可忍，猛将琴弦拨断。

郁久闾氏　（丢开元宝钜）哟，这是怎么啦？

乙　弗　……弦断了！

郁久闾氏　弦断了……啊，我明白了！

乙　弗　明白什么？

郁久闾氏　怨我一时糊涂，只顾自己贪欲，竟把姐姐你给忘了！

（唱）　想不到这多时你竟能忍，

　　　　常言说久别后胜似新婚。

　　　　来来来我为你展衾奉枕，

　　　　莫辜负美良宵一刻千金。（硬将乙弗推入罗

帐。然后手执宝刀，坐于一旁）

元宝钜　（见状大惑）你……你，这是何意呀？

郁久闾氏　啊，万岁不知，按我柔然习俗，如果可汗正妻有了身

孕，她就得另找一个女人代替她，还要手执宝刀守在

一旁，看可汗是否称心如意。如若称心还则罢了，如

不称心么……

元宝钜　怎么样？

郁久闾氏　先用宝刀将那女人杀死，再将正妻囚禁，待其生育之

后，另行处死！

元宝钜　（毛骨悚然）啊……成何体统，成何体统！

郁久闾氏　唉，我是逗你耍哩！何况你们本是恩爱夫妻哟！（语

带双关地）有她在此，我也只有告退了！（下）

元宝钜　唉！

（唱）　今日事真教孤头昏脑晕，

　　　　柔然女莫非是别有用心。

　　　　多亏了结发妻尚能隐忍，

　　　　防不测先将她哄出宫门。

（对乙弗）

　　　　一别数月你可安稳，

　　　　可知我睡思梦想到如今。

　　　　情知你啊苦守空闺多愁困，

　　　　却不能为你解忧半毫分。

　　　　只求你看孤情面莫生忿，

　　　　蓄芳静守待来春。

乙　弗　（唱）　君不见阶前叶落秋风紧，

　　　　　　　霜寒露冷春无痕。

〔郁久闾氏大笑而上。

《西安秦腔剧本精编》

QINQIANGJUBENJINGBIAN

郁久闾氏　哈哈……哈哈哈哈……（对乙弗氏）好一个"霜寒露冷春无痕"！（又对元宝钜）好一个"蓄芳静守待来春"！总算吐露了真言……

元宝钜　（愠怒）你……竟敢试探孤皇……

郁久闾氏　说对了！若不如此,怎明真相,请问万岁,倘若到了来春,怎样处置臣妾？

元宝钜　这……

郁久闾氏　（唱）　只怨我父太轻信,
　　　　　　　　不识你君臣假和亲。
　　　　　　　　与其日后遭恶运,
　　　　　　　　我不如退步早抽身。
　　　　　　　　先摘凤冠解玉印,
　　　　　　　　再脱宫装百花裙。
　　　　　　　　还我柔然女儿身,
　　　　　　　　求你们放我离宫出玉门。

（边唱边摘冠解印脱裙,然后抓起宝刀跪在元宝钜面前）

元宝钜　（唱）　见她如此生怨恨,
　　　　　　　　分明逼孤除旧人。
　　　　　　　　无奈了上前扶起柔然女……（扶郁久闾氏）
　　　　　　　　且听孤皇说原因。
　　　　　　　　想当年孤遭贬受尽穷困,
　　　　　　　　多承她守婚约不弃蓬门。
　　　　　　　　十余载她为孤把苦受尽,
　　　　　　　　若无她孤皇我难有如今……

乙　弗　啊……

　　　（唱）　往事悠悠情无尽,
　　　　　　　人生最难是知音。
　　　　　　　为与君王解忧困,
　　　　　　　只有引火来烧身。
　　　　　　　罢罢罢一笔勾销爱和恨……

我叫……叫声昏王你听真：
你若念当年旧情分，
如今怎有劳燕分。
我万般屈辱都受尽，
还谈什么待来春。
分明是趋奉柔然忘根本，
你你你卑躬屈节枉为君。

元宝钜　（唱）乙弗突然把情断，
竟当着柔然女羞辱龙颜。
孤本当趁机遂了新后愿，
除乙弗宇文泰必生疑团。
柔然女执宝刀一旁立站，
她身后百万军虎视眈眈。
假作真真作假强作决断，
为魏室保皇权我顺水推船。
乙弗你辱君犯上本该斩，
罪在不赦难容宽。
若杀你岂不遂了你的愿，
我要你孤孤单单、不死不活、苦守青灯入
尼庵。

来呀！
〔武士上。

元宝钜　将这贱人押往秦州麦积山为尼去吧！（愤然而下）
〔武士押乙弗氏下。
〔勿突佳上。

勿突佳　（冷笑）哼哼哼哼……妹子你看，果然是权宜之计！
如今我军正与宇文泰合兵讨伐高欢，待我派人星夜
报知父汗，撤回我柔然国兵马！（急下）

第四场　抗　旨

〔一月之后。

〔金鸾殿上。

〔中幕前。曹宠、魏恩上。

曹　宠　唉!

　　　（念）　　螳螂捕蝉雀在后,
　　　　　　　扬汤止沸事不经。

魏　恩　（念）　宫闱之患犹未了,
　　　　　　　柔然中途又撤兵。

曹　宠　（念）　宇文泰侥幸逃活命,
　　　　　　　万岁正好问罪名。

魏　恩　（念）　且看今日金殿上,

曹　宠
魏　恩　（同念）龙争虎斗竞输赢。

　　　（同呼）万岁有旨,宇文泰上殿哪!

〔宇文泰内应:"领旨!"

〔中幕启:元宝钜高坐殿上,满面怒容。众朝臣俯首于丹墀之下。羽林军剑拔弩张,环列左右,一派肃杀景象。

〔宇文泰上。

宇文泰　（唱）　兵败邙山辱王命,
　　　　　　　十万儿郎丧残生。

羽林军　（喝声）啊……

宇文泰　吪!

　　　（自嘲地唱）

　　　　　　　今日事果然有些煞风景,

众武士执刀枪杀气腾腾。

迈虎步上金阶沉着对应，

强忍住心头火先礼后兵。

臣宇文泰叩见吾皇万岁！（跪拜）

元宝钜　安定郡王！

宇文泰　臣在！

元宝钜　你东征高欢，丧师败绩，是何缘故呀？

宇文泰　启禀万岁，老臣出师之前曾与柔然约定共伐高欢。谁知柔然可汗中途撤兵，致使我军陷入重围。老臣率众死战，怎奈寡不敌众，故有此败。

元宝钜　孤皇本当按律论处。但又念及大丞相往日之功，故尔格外开恩，从轻发落便了。

宇文泰　那就免去这顶乌纱，贬为庶民可也！

元宝钜　（沉吟）这个么……那倒不必。不过大柱国的统兵之权么，也只得暂由他人代理了！

宇文泰　嗬嗬嗬嗬，万岁圣明！（这才起身）

　　　　（唱）　敌国未破鸟未尽，

　　　　　　　　便藏雕弓撤谋臣。

　　　　　　　　这事儿他干得真蠢笨，

　　　　　　　　只怕是打错算盘枉费心。

　　　　　　　　叫杨忠与李虎捧出帅印……

〔杨忠、李虎捧兵符帅印上。

宇文泰　万岁！

　　　　（接唱）但不知将此物交与何人。

元宝钜　……清河王接印！

曹　宠　万岁，清河王昨夜逃离长安，投那高欢去了。

元宝钜　（大惊）啊？

〔众骚动。

元宝钜　……广陵王接印！

朝臣甲　万岁，臣不谙兵书战策，还是……（暗指宇文泰）

元宝钜　（不悦）你……安平王……

QINQIANGJUBENJINGBIAN 西安秦腔剧本精编

朝臣乙	（连忙开口）万岁,臣执掌刑律尚可,这用兵之道……怎及大丞相呀!
元宝钜	（恼火地）哼,难道这满朝之中竟无一人了吗?
宇文泰	（大笑）哈哈哈哈……不是老臣夸口,这满朝之中无有一人敢接此印!何况如今已是兵微将寡呀……（对杨忠、李虎）拿了下去!

〔杨忠、李虎捧兵符帅印下。

宇文泰	万岁!
	（唱）　老臣我丧师败绩当责问,
	君王有过又何云。
	沙场上尸骨如山血浪滚,
	老臣我计赚敌将才脱身。
	臣九死一生为了甚?
	君王你难道毫无自责心。
元宝钜	（唱）　孤皇又有何责任,
	你今与我说原因。
宇文泰	（唱）　皆因为万岁你出言不慎,
	泄露了权宜计铸成祸因。
元宝钜	（唱）　你将乙弗别宫隐,
	又派亲信守重门。
	新皇后必然要查问,
	走漏消息怨何人。
宇文泰	（唱）　他文过饰非令人愤,
	何必为此费舌唇。
	速带王显把罪论……
	（厉声）带王显!

〔内应:"啊!"武士押王显上。

宇文泰	（接唱）这便是贪赃误国卖身投靠通风报信人。（对王显）当着万岁之面,从实招来!
王　显	……只怪小人酒后失言,将乙弗娘娘行踪告诉了国舅老爷……

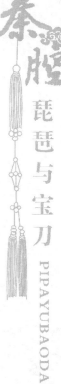

宇文泰　哪个国舅老爷？

王　显　就是新皇后她哥，柔然国三太子勿突佳……

宇文泰　他都给了你什么好处？

王　显　唉，其实也没个啥啥！就是许我日后到柔然国当个
　　　　右军头领……

宇文泰　这就是了！万岁！

　　　（唱）　王显祸国罪非浅，

　　　　　　我误用姻亲遗祸端。

　　　　　　先将这郡王爵位自罢免……（摘去王爵标
　　　识，交与曹宠）

　　　　　　再把这不法徒头挂高竿。

　　　　来呀！

　　　〔元孚急上。

元　孚　慢……万岁，王显虽犯死罪，臣请看在大丞相面上饶
　　　　他一命……

众　　　对对对，看在大丞相面上免他一死！

元宝钜　……既是众卿讲情，那就免他死罪！

王　显　（叩头如捣）谢万岁！谢万岁……

宇文泰　（冷笑）哼……哼哼，哈哈哈哈……

王　显　（心胆俱裂）啊……（起身便走）

宇文泰　哪里走！（镇住王显）

　　　（唱）　纵然是万岁对你施恩广，

　　　　　　论家规也得教尔丧无常。

　　　　　　不杀你民族尊严又怎讲，

　　　　　　不杀你怎慰我十万儿郎。

　　　　　　不杀你条条刑律皆虚妄，

　　　　　　不杀你人间正气一扫光。

　　　　　　今日里若还留你在世上，

　　　　　　宇文泰有何颜站立朝堂。

　　　　推出去砍了！

　　　〔武士推王显下，众悚然。

《西安秦腔剧本精编》
QINQIANGJUBENJINGBIAN

元宝钜 （强忍怒火）哼！

（唱） 他公然当众把旨抗，
　　　顿教孤皇脸无光。
　　　若任他如此欺君上，
　　　孤还有什么好下场。

〔幕后鼓声骤响，众惊。

元宝钜 何事宫门击鼓！

〔杨忠持战书急上。

杨　忠 启奏万岁，柔然起兵百万，举国南来，夏州告急！（跪呈）

〔曹宠接过战书，杨忠下。

元宝钜 念！

曹　宠 ……"既迎吾女为后，却将故后留存。入庵为尼乃假，权宜之计是真。若不除掉乙弗，难免玉石俱焚……"

元宝钜 这……除掉乙弗……岂有百万大军为一女子举耶？看来孤皇我……不得不应允了！

宇文泰 （惊）万岁不可。老臣自有退兵之计……

元宝钜 哼！一个高欢尚不能胜，何况柔然百万大军呀！

宇文泰 这……万岁！前番柔然中途撤兵之后，臣已料他必有南侵之意，为防不测，臣早已派人联络铁勒等部。一旦柔然驱兵南来，铁勒便可乘虚而入，直捣柔然老巢。只要我增派精兵良将，死守黄河沿岸，不出一月，柔然百万大军自然可解……

元宝钜 够了！（冷笑）当初要孤与柔然和亲结盟的是你，如今要孤派兵抗拒柔然的也是你，若不是你的这些"锦囊妙计"，焉有今日之祸！如今孤已丧师十万，要是再为一个女人损兵折将，孤皇又有什么面目见诸将帅耶！

宇文泰 ……万岁……

元宝钜 （不由分说）曹宠听旨！

曹　宠 ……万岁！

元宝钜　备好白绫,速往秦州尼庵,命那乙弗氏自尽。

曹　宠　这……(犹豫地望望满朝文武)

元宝钜　(怒)　怎么,你也敢抗旨吗?!

曹　宠　奴才不敢!

元宝钜　(厉声)退朝!

宇文泰　(上前)万岁……

元宝钜　哼!(拂袖而下,众亦下)

宇文泰　啊!

　　　　(唱)　万全之计他不听,

　　　　　　　竟要枉杀结发人。

　　　　　　　屈从柔然为的甚,

　　　　　　　分明意在防宇文。

　　　　　　　事关兴亡风雷迅……

　　　　杨忠何在!

　　　　〔杨忠应声而上。

宇文泰　命你速带本部人马前往夏州,招募乡民,死守黄河沿
　　　　岸,截住柔然兵马,不得有误!

杨　忠　得令!(急下)

宇文泰　(接唱)为大计岂容他煮鹤焚琴。

　　　　〔切光。

　　　　〔灯复明。

　　　　〔中幕前,武士、宫人捧白绫过场,曹宠上。

曹　宠　(呼)时辰已到,请娘娘升天啦!

　　　　〔中幕启,麦积山庵堂。白绫高悬,众武士持刀环立。

乙　弗　(内唱)常侍官一声喊浑如雷震……

　　　　〔二武士带乙弗上。

乙　弗　(接唱)佛堂下走来我不幸之人。

　　　　　　　让后位本为了两家和顺,

　　　　　　　却未料反落得引火烧身。

　　　　　　　入空门断情缘仁至义尽,

　　　　　　　又谁知兵衅起祸临佛门。

QINQIANGJUBENJINGBIAN 西安秦腔剧本精编

眼望菩萨声声问：

乙弗可是有罪人？

为什么善良总是遭伤损，

为什么邪恶反倒福寿存。

看来你大慈大悲难为信，

救苦救难未必真。

这佛堂本是清静地，

怎容率尔驻冤魂……（脱去尼装，露出素服）

遥望长安深深拜……（拜）

漫将遗愿托青云：

愿至尊千万岁江山安稳，

普天下享康宁四海荣欣。

若如此乙弗我死而无恨，（走至白绫下，手挽绫环）

白绫一丈系离魂。

〔众武士目不忍睹，低头下跪。

曹　宠　（唏嘘不已）娘娘……娘娘啊……事到如今，奴才我不能不实言相告……

乙　弗　（沉静地）……不讲也罢！

曹　宠　不……你本命不该绝……我若不讲，死不瞑目哇！宇文丞相本有保全娘娘性命的退兵之计，怎奈万岁他……

乙　弗　……他怎么样？

曹　宠　怎奈万岁他执意不从，为了倚仗柔然之力，防范宇文丞相，这才赐你一死……

乙　弗　（颤悚）不，这不是真的……

曹　宠　皇天在上，岂敢妄言。奴才我……只有一拜相送了！（跪拜）

乙　弗　（两泪长流）天哪……（蓦然一阵惊心动魄的长笑）哈哈哈哈……（昏厥）

宫　人　（急扶）娘娘……

曹　宠　（挥泪）行……刑！

〔武士将白绫套住乙弗。白绫向上伸直……

〔幕后钟鸣鼓响，李虎内呼："住手！"白绫飘落而下。
李虎率兵急上，护住乙弗。

曹　宠　李将军，这是为何呀？

李　虎　如今铁勒酋长土门已经出兵，柔然百万大军不日可
　　　　破。我奉丞相之命，特来救她！（挥手）

〔宫人扶乙弗下。

曹　宠　（惊喜）这就好了！这就好了……将军，快快将我绑
　　　　了，快快将我绑了！

李　虎　绑你为何？

曹　宠　你不绑我，我又怎好回朝复命呢！

李　虎　怕的什么！只要你将乙弗娘娘送回长安，去见丞相，
　　　　保你无事！

曹　宠　那将军你呢？

李　虎　我奉丞相将令前往夏州，反攻柔然。军情紧急，就此
　　　　告辞。（急下）

曹　宠　好，我也豁出去了，来呀，护送娘娘返回长安！（率众
　　　　护乙弗氏下）

第五场　断　魂

〔一月之后，雷电之夜。

〔郁久闾氏移居瑶华殿。

〔中幕前。曹宠、魏恩上。

曹　宠　（念）　柔然国百万军作鸟兽散，
　　　　　　　万岁爷外失依靠内失权。

魏　恩　（念）　为了平息朝野怨，
　　　　　　　日日夜夜费熬煎。

《西安秦腔剧本精编》
QINQIANGJUBENJINGBIAN

曹　宠　哎,我说魏公公,宇文丞相抗旨救回乙弗娘娘,我看就是为了让她重新当皇后。

魏　恩　我看不一定。柔然国虽然兵败,要是有朝一日卷土重来呢? 再说,让乙弗娘娘回来坐正宫,那个女人又该咋办呢?

曹　宠　这……不说了,不说了。(同下)

〔中幕启,陈设与第三场大不相同,白纱罗帐已无,简陋、阴森。

〔郁久闾氏神情惨然地走上。

郁久闾氏　(唱)　　只说是除乙弗免却后患,
　　　　　　　　　谁知反把仇怨添。
　　　　　　　　　宫人们不再听传唤,
　　　　　　　　　还说血债要血还。
　　　　　　　　　无奈了移居瑶华殿,
　　　　　　　　　心惊胆颤难安眠。

〔一个人影晃过。

郁久闾氏　(惊恐地抓起宝刀)谁……是谁?

勿突佳　(走出)是我! 妹子,大事不好了……铁勒起兵叛乱,父汗百万大军腹背受敌,伤亡惨重,已经向北撤退。命我速回柔然平息内乱。

郁久闾氏　(惊惶万状)啊……不,你不能走,你要一走,我该怎么办呀?

勿突佳　你怕什么了? 你是这里的皇后,又怀着他的骨血,还能把你怎样? 父汗要你留下,为他生个外孙,日后继承魏室江山……

郁久闾氏　这……要是生下个女的呢!

勿突佳　(阴狠地)那就掐死她! 再生一个……(抚摸郁久闾氏的面颊)就凭我妹子这张脸蛋儿,你一定能实现父汗的心愿……

郁久闾氏　啊不……(拉住勿突佳)不,我不留……看在亲兄妹的份上,你就带我一起走吧!

〔幕后人声嘈杂。

勿突佳　有人来了……你快放手！

郁久闾氏　（死抓不放）兄长，求求你……你就救救我吧！（跪）

勿突佳　……去你妈的！（一脚蹬倒郁久闾氏，逃下）

郁久闾氏　（惨叫一声）啊……（痛极，最后昏死过去）

〔电光闪过，乙弗氏领兵上。

乙　弗　（唱）　恨君王太绝情世上罕见，
　　　　　　　　忌功臣杀结发依附柔然。
　　　　　　　　为防他重蹈覆辙遗后患，
　　　　　　　　宇文泰派兵助我绝祸源。
　　　　　　　　迈步进入瑶华殿，
　　　　　　　　她为何昏迷倒堂前？
　　　　　　　　容颜憔悴云鬓乱，
　　　　　　　　胭脂污损泪不干。
　　　　　　　　早知今日遭此难，
　　　　　　　　当初何必恁凶残。

　　　　　　（猛地拾起地上郁久闾氏的宝刀）

　　　　　　　　恨不得一刀将她性命断……

〔一声雷鸣。

郁久闾氏　（痛苦地挣扎）啊……

乙　弗　（接唱）只见她万般苦痛实堪怜。

　　　　　　　　猛想起她有身孕将临产……（收刀）

　　　　　唉！

　　　　　　　　上前相救莫迟延。（挥手，众兵下）

　　　　　（掷刀于地，上前搀扶）娘娘醒来！

郁久闾氏　（苏醒，见是乙弗，大骇）啊……你……你你是谁？

乙　弗　我是乙弗……

郁久闾氏　乙弗……（恐惧万分）啊……鬼……打鬼……打打
　　　　　打鬼呀……（狂乱地躲闪）

乙　弗　（厉声喝上）站住！我并未死！

　　　　　（唱）　丞相救我免遭难，

　　　　　　　　不死的乙弗又生还。

郁久闾氏　（一怔）她没死……对,她没死……（怨愤交加地）她
　　　　　　没死呀!
　　　　（唱）　一见乙弗当面站,
　　　　　　　　怨愤交加恨苍天。
　　　　　　　　今宵料难逃大限,
　　　　　　　　岂肯低头把命全。

乙　弗　（唱）　并非我不记仇和怨,
　　　　　　　　深仇大恨你难报还。
　　　　　　　　若不是见你有孕将临产,
　　　　　　　　早将你一刀送进鬼门关。

郁久闾氏　（唱）　休提你有仇和怨,
　　　　　　　　难道我无屈和冤。
　　　　　　　　我本是无忧无虑柔然女,
　　　　　　　　凭宝刀与土门阿哥证盟鸳。
　　　　　　　　若非我父强拆散,
　　　　　　　　早已结成并蒂莲。
　　　　　　　　谋魏室我父将我作跳板,
　　　　　　　　权宜计又推我入无底渊。
　　　　　　　　既然你们将我陷,
　　　　　　　　以牙还牙理当然。
　　　　　　　　积怨结仇谁之过,
　　　　　　　　难道说要我一人来承担。
　　　　　　　　我如今无依无靠无处站,
　　　　　　　　生也难来死也难。
　　　　　　　　你还有宇文相救免遭难,
　　　　　　姐姐呀!
　　　　　　　　我只能尽日无言泪阑干。

乙　弗　（唱）　戚戚哀音多伤惨,
　　　　　　　　同命之人能不怜。
　　　　　　　　肠断欲续肠更断,

　　　　　　　泪眼相慰泪如泉。

　　　　　　　强忍悲切将她劝，

　　　妹妹呀！

　　　　　　　风雨过后是晴天。

郁久闾氏　姐姐……（扑向乙弗）

乙　弗　妹妹……

　　　〔两人相拥而泣。

　　　〔内声："圣旨下！"曹宠持圣旨带武士捧酒上。

曹　宠　郁久闾氏接旨！

郁久闾氏　……万岁！（跪）

曹　宠　（宣旨）"奉天承运，皇帝诏曰：郁久闾氏本侏离之
　　　女，怀虎狼之心。借和亲之名，行谋魏之实。仗其父
　　　势，窃踞后位。威逼故后，丧尽德行。其罪难容！今
　　　废去皇后之位，还归乙弗氏。赐御酒一樽，令其自
　　　裁！钦此。"谢恩哪！

　　　〔一声惊雷。

乙　弗　啊……天哪！（目瞪口呆）

郁久闾氏　（突发狂笑）哈哈哈哈……

乙　弗
郁久闾氏　（同唱）霎时间只觉得天塌地陷，

　　　　　　　这圣旨灭伦常悖理欺天。

乙　弗　（唱）　竟连她身怀骨肉都不念，

郁久闾氏　（近似疯癫地）嘻嘻……

　　　　（唱）　这才叫斩草还须把根剜。

乙　弗　（唱）　今宵赐死柔然女，

郁久闾氏　（唱）　恰似当初白绫悬。

乙　弗　（唱）　为什么我若生还你当死，

郁久闾氏　（唱）　为什么不能相亲要相残。

乙　弗　（唱）　恨君王行事多权变，

郁久闾氏　（唱）　帝王家你我生死皆清玩。

乙　弗　（唱）　何日里女人不再任作践，

郁久闾氏　（唱）　只怕是地老天荒也无缘。

　　　　　　〔幕后传来鼓乐之声。

曹　宠　（对乙弗）禀娘娘,迎接娘娘归位的仪仗就要到了!

乙　弗　啊……（木然）

郁久闾氏　拿酒来!

　　　　　　〔武士将毒酒捧上。郁久闾氏举盏欲饮……

乙　弗　（突然地）慢着!（猛将郁久闾氏手中毒酒打掉,迅
　　　　　　急夺过武士盘中酒壶,将酒一饮而尽）

曹　宠　（惊呼）娘娘……（急夺酒壶,为时已晚）

郁久闾氏　啊! 天哪……（扑向乙弗）你这是为什么……
　　　　　　你这是为什么呀!（跪地抱住乙弗,大哭）

　　　　　　〔急电重雷,声震寰宇。

乙　弗　（抱住郁久闾氏）啊,妹妹!

　　　　　　（念）　尘世不能酬素愿,
　　　　　　　　　　化为冤魂问上天。

郁久闾氏　罢了!（拾地上的宝刀）

　　　　　　（念）　不能同生愿共死,
　　　　　　　　　　相依相伴赴九泉。

　　　　　　（抽刀,凄厉地长啸一声）土门阿哥呀……（自刎）

　　　　　　〔宇文泰急上。

宇文泰　（见状大惊）啊……（顿足长叹）错在宇文,错在宇文
　　　　　　呀……（悲怆地对乙弗）不知娘娘还有什么言语嘱
　　　　　　咐老臣?

乙　弗　（毒性发作,强忍）送……送我回……送我回麦积
　　　　　　山……（倒地气绝）

宇文泰　（悲呼）娘娘……娘娘啊!

　　　　　　〔喜乐声大作。内侍、宫人掌红灯、执御香、捧凤冠、
　　　　　　排銮驾引元宝钜上。

宇文泰　（怒喝）住了!

　　　　　　〔众惊,乐声戛然而止。

元宝钜　怎么回事……（见状大骇）啊……

〔元孚急上。

元　孚　禀万岁,铁勒酋长土门派遣使臣,前来求亲。

元宝钜　这……(望望宇文泰)

宇文泰　不如将长公主遣嫁前去,以结盟好!(与元孚下)

元宝钜　(颓然,走向乙弗,跪了下来)啊……你教孤皇怎处?
　　　　你教孤皇怎处……如今连你亲生女儿也不能保……
　　　　她还未成年呀!我算个什么皇上啊……(抚尸大哭,
　　　　闪电,雷鸣)

〔前场灯光渐暗。众下。

〔一辆官车从后场推出,上载赢弱的长公主,年未及
笄。她盛妆艳饰,怀抱那面琵琶,在武士护送下
过场。

〔天幕上黄沙漠漠,一派苍凉。雁过长空,胡笳悲鸣,
与前场元宝钜的哀哭声交织在一起……

〔几声琵琶传来,合唱声起:

　　　　啊啊……
　　　　昔有昭君怨,
　　　　今招乙弗魂,
　　　　千载琵琶传长恨,
　　　　功过孰能评……

——剧　终

《西安秦腔剧本精编》
QINQIANGJUBENJINGBIAN

演出单位

西安市五一剧团

康熙出政

根据同名京剧移植

毛 鹏 编剧

蔡立人 移植

剧情简介

康熙初年,辅政大臣鳌拜专权,以两旗易地为名,再度强圈民地。少有卓识的康熙,为巩固基础,曾力图阻止鳌拜的倒行逆施,并决定亲理朝政。但因他年少力弱,威不足以服朝臣,权不足以制鳌拜,反遭致鳌拜一伙人的打击。残酷的政治斗争现实教育了他,在太皇太后的引领支持下,他采取了富有远见的斗争策略:以游戏为名,召集强壮少年,演练"布库戏",其实是暗中备武。并利用鳌拜与朝臣、武将间的仇隙,削其党羽,终于除掉鳌拜,为被害的朝臣昭雪,废除弊政,永停圈地,缓和了民族间的矛盾,使政局平稳,经济发展,为后来出现的"康乾盛世"奠定了基础。

场　目

秦腔

康熙出政

KANGXICHUZHENG

人 物 表

康　熙　十四岁至十六岁,皇帝

鳌　拜　六十岁,辅政大臣

太皇太后　六十岁,康熙祖母

熊子建　二十岁,汉民,后入宫为角扑教习

虎尔哈　三十岁,镶黄旗副都统

皇　后　十八岁,康熙之妻

穆里玛　四十多岁,镶黄旗都统,鳌拜之弟

明　珠　三十岁,内务府总管

熊赐履　五十岁,侍读,熊子建的叔父

苏克萨哈　六十多岁,辅政大臣

遏必隆　五十多岁,辅政大臣

杰书亲王　七十岁,辅政大臣

熊　父　五十多岁

苏纳海　五十多岁

班布尔善　四十多岁

内　侍　老内侍

"布库戏"众少年、宫眷数人,舞伎数人,镶黄旗官
兵、侍卫、卫将、汉民若干

第一场

〔清代初年的一个春天，永平府。

〔幕后合唱：

> 明末天下起烽烟，
>
> 清廷入关主中原。
>
> 横征暴敛万民怨，
>
> 夺田霸舍虎狼般。
>
> 幸喜新朝颁禁令，
>
> 哪堪转瞬死灰燃。
>
> 权臣复旧起祸患，
>
> 黎民重陷水火间。

〔随着急促的音乐，马蹄声由远而近，汉民乱声大作：
"镶黄旗抢地来啦！"

〔幕启：一空场处，远处可见大片待耕农田，台右处有
一牌楼，上书"永平府"。

〔一队镶黄旗兵策马急上。巡视后将一面黄底红边
的军旗插在田头。数名持棍棒的汉民上前阻拦，遭
旗兵痛打。熊子建持剑上，将旗兵击退，虎尔哈急上
抽刀迎战。熊父急上。

熊　父　（拦）子建，使不得呀！

虎尔哈　嘟！何方刁民，竟敢持剑行凶？

熊　父　将军息怒，我们是这永平府的汉民，他是小儿熊
　　　　子建。

虎尔哈　熊子建？（打量）原来是朝廷侍读的侄儿。在下虎
　　　　尔哈，幸会！幸会！

熊子建　（将剑交一汉民）将军，贵旗将我新垦农田俱都跑马

丈量,不知为了何故?

虎尔哈　熊公子有所不知,本旗奉命前来圈地!

众汉民　(惊)怎么,朝廷又要圈地?

虎尔哈　是的,我镶黄旗已与正白旗换地,原地不足,自然要行圈补齐!三日以内,永平府所居汉民都要净身出户,违者满门抄斩!

熊子建　(大惊)这……这可是皇上的旨意?

虎尔哈　皇上年少,不能理政,朝廷大事皆由鳌拜公审定。

熊子建　鳌拜公……唉!

众汉民　熊公子,这该咋办呀!

熊子建　将军,我们汉民祖传田舍已被朝廷圈占,这新垦的农田若是再被占去,叫我们以何为生呀!

　　　　(唱)　自八旗入关来圈占成风,
　　　　　　　众汉民失家园难以为生。

众汉民　(唱)　风雨漂泊离乡井,
　　　　　　　沿门乞讨受欺凌。
　　　　　　　老弱更难保活命,
　　　　　　　卖儿卖女换残羹。

熊子建　(唱)　蒙先皇颁布了停圈禁令,
　　　　　　　招游移聚哀鸿兴垦谋生。
　　　　　　　失巢鸟栖枯枝惊魂未定,
　　　　　　　怎禁得再遭那劲弹强弓。
　　　　　　　望将军据实情好言上禀,
　　　　　　　停圈占留生路体恤民情。

众汉民　(跪)将军,给我们留条活路吧!

虎尔哈　熊子建,你这是要聚众生事呀!

熊子建　将军!

虎尔哈　圈地是我大清的祖制,你身为汉官之后,当众蛊惑,该当何罪?

熊子建　将军如此武断专横,小民无言以对!

虎尔哈　好,有种!你叔父常在圣驾面前饰词狂奏,不想你也是刁顽之徒。来呀,将这个汉官崽子重责一百皮鞭,以戒刁民!

〔旗兵捉熊子建,熊父上前阻拦。

熊　父　慢!将军,自古道民以食为天,百姓们求口饭吃不为过分!

虎尔哈　滚开!(踢倒熊父)

熊　父　(怒极)强盗,我跟你拼啦!

〔熊父撞虎尔哈,被旗兵捉住。

虎尔哈　老东西,我叫你民以食为天!(抽刀刺死熊父)

众汉民　熊伯父!

熊子建　爹爹呀……

虎尔哈　将熊子建拿下!

熊子建　(怒极)反了,反!

〔熊子建率众与镶黄旗官相拼,将虎尔哈左眼刺伤,率众汉民逃下,虎尔哈率众官兵追下……

第二场

〔皇宫内,乾清门。

〔幕后传出庆典的礼乐。明珠内传:"康熙皇帝亲政大典已毕,即刻到乾清门听政,议政王臣,速升东西两阶候驾!"

〔幕启:乾清门正门,正中设宝座、桌案,阶下设四把单椅。

〔明珠率侍卫引康熙上。

康　熙　(唱)　太祖爷兴大清中原问鼎,

朕父皇创基业定都燕京。

玄烨我八岁时继承大统,

到今日才得以典政亲躬。

自入关二十载烟尘未净,
国力虚民贫困百废待兴。
最忧人勋旧臣不修德政,
乘帝弱攫权势恣意妄行。
辅臣中独鳌拜专横成性,
永平府强圈地激起怨声。
朕密谕心腹臣联衔奏请,
亲躬政整纪纲再兴大清。

　　(看座位,不悦)明珠,朕已亲政,为何还设这些座位?

明　珠　皇上,辅臣列位已成惯例,只怕一时难改。

康　熙　哼,朕继位六载,事事都由辅臣包办。如今亲临朝政,还要他们来指手划脚吗?

明　珠　皇上,永平之乱,朝野震惊,今日听政,人人瞩目,不可因小失大。

康　熙　(无可奈何地推了一下座椅)哼!传众王臣觐见。

明　珠　遵旨,众王臣觐见!

　　〔鳌拜、苏克萨哈、遏必隆、亲王、苏纳海、班布尔善、穆里玛上。

王　臣　参见皇上。

　　〔众行大礼,独鳌拜躬身施礼。

康　熙　(瞪了鳌拜一眼,不悦地)平身!

众王臣　谢皇上。

　　〔众人归位站立,独鳌拜落座。

康　熙　(赌气地)苏克萨哈公,你三人为何不坐?既然设座,大家有份。坐,坐,坐!

　　〔苏克萨哈、遏必隆、亲王应诺而坐,鳌拜只作不见。

明　珠　请皇上训政。

康　熙　众位王臣!朕赖宗社之灵,八龄继位,今又赖众王臣殚忠尽职,一十四岁亲躬大政。朕已于宗庙祭过祖宗,这里还要谢过众位王臣。

QINQIANGJUBENJINGBIAN
《西安秦腔剧本精编》

众王臣　英王临朝,顺天抚民!

康　熙　不然! 自古道:帝王易做,英主难为。想我大清统领神州不过二十余载,虽说江山初定,四海一统,然外有列强入侵之忧,内有割据分裂之患。加之连年征剿,国虚民困,尚不可言天下太平。更有满汉两族,积怨甚重。政令若是不当,势必激起祸乱。望众位王臣就我朝现行政令广为议论,直抒己见,朕也好早做决断呀。

　　　　（唱）　疆域平定国有望,
　　　　　　　　天下归心方久长。
　　　　　　　　古今多少兴亡事,
　　　　　　　　治国先行正纪纲。

鳌　拜　（放肆大笑）哈哈哈……

康　熙　鳌拜公因何发笑?

鳌　拜　皇上真不愧是少有大志呀。

康　熙　此话怎讲?

鳌　拜　想皇上小小年岁,按说尚在习政之时,今日初理朝政就要整顿纪纲,岂不是少有大志么! 哈哈哈!

康　熙　（不悦）哼!

鳌　拜　（面露愠色）众位王臣,鳌拜等受先皇遗托,佐理朝政。近年来,政令多由本公拟定,有何不当之处,列位尽可直谏!

　　　　〔众人面面相觑,不敢正视鳌拜。

遏必隆　（经不住鳌拜威势）呃……启奏皇上,鳌拜公主政以来,夙夜兢兢,鞠躬尽瘁,这些年倒也政通人和,国泰民安。

苏克萨哈　启奏皇上,臣苏克萨哈不同此议!

康　熙　奏来。

苏克萨哈　皇上,鳌拜公主政以来,居功自傲,专权擅政,所出政令多有弊端!

康　熙　可有例证?

苏克萨哈　有！远且不讲，日前他擅自行文，强令正白旗与他镶
　　　　　黄旗换地。尔后又在永平府强圈民地，就是例证。

苏纳海　启奏皇上，臣苏纳海亦有同见。鳌拜公的强圈令一
　　　　　出，数万汉民弃室抛荒，无家可归，多有结伙生事者，
　　　　　还将造成旗民交困，望皇上明断！（呈奏折）

康　熙　（阅，对遏必隆）好一个政通人和，国泰民安！
　　　　　（对鳌拜）鳌拜公，你有何话讲！

鳌　拜　哼，饰词欺君，一派胡言！

康　熙　何以见得？

鳌　拜　祖宗创建八旗，早有定序在先，正黄镶黄名列位首，
　　　　　理占京畿沃土。再者，圈地是我大清祖制，旗地不
　　　　　足，自该行圈补齐！

康　熙　如此说来，你倒无有差错？

鳌　拜　祖宗有制，朝廷有法，老臣何错之有？

康　熙　你……（欲怒又忍）鳌拜公！
　　　　　（唱）　莫只说祖宗之法当效仿，
　　　　　　　　　怎不知审时度势改旧章。
　　　　　　　　　八旗军封属地事出以往，
　　　　　　　　　强迁换互劳损两旗俱伤。
　　　　　　　　　汉民地几被圈怨忿增长，
　　　　　　　　　再行圈激民变防不胜防。
　　　　　　　　　朕劝你衡利弊莫负所望，
　　　　　　　　　利四海安民心改弦更张。

鳌　拜　这么说皇上要废除圈地了！

康　熙　就是复圈之地也应退归原主！

鳌　拜　笑话，笑话，哈哈哈……

康　熙　（愠怒）鳌拜公！

鳌　拜　皇上！
　　　　　（唱）　恕老臣竟相悖直言顶撞，
　　　　　　　　　未曾见哪个皇上乱改朝纲。
　　　　　　　　　汉叛清是常事难掀大浪，

QINQIANGJUBENJINGBIAN 《西安秦腔剧本精编》

永平府民滋事何必惊慌。

只要咱八旗军兵强马壮，

怕什么大清江山不久长。

圈旗地养精锐国策为上，

切不可违背了祖制旧章。

康　熙　废除圈地，势在必行，朕已然做了决断，不必多言！

鳌　拜　怎么，皇上已然做了决断？

康　熙　朕已亲政，还做不得主么？

鳌　拜　皇上虽然亲政，辅臣也尚未归政，朝廷大事需经王臣核准！

康　熙　这有何难，政令适世更张，为历代明君之法，众位王臣岂能不知？

鳌　拜　只怕未必。

康　熙　众位王臣，尔等有何异议？

穆里玛　皇上，恕臣穆里玛直言冒犯，圈占旗地是我朝大计，万万不可随意更改！

班布尔善　皇上，臣班布尔善赞同穆里玛所奏，对汉人不可姑息迁就！

康　熙　（惊起）噢？杰书亲王，你有何见教？

亲　王　皇上，更改祖制一事关系重大，恕臣不敢妄论。

康　熙　（焦急）遏必隆公，你呢？

遏必隆　哎呀皇上啊！臣虽身居辅政要职，头脑却甚愚钝，重大决策，一向不敢多嘴！（擦汗）

康　熙　你……（惊呆）

鳌　拜　（纵声大笑）哈哈哈……

苏克萨哈　（怒不可遏）鳌拜，你不要欺人太甚！皇上，鳌拜骄横无度，众王臣敢怒不敢言。以臣之见皇上已然亲政，辅臣之职无须再设，臣愿先行辞去辅政大臣之职！（跪请）

康　熙　（未听清）苏克萨哈公，你讲说什么？

苏克萨哈　臣愿辞去辅政大臣之职！

康　熙　（未解）苏克萨哈公，朝政大事尚无定论，你怎么又
　　　　要辞职呢？

苏克萨哈　（暗自叫苦）皇上，臣的意思……

鳌　拜　（趁虚而入）哼哼哼……苏克萨哈公，这可是你自取
　　　　其祸！

苏克萨哈　（惊）你……你要怎样？

鳌　拜　皇上，苏克萨哈饰词欺君，煽动更改祖制。众王臣不
　　　　准，他又以辞职相要挟。按律犯有惑乱朝纲之罪，理
　　　　当凌迟处死！

康　熙　（大惊）鳌拜公，苏克萨哈辞职不当，朕已当面责过，
　　　　为何又要凌迟处死？

穆里玛　皇上，苏克萨哈胸怀奸诈，居心险恶，理当凌迟！众
　　　　大人，以为如何？

班布尔善　臣同此议！

众　臣　同此议！

康　熙　（忍无可忍）核议不当，不准所请！

鳌　拜　核议正当，理当凌迟！

康　熙　勋旧重臣，不可妄判。此事改日再议，回宫！（离
　　　　座）

鳌　拜　慢！议而不决，皇上不能回宫！

康　熙　鳌拜公，苏克萨哈与你同受顾命，同朝辅政，政见不
　　　　同，总还有些情分。为何定要将他置于死地？

鳌　拜　他饰词欺君，要挟皇上，留他在朝于国不利！

康　熙　（震怒而笑）哼哼哼……要挟于朕之人何尝无有，朕
　　　　看苏克萨哈公倒还规矩些！

鳌　拜　皇上，此话何意？

康　熙　哼！（扶起苏克萨哈，归位）

鳌　拜　哼！老臣我明白了。

康　熙　你明白什么？

鳌　拜　看来苏克萨哈早就串通皇上，今日听政，要治我鳌拜
　　　　之错。只因王臣不准，皇上恼羞成怒，执意偏袒

于他!

康　熙　哼!

鳌　拜　好,好!想我鳌拜扶保皇室数十余载,今天竟落得如此下场,真叫人痛心呵,痛心……(抖动双拳,直奔御阶)

康　熙　(惊)鳌拜公,你这是做什么?

鳌　拜　看!这胫下的伤痕,是老臣搭救太宗皇驾的见证!这公爵之位,是老臣用血汗换来的!先皇在世之时,都对老臣另眼相看,将大公主下嫁老臣之子。不想皇上初理朝政,就视老臣为异己。怎不叫人肝胆俱寒啊!

(唱)　我鳌拜为皇家披肝沥胆,
　　　　查一查大清史一目了然。
　　　　甲子年救太宗浑身血染,
　　　　剿流寇屡陷阵一马当先。
　　　　亲斩那张献忠惩治反叛,
　　　　扶幼主呕心血两鬓皆斑。
　　　　到如今皇上亲政把脸变,
　　　　宠狂臣信馋言自毁江山。
　　　　老臣我遵祖制据理力辩,
　　　　想不到竟遭到如此责难。

也罢!(摘下顶戴,接唱)
　　　　自古功臣多风险,
　　　　鸟尽弓藏难保全。
　　　　既然鳌拜已碍眼,
　　　　不如碰死御门前。

〔鳌拜扔顶戴直奔御阶撞去,康熙惊慌躲闪,明珠以身相护,众王臣上前拦住鳌拜。

遏必隆　哎呀皇上呀!鳌拜公秉性刚烈,今日之事,就通融通融吧!

康　熙　非是不能通融,废除圈地一事他不依从,倒还罢了,

171

如今要将苏克萨哈公凌迟处死,朕实在于心不忍!

遏必隆　皇上不忍诛戮重臣,实为仁德之君。不如就将此事托付鳌拜公吧!

康　熙　这如何使得!

遏必隆　哎,让他出出气也就是了。鳌拜公,皇上若将此事托你,只是勋旧重臣不可凌迟!

鳌　拜　哼!

遏必隆　唉呀,看在同朝情分,斥责几句也就是了。

穆里玛　兄长……(耳语)

鳌　拜　好,那就请皇上下诏。

康　熙　这……(犹豫,举笔欲书)

苏克萨哈　皇上,使不得!

四大臣　请皇上下诏!

〔康熙四顾无援,被迫书诏,苏克萨哈与苏纳海欲阻拦,被遏必隆劝止。

康　熙　(捧诏下位)鳌拜公,万万不可食言啊!

苏克萨哈　(心如火焚)皇上……

鳌　拜　(抢过诏书)鳌拜决不食言!(转身)众位王臣,皇上年少识浅,不禁狂臣诱惑,今托鳌拜代理朝政,恕我不恭了!穆里玛都统,命你速去永平府缉拿叛首熊子建归案!

穆里玛　遵命!

鳌　拜　苏克萨哈惑乱朝纲,本应凌迟处死……

康　熙　(惊)鳌拜公!

鳌　拜　念在皇上讲情,从轻判处。虎尔哈何在?

〔左眼带眼罩的虎尔哈应声带领武士拥上。

鳌　拜　速将苏克萨哈并同狂臣苏纳海绑赴刑场,绞刑处决!

康　熙　啊!(惊呆)鳌拜公……

遏必隆　皇上……(顿足懊悔)皇上啊……

康　熙　(茫然四顾周围的武士,凄楚地)苏克萨哈公,都是朕害了你们了……(泪下)

QINQIANGJUBENJINGBIAN
西安秦腔剧本精编

苏克萨哈　（老泪纵横）皇上年少力弱，老臣不怪，日后政事艰
　　　　　难，还望多加珍重，老臣别驾了！（摘顶戴跪呈）

鳌　拜　押下去！
　　　　　（苏克萨哈与苏纳海推开武士，凛然而下）

康　熙　（欲追）苏克萨哈公……（见虎尔哈挡道而立，无奈
　　　　　转身怒视鳌拜）你，你……（气厥）

明　珠　（急抱住）皇上！

众　臣　皇上……皇上……

第三场

〔皇宫内，延春堂。

〔幕后传出欢乐的音乐……

〔幕启：锦堂装点一新，上书"延春堂"三字。左右对
联是："惟精惟一道积于厥躬"、"克宽克仁皇建其有
极"。正中阶上设御榻，阶下设红连椅；两侧宝鼎生
烟，宫灯溢彩；阁外栏杆环绕，春意正浓。

〔老内侍正堂口候驾。内传："皇后驾到！"内侍引皇
后上。

老内侍　启奏皇后，奉太皇太后旨意，设宴恭贺皇上亲政，老
　　　　　奴已候驾多时了。

皇　后　皇上近日欠安，懒于行动。我已命人催请去了。

老内侍　待老奴奏明太皇太后。（下）

皇　后　（观堂中景象，忧虑地）唉！

　　　　（唱）　延春堂香烟缭绕贺亲政，
　　　　　　　　我这里愁肠百结心不宁。
　　　　　　　　皇上他受挫折忧虑转重，
　　　　　　　　整日里心焦躁常发雷霆。
　　　　　　　　我也曾将此情向上回禀，

又谁知太皇太后不愿听。

老人家偏偏地有此逸兴，

下懿旨摆华筵要庆升平。

倘若是皇上他发火使性，

惹怒了老祖母其罪非轻。

但愿得今日里风平浪静，

〔内传："圣驾到！"

皇　后　（观望，惊）呀！

（接唱）皇上他怒满面令人心惊。

〔明珠引康熙上。

康　熙　唉！

（唱）　恨鳌拜结私党专权擅政，

恨王臣惧权势怕死贪生。

恨朕弱任胁迫勋臣丧命，

恨后堂屡设宴歌舞升平。

皇　后　参见皇上！

康　熙　朕心烦乱，无意欢宴，为何累累催请？

皇　后　皇上息怒。今日酒宴是太皇太后特意安排，奴才怎
敢违命。

康　熙　住口！太皇太后一向圣明，一定是你所为！

明　珠　皇上，今日酒宴确是太皇太后特意安排。

康　熙　多口！御门之事你都亲眼得见，亏你还有心思来周
旋。回宫！

明　珠　皇上，太皇太后的脾气……

皇　后　皇上，还是不要惹她老人家生气为好啊！

康　熙　这……唉！起来吧！（归位）

〔老内侍捧一柄玉如意上。

老内侍　参见皇上！

康　熙　手捧何物？

老内侍　太皇太后命老奴送来玉如意一柄，祝皇上亲政之后
万事如意！

康　熙　万事如意？嘿！（不悦）放在一旁！

　　　　〔明珠放玉如意于案上，康熙不屑一顾。

老内侍　皇上……

康　熙　（不耐烦地）还有何事？

老内侍　太皇太后惟恐皇上烦闷，特命老奴引来数名宫眷，为
　　　　皇上歌舞助兴。

康　熙　（愠怒）朕心不佳，无意观赏！

皇　后　老公公，快将宫眷引回去吧！

老内侍　这是太皇太后的旨意，老奴怎敢违抗。（呼唤）歌舞
　　　　上来呀！

　　　　〔宫眷们内应："喳——！"

　　　　〔音乐声起，康熙欲拦来不及。只得抱头伏案，不予
　　　　理睬。数名着艳丽旗装的宫眷舞蹈而上。

众宫眷　（边舞边唱）

　　　　　　　　四海归心升平日，
　　　　　　　　江山一统庆康熙。
　　　　　　　　浓歌艳舞欢无际，
　　　　　　　　红裳翠袖拥丹墀。
　　　　　　　　风澹澹，日依依，
　　　　　　　　承恩英主亲政时。
　　　　　　　　经略大展臣济济，
　　　　　　　　德政巍巍与天齐。
　　　　　　　　万方咸伏称盛世，
　　　　　　　　祖业无疆寿无极。
　　　　　　　　万事如意万事如意，
　　　　　　　　万事如意万事如意……

康　熙　（震怒，拍案而起）停下！

　　　　（唱）　陈词滥调拂朕意，
　　　　　　　　粉饰升平为怎的？
　　　　　　　　权臣视朕如儿戏，
　　　　　　　　后宫也来把君欺。

秦腔　康熙出政　KANGXICHUZHENG

万事何尝如朕意，

谁人能与解忧戚。

〔明珠示意，老内侍率宫眷惊慌下。康熙离位欲走，忽然一阵目眩……

皇　后　皇上息怒，皇上息怒！（擦泪）

康　熙　（悲愤地）天哪，想我玄烨继位以来，夙夜习政，勤攻苦读，几番口吐鲜血，仍然手不释卷，从不敢贪图半点安逸。谁料初理朝政就失势于强臣之手。而今后宫却是一片欢庆，欲将朕再缚于声色之中，眼看国事艰难，忧患丛生，朕无以为计，难道说大清基业真要败在玄烨之手吗……（拿起玉如意）哈哈，万事如意？万事如意！（怒摔）

皇　后　（大惊）哎呀皇上啊，此乃太皇太后恩赐，将它摔断，如何交待呀？

康　熙　（惊醒）哎呀不好！朕一时性起，犯下了欺祖大罪！

〔内传："太皇太后驾到！"康熙惊慌失措，捡起玉如意安对。

明　珠　皇上，安不上了！

〔康熙将断如意交给明珠，拉皇后躬身候驾。老内侍率宫眷引太皇太后上。康熙与皇后跪接。老内侍率宫眷下，太皇太后归位。

康　熙
皇　后　（行大礼）参见太皇太后！

太皇太后　皇帝、皇后平身赐座。

康　熙
皇　后　谢太皇太后！（二人战战兢兢，不敢落座）

太皇太后　皇帝，为何这般气色！

康　熙　这……

皇　后　（急跪）奴才请罪！

太皇太后　噢，皇后何罪之有？

皇　后　太皇太后恩赐的玉如意，皇上十分喜爱，都是奴才一时不慎，将它落地折断了。

QINQIANGJUBENJINGBIAN
西安秦腔剧本精编

太皇太后　什么,玉如意折断了?

皇　后　望太皇太后开恩。

太皇太后　(面露愠色)哼,此乃吉祥之物,为何如此疏忽?

皇　后　奴才该死,奴才该死!

康　熙　太皇太后,皇后并无过错。玉如意是玄烨摔断的!

太皇太后　怎么,是皇上摔断的?

皇　后　皇上!

康　熙　多口!

太皇太后　讲,你为何将它摔断?

康　熙　太皇太后容奏!

　　　　(唱)　黎民遭难忠良丧,
　　　　　　　强臣专权乱朝纲。
　　　　　　　国计民生陷丛莽,
　　　　　　　后宫欢宴甚荒唐。
　　　　　　　一怒中摔坏如意难宥谅,
　　　　　　　欺祖的大罪名孙儿承当。(跪)

皇　后　太皇太后,皇上近日欠安,行动无状,望您老人家开
　　　　恩啊!(哭泣)

太皇太后　皇帝,你将祖传之物摔坏,如今又敢出言顶撞,难道
　　　　就不怕我治罪于你吗?

康　熙　太皇太后,玄烨初政受挫,已负祖望,实在不敢沉湎
　　　　于声色之中,误国误民。您老人家就降罪吧!(伏地
　　　　叩拜)

皇　后　皇上……(泣不成声)

太皇太后　(下位观察,惊喜不尽)苍天有灵,大清有望了!

　　　　(唱)　谢苍天降龙种大清有望……
　　　　　　　好一个倔强的皇帝,好一个贤德的皇后,快快请起!

康　熙　(不解)太皇太后……

太皇太后　(慈爱地扶起,为其擦泪)

　　　　(唱)　听祖母与孙儿细诉衷肠。
　　　　　　　十六岁我辅助太宗皇上,

三十岁携你父定鼎安邦。

遭不幸你八岁父母早丧，

祖母我又扶你支撑朝堂。

为皇家历尽了艰难境况，

有多少难言苦心底埋藏。

原只说你幼小尚待成长，

你父皇遗托辅臣理朝纲。

又谁知权臣势重凶焰旺，

压群臣擅朝政胜似虎狼。

也是你年少识浅欠稳当，

过早地露出了夺人锋芒。

御门前龙虎斗身心受创，

康　　熙　（一阵委屈）太皇太后……

太皇太后　（接唱）吃一堑长一智切勿忧伤。

皇帝，不要伤怀。局势险恶，可炼就大智大勇；政事艰难，可造就圣主明君。只要孙儿龙种不凡，日后可再展宏图！说来祖母我也有一忧，遍观古今多少君王，一逢险恶，就不求进取，沉溺于声色，误国误民。故尔今日设计试探于你，这柄玉如意你摔得好，你摔去了祖母我的后顾之忧哇！

康　　熙　（惊悟）噢！玄烨愚昧无知，未察深意，望您老人家见谅！

太皇太后　不妨事，不妨事。哈哈哈……（示意）

老内侍　　（会意）少年们走上啊！

〔数名着满族角扑武装的少年上，围绕康熙跪拜。

众少年　　侍候皇上！

康　　熙　这……

太皇太后　这就是我时常讲起的布库戏。

康　　熙　就是以摔跤格斗见长的角扑戏吗？

太皇太后　正是！祖母我特地从皇室子弟中挑选出数十名少年，让他们演习角扑。皇上若是喜欢，可将他们留在

QINQIANGJUBENJINGBIAN
西安秦腔剧本精编

身边。

康　　熙　（惊喜）少年们平身！

众少年　谢皇上！

〔少年们展现英姿，康熙逐个审视，欣喜不尽。突然
向一强壮少年袭击，未赢。众笑。

康　　熙　明珠，后堂摆酒，款待布库戏少年！

明　　珠　遵旨！

众少年　谢皇上！

〔众少年随明珠下。康熙喜上心头。

太皇太后　皇帝，这布库戏可好！

康　　熙　好，好？

太皇太后　好在哪里？

康　　熙　好在它角扑格斗，可助孙儿强健体魄；更好之处还在
它名为游戏，实为备武！

太皇太后　（惊喜）好一个聪明的皇帝呀！

　　　　　（唱）　皇帝机敏有胆量，

　　　　　　　　　何愁权臣肆强梁。

　　　　　　　　　要牢记祖以骑射把业创，

　　　　　　　　　武功在手心不慌，

　　　　　　　　　强臣势锐暂避让，

　　　　　　　　　以屈求伸莫声张。

　　　　　　　　　喻臣以理有器量，

　　　　　　　　　抚恤招徕弱转强。

　　　　　　　　　愿孙儿足智多谋体魄壮，

　　　　　　　　　愿孙儿文治武功样样强。

　　　　　　　　　愿孙儿政通人和孚众望，

　　　　　　　　　愿孙儿力挽狂澜定家邦。

康　　熙　多谢太皇太后教诲之恩，所嘱之言终生不忘！

皇　　后　（喜之不尽）太皇太后，你老人家真是料事如神，排
难有方，适才奴才还好一阵担忧呢！

太皇太后　故尔不慎，将玉如意落地折断？

秦腔　康熙出政　KANGXICHUZHENG

179

皇　后　（羞涩，笑）太皇太后……

〔众笑。内侍上。

内　侍　启奏皇上，侍读熊赐履领着他的侄儿在堂口谒见。

康　熙　噢，熊师傅来了，他的侄儿……莫非就是在永平府聚众生事的熊子建？

内　侍　正是！

太皇太后　皇帝，熊赐履侍奉您多年，是个正直的汉官，若有什么难处，还要担待一二。

康　熙　玄烨记下了。

太皇太后　皇后，咱们到后堂说话去。

皇　后　遵命。

〔皇后搀太皇太后下。明珠复上。

康　熙　（归位）宣熊赐履！

〔熊赐履领熊子建急上。

熊赐履　参见皇上！

康　熙　熊师傅请起。（突然地）熊子建！

熊子建　（惊）罪民熊子建叩见皇上。

熊赐履　皇上，他是臣的侄儿，因抗圈地被定为叛民之首。臣劝他躲避一时，不想他一再恳求面圣，故尔领他冒死谒见！

康　熙　熊子建，你要见朕有何话讲？

熊子建　罪民本不该冒渎圣颜，只因受万民之托，不得不斗胆求见！

康　熙　受万民之托？起来讲话。

熊子建　皇上，八旗入关圈地，汉民受尽苦难。如今再度行圈，百姓实难生存。这是万民折，望皇上御览！（跪呈）

康　熙　（阅，震动）字字血染，声声泪下，朕有负于民！

熊子建　皇上圣明！（伏地叩拜）

康　熙　（扶起）熊师傅，你这侄儿真是有胆有识。

熊赐履　唉，只怕难逃鳌拜之手。子建，还不快快出宫！

〔内侍惊慌上。

内　侍　启奏皇上,鳌拜公亲率属下怒冲冲直奔后宫而来!

熊赐履　哎呀不好,想是子建进宫一事被他知晓!

康　熙　真是步步紧逼呀!

熊子建　皇上,小民别驾了!(欲走)

康　熙　慢!(思索)

熊赐履　(焦急)皇上……放他走吧!

康　熙　熊子建,朕即刻收你入宫充当角扑戏教习,你可愿意?

熊子建　(跪)小民愿为皇上效力。

康　熙　明珠,带他们后堂回避!(耳语)

〔明珠引熊赐履、熊子建下。

康　熙　拿酒来!

〔内侍端酒上。康熙归位饮酒。鳌拜率穆里玛和虎尔哈急上。

鳌　拜　参见皇上!(见康熙不睬)参见皇上!

康　熙　(放下杯)噢,原来是鳌拜公到了。朕正独酌无趣,来来来,陪朕饮上几杯!

鳌　拜　(蔑视地)哼,老臣公务在身,不能奉陪!

康　熙　什么?公务在身?也好,你干你的公务,朕可就不恭了。(自饮,无伴奏吟唱)

　　　　　　富贵已极意欲何?

　　　　　　荏苒光阴逐逝波。

　　　　　　昨日红花今日落,

　　　　　　温柔乡里欢娱多……

　　　　好酒,好酒!

穆里玛　兄长……(暗示后堂)

鳌　拜　皇上,可曾见熊子建逃到后堂?

康　熙　啊,你讲些什么?

鳌　拜　可曾见熊子建逃进后堂?

康　熙　噢,你问的是熊子建?

鳌　拜　是的!

康　熙　就在后堂!

鳌　拜　(惊)啊,就在后堂!(欲进后堂)

康　熙　鳌拜公,熊子建可不是逃来的。

鳌　拜　那又是怎样来的?

康　熙　是朕特意将他请来的。

鳌　拜　什么,请来的?(大惑)

康　熙　即刻就叫你明白。明珠!

〔明珠上。

康　熙　传少年们来见。

明　珠　少年们走上!

〔少年们应声上,改扮过的熊子建亦在其中。

虎尔哈　(认出)就是他!

鳌　拜　快与我拿下!

〔少年们齐上,将鳌拜等团团围住。

鳌　拜　(惊)皇上,这是何意?

康　熙　(开心大笑)哈哈哈……鳌拜公,不要怕。朕跟你玩
　　　　耍,玩耍!少年们,游戏上来!

〔众少年应声起舞,尔后与熊子建相互扑捉,时而惊
险,时而滑稽有趣。康熙拍手乐道,鳌拜等迷惑不解。

康　熙　停!鳌拜公,这游戏可有趣?

鳌　拜　哦,倒也有趣!

康　熙　这就是我们满人的布库戏,再加上汉人的轻巧跌滚,
　　　　更是妙趣横生,鳌拜公,你的眼福不浅哪。

鳌　拜　哦,是是是。

穆里玛　兄长……(耳语)

鳌　拜　皇上,游戏有趣无趣我且不管,熊子建是朝廷重犯,
　　　　老臣要将他带走。

康　熙　哎呀,这如何使得?他是朕的教习,这游戏全凭他生
　　　　色增辉呢。

鳌　拜　皇上,他是朝廷重犯!

QINQIANGJUBENJINGBIAN 西安秦腔剧本精编

康　熙	重犯,重犯,他究竟犯了何罪?
鳌　拜	他抗命不遵,聚众生事,将副都统虎尔哈左眼刺伤!
康　熙	(观看)不错,副都统的眼睛果然坏了一只。不妨事,朕可为他赎罪。
鳌　拜	皇上,此乃朝政大事,并非儿戏!
康　熙	大事,大事,究竟能有多大? 再大还能大得过朕的江山吗?
鳌　拜	皇上,此话何意?
康　熙	哦……唉,江山又当如何呢……(端杯下位,脚步踉跄)

（唱）　　江山如罗网,
　　　　　　把朕网里装。
　　　　　　政事又怎讲?
　　　　　　夙夜恼断肠。
　　　　　　人生如梦多惆怅,
　　　　　　何必空负好时光。
　　　　　　玉液琼浆皇家酿,
　　　　　　杯中自有日月长。
　　　　　　莺歌燕舞醉中赏,
　　　　　　扑捉游戏乐无疆。
　　　　　　三皇五帝今何往,
　　　　　　一抔黄土埋穷荒。
　　　　　　白云苍狗成千古,
　　　　　　管它遗臭或流芳。(狂饮)

明　珠	皇上,再饮就要醉了!
康　熙	多口! 要的就是个一醉方休! (佯醉伏案)
鳌　拜	(低声)兄弟,皇上今天是怎么了!
穆里玛	怪事,前几天皇上还专心于政事……
鳌　拜	是了! 皇上还是个十几岁的孩子,全凭苏克萨哈等人为其出谋划策。如今羽翼被除,孤掌难鸣,自知不是本公的对手,受挫之后难免移志改性,何不任其胡闹下去?

穆里玛　皇上聪明过人,不可不防!

鳌　拜　这……那就将虎尔哈留在宫中作为耳目!

穆里玛　好倒甚好,也要防其变心!不如将其眷属留作人
　　　　质……

鳌　拜　嗯!虎尔哈,皇上年少好耍,我有意将你也留在宫中
　　　　充当布库戏教习,你可愿意?

虎尔哈　这……裨将公务甚多,家中还有妻儿老小,哪有心思
　　　　在这里作耍。

鳌　拜　你的眷属我和都统尽可照料,当以大事为重!(耳
　　　　语)

虎尔哈　裨将遵命!

鳌　拜　皇上,皇上!

康　熙　呵,鳌拜公,你又要讲说什么?

鳌　拜　皇上要留熊子建作耍,老臣不敢相强。只是我也要
　　　　引荐一人!

康　熙　哦……

鳌　拜　虎尔哈武艺高强,善于角扑,正可留在宫中充当
　　　　教习!

虎尔哈　奴才虎尔哈叩见皇上!

康　熙　哦,好!朕正缺一员强将玩耍。鳌拜公,多谢你的美
　　　　意呀。

鳌　拜　(忍俊不禁)不必,不必,哈哈哈……

穆里玛　(险恶地)哼哼哼……

康　熙　(开心地)哈哈哈……

鳌　拜　皇上,明日即送虎尔哈进宫,老臣别驾。

康　熙　送鳌拜公。

明　珠　送鳌拜公。

　　　　〔鳌拜等下。康熙恢复常态捂嘴偷笑。太皇太后、皇
　　　　后、熊赐履由后堂出,康熙迎拜祖母。

第四场

〔半年后的中秋夜晚,永平府郊外行猎御营。

〔幕启:明月凌空,台右处设御帐,宝座伏虎皮;帐口设椅案,显眼处置一口宝剑;台中挂黄龙旗。

〔虎尔哈机警地探视上。

虎尔哈　皇上还没回来!

（唱）　奉命入宫半年整,

　　　　皇上底细已摸清。

　　　　他借口宫中太冷静,

　　　　率队行猎到永平。

　　　　白日纵马任驰骋,

　　　　夜晚攻读到深更。

　　　　分明用的韬海计,

　　　　速回王府禀真情。

〔内侍率侍卫由帐后上。

内　侍　虎尔哈将军,你要到哪里去?

虎尔哈　这……心中烦闷,出去遛遛。

内　侍　皇上有旨,随行人员不准擅离御营。

虎尔哈　（不悦)你这是在跟谁讲话?

内　侍　我是跟鳌拜公的心腹之将虎尔哈将军讲话!不过,不管你是何人,在皇上面前总得称奴才,快请回吧。

虎尔哈　你……滚开!（推倒内侍)

内　侍　虎尔哈,你竟敢抗旨不遵!快与我拿下!

〔内侍率侍卫捉虎尔哈,均遭痛打。马蹄声起,康熙内呼:"住手,看箭!"一箭穿着虎尔哈的帽缨射进旗杆。

虎尔哈　（拔箭观看,惊)啊,皇上!

〔康熙策马急上,勒住惊马,腾身飞下。明珠与熊子建率众少年上。

康　熙　虎尔哈,为何在此行凶?

虎尔哈　　这……（跪）

内　侍　　回皇上,他趁皇上行猎未归,想要遛出御营。奴才阻拦,他就行凶伤人!

康　熙　　虎尔哈,你可知罪!

虎尔哈　　回皇上,奴才见皇上夜晚未归,心中焦急,是想到营外接驾的!

康　熙　　（冷笑）哼哼哼……难得你有如此忠心!

虎尔哈　　（傲慢起身）皇上,奴才受鳌拜公之托,陪王伴驾,自然要小心侍候。

康　熙　　（震怒）大胆! 你抗旨不遵,殴打侍卫;还敢骄横无礼,哪里容得,来呀!

明　珠　　（急拦）皇上,虎尔哈入宫以来事事尽心,念其初犯,饶他一命。

康　熙　　哼!

明　珠　　皇上,不看僧面看佛面。

康　熙　　哼!（怒火难捺,急步进帐）

明　珠　　虎尔哈,还不退下!

熊子建　　（不解）总管?

明　珠　　教习……（劝止）

虎尔哈　　多谢总管讲情。（瞥了熊子建一眼,傲慢地下）

熊子建　　皇上……（欲进帐）

明　珠　　教习,皇上该歇息了。

〔明珠率众下。康熙怒火中烧,急步帐外,正逢月华如水,银波泻地。

康　熙　　（止步凝望,思绪如潮）

（唱）　　万籁静月凌空银波泻地,
　　　　　朕心中似大江浪湍流急。
　　　　　连日来借行猎巡察农事,
　　　　　黄金季无收成满目荆棘。
　　　　　旗丁们薪饷亏怨声四起,
　　　　　观此景真叫朕百感交集。

感天意星斗焕光照大地，
叹人间权臣恶民不安居。
感古今圣主明君创盛世，
叹崇祯自殉煤山悔何及。
感祖宗历艰险统一寰宇，
叹朕弱无进取未伸先屈……

唉！

（接唱）只说是暂将怒火压心底，
暗中备武待时机。
有朝一日乘风起，
出奇制胜解危局。
又谁知紧要关头衅端起，
虎尔哈甘为鹰犬把朕欺。

唉，朕欲除不能，留之生祸，真令人棘手哇！这……记得半年前太皇太后教诲于朕言说："强臣势锐暂避让，以屈求伸莫声张。喻臣以理有器量，抚恤招徕弱转强。"这"抚恤招徕"么，不妨也对虎尔哈一试，又何不可？如果连一个虎尔哈都不能使之弃暗投明，还谈得上什么治国平天下！嗯，朕就是这个主意！

（唱）　施抚招诲愚氓将计就计，
定叫那老鳌拜枉费心机。

（计定，胸襟开阔，兴奋中取下宝剑吟唱）
大鹏一日同风起，
扶摇直上九万里……（舞剑）

〔明珠与熊子建闻声走上。

〔起伴唱：
假令风歇时下来，
犹能簸却沧溟水。
时人见我恒殊调，
见余大言皆冷笑。
宣父犹能畏后生，

丈夫未可轻年少。

熊子建　（情不自禁）好,好! 皇上剑法已然精熟多了。

康　熙　要多加指点才是!

熊子建　皇上,非是卑职奉承,适才皇上舞剑中吟唱李白的名诗《上李邕》,意到剑到,确非常人能比。

康　熙　教习过誉了。朕向你叔父学汉文,又向你学剑法,若不是你们叔侄精心教诲,焉有今日呀!

明　珠　皇上勤奋好学,广收博采,令人敬佩。

康　熙　（感慨）天子身处九重之内,所知岂能尽乎? 若不学人之长,怎为万民之主。朕自幼攻读汉学,受益匪浅,近年又请来两名西洋神甫任教,发现西洋的天文、历法、算学、医药都强于我国,正该学来为我所用。唉,可惜权臣当道,又不学无术,误了朕的大事!

熊子建　皇上经文纬武,励精图治。有朝一日定会同风而起,扶摇九重!

康　熙　（有意地）风从何来呀! 连虎尔哈这样的人都不能服朕,还能扶摇九重么?

熊子建　（不解）皇上?

康　熙　教习,我八旗将士中多有人仇视汉人,尚不知满汉相睦之重要。除掉一个虎尔哈,鳌拜还会再荐他人前来。

明　珠　皇上是说,力除不如抚招?

康　熙　正是。听说虎尔哈作战十分勇猛,深受镶黄旗官丁拥戴。若能为我所用,岂不是天大的好事!

明　珠　此计甚好,只是虎尔哈骄横无度,一时无从入手。

康　熙　虎尔哈因圈地与汉人结下深仇,不能自拔。若能有人忍辱负重,对他申明大义,朕不相信他就是顽石一块! 熊教习,你说呢?

熊子建　（领悟）蒙皇上刻意教诲,卑职顿开茅塞。若有机会,定按皇上的旨意而行! （跪）

康　熙　（感动,扶起）好一个深明大义的教习!

〔内侍急上。

内　侍　启奏皇上，皇后乘车由京城而来。

康　熙　（惊）不好，定是京中出了什么大事。快快引见！

〔内侍下。明珠示意熊子建戒备。内侍与两名宫眷引微服的皇后上。

皇　后　（进帐）参见皇上。

康　熙　皇后，你深夜出宫，又是这般装束，莫非京中出了什么大事？

皇　后　皇上！

（唱）　大公主今日回宫把亲省，
　　　　言谈中怨鳌拜仗势横行。
　　　　有一桩人命案关系甚重，
　　　　提起来真叫人气愤难平。
　　　　虎尔哈为鳌拜死心效命，
　　　　他怎知那老贼行如畜性，
　　　　见其妻容貌美大发兽性，
　　　　直逼得那女子悬梁命终。
　　　　就此事我与皇姐暗商定，
　　　　取来了虎尔哈母亲血泪信一封！（呈信）

康　熙　（览）鳌拜，你作恶多端，活该事败！哎呀，皇后，你什么时候学得这样善用心计？

皇　后　都是太皇太后引领得好。

康　熙　太皇太后三世定国之恩标青史！

皇　后　皇上，我得立即回宫，以免泄露消息。

康　熙　好。内侍，速送皇后回宫，要小心！

内　侍　遵旨！

〔内侍与宫眷护送皇后下。熊子建复上，与康熙耳语。

康　熙　他来得好！（引二人避帐后）

〔虎尔哈急上，向帐后探视。康熙等复出。

虎尔哈　（躲闪不及）奴才虎尔哈叩见皇上。

康　　熙　（不经心地）退过一旁。熊教习,适才所论的剑法十分精辟,日后要多讲与朕听。

熊子建　皇上过誉了。

康　　熙　明珠,回宫后查一查汉八旗的职缺,日后可让子建充任副都统。

明　　珠　遵旨。

熊子建　（不无得意地）谢皇上!

虎尔哈　（不悦地）皇上,恕奴才多口,汉人的剑法不过是些花架子,并无什么精辟之处!

康　　熙　哼,你讲此话好不量力。熊子建的剑法别人不知,难道你还不晓吗?

虎尔哈　这……（羞愧,捂左眼）皇上指的是永平之事么?

康　　熙　哼,明知故问。

虎尔哈　皇上,奴才左眼被伤,实为一时不慎,不能以一剑论定!

康　　熙　一时不慎?朕却不信。

虎尔哈　（被激怒）皇上不信,奴才可与熊子建御前比武!

康　　熙　御前比武?不妥,不妥。你是鳌拜公的心腹之将,倘有伤亡,那还了得!

虎尔哈　皇上,此事与鳌拜公无关,今日比武,可先立下生死状!

康　　熙　你当真要比!

虎尔哈　一决雌雄!

康　　熙　熊子建,你可愿立状比武?

熊子建　皇上,卑职与他有杀父深仇,正盼决一死战!

康　　熙　好,笔墨刀剑侍候!

　　　　〔明珠取来笔墨刀剑。

康　　熙　（唱）　二虎相争立御状

虎尔哈
熊子建　（唱）　胜负由天定存亡。（书状,取刀剑）

　　　　　　　伤眼之仇今要报,
　　　　　　　杀父

《西安秦腔剧本精编》
QINQIANGJUBENJINGBIAN

刀光剑影战一场。

〔二人对视片刻,恶斗起来。虎尔哈取胜心切,劈砍凶狠;熊子建巧妙迂回,几破险势,最后将虎尔哈击倒。

康　熙　熊子建,为何不刺?

熊子建　(情真意切)卑职何尝不想将他一剑刺死! 我子建自幼丧母,老父又惨死在他虎尔哈之手!

康　熙　既然如此,何不要他抵命?

熊子建　皇上,虎尔哈与卑职的冤仇皆因圈地而起,罪在鳌拜一人! 如今国事已定,四海一统,满汉两族的冤仇宜解不宜结,小民愿不计杀父之仇,以大业为重!

虎尔哈　哼,谅你也不敢加害于我!

康　熙　(震怒)虎尔哈! 你二人比武立下生死状,熊子建深明大义,不忍加害于你,反而对你晓之以理,动之以情,不想你竟然执迷不悟。就算是熊子建不敢加害,难道朕也怕你不成! (扔下生死状)

虎尔哈　(惊跪)奴才不敢!

康　熙　哼! 你因何入宫朕并非不知。你名为伴君戏耍,实为鳌拜充当耳目!

虎尔哈　这……奴才该死!

康　熙　要死倒也容易。我且问你,为何要为鳌拜卖命,欺君罔上?

虎尔哈　只因奴才跟随鳌拜公多年,受他恩惠,情愿以死相报!

康　熙　哼,好一个以死相报!

(唱)　　你助纣为虐罪恶重,
　　　　早该将你处死刑。
　　　　朕念你是员虎将有血性,
　　　　一心留你保大清,
　　　　谁知你欺君年幼附奸佞,
　　　　给权臣作鹰犬恣意横行。

　　　　　　你的妻被鳌拜奸污丧命，

　　　　　　到如今你还被蒙在鼓中！

虎尔哈　（震惊）这……不,不会！

康　熙　谅你也不敢相信。这是你母亲的书信,自己看来！

虎尔哈　（接信,念）"鳌拜逼儿妻悬梁自尽,儿反为虎作伥,

　　　　　　欺君罔上,何以为人……"唉呀……（气昏）

熊子建　（忙扶）将军……

虎尔哈　（唱）　看罢老母血泪信,

　　　　　　　　字字句句剜我心,

　　　　　　　　去找老贼把理论,

　　　　　　　　此仇不报枉为人！（拎刀,欲走）

康　熙　哪里去?

虎尔哈　（急跪）皇上,奴才从恶欺君,罪不容诛！望皇上容

　　　　奴才与鳌拜论理,尔后自戮满门！（又欲走）

康　熙　慢！鳌拜膂力过多,鹰犬众多,你只身前去必遭

　　　　其害。

虎尔哈　纵然是刀山火海,死也要报仇雪恨！

熊子建　（拦住）使不得！

虎尔哈　别管我！（急走）

康　熙　（拍案）虎尔哈！你,你好糊涂啊！

虎尔哈　（止步）皇上……皇上啊！（扑到康熙身前失声痛

　　　　哭）

　　　　　　〔康熙深切怜之,明珠与熊子建落泪。

康　熙　（扶起）见过熊教习。

虎尔哈　子建兄弟！（跪地）

熊子建　（跪扶）虎尔哈将军。

　　　　　　〔二人相抱,泪如泉涌。

康　熙　（扶起二人）你们看,多好的月夜啊！

　　　　　　〔康熙携领二人迎圆月缓缓走去……

《西安秦腔剧本精编》

QINQIANGJUBENJINGBIAN

第五场

〔数月后,鳌拜府后堂。

〔幕启:堂中锦幔高挂,玉屏生辉,正中设卧榻,台右处设椅案。

〔鳌拜酒酣卧榻,两名玉姬在旁侍候。堂中数名舞伎翩翩起舞,腰铃作响,鼓声大振,舞伎们如癫如狂……身佩短刀的穆里玛和班布尔善闯进。鳌拜斥退舞伎和玉姬。

鳌　拜　（不悦）到此何事?

穆里玛　兄长,你不该托病不朝,居府饮酒。

鳌　拜　嗯?（不满地瞪了穆里玛一眼）

班布尔善　鳌拜公,近日政情有变,都统甚是焦急。

鳌　拜　此话从何说起?

穆里玛　唉,兄长!

　　　　（唱）　愿只说皇上他移志改性,
　　　　　　　　细观察这内中藏有隐情。

鳌　拜　有何隐情?

穆里玛　（唱）　近月来他四处招募强勇,
　　　　　　　　布库戏众少年现已倍增。

鳌　拜　几个乳臭未干的娃娃,又能掀得起什么风浪! 大惊小怪!

穆里玛　兄长!

　　　　（唱）　京城中文武臣也有更动,
　　　　　　　　索额图已充任卫戍总兵。

鳌　拜　这又何妨! 索额图乃索尼之子,其父生前与我同辅朝政,胆小如鼠,谅他也不过如此。

穆里玛　哎呀兄长！

　　　　（唱）　万事皆小武备重，

　　　　　　　　掉以轻心满盘空。

　　　　　　　　皇上聪明又机警，

　　　　　　　　定在蓄锐养精兵。

鳌　拜　哈哈哈……你二人竟被吓成这个样子。就算是皇上
　　　　意欲谋政，也无济于事，岂不知京城附近有我镶黄旗
　　　　数万之众！我之所以要两旗换地，就是防他亲政之
　　　　后自行其事。

穆里玛　只怕是镶黄旗也靠不住了。

鳌　拜　（惊）何出此言？

班布尔善　鳌拜公，只因换地劳损，我镶黄旗缺少薪饷，官丁皆
　　　　有怨声。

鳌　拜　（怒）哼！为了换地，我不惜御门逼驾，如今反倒生
　　　　怨！传令，怨者皆罚！

穆里玛　只怕罪不如抚！

鳌　拜　怎么讲？

穆里玛　兄长，据报，皇上近来对镶黄旗极力笼络，曾给镶黄
　　　　旗送去库粮。官丁们感激不尽，众皆山呼万岁！

鳌　拜　（大惊）噢，皇上抚招到我镶黄旗头上来了！局势如
　　　　此严重，虎尔哈为何不来禀报？

穆里玛　只怕事就坏在他的身上！

鳌　拜　你是说虎尔哈有变？

穆里玛　你想，他是我们安在宫中的耳目。可他却一再传信，
　　　　说皇上整日戏要，无心理政，害得我们不加防范。

班布尔善　皇上抚招镶黄旗一事，说不定就是虎尔哈从中串
　　　　通的。

鳌　拜　（思索）不，不会。他因圈地杀人，激起汉人反叛，又
　　　　是你我耳目，皇上还能容得他么？

穆里玛　难说呀，万一……

鳌　拜　不要草木皆兵。

穆里玛	还有他妻子之事……
鳌　拜	（窘）哦,不会。他久居宫中,不会知晓。何况此事我已严加封锁,怎能走漏风声。
穆里玛	兄长,这几月大公主可是两次回宫啊。
鳌　拜	（惊悟）这我倒疏忽了……唉,原只说与她玩耍玩耍,不想这个婆娘竟然如此刚烈。
穆里玛	兄长,非是小弟埋怨,府内姬妾成群,你何苦招惹他的家眷!
鳌　拜	（恼羞成怒）够了! 你身为镶黄旗都统,为何久居京城,不到永平察看,却让皇上得手!
班布尔善	哎呀,二位莫吵,快想对策才是。
穆里玛	我已传令属下把守京城要路,以防不测。
鳌　拜	好!
穆里玛	另外,我已差人传报虎尔哈,说你病重,召他立即回府。
鳌　拜	嗯! 待他到来,严加盘问,不论如何,立即诛之,以绝后患!

〔卫将急上。

卫　将	禀鳌拜公,皇上带领数百名卫士直奔府上而来!
穆里玛	哎呀兄长! 想是召回虎尔哈一事引起皇上警觉,要对你我先行下手!
班布尔善	这……这便如何是好?!
鳌　拜	慌什么!（对卫将）可有什么传报!
卫　将	明珠总管差人传报,说皇上前来探病。
鳌　拜	噢,探病……
穆里玛	兄长,万万不可大意呀!
鳌　拜	你呀,机智有余,胆略不足,终不是个帅才。府中强勇千员,何惧他数百之众!
穆里玛	是是是! 我哪里比得了兄长,身经百战,临阵不乱。
鳌　拜	哼,他来探病,我就装病,正可借机试探于他。他若不露破绽便罢,若露破绽,定叫他有来无回!

穆里玛　事到如今，只好破釜沉舟了！

鳌　拜　（对卫将）你速到门前迎候，就说我病重，后堂接驾。

卫　将　遵命！（下）

鳌　拜　你二人速去召集府中强勇，埋在后堂周围，听我拍案
　　　　　为令，一起动手！

穆里玛　遵命！兄长……（递过短刀）

鳌　拜　（接刀，眼露凶光）皇上，恕老臣不恭了！（将刀藏在
　　　　　左袖内）

　　　　　〔穆里玛、班布尔善急下。

　　　　　〔内传："圣驾到！"明珠与熊子建率众少年引康
　　　　　熙上。

康　熙　（唱）　闻鳌拜传召虎尔哈，
　　　　　　　　　想必是宫中事他有觉察。
　　　　　　　　　朕本当趁此机点兵披挂，
　　　　　　　　　怎奈他已防范要把难发。
　　　　　　　　　应急变来探病将事按下……

　　　　　〔鳌拜缓缓迎上。

鳌　拜　皇上，老臣病重，不能迎拜，望皇上恕罪。

康　熙　哎呀鳌拜公啊！

　　　　　（接唱）朕听你病势重心乱如麻。

鳌　拜　皇上请上座。

康　熙　鳌拜公请。

　　　　　〔康熙归榻，众少年围侍左右。鳌拜提防而坐。

鳌　拜　朝中政务繁忙，皇上如何得空来臣舍下？

康　熙　鳌拜公，听总管传报，说你病情加重，速召虎尔哈回
　　　　　府，朕心中甚是焦急，特来探望。

鳌　拜　哎呀，老臣区区之身，实不敢惊动圣驾！（环视）皇
　　　　　上，为何不见虎尔哈到来？

康　熙　实不凑巧，虎尔哈整日与少年们跌扑，眼伤不幸复
　　　　　发，太医们正在为他医治。

鳌　拜　噢，会有这样的事？哼，难得皇上对他如此厚爱！

西安秦腔剧本精编
QINQIANGJUBENJINGBIAN

康　熙　他是鳌拜公的心腹之将,朕自然要另眼看待!

鳌　拜　另眼看待?

康　熙　对,另眼看待。

鳌　拜　(阴笑)哼哼哼……

康　熙　(不无得意地)哼哼哼……

鳌　拜　(起身欲怒,又忍下)唉!

康　熙　鳌拜公因何叹气?

鳌　拜　这……(借势生计)唉,皇上!

　　　　(唱)　蒙皇上不计前怨来探病,
　　　　　　　老臣我实难安受宠若惊。
　　　　　　　闲暇时扪心自问常内省,
　　　　　　　数年间负上望罪大于功。
　　　　　　　愚昧耿直已成性,
　　　　　　　朝廷上下有怨声。
　　　　　　　永平圈地失德政,
　　　　　　　黎民百姓不安宁。
　　　　　　　也是老臣事将罄,
　　　　　　　近日里气力衰退病不轻。
　　　　　　　望皇上准许臣归政,
　　　　　　　赦鳌拜退归故里了此生。

康　熙　(惊异)怎么,鳌拜公意欲归政?

鳌　拜　正是!

康　熙　(急切地)此话当真?

鳌　拜　(警觉)老臣诚意归政,难道还是假的不成?

康　熙　诚意归政……(观察思索)

　　　　(唱)　人皆知鳌拜他贪婪成性,
　　　　　　　今为何请归政自言心诚。
　　　　　　　莫非他良心现反躬自省,
　　　　　　　莫非他果真是病势不轻?
　　　　　　　朕何尝不期望事态稳定……

　　　　(近前观察,见鳌拜机警躲闪,紧避左袖,顿时生疑)

不对！

（接唱）细观察不由朕疑虑顿生。

他面露狡黠非抱病，

眼透机警有锋棱。

左臂紧躲动作硬，

症结莫非在袖中？

鳌　拜　（心急火燎）皇上，老臣话已讲明，到底准是不准？

康　熙　（将计就计）鳌拜公！

（唱）　你莫焦躁且安静，

气力衰退忌高声。

你若归政享晚境，

谁人与朕把天擎。

事关兴衰要三省，

来来来先让朕诊一诊你的病情。

鳌　拜　（惊异）怎么，皇上还会诊病？

康　熙　鳌拜公，朕闲暇时读过几本医书，学来一点医术。不妨为你诊上一诊。

鳌　拜　哈哈哈……这倒神奇了！请问皇上是怎样的诊法呢？

康　熙　这有何难？常言道：病有病理，医有医术。若论诊病，必先通过望、闻、问、切四诊合参，而分阴阳、定虚实、明部位、拟治则，又均要取决于脉象。因此朕要先诊一诊你的脉象！

鳌　拜　（惊）怎么，皇上要与老臣诊脉？

康　熙　自然，这是诊病的规矩，取右手过来。

鳌　拜　右手？哦，好好，请皇上诊来。

康　熙　（诊脉）嗯，不错。右手脉寸、关、尺三部，初按浮大，按久渐觉乏力，还真是正气不足之像。

鳌　拜　（不悦抽手）哼！

康　熙　取左手过来。

鳌　拜　（大惊）皇上，已经诊过右手，为何又要诊左手？

康　熙　鳌拜公有所不知,诊脉必须是六脉总按,而后加以比较,方能诊出真实病症!

鳌　拜　哦,不必,不必。老臣的病已请名医诊过,皇上不要费心了。

康　熙　如今有些名医并无真才实学,多以病人自诉弄出来许多玄虚,鳌拜公不要轻信。

鳌　拜　怎么,皇上一定要诊?

康　熙　四诊合参,六脉总按,缺一不可!

鳌　拜　(勃然变色)好,请皇上诊来!

　　　　〔鳌拜按住左袖口,康熙诊其脉,观其色,心中已有数。

康　熙　(惊叫)哎呀鳌拜公啊!

鳌　拜　(惊撤身)啊!什么?

康　熙　适才朕诊你右手脉,还真有气力衰退之像,不想朕一诊你这左手脉呀……

鳌　拜　(失态地)怎么样?

康　熙　初按弦息不和,按久渐觉雍容和缓,综六脉之变化,此乃病势缓解之像。唉,你害得朕一场虚惊啊!哈哈哈……(临榻)

鳌　拜　(尴尬地)嗨嗨嗨,老臣的病叫皇上吓也吓重了。

康　熙　鳌拜公,病势既有和缓,康复指日可待,就不要再提归政之事了。

鳌　拜　皇上,老臣话已出口,断不能更改。

康　熙　怎么,你还是要归政?

鳌　拜　还望皇上恩准。

康　熙　鳌拜公,朕年少力弱,诸事皆赖辅臣掌管。你若归政,叫朕如何是好哇?

鳌　拜　难得皇上如此倚重。怎奈皇上已然亲政,老臣若是再不归还,只怕是要怨声四起了。

康　熙　听你之言朕倒明白了。你执意归政,是怕朝野生怨?

鳌　拜　名不正,言不顺,总有一天要大祸临头!

康　熙　噢,你已有预感?

鳌　拜　只怕是近在眼前!

康　熙　(不置可否)是呵,是应该名正言顺了……鳌拜公,
　　　　朕倒有一万全之策。

鳌　拜　有何万全之策?

康　熙　如今国事已定,四海归一,正是封赏功臣之机。朕回
　　　　宫后请准太皇太后,三日后由你在御门叙功,只要众
　　　　王臣核准,朕封你终身摄政!

鳌　拜　怎么,只要众王臣核准,皇上愿封老臣终身摄政?

康　熙　正是。

鳌　拜　此话当真?

康　熙　君无戏言。

鳌　拜　(激动万分)难得皇上如此体谅老臣,请皇上受我
　　　　……(欲跪拜又不能)

康　熙　不必,不必。哈哈哈……

　　　　(唱)　为君者行赏罚应当公正,

　　　　　　　开金口吐玉言落地有声。

　　　　　　　还望你多珍重安心养病……

　　　〔康熙率众人转身欲下。

鳌　拜　(忘乎所以)臣鳌拜送驾回宫!(掸袖跪拜,刀落
　　　　地)啊!

　　　〔众人急转身。鳌拜欲抢刀,被熊子建推倒,众少年
　　　　急围上。

熊子建　鳌拜公袖内藏刀!

　　　〔康熙接过刀。鳌拜惊恐万状,欲拍案……

康　熙　(泰然而笑)哈哈哈……身不离刀是我满族将领的
　　　　习惯,何必大惊小怪!鳌拜公!

　　　　(唱)　三日后在御门候驾亲躬。

　　　〔康熙将刀递鳌拜,微笑率众下。鳌拜扔刀跪送。

第六场

〔三日后，皇宫内，乾清门。

〔幕启：景同二场。

〔康熙端坐正中，鳌拜并位而坐，明珠等王臣站立两侧，熊赐履亦在其中。

康　熙　众位王臣，三日前朕与鳌拜公商定，今日在此封赏功臣，先由他叙功。只要众王臣核准，朕可封他为一等公终身摄政。朕既应允，决不食言。只是核议之时，众王臣必须切实陈奏，哪个敢趋炎附势，饰词搪塞，朕要按欺君之罪论处，决不宽容！

明　珠　少年们走上！

〔熊子建率众少年上，将王臣团团围住。

鳌　拜　皇上，这是何意？

康　熙　鳌拜公，叙功上来！

鳌　拜　哼！老臣辅政数载，功劳显而易见，众家王臣谁人不知，哪个不晓，又何必累述！

康　熙　好，鳌拜公叙功已毕，众王臣可赞同封赏？

〔众臣不敢应声。

熊赐履　启奏皇上，臣熊赐履不赞同封赏！

鳌　拜　你……熊赐履，你只不过是个侍读，无权在此议论！

康　熙　鳌拜公有所不知，朕已封他为礼部尚书了。熊爱卿，奏来！

熊赐履　容奏！鳌拜身受重托，可他却辜负上望，数年间结党于朝，专权擅政。文武百官闻得要封赏于他，已联名奏本，列举了他的三条大罪！

康　熙　细细奏来！

熊赐履　容奏！鳌拜擅自行文,强圈民地,造成百姓流离失
　　　　所,满汉两族相互仇视,其罪一也;鳌拜携领党羽,御
　　　　门逼驾,妄杀重臣,实为法度所不容,其罪二也;鳌拜
　　　　骄奢淫逸,托病不朝,皇上亲去探望,他竟敢袖内藏
　　　　刀,实有弑君之心,其罪三也!

鳌　拜　(怒)好你个熊赐履!

康　熙　鳌拜公,不要急。杰书亲王,你有何见教?

亲　王　皇上,鳌拜专权擅政,罪恶累累,为臣也不赞同封赏。

康　熙　遏必隆公,你呢?

遏必隆　哎呀皇上啊!鳌拜骄横无度,恶贯满盈,臣也不赞同
　　　　封赏!(擦汗)

康　熙　班布尔善,你等有何话讲?

　　　　〔众面面相觑,不敢应声。

鳌　拜　(怒)你,你们这群废狗!

康　熙　鳌拜公,众王臣皆不同意封赏,非是朕失信于你。

鳌　拜　哼,这哪里是封赏于我,分明是要将我治罪!

康　熙　(开怀大笑)哈哈哈……你早该明白!撤座!

　　　　〔熊子建将鳌拜推下。

鳌　拜　啊!(挥拳欲上)

康　熙　你还想故伎重演吗?

鳌　拜　哼!皇上不要欣喜得太早,穆里玛都统率镶黄旗兵
　　　　已将京城围住!

康　熙　哼!朕早料到你有此举!虎尔哈将军何在!

　　　　〔虎尔哈应声而上。

虎尔哈　启奏皇上,奴才与索额图总兵已劝止镶黄旗官兵。
　　　　今将叛首带到!(对内)带上来!

　　　　〔卫士押穆里玛上。

鳌　拜　(绝望)虎尔哈,你!

穆里玛　兄长,我们上当了!

鳌　拜　皇上,我鳌拜是三世功臣,难道真要演那"鸟尽弓
　　　　藏"、"兔死狗烹"的把戏不成?

西安秦腔剧本精编
QINQIANGJUBENJINGBIAN

康　熙　哼！你倒行逆施,必得此报。今日玄烨要为国除害！

　　　　（唱）　你擅自行文播祸乱,

　　　　　　　　荼毒生灵把地圈。

　　　　　　　　御门逼驾无忌惮,

　　　　　　　　诛戮勋旧忒凶残。

　　　　　　　　结党擅权图谋篡,

　　　　　　　　袖内藏刀罪滔天。

　　　　　　　　倒行逆施天地见,

　　　　　　　　还不伏法跪朕前。

　　　　〔穆里玛等跪地求饶。鳌拜怒极,只身疯狂反扑。众
　　　　少年按捺不住。虎尔哈与熊子建齐上,将鳌拜捉住。

康　熙　宣读圣谕！

明　珠　（展谕）"奉天承运康熙皇帝敕谕天下臣庶！"

　　　　〔众人皆跪。

明　珠　"鳌拜身犯重罪,理当施以极刑。朕念其效力多年,
　　　　不忍加诛,今革职籍收,终生监禁。穆里玛与班布尔
　　　　善纯系死党,即令绑赴刑场正法。苏克萨哈并同苏
　　　　纳海被诬陷致死,今封其子嗣承继爵位。另有,八旗
　　　　入关,地已圈足,尔后不得再扰于民,先前复圈之地,
　　　　一律退归原主。鉴于前训,今特布禁令:朝廷永停
　　　　圈地！"

康　熙　朕以诚待天下,望满汉相睦,各族一家,同心合力,共
　　　　创盛世！

　　　　〔灯光造型。

——剧　终

秦腔 康熙出政 KANGXICHUZHENG

演出单位

西安市五一剧团

朱元璋斩婿

根据许凤锦《斩附马》移植

蔡立人　移植

剧情简介

　　明洪武年间,岭南一带权官舞弊,贪酷扰害百姓,妨碍休养生息,《大明律》成了一纸空文。为整饬吏治,朱元璋遂派驸马常天亮前往巡查。在途经蒙山县时,常天亮经不起绛州知府的诱惑,仗着自己是当朝驸马、开国元勋之子,违犯茶禁,索取名茶"蒙顶石花",酿成命案。巡检刘唐路见不平,前往拦阻,反遭毒打。死者之女为母伸冤,竟被常天亮所害。刘唐不畏权势,冒死进京告状,途中与私访的朱元璋相遇。朱元璋得知此案大惊,急召常天亮回朝,意欲按律而断,却遭到皇后与公主的哭阻,满朝文武也上殿求情。常天亮之父、开平王、靖海大元帅常海英闻知独子犯法,也星夜回朝。在情与法之间,朱元璋与常海英进行了痛苦的选择,终于将常天亮斩首,以护法纪。

《西安秦腔剧本精编》
QINQIANGJUBENJINGBIAN

人 物 表

朱元璋	明代创业皇帝
马 后	朱元璋正宫皇后
安庆公主	马后之女
常天亮	靖海大元帅、开平王常海英之子,驸马
刘 唐	蒙山县蒙水桥巡检
知 府	绛州府知府
徐 达	开国元勋,魏国公
常海英	开国元勋,开平王、靖海大元帅
病 妇	蒙山茶农
张翠姑	蒙山茶农
张德厚	蒙山茶农
常 有	驸马府总管
高见贤	锦衣卫头子

二衙、文武臣、校尉、差役、歌女、宫女、御林军、
龙套、内官、青衣

场　目

第一场　奉旨出巡

〔明洪武年间。一个月明如洗的晚上。"文渊阁"一角上悬"文渊阁"三字匾额,两边的长联是:"治国法为本,安民信为先"。

（合唱）顺水行舟乐悠悠,

　　　　君王如同水上舟。

　　　　水上无舟仍为水,

　　　　舟下无水困沙丘。

　　　　以权乱法万民忧,

　　　　载舟之水也覆舟。

〔在合唱中幕启。

朱元璋　（唱）　濠梁城举义旗频年征战,

　　　　　　　推倒了元顺帝重整江山。

　　　　　　　想孤王幼年时受的苦难,

　　　　　　　更觉得处处要以民为先。

　　　　　　　建大业须通晓治国经典,

　　　　　　　因此上苦读书怎敢偷闲。

〔安庆公主上。

安庆公主　（唱）　我本是玉叶体千金之凤,

　　　　　　　新婚燕尔乐无穷。

　　　　　　　父王他全不顾女儿心性,

　　　　　　　刚新婚却偏要驸马远行。

　　　　母后,快来呀!

〔马后上。

马　后　（唱）　我皇儿自幼儿娇惯成性,

　　　　　　　驸马儿虽半子犹如亲生。

　　　　　　　他本是功臣后圣上器重,

负重任去巡查就要离京。

安庆公主　母后，快进去呀。

马　后　（往阁内看，见朱读书）皇儿，你父王正在读书。

安庆公主　嗨，这怕什么，母后你看我的。父王你又在读书？

朱元璋　是呀！父王乃江淮布衣，出身寒微，幼时未曾进学，今要治国兴邦，不读书……

安庆公主　对了对了，这些我早听过多少遍了，母后还在外面候见呢。

朱元璋　快快有请！

安庆公主　万岁有旨，母后见驾！

马　后　臣妾参见万岁。

朱元璋　平身赐坐。

马　后　谢万岁！

朱元璋　梓童，不在仁寿宫来此何事？

马　后　万岁，驸马明日出巡洪南，山高路远，必受风霜之苦，臣妾有些放心不下。

朱元璋　梓童，

　　　　（唱）　驸马儿官门后未受苦难，

　　　　　　　　正需要经风霜磨炼一番。

　　　　　　　　常言道铁成钢千锤万炼，

　　　　　　　　朕委他去洪南理所当然。

马　后　话虽如此，可他新婚不久，皇儿她有些……

朱元璋　噢，舍不得离开，么？

安庆公主　就是的，咋！

朱元璋　皇儿呀！

　　　　（唱）　劝皇儿应以这国事为重，

　　　　　　　　切莫要贪恋那儿女情浓。

　　　　　　　　驸马儿功臣后孤想重用，

　　　　　　　　可惜他经历少无有寸功。

　　　　　　　　此一去除弊政黎民称颂，

　　　　　　　　孤给他加官职列位三公。

安庆公主	真的么？
朱元璋	真的！
安庆公主	嗯，哄我呢？
朱元璋	身为君父，岂能戏言，皇儿，传驸马进见！
安庆公主	遵旨！圣上有旨，驸马进见！
	〔常天亮上。
常天亮	领旨！
（唱）	我父帅开平王功高爵显，
	常天亮招东床亚赛百官。
	昨日里在金殿我受封巡案，
	负重任离京都视察洪南。
	来在了文渊阁偷眼观看，
	见公主娇滴滴站在面前。
安庆公主	喂，看来这趟差事还得去！
常天亮	看看看，我说不去不行么！
安庆公主	父王叫你哩，放仔细点！
常天亮	知道了！
（唱）	走进了文渊阁大礼参拜，
	问父王唤儿臣有何教言？
朱元璋 （唱）	昨日已把旨意传，
	父王尚有不尽言。
	都只为洪南一带有民怨，
	万民表章展御前。
	权官舞弊法权乱，
	大明律条仍空悬。
	父王赐你尚方剑，
	代天巡视察百官。
	此去任重道又远，
	皇儿切莫视等闲。
	要记住监察官儿把罪犯，
	罪加一等不容宽。

秦腔 朱元璋斩婿 ZHUYUANZHANGZHANXU

常天亮　儿臣记下了!

朱元璋　如今天下初定,百姓财力俱困,犹如初飞之鸟,不可拔其翼,新植之木,不可摇其根哪。

常天亮　父王放心,儿臣定能律己正下。

朱元璋　如此甚好。下面设宴与儿饯行!

常天亮　谢父王!

〔朱与马下。

安庆公主　喂,我说,你可要早点儿回来呀!

常天亮　家有金枝玉叶,哪能久出不归呀!

安庆公主　常想着点就是了。父王适才跟你讲的话,你可千万莫要忘了,他那本《大明律》厉害着哪!

常天亮　《大明律》虽然厉害,能把本宫怎样?

安庆公主　能把你怎样?

常天亮　着啊,本宫乃常大帅之子,万岁爷之婿,当朝公主的那个,《大明律》岂奈我何呢?

安庆公主　父王国法森严,砍你的脑袋!

常天亮　砍了我的脑袋,那你呢?

安庆公主　我……

常天亮　你岂不成了小寡妇了?

安庆公主　你……(欲打)

〔常天亮也不躲避。安庆公主打不下去,忍不住一笑,二人同下。

第二场　赠匾贿茶

〔三月后,蒙山县驿馆。

〔二幕前。绛州知府上。

知　府　(念)　驸马出巡三月整,

天摇地晃鬼神惊。

尚方宝剑斩豪横，

蒙山县令下狱中。

怕驸马巡查绛州城，

暗结常有探动静。

〔常有上。

常　有　（念）　通风报信走一程。

知　府　常总管……

常　有　啊呀，知府大人，有人将你告下了！

知　府　啊！告我何来？

常　有　勾结富豪，逼死良家女子……

知　府　常总管，这勾结富豪一事，可与令尊大人有关啰。

常　有　是呀，幸亏我早有准备，把状纸暂时遮盖过去了，趁驸马安歇之际，前来报知。

知　府　我自有办法！

常　有　有什么办法？

知　府　想我乃常府旧人，他总不能不给个面子吧！

常　有　噢！那是老皇历啦！如今他身为驸马，越发性高气傲，谁也不放在眼里。

知　府　我还巴不得这样呢，我们给他来个"看客下菜，量体裁衣"！

常　有　（不解地）啊？

知　府　你附耳来！（耳语）……

常　有　哈哈，你还真有两下子！

知　府　到时还得老兄敲敲边鼓啰！

常　有　那是自然。告辞！

　　　　（唱）　辞别了府台转回程……

知　府　（唱）　到蒙山我要设陷马深坑。（下）

　　　　〔二幕启：蒙山县驿馆大厅。

　　　　〔常天亮上。

常天亮　（唱）　此一番出京城威风抖尽，

213

众官员见本宫如见阎君。

非是我驸马爷心肠太狠,

不这样怎能够位极人臣。

实可叹这差事令人烦闷,

想起了美公主倍觉伤心。

只盼着早回京夫妻相会,

她爱我我爱她欢度青春。

〔常有急上。

常　有　启禀驸马千岁,绛州知府前来接驾。

常天亮　嗯!本宫早有明令,拒绝官员迎送,他敢抗旨不遵么!

常　有　千岁,这绛州知府乃常府旧人,而且曾与驸马千岁……

常天亮　嗯,传他进见!

常　有　是!(故意大声地)驸马千岁有旨,绛州知府进见!

知　府　遵旨!卑职叩见驸马千岁、千千岁!

常天亮　起来,看坐!

知　府　卑职不敢!

常天亮　坐下讲话。

知　府　遵命!驸马千岁此番出巡,可谓劳苦功高哇!

常天亮　哦,你从何而知?

知　府　此地紧靠洪州,过往客商莫不交口称赞,驸马千岁才华盖世、聪明绝顶、清正廉明、刚直不阿。真是颂声载道、有口皆碑呀!

常天亮　(得意起来)区区小事,何足挂齿呀!哈哈哈!

知　府　卑职曾受王爷厚恩,又蒙驸马千岁另眼相看、视为知己,万死难报。今日驸马千岁建此大功,无以为贺,特备金匾一道,略表寸心。

常天亮　哎!这如何使得!

常　有　使得使得,就是万岁见了,也知道驸马千岁此行不负重托呀!

常天亮　（微微点首）嗯……

知　府　来……

常天亮　慢,这地方官吏赠送金匾嘛……

知　府　千岁放心,匾上写的是"绛州百姓敬献"!

常天亮　嗯!

常　有　（对知府）你倒想得周到!

知　府　来呀,快将金匾呈上!

　　　　〔鼓乐声起,两衙皂抬着上有"明镜高悬"四个大字
　　　　的金匾上。知府双膝跪地,将匾奉上,常天亮欣然
　　　　领受。

知　府　歌女们,与驸马千岁祝酒!

　　　　〔内应:"是。"二歌女执酒捧杯,飘然而上,边舞边唱
　　　　劝酒。

二歌女　（唱）　金樽美酒敬驸马,
　　　　　　　　玉堂歌舞醉流霞。
　　　　　　　　罗衫飘飘香风起,
　　　　　　　　莲步摇摇烛影花。
　　　　　　　　天上人间传佳话,
　　　　　　　　富贵风流驸马家。

常天亮　（连饮数杯）哈……

　　　　〔二歌女又要劝酒。

常天亮　酒已够了!

知　府　酒宴撤下!

　　　　〔二歌女端酒下,端茶上。

常天亮　（端杯饮茶）嗯,满口清爽,芳香四溢,此茶是——

知　府　蒙山茶。

常天亮　蒙山茶,呵呵!"虽无扬子江心水,亦有蒙山顶上
　　　　茶。"哈哈……

知　府　对对对,此茶又名"蒙顶石花",生在蒙山顶峰之上、
　　　　白云缭绕之中,鲜嫩无比,饮用此茶,可上清头目,下
　　　　消食火,提脑安神,益寿延年!

常天亮　啊！益寿延年……

知　府　对,如果少年男女饮用此茶,则可永葆青春,姣美无比。

常天亮　哦！竟有这等功效!（目视歌女）难怪这边远山区竟有这样的绝色佳丽呀!

知　府　她们就是常用此茶。

常天亮　果称珍贵之物。

知　府　是珍贵之物,一担名茶在羌族、土族,能换到骏马千匹!

常天亮　百闻不如一见,蒙山茶果真名不虚传。

常　有　驸马千岁！何不带些回京与公主千岁饮用呢!

知　府　是呀！这里是名茶产地,为皇家献点土产,也是蒙山茶农的一片心意!

常天亮　既然如此,本宫照价付银。

知　府　哎！此地物丰民富,一点茶叶还孝敬得起!

常天亮　如此……

常　有　速去办理!

知　府　不过,大明朝以茶治边,各种茶叶一律归茶马司统调。

常　有　当朝驸马要点茶叶也不行么!

常天亮　（已醉）嗯,茶马司敢小看本宫吗?

知　府　若有驸马手谕,谁敢过问此事。

常天亮　笔砚伺候!

常　有　是!

常天亮　（醉写唱）

说什么以茶治边事重大,

本宫我乃是皇家。

常言道普天之下皆王土,

又何况几担蒙山茶。

（写毕,手扶歌女大笑。知府接过手谕,与常有阴笑亮相）

第三场　索茶害命

〔次月,蒙水镇村头。

〔二幕前:二衙皂上。

二　衙　（唱）　县令倒霉把钉碰,
　　　　　　　　驸马把他下狱中。
　　　　　　　　该我走运掌权柄,
　　　　　　　　但愿官儿能高升。
　　　　　　　　我今奉了驸马令,
　　　　　　　　蒙水村收茶走一程,走呀走一程!

　　　　　　人役们!

二衙皂　有!

二　衙　（唱）　今日收茶把礼送,
　　　　　　　　此事不与一般同。
　　　　　　　　胆要大,心要硬,
　　　　　　　　见茶就抢一扫空。

二衙皂　（唱）　闯下大祸怎么办?

二　衙　（接唱）天塌下来有人撑,有呀有人撑!

　　　　　　走!（同下）

　　　　〔二幕后:内百姓叫苦连天,衙皂抢茶过场。

　　　　〔衙皂拎一袋茶叶上,病妇紧抓袋不放,二衙赶上。

二　衙　（推病妇）松手!

病　妇　老爷,你们不能拿走啊!

二　衙　什么,不能拿走,这是给驸马千岁送礼,你敢违抗?

病　妇　老爷呀!

　　　　（唱）　老身采茶上蒙山,
　　　　　　　　不幸摔伤病未痊。
　　　　　　　　只靠小女攀天险,
　　　　　　　　忍饥受饿实可怜。
　　　　　　　　一年采得这一点,
　　　　　　　　靠它治病度荒年。

若把茶给驸马献，

我一家就要活活饿死在深山。

老爷，你就可怜可怜我们孤儿寡母吧！

二　衙　可怜你，哼，老爷我为了此事，磨烂了嘴，跑断了腿，谁可怜我呢？（对衙皂）与我拿走！

病　妇　（抓住二衙衣襟）你们不能拿走哇！

二　衙　松手！（挥鞭打病妇，朝病妇猛踢一脚）去你妈的！

病　妇　（惨叫一声）啊！（倒地，二衙与衙皂同下）

〔张翠姑上。

张翠姑　（惊叫）娘呀……

〔张德厚上，急看。

张德厚　（呼唤）张大嫂！

病　妇　（唱）　一霎时只觉得疼痛难当……

张翠姑　（大哭）娘呀！

病　妇　（接唱）　好一似箭穿身刀割肝肠。

　　　　　　　　睁开了昏花眼把儿观望……

我好苦命的儿呀！

张翠姑　娘呀！

病　妇　（唱）　禁不住悲切切血泪成行。

　　　　　　　　我的儿生下来父把命丧，

　　　　　　　　受尽了人世间雨雪风霜。

　　　　　　　　娘在世我的儿尚有依傍，

　　　　　　　　娘去后怎禁得孤苦凄凉。

　　　　　　　　眼睁睁望弱女我难把心放……

　　　　　　　　只觉得天昏暗日月无光。

翠……姑……（死去）

张德厚　张大嫂！

张翠姑　（大哭）娘呀！（扑在娘身）

　　　　（唱）　一见母亲把命丧，

　　　　　　　　好似乱箭穿心肠。

　　　　　　　　我的娘平白无故遭魔障，

《西安秦腔剧本精编》QINQIANGJUBENJINGBIAN

　　　　　　翠姑我孤苦伶仃好惨伤。
　　　　　　仇恨入胸血泪淌，
　　　　　　我该向何处伸冤枉！

　　　　娘呀！
　　　　〔刘唐上。

刘　唐　（唱）　恨二衙倚权势为虎作伥，
　　　　　　　　索蒙茶害黎民丧尽天良。

　　　　这是怎么回事？

张德厚　哎呀巡检大人，县里二老爷索去民茶，又将翠姑她娘
　　　　打……打死了。

刘　唐　啊！

张翠姑　巡检大人要与民女作主啊……（哭）

刘　唐　翠姑！
　　　　（唱）　你何不到绛州越衙告状，
　　　　　　　　定要这害民贼来把命偿。

张德厚　此案关连驸马老爷，谁敢与她写状啊！

刘　唐　是呀！写这样的状子可就是得有点胆量啊！

张德厚　巡检大人平日为人耿直，见义勇为，你可要与翠姑作
　　　　主呵。

张翠姑　大人……（跪求）

刘　唐　好，路不平有人铲，事不平有人管。这事我刘大老爷
　　　　要管上一管。翠姑，这事就交给我了！

张翠姑　谢大人……

刘　唐　起来，起来！

张德厚　这上堂告状，可得要有人证呵！

刘　唐　我算一个。

张德厚　好，我也去！
　　　　〔幕后锣声，衙役厉声吆喝："茶民听着：驸马征茶今
　　　　日交齐，如若不然，送官治罪！"

刘　唐　常天亮呀，我把你个常驸马！你要的不是茶，你要的
　　　　是蒙山百姓的命呵！你若犯到我刘老大爷的手里，

219

我也治不了你……呃,这小子弄了这么多茶叶,触犯了《大明律》茶禁条文,嘿,到时候你就是有天大的本事,也休想过得去我这蒙水桥!

第四场　拦茶遭打

〔次日,蒙水桥头。

〔二幕前:常有、四校尉引常天亮上。

常天亮　（唱）　本宫出巡天地动,

亚赛当今二朝廷。

昨日蒙山稍休整,

名姬美酒乐无穷。

多亏知府把心用,

献上名茶一大功。

我回京有礼好赠奉,

公主定会笑相迎。（下）

〔二幕启:两峰夹峙的蒙水桥头,立有一块铁榜,榜上铸有茶禁条文。

刘　唐　（内声）差役们!

二差役　有!

刘　唐　守住桥头,务必小心着!

二差役　是!

〔刘唐率二差役上。

刘　唐　（唱）　驸马索茶民遭难,

贪赃枉法理不端。

宁可血洒蒙水畔,

依法我要把茶拦。

差役们,今日盘查非比寻常,你们可要放机灵点儿!

二差役　今儿怎么了?

QINQIANGJUBENJINGBIAN 《西安秦腔剧本精编》

刘　唐　有个大家伙要来!

二差役　谁呀?

刘　唐　当朝驸马,抢了大批"蒙顶石花",要从这儿过桥。

差役甲　这事咱怕管不了!

刘　唐　那这私运茶叶出境呢?

差役甲　这事管倒该咱管……

差役乙　我看也管不了!

刘　唐　管不了?

二差役　管不了。

刘　唐　哼,管不了我也要管!

　　　　〔内喊:"闪开了!"

差役甲　他们来了!

刘　唐　沉住气!(拦住路口)

常　有　驸马老爷出巡,闲杂人等闪开了!

刘　唐　车上拉的什么东西?

常　有　驸马千岁的御茶!

刘　唐　可有茶马司的公文?

常　有　驸马老爷带点茶叶,还要什么公文,闪开! 闪开!

刘　唐　慢着,你们把蒙山名茶搜刮一空,难道让百姓们喝西
　　　　北风不成?

常　有　你是干什么的?

刘　唐　大明朝的九品命官,蒙水桥的巡检。

常　有　巡检是个什么玩意儿?

刘　唐　大人,我朝在各州府县、关津要处,设立巡检司,这你
　　　　不知道吗?

常　有　哦,闹了半天,原来才是个守桥的巡检。

刘　唐　嗯,我就是这么个官!

常　有　你这个官儿呀,可以巡检别人,驸马千岁的事,用不
　　　　着你这个官儿来巡检!

刘　唐　官儿虽不大,可有这么点权限,今天不管是谁,违犯
　　　　茶禁,休想过桥!

秦腔
朱元璋斩婿
ZHUYUANZHANGZHANXU

221

常　有	哈哈,小小毛毛虫,还想称强龙,哈哈……
二校尉	哈哈……
刘　唐	你们羞辱朝廷命官,该当何罪!
常　有	驸马府的人就是这个脾气。
刘　唐	哎,过来!
常　有	干什么?
刘　唐	我说,你们这脾气在这得改改,刘大老爷不惯你们这臭毛病。
常　有	休得啰嗦,闪开!
刘　唐	慢,没有茶马司的公文,就是天王老子也休想过桥!
常　有	今儿来的是天王老子他爹!
刘　唐	天王老子他爷也不行!
常　有	嘿嘿,不给你点厉害的,不知道马王爷三只眼,你等着!
刘　唐	呸,狗仗人势,等着就等着。(对差役)等着!

〔内喊:"驸马千岁驾到!"常天亮带校尉、常有等上。

刘　唐	蒙水桥巡检刘唐参见驸马千岁!
常天亮	为何拦住本宫的去路?
刘　唐	万岁张榜在此,严禁私茶外运!
常天亮	嘻嘻,本宫乃万岁之婿!
刘　唐	万岁之婿就可以不守国法了吗?
常天亮	放肆!
	(唱)　小小刘唐太胆大,
	气得我两眼冒火花。
	绑在一旁狠狠打……

〔众校尉一拥而上,二差役拔腿跑下,刘唐在抵抗中失去官帽和靴子,被捉。

刘　唐	你、你还要不要王法?
常天亮	嘿嘿,
	(唱)　我怀中尚方剑就是王法。
	打!

《西安秦腔剧本精编》
QINQIANGJUBENJINGBIAN

〔二校尉与常有押刘唐下。稍顷，常有与校尉上。

常　有　刘唐昏过去了！

常天亮　冲撞皇家罪有应得，起程！（下）

二差役　大人、大人，怎么样啊？

刘　唐　哎哟！疼……

差役甲　没伤着骨头吧！

刘　唐　没有。

差役甲　那就好！

刘　唐　好个屁……他们人呢？

差役乙　走了！

刘　唐　啊！茶叶呢？

差役乙　也带走了。

刘　唐　追……追上去抓来见我！

差役乙　追上去恐怕连命都没有了。大人，你就忍了吧！

刘　唐　忍？我跟他没个完！（跺脚，发现靴子丢了）

差役甲　在这儿哩！

　　　　〔张德厚上。

张德厚　（见状）啊！大人受苦了！

刘　唐　不妨事，不妨事！

差役甲　没伤着骨头！

刘　唐　去！有啥事你快说。

张德厚　大人，张翠姑去绛州府喊冤，求大人一同上堂作证。

刘　唐　好，先给他打一场官司再说！

差役甲　啊！打官司能打赢吗？

刘　唐　打不赢，打不赢我就进京告他的御状！

二差役　这可不是闹着玩的！

刘　唐　怕啥，《大明律》上明明写着：无论多大的官吏，贪赃
　　　　枉法，残害黎民，百姓可以上京告状，难道白纸黑字
　　　　是骗人的！

差役甲　他可是当朝驸马呀！

差役乙　我看此事凶多吉少哇。

刘　唐　嗨,今儿个要骨头一堆儿,要肉一块,要血一盆,头割
　　　　了碗大个疤!

　　　（唱）　百姓遭难我要问,
　　　　　　　哪管凶险祸临身。
　　　　　　　万丈黄河只一跳,
　　　　　　　试试河水有多深。

　　　　走!

第五场　擅权枉法

〔次日,绛州府。二幕前,张翠姑上。

张翠姑　（唱）　乌云翻滚满天愁,
　　　　　　　蒙山茶女血泪流。
　　　　　　　贼驸马和二衙人面禽兽,
　　　　　　　仇和恨似烈火烧在心头。
　　　　　　　越衙告状绛州走,
　　　　　　　穿过了红砖绿瓦高门楼。

〔二幕启。

张翠姑　（唱）　霎时来到大堂口,
　　　　　　　击鼓告状伸冤仇。（击鼓）

〔内吼,众衙皂上。

知　府　击鼓人上堂!

众衙皂　击鼓人上堂!

张翠姑　（上堂）冤枉!（跪）

知　府　大胆民女,擅击堂鼓,哪里容得,来呀,扯下去重责
　　　　四十!

张翠姑　慢!民女满腹冤枉,上得堂来一言未问,就要动刑,
　　　　岂不冤上加冤!

知　府　这小小年纪,好一张伶牙俐口,我来问你,上堂告状,

QINQIANGJUBENJINGBIAN 西安秦腔剧本精编

可有状纸。

张翠姑　有状。（取状）

知　府　呈上来！（看状）果然有人前来告他！张翠姑，状纸
　　　　之上，可是实情？

张翠姑　俱是实情！

知　府　可有人证？

张翠姑　倒有人证。

知　府　传证人上堂！

众衙皂　证人上堂。

刘　唐　来了。

　　　　〔刘、张上。

刘　唐
张德厚　（同）见过大人。

知　府　报上名来！

张德厚　小民张德厚。

刘　唐　蒙水桥巡检司刘唐。

　　　　〔内喊："驸马千岁驾到！"

知　府　来得正好，（对衙皂）将这女子暂收一旁，证人退下。
　　　　有迎！

衙　皂　有请！

　　　　〔常天亮上，常有持尚方剑随上。

知　府　哈哈……

常天亮　哼哼……绛州府，你可知罪？

知　府　呃，不知下官罪在哪里？

常天亮　适才有人拦马喊冤，告你暗通贼盗，私放杀人重犯，
　　　　勾结富豪，逼死良家女子，该当何罪？

　　　　（唱）　狗官原来非良善，

　　　　　　　　不由本宫怒冲天。

　　　　　　　　那日你来蒙山县，

　　　　　　　　花言巧语把我瞒。

　　　　　　　　今日若不把你判，

枉与他人作笑谈。

知　府　千岁，

（唱）　下官虽把律条犯，
　　　　皆因上下有牵连。
　　　　念及旧情多照看，
　　　　高抬贵手施恩宽。

常天亮　（唱）　擅权枉法罪非浅，
　　　　休想过得这一关。

知　府　（唱）　倘若定要禀公断，
　　　　莫怪卑职把脸翻。

常天亮　（唱）　冲撞本宫太大胆，
　　　　霎时教你命难全。

知　府　（唱）　急忙取出蒙茶案，
　　　　驸马请来仔细观。
　　　　要判你就一起判……

常天亮　（看状大惊）这……

知　府　（唱）　你可知大明朝法纪森严！

常天亮　此乃蒙山县二衙胡作非为，与本宫何干？

知　府　（唱）　你不下令他不敢，
　　　　怎能与你不相干。
　　　　亲笔手谕是证件，
　　　　白纸黑字在眼前。

常天亮　（唱）　是你用计将我陷，
　　　　罪责应由你承担。

知　府　（唱）　你空口无凭没证见，
　　　　要想推脱难上难。

常天亮　（唱）　就算本宫失检点，
　　　　谁敢虎口把牙搬。

知　府　驸马公。

（唱）　你索茶受贿蒙山县，
　　　　挨户摊派起祸端。

打死民妇成命案，

死者眷属来喊冤。

就等你来把账算，

人证物证样样全。

你可知监察官员把罪犯，

罪加一等不容宽。

常天亮　啊！

（唱）　一句话说得我浑身冒汗，

猛想起父王他法纪森严。

知　府　（唱）　来来来你我同把原告见……

常天亮　慢慢慢着！

（唱）　叫府台等一等有话好谈。

知　府　嗯！

常天亮　啊，府台大人，这蒙茶并非本宫所要。

知　府　何人所要？

常天亮　乃是万岁所要！

知　府　什么？万岁所要……既是万岁所要，这案情么——

常天亮　怎么样？

知　府　就好办了！

常天亮　如此你我来日方长！

知　府　来日方长啊！

常天亮　啊……

知　府
常天亮　（同笑）哈……

常天亮　这张翠姑……

知　府　钉肘收监，打入死牢！

常天亮　何时处决？

知　府　依照惯例，秋后问斩！

常天亮　想这狗官为人甚是奸诈，倘若本宫走后，他不处死张女，留下后患……哼，我自有主意，呵府台，既是秋后处决，就该先行定罪！

知　府	就依驸马千岁,只是那证人刘唐……
常天亮	又是这个刘唐! 来人,速去捉拿刘唐,不得有误!
常　有	是!
知　府	来呀! 升堂——(众衙皂两边上)带张翠姑!
众衙皂	张翠姑上堂!

〔张翠姑上。

张翠姑　(唱)　听说驸马来府院,

不由翠姑怒火燃。

走上堂来把理辩,

誓与我母伸屈冤。

知　府　张翠姑,本府业已查明,你等抗交官茶,擅自倒卖,公
差奉命拦阻,你母撕打公差,自撞身死,是你嫁祸公
差,越衙告状,分明是讹诈官府,诬陷朝廷命官,罪在
不赦,来呀! 将张翠姑钉肘收监,打入死牢。

常天亮　何须如此,本宫有尚方剑在此,代天行事!

张翠姑　啊!

(唱)　霹雳一声心头颤,

天昏地暗双目眩。

伸冤不成反遭难,

雪上加霜冤更冤。

赃官毒辣又阴险,

常天亮贼子更凶残。

滥用万岁尚方剑,

狼狈为奸乱法权。

满腹冤屈难伸辩,

悲愤交加怨苍天。

天哪! 天哪!

强豪不法欺良善,

蒙山茶女泪涟涟。

人间不平你不管,

善恶不分何为天。

QINQIANGJUBENJINGBIAN

血海深仇气难咽，
咬牙切齿恨权奸。
纵然鲜血法场溅，
变厉鬼我也要报仇伸冤。

常天亮　将犯人推出斩首！

众衙皂　啊！

张翠姑　冤枉！

〔众衙皂押张翠姑亮相。

幕后合唱　啊！

（唱）　滥杀无辜权法乱，
感天动地翠姑冤。

第六场　临危遇救

〔次日傍晚，山神庙内。朱元璋道长打扮上。

朱元璋　（唱）　我君臣出京来乔装改扮，
查民情访驸马远度关山。
一路上众百姓怨声不断，
说驸马与府尹狼狈为奸。
因此上扮道长前去查看，
查真伪除恶邪好把民安。

高见贤　万岁，来到山神庙。

朱元璋　且到庙中暂歇一时。

高见贤　万岁请看，这里有诗一首。

朱元璋　啊！

（念）　《大明律》一篇篇，
有法不依也枉然。
权法乱，万民怨，
载舟之水可翻船。（重复一次）

〔刘唐急上，进门。

刘　唐　哎呀师父，庙内可能容我藏身？

朱元璋　这一汉子为何这般惊慌？

刘　唐　师父呀！弟子上京告状，赃官要杀人灭口，后有官兵
　　　　追赶，求师父……

朱元璋　既是这样，那就暂躲一旁。

刘　唐　谢师父！

〔朱出门，常有率校卫上。

常　有　呔，老家伙，你可曾见一汉子进入庙内？

朱元璋　啊！有一汉子向那边去了！

常　有　快追！

〔朱元璋示意高见贤，高随常有下。

刘　唐　多谢师父救命之恩。（跪，朱搀起）弟子还要赶路，
　　　　就此告辞！

朱元璋　且慢！追兵尚未走远，前面就是关津要隘，你又只身
　　　　一人，如何过它得去！

刘　唐　这……

朱元璋　适才施主说要上京告状，不知状告何人？说与贫道，
　　　　也好相助一二。

刘　唐　哎呀，师父哇！

　　（唱）未开言心头火难按，
　　　　　遵一声师父听根源。
　　　　　我名刘唐是巡检，
　　　　　看桥守路在蒙山。
　　　　　驸马索茶民遭难，
　　　　　二衙逞凶酿祸端。
　　　　　殴打民妇把命断，
　　　　　抢茶害命罪滔天。
　　　　　违犯茶禁我要管，
　　　　　驸马将我打得血斑斑。
　　　　　为抱不平把冤辩，

　　　　　又陪翠姑到衙前。
　　　　　知府驸马暗勾连，
　　　　　徇私舞弊乱法权。
　　　　　当堂捧出尚方剑，
　　　　　斩杀无辜逞凶残。
　　　　　张翠姑冤仇未报反遭难，
　　　　　惊天动地冤上冤。

朱元璋　啊！
　　　　（唱）　听刘唐将冤情讲说一遍，
　　　　　　　　不由得孤王我怒发冲冠。
　　　　　　　　小奴才作此事天怒人怨，
　　　　　　　　蔑刑律乱法纪作恶多端。
　　　　　　　　我定要将奴才严加惩办，
　　　　　　　　护国法除权奸解民倒悬。
　　　　　施主，既要上京告状可有状纸？

刘　唐　适才官兵追赶得急，未曾写上。

朱元璋　唉呀，申告御状，岂可不写状纸！

刘　唐　师父既能救我急难，这状子么，就请代劳。

朱元璋　为你递状倒还罢了，这写状么，若是问我个出家之人
　　　　　包揽诉讼之罪，可吃罪不起呀！

刘　唐　看来我自己不写这个状纸，就没人敢写这个状纸。
　　　　　嗨，写不好这个状纸，还写不赖这个状纸。与民伸
　　　　　冤，我要写这个状纸；为国除害，我要写这个状纸。
　　　　　写不上状纸就递不上状纸，告御状没状纸算个啥
　　　　　样子。

朱元璋　好！（刘写状）
　　　　　施主！
　　　　（唱）　施主你见义勇为实可赞，
　　　　　　　　只是这投御状非同一般。
　　　　　　　　告皇亲恐要遭丧生之险，
　　　　　　　　你要把这分量一掂再掂。

刘　唐　（唱）　师父你把心放宽，
　　　　　　　　刘唐心中有打算。
　　　　　　　　纵然一死何足憾，
　　　　　　　　只求国泰与民安。

朱元璋　（唱）　驸马犯罪本该斩，
　　　　　　　　圣上能否除权奸。

刘　唐　（唱）　当年起义他立誓愿，
　　　　　　　　身先士卒法纪严。
　　　　　　　　难道说如今富贵忘贫贱，
　　　　　　　　就把百姓丢一边。
　　　　　　　　他若英明有远见，
　　　　　　　　就该与民报仇冤。
　　　　　　　　他若徇情护亲眷，
　　　　　　　　必毁大明好河山。
　　　　　　　　越思越想气难按，
　　　　　　　　再把几句往上添。

　　　　　（念）　《大明律》一篇篇，
　　　　　　　　有法不依也枉然。
　　　　　　　　权法乱，万民怨，
　　　　　　　　载舟之水可翻船。

朱元璋　（背唱）小刘唐可算得忠肝义胆，
　　　　　　　　一席话使孤王含首无言。
　　　　　　　　这状纸交贫道与你代转……

刘　唐　（唱）　盼圣上早日里惩恶除奸。
　　　　〔朱收状藏好，刘唐冲出门外，正欲下，常有撞见。

常　有　嘿嘿，好小子，看你再往哪儿跑，与我带上走！

刘　唐　走就走，刘大老爷我既敢进京告状，就不怕杀头掉脑
　　　　袋，走！（毅然走下，常有与校尉下）

朱元璋　锦衣卫何在？
　　　　〔高见贤上。

高见贤　参见万岁！

朱元璋　这有金牌一面,务必保住刘唐性命,速拿绛州府尹一干人犯交刑部勘问,宣召驸马进京不得有误!

高见贤　遵旨!

〔二人分头下。

第七场　母女闹宫

〔数日后,景同第一场。朱元璋案后看状。

〔内喊:"万岁有旨,驸马进宫哪!"常天亮上。

常天亮　(唱)　金牌宣来银牌调,
　　　　　　　心惊胆战转回朝。
　　　　　　　莫非是绛州之事有人告,
　　　　　　　父王他若知情岂肯轻饶。
　　　　　　　进宫去察言观色施计巧,
　　　　　　　造假相瞒真情躲过这一遭。

　　　　　儿臣参见父王。

朱元璋　你回来了。

常天亮　儿回来了。

朱元璋　此番出巡,你……

常天亮　儿臣谨遵父王嘱教,约己律下,按律行事……

朱元璋　有一御状在此,你且看来!

常天亮　(看状大惊,强作镇静)哎呀父王,刘唐乃是奸诈刁钻之徒,素与张氏母女勾结,抗交官茶,讹诈官府,诬陷儿臣,败坏父王名声,实属罪在不赦,父王该将他……

朱元璋　怎么样?

常天亮　斩首示众,以正视听!

朱元璋　你待怎讲?

常天亮　斩首示众,以正视听……

朱元璋 奴才呀,孽障!

（唱）你死到临头还弄奸巧,

心如蛇蝎似鸱枭。

索茶辱命罪非小,

屈杀无辜更难饶。

今日不把你除掉,

《大明律》令成空条。

今日不把你斩了,

有何面目坐当朝。

叫武士将奴才打入死牢,

〔御林军上,捆绑常天亮。

常天亮 父王饶命呀!

〔安庆公主内喊:"慢慢慢着!"安庆公主、马后上。

安庆公主 驸马……

安庆公主 （同唱）求父王万岁饶驸马活命一条! 父王……
马　后

马　后 万岁,驸马犯罪,本当问斩,念起臣妻求情,就该饶恕于他!

朱元璋 皇家犯罪,与民同法,梓童难道你忘了不成!

安庆公主 父王,你真的不赦他吗?

朱元璋 驸马代天巡狩,执法犯法,岂能轻饶!

安庆公主 母后……

马　后 万岁!

（唱）我母女哭苦求情你不允,

全不念往日里糟糠情深。

我为你受过了多少苦困,

我为你献出了全副身心。

多年来我对你百依百顺,

今日里你就该格外开恩。

朱元璋 梓童呵!

（唱）想当年举义旗立下宏愿,

为黎民除暴政重开新天。
《大明律》它本是我朝法典，
帝王家遵法约以理当先。
糟糠情孤王我并非不念，
斩驸马为的是国泰民安。

安庆公主	（唱）	儿成婚不过百日满，
朱元璋	（唱）	民女冤死谁可怜。
马　后	（唱）	张翠姑已死难生返，
		斩驸马谁与常家续香烟。
朱元璋	（唱）	你只念亲翁独子求宽免，
		怎不想张家早已断香烟。
安庆公主	（唱）	没有常家来征战，
		哪有朱家锦江山。
马　后	（唱）	虽然江山朱家坐，
		也有常家半面天。
安庆公主	（唱）	朱家的午朝门有他两扇，
		朱家的金銮殿有他三间。
马　后	（唱）	常家犯法不犯斩，
		斩了天亮起祸端。
安庆公主	（唱）	倘若边关出事变，
马　后	（唱）	哪有国泰与民安。
安庆公主	（唱）	你真要把驸马斩，
		儿就死在你面前。
马　后	（唱）	皇儿若有灾和难，
		臣妾不能伴龙颜。
		你坐你的金銮殿，
		我随我儿赴九泉。
安庆公主	母后！	
马　后	儿呀！	
朱元璋	（唱）	她母女抱头哭悲声大放，
		杀与赦意不决难坏孤王。

秦腔 朱元璋斩婿 ZHUYUANZHANGZHANXU

235

孤若是传旨意斩了天亮，
怕冷了老亲翁保国心肠。
常皇亲为大明东征西荡，
叫老来失独子怎不悲伤。
我皇儿如掌上明珠一样，
正青春守孤单好不凄凉。
梓童她对孤王恩深义长，
不允情必定会痛煞糟糠。
倒不如传旨意放了天亮，
徇私情失民心江山不长。
转面来我把情理讲，
叫梓童与皇儿细听端详。
建大业开新天以法为上，
不惩前怎戒后必酿祸殃。
到明朝施刑律金銮殿上，
我定要明法纪整治朝纲。

马　后　啊！
安庆公主　父王！

第八场　护法斩婿

〔数日后，奉天殿。二幕前：徐达上。
徐　达　（唱）　万岁要把驸马斩，
　　　　　　　惊动满朝文武官。
　　　　　　　老夫在府养病患，
　　　　　　　公主差人把我搬。
　　　　　　　急冲冲上殿把主见，
　　　　　　　搭救驸马活命还。
〔二幕启：朱元璋坐朝，众朝臣为常天亮求情。

西安秦腔剧本精编
QINQIANGJUBENJINGBIAN

朱元璋 （唱） 众爱卿休得要再把情讲，
　　　　　　　孤怎能徇私情毁法乱纲。
　　　　　　　怒冲冲传旨意金銮殿上，
　　　　　　　将犯官速开刀斩首法场。
　　　　〔高见贤奉命而下。
徐　达 （内喊）慢慢慢哪，刀下留人！
　　　　〔徐达急上。
徐　达 臣，徐达参见吾皇万岁。
朱元璋 徐皇兄身患重病，免朝免参，上殿作甚？
徐　达 奏请万岁，赦免驸马！
朱元璋 驸马擅权枉法，罪在不赦！
徐　达 驸马擅权枉法，理当问斩，念他年幼，又系初犯，望万
　　　　岁格外开恩。
朱元璋 法出令随，皇兄不必多奏！
徐　达 万岁一定要斩，老臣还有一言奏上！
朱元璋 皇兄请讲！
徐　达 万岁容禀！
　　　　（念） 未曾开言热泪滚，
　　　　　　　抚今追昔倍惊心。
　　　　　　　常家功劳难述尽，
　　　　　　　且听老臣表奇勋。
　　　　想当年我主濠梁起兵，和州被围，多亏常元帅驰兵相
　　　　救，才使大营转危为安。而后，常元帅又随我主渡
　　　　江，取应天，下安庆，兵发鄱阳，长驱千里，会战陈友
　　　　谅。那陈友谅号称雄兵六十万，而我兵微将寡，全靠
　　　　常元帅智勇过人，出奇兵，捣敌巢，苦战三十六回合，
　　　　直杀得刀枪遮日月，湖水血染红，愁云罩天地，悲风
　　　　泣鬼神。湖口一战，飞箭射死陈友谅，敌军无主，归
　　　　顺大明。常元帅征尘未洗，又挥师东指，扫尽狼烟，
　　　　竭尽忠心。万岁千不念、万不念，要念常家十大汗马
　　　　功劳，留他独子一条性命，使得功臣有后，老臣我也

秦腔

朱元璋斩婿

ZHUYUANZHANGZHANXU

感念皇恩哪！

朱元璋　（唱）　老皇兄抱病跪地珠泪滚，

下龙位急忙扶起栋梁臣。

常皇兄功劳大孤王钦敬，

他的儿我的婿能不心疼。

倘若是你的儿违犯法令，

难道说要孤王也来徇情。

自古来兴亡事望卿自省，

切不可权法乱自毁前程。

朝官甲　万岁所虑甚是！不过，常元帅统兵十万，留镇江浙，倘若他闻听驸马斩首，一怒起兵，杀进京都，如何是好?!

众朝官　还请万岁三思！

朱元璋　宁可常海英反，不可毁我国号！

〔高见贤内喊："报——"急上。

高见贤　启禀万岁，常元帅回京！

朱元璋　……

高见贤　直奔金殿而来！

朝官甲　常元帅上殿，恐有不测！

高见贤　御林军！

御林军　有！

高见贤　两厢伺候！

御林军　啊！

朱元璋　不必如此，与孤退下！宣他上殿！

高见贤　圣上有旨，开平王、靖海大元帅常海英上殿！

〔常海英上。

常海英　领——旨——

（唱）　王后懿旨到军营，

言说逆子上法绳。

听此言来怒气生，

星夜飞马转回京。

急匆匆直奔九龙庭，
参王拜驾问安宁。
臣,常海英参见吾皇万岁!

朱元璋　平身!

常海英　谢万岁!

朱元璋　常元帅。

常海英　臣在!

朱元璋　可有金牌宣你回朝?

常海英　无有。

朱元璋　可有银牌调你进京?

常海英　也无有。

朱元璋　既无金牌宣你回朝,又无银牌调你进京,为何擅离
　　　　职守?

常海英　臣奉王后懿旨回京!

朱元璋　这……回京作甚?

常海英　为了臣子犯罪……

朱元璋　他犯下的是不赦之罪!

常海英　老臣正是为此连夜回京……

朱元璋　你意欲何为?

常海英　万岁呀!

　　　（唱）　万岁爷请息怒容臣告禀,
　　　　　　　常海英在金殿细诉衷情。
　　　　　　　非是臣离职守有负圣命,
　　　　　　　皆因为事重大才回帝京。
　　　　　　　想当初为黎民铲除暴政,
　　　　　　　濠梁城随吾主奋举义兵。
　　　　　　　枪林中箭雨里君臣共命,
　　　　　　　患难中结下了血肉深情。
　　　　　　　数十年老臣我受尽恩宠,
　　　　　　　封王爵赐帅印又结亲翁。
　　　　　　　臣只有勤王事舍身效命,

秦腔
朱元璋斩婿
ZHUYUANZHANGZHANXU

239

献余生尽残年力保大明。
虽然是四海升平江山定，
要看到匣中宝剑血犹腥。
怕万岁恐为臣心肠变冷，
怕皇娘惜公主更把婿疼。
怕朝中众大人替臣恳请，
怕国法从此后难以施行。
更怕那一番辛苦成画饼，
血泊中百万儿郎空哀鸣。
到头来宏图大业成泡影，
咱君臣千秋万载落骂名。

朱元璋 （万分感动）啊——

〔众释然，撤去戒备。

常海英 （接唱）因此上老臣我回京动本，
求万岁将奴才……立即行刑！

朱元璋 快把驸马召了回来！

高见贤 将驸马召回！

〔常天亮上。

常天亮 爹爹——

常海英 奴才……（心酸地）儿……啊……

常天亮 父帅，求求万岁饶命呵！

常海英 儿啊！

（唱） 老一辈满身是刀伤血痕，
为大明打江山沥血呕心。
到如今似夕阳黄昏将近，
盼望着一代新人胜旧人。
谁知你违旨意忘父教训，
擅权枉法害黎民。
忘了身为臣子份，
负却公主一片心。
越思越想心越恨，

240

求万岁将奴才……立斩午门！（跪于殿前）

朱元璋　（唱）　老爱卿守法纪令孤愈敬，

　　　　　　　　常皇兄莫跪地快把身平。

　　　　　　　　斩驸马孤也是心中悲哽，

　　　　　　　　怎奈是法如天令出必行。

　　　　　　　　他夫妻虽然不到老，

　　　　　　　　咱君臣依旧是亲翁。

　　　　　　　　卿护法不护独生子，

　　　　　　　　王对卿封上再加封。

　　　　　　　　王封你一人之下万人上，

　　　　　　　　带管着满朝文武卿。

　　　　　　　　单等亲翁百年后，

　　　　　　　　孤率领满朝文武、三宫六院，头戴麻冠、

　　　　　　　　身穿重孝，一步一步送卿到坟茔。

常海英　折煞为臣了。

朱元璋　（接唱）孤有你这样一些老元勋，

　　　　　　　　何愁政令不能新。

　　　　　　　　又有那刘唐一等的忠义士，

　　　　　　　　万民怎能不归心。

　　　　　　　　赏罚分明尹颂论，

　　　　　　　　孤王传旨喻臣民。

　　　　　　　　先封刘唐绛州府，

　　　　　　　　再斩驸马于午门。

　　　　　　　　哪个越法害百姓，

　　　　　　　　天网恢恢不容情。

朱元璋
常海英　（同）斩！

〔御林军架起常天亮。刘唐身着知府官衣上。众亮
相……

——剧　终

演出单位

西安市五一剧团

汉宫秋月

根据顾锡东《汉宫怨》移植

胡文龙　蔡立人　移植

剧情简介

　　一千九百年前,西汉宫廷内发生过这样一个悲剧:汉宣帝刘询即位时,后位未定,大司马、大将军霍光的妻子霍显,为了扩大自己的家族权势,一心想把自己的女儿霍成君捧上皇后宝座。饱经忧患的刘询(又名"病己"),登上帝位之后,仍不忘糟糠,下诏访剑寻人,遂立流落霍府做绣娘的许平君为后。贪婪而愚蠢的霍显,买通御医淳于衍,不择手段地毒死许皇后,让女儿霍成君继承了后位,还不甘心,进而谋图杀死许皇后遗下的皇子,以永保女儿在皇宫中的地位。案发后,在霍家满门抄斩之际,刚正不阿的丙吉丞相,敢于及时提醒宣帝分清罪责,按律区别对待,将作恶多端的霍显、淳于衍打入天牢治罪,对心地善良但匿罪不报的霍成君废居昭台宫,不得私近天颜。

　　正是:盈盈拜别双泪悬,
　　　　　依依难舍两心酸。
　　　　　玉笛凄凉汉宫怨,
　　　　　残月朦胧何时圆?

QINQIANGJUBENJINGBIAN
西安秦腔剧本精编

场　目

秦腔

汉宫秋月

HANGONGQIUYUE

人 物 表

刘　询　　西汉宣帝,又名刘病己

许平君　　皇后

霍　光　　汉朝大司马

霍成君　　霍光之女

霍夫人　　名显,霍光妻

丙　吉　　御史大夫,后为丞相

蔡　义　　丞相

夏侯胜　　光禄大夫

淳于衍　　女御医

瑞　香　　婢女

琼　英　　婢女

春　喜　　书童

马　忠　　大太监

太监、宫娥、婢仆、御林军若干人

第一场 议 婚

〔汉宣帝刘询即位之初。秋八月。

〔大司马霍光书厅。

〔合唱:八月秋高风送爽,

　　　　侯门府第多辉煌。

　　　　忠心匡扶新天子,

　　　　居安思危立朝堂。

〔合唱声中幕启:春喜引霍光上。

霍　光　（唱）　汉昭帝性聪慧早把命丧,

　　　　　　　霍光我扶新主重振朝纲。

　　　　　　　秉忠心保汉室当仁不让,

　　　　　　　哪顾得年纪迈两鬓如霜。

　　　　　　春喜,本章伺候!

春　喜　是!

〔春喜磨墨,霍光入座写本章。春喜入后厅去端茶。
瑞香上。

瑞　香　（唱）　奉命来把侯爷请,（见状咋舌退出）

　　　　　　　不敢贸然进书厅。

〔春喜端茶上。

瑞　香　（向春喜挥手）嘘……

春　喜　（奉茶后蹑步而出）瑞香,你有何事?

瑞　香　烦你禀报侯爷,就说夫人请他立即去后堂议事。

春　喜　侯爷正在抄写本章,等会再禀。

瑞　香　不行,夫人的脾气你是知道的,要是等得久了,可要
　　　　骂我呢!

春　喜　国事为大,家事为小,你就挨上几句骂怕什么?

瑞　香	什么大呀小呀,我来问你,在府中哪个最大?
春　喜	嘿,谁人不知,哪个不晓,侯爷身为大司马、大将军,大汉栋梁,三朝元老。万岁敬重于他,文武百官服他怕他,当然是老侯爷最大。
瑞　香	嗨,老侯爷官居极品,文武大臣虽然都听他的话,可是到了后堂,就得听从夫人,夫人说东,他不道西。
春　喜	你敢说老侯爷怕老婆?
瑞　香	我是说夫人顶大。
春　喜	我是说老侯爷顶大。
瑞　香	夫人顶大,夫人顶大……
霍　光	(写毕,闻声威严地)哪个在门外吵闹?
春　喜	禀侯爷,是瑞香。
瑞　香	(只得入内)拜见老侯爷。
霍　光	来此何事?
瑞　香	夫人请老侯爷后堂议事。
霍　光	为何争吵?
瑞　香	这……(不敢说)
霍　光	春喜讲来!
春　喜	她问府中哪个最大?我说侯爷是三朝元老,大汉栋梁,是侯爷最大。她却说夫人说东,侯爷便不道西,是夫人顶大!
霍　光	(威严地)大胆!
瑞　香	(害怕地跪下)是。
	〔霍夫人上。
霍夫人	瑞香,起来。
瑞　香	是。(高兴地起来)
霍　光	啊,(出座,陪笑)夫人。
霍夫人	哼……
霍　光	怎么你亲自来了?
霍夫人	请你不到,只得前来请教。
霍　光	夫人请坐。(同坐)春喜,准备宝马进宫。

QINQIANGJUBENJINGBIAN 西安秦腔剧本精编

〔春喜应声下。

霍夫人　瑞香，去唤小姐前来。
　　　　〔瑞香应声下。

霍　光　夫人，呼唤老夫有得何事？

霍夫人　唉，我说你呀！
　　（唱）　我的女儿小成君，
　　　　　年方二九十八春。
　　　　　婚姻大事你不问，
　　　　　全然不操半点心。

霍　光　（唱）　皇亲国戚你不允，
　　　　　豪门贵族不称心。
　　　　　老夫纵然想过问，
　　　　　不知该找什么人。

霍夫人　（唱）　女儿生得好人品，
　　　　　好似仙女下凡尘。
　　　　　她命中注定有福分，
　　　　　应配那当今天下第一人。

霍　光　怎么，你要把她配与当今皇上？

霍夫人　你保刘询登了基，难道你的女儿不配当皇后吗？

霍　光　唉，夫人哪！
　　（唱）　刘询虽是帝王胄，
　　　　　自幼蒙冤作犯因。
　　　　　多亏那丙吉大夫相扶救，
　　　　　远走高飞四海游。
　　　　　他曾与民间女子成婚媾，
　　　　　到如今夫荣妻飘流。
　　　　　倘若女儿作皇后，
　　　　　他日相见场难收。

霍夫人　哼！小小民间女子，福薄命浅，怎能配帝王之后。别
　　　　说找不到，就是找到，也不过充当个嫔妃。

霍　光　这……

霍夫人	（唱）	你快进宫把本奏，
		请圣驾花园过中秋。
		攀君妙计我已有，
		定叫女儿作皇后。

霍　光　唉，你真想得出！

〔琼英、瑞香引霍成君上。

霍成君　母亲唤儿何事？

霍夫人　儿呀，明日中秋，贵客临门，女儿你要准备一下。

霍成君　侯门府第，天天贵客盈门，与我何干？

霍夫人　女儿不知，明天是天下第一贵客来临。

霍成君　难道是当今万岁不成？

霍夫人　正是的。

霍成君　要说万岁，我倒要看看新皇帝是个啥模样？

琼　英
瑞　香　奴婢也好见见天颜。

霍　光　（斥女侍）唔——

霍成君　（娇惯地）爹爹……

霍　光　儿呀，这都是你母亲的主意。

霍成君　这个主意好呀！

霍夫人　是不错呀！

霍　光　只怕未必。

霍夫人　好也罢，错也罢，你还是给我上殿奏本去吧！

霍　光　我去，我去！（无奈地下）

霍夫人　瑞香，去机房把针线女子许平君唤来！

霍成君　母亲又唤平君何事？

霍夫人　为你赶制宫装百花衣。

霍成君　要它何用？

霍夫人　傻孩子！

（唱）　龙飞凤舞天大喜，

珠联璧合百年期。

你将册封皇后成大礼，

QINQIANGJUBENJINGBIAN 《西安秦腔剧本精编》

　　　　　　　主宰天下为母仪。

琼　英　恭喜小姐,贺喜小姐。

霍成君　啐,

　　　　(旁唱)不由脸上红云起,

　　　　　　　　难以为情把头低。

霍夫人　女儿……(拉女入怀,慈语抚爱)

　　　　〔许平君上。

许平君　针线女子许平君拜见夫人小姐!

霍夫人　你进府数月,做得了精巧针线吗?

许平君　平君手拙,还望夫人谅解。

瑞　香　禀夫人,她心灵手巧,针线又快又好。

霍成君　母亲,平君的针线真好。

霍夫人　那就长期留在府中使用。

霍成君　母亲,听瑞香说,平君夫妻失散多年,寻找不着,实是
　　　　可怜,我们理当差人为她寻夫。

霍夫人　嗯,那些草野汉子不读诗书,不明礼义,忍心抛弃于
　　　　你,也怪你命薄啊。

许平君　这……(欲辩又止)

霍夫人　平君!

　　　　(唱)　富贵在天不由人,

　　　　　　　我女儿指日可待配帝君。

　　　　　　　针线活儿全交你,

　　　　　　　按期制成百花衣。

许平君　遵命。

霍夫人　等小姐大婚之后,再好差人给你寻找丈夫。你去吧。

许平君　多谢夫人小姐!

　　　　(唱)　寄人篱下常愁闷,(下)

霍成君　(接唱)不禁凝望可怜人。

霍夫人　女儿,随娘后堂去吧!

霍成君　是!

　　　　〔霍夫人拉女同行。

第二场 炼 情

〔翌日。

〔二幕前:钟鸣鼓响,四内侍提香炉,二彩女掌宝扇,
与马忠簇拥刘询上。

刘 询 （唱） 御香飘晚钟响清风浮动,

刘询我乘銮舆离了汉宫。

老霍光一言出重如九鼎,

陈奏议保孤我继承汉宗。

今日他赏月华将孤邀请,

我正好效成王敬重周公。

内侍,起驾大将军府!

马 忠 领旨! 吠,万岁有旨,銮驾开道,起驾大将军府!

〔众排驾引刘询下。

〔二幕启:中秋之夜。霍府花园,金雀馆一角。瑞香
等婢仆奉盘馐来往过场。

众婢仆 （唱） 宝镜池中影婵娟,

侍女穿花奉玉盘。

灯月交辉金雀馆,

笙歌颂德舞彩鸾。

许平君 （唱） 停针线绕回廊愁怀难遣,

步芳园清露湿翠袖生寒。

许平君无福去识君王面,

遥望那华筵风光鼓乐喧。

但只见侯爷端庄飘银髯,

霍夫人无限殷勤颤凤冠。

小姐她低垂云鬓把酒劝,

依稀是君王回眸露笑颜。

愿他们天上一对神仙眷,

早缔结人间无双龙凤缘。

QINQIANGJUBENJINGBIAN 《西安秦腔剧本精编》

看人家花开月朗好美满，

可叹我形单影只泪不干，

问嫦娥你可见我刘郎面，

对明月苦相思何日团圆。

〔忽闻人声，平君急退入太湖石后。刘询执金樽信步
上，马忠奉盘相随。

刘　询　（抬头望月，嗟叹，吟诗）

朱丝断兮情未断，

明月圆兮人未圆。

〔霍光、霍夫人暗上，见状面面相觑。

刘　询　（举金樽一饮而尽，长叹）唉！

〔马忠奉盘接金樽暗下。

刘　询　好秋光啊！

（唱）　水阁风来拂花荫，

波光摇碎满池银。

为什么酒落欢肠转愁闷，

独自徘徊暗伤神。

想当年患难中改名逃遁，

谁识我幸存的汉室皇孙。

在杜城遇奸邪险遭围困，

多亏了浣纱女救我脱身。

我与她成连理宝剑作聘，

梅窗下机书声共伴晨昏。

春四月逢国丧我把宫进，

选皇嗣亏霍光才作帝君。

孤也曾派驾车杜城查问，

找不到许平君孤好伤心。

难道说她命中无有福分，

竟不能梅花独占汉宫春。

举首望月泪难禁，

明月呀！

253

何处照我心上人。

〔许平君忍不住从太湖畔探身窥看,忽见霍成君出来,又避下。

〔霍光暗上欲去侍候君王,霍夫人暗上拉霍光下。

霍成君　(唱)　奉母命月下含羞盈盈拜,
　　　　　　　臣女霍成君参见万岁!

刘　询　(从沉思中醒来)呵,平身,平身!

霍成君　(接唱)沐皇恩臣家女儿笑颜开。
　　　　　　　　常敬慕英明主风流文采,
　　　　　　　　祝万岁兴汉室继往开来。
　　　　　　　　为社稷理万机功德如海,
　　　　　　　　也须要保圣躬善自宽怀。
　　　　　　　　良辰美景时难再,
　　　　　　　　有什么烦恼且抛开。

刘　询　呀!
　　　　(旁唱)成君她心灵口巧逗人爱,
　　　　　　　　恰似那广寒仙子下凡来。
　　　　　　　　我有心把她当御妹看待。

　　　　成君!

霍成君　万岁!

刘　询　(接唱)可嘉你秀外慧内女中才。

霍成君　万岁过奖了,臣女无知,也应君忧亦忧,君喜则喜。

刘　询　哈哈,中秋佳节,赏此名园胜景,哪有不喜之理。

霍成君　此园先帝所赐,虽有可玩之处,怎能比得御花园,可惜臣女从未见过。

刘　询　哎,孤的御花园,日后由你尽情玩耍便了。

霍成君　这……
　　　　(旁唱)弦外之意不难猜,
　　　　　　　　顿使我脸泛红云头难抬。

刘　询　(旁唱)她一片盛情来相待,
　　　　　　　　我不免欣赏秋光遣愁怀。

QINQIANGJUBENJINGBIAN 西安秦腔剧本精编

成君,园林景色,有烦主人指点了。

霍成君　（高兴地)陛下,你来看!

　　　　 （唱）　月洞门开柳荫盖,

　　　　　　　 银光倾泻凤凰台。

　　　　　　　 鸳鸯戏水多欢快,

　　　　　　　 人间仙境胜蓬莱。

刘　询　 （唱）　鸳鸯戏水真可爱,

　　　　　　　 采莲舟边照影来,

　　　　　　　 此情可鉴明月在,

　　　　　　　 同命鸳鸯拆不开。

霍成君　（误会,回眸一笑)陛下说得是。

刘　询　 这……(不好解释,只好付之一笑)

　　　　 〔一声雁叫。

霍成君　（抬头惊喜,天真地拉刘询)哎呀,陛下快看呀!

　　　　 （唱）　冰轮高悬琼楼外,

　　　　　　　 一行雁字过楼台。

　　　　　　　 比翼双双舞云彩,

　　　　　　　 朝王见驾结伴来。

刘　询　 （唱）　千里乘风应无碍,

　　　　　　　 鸿雁怎不捎信来。

　　　　　　　 一声孤鸣云天外,

　　　　　　　 怜它失偶独自哀。

霍成君　 （唱）　陛下真是性慈爱,

　　　　　　　 世间万物挂胸怀。

　　　　　　　 成君若是失群雁,

　　　　　　　 也要感恩住悲哀。

刘　询　 （唱）　成君出言呈憨态,

　　　　　　　 逗得孤王笑颜开。

　　　　 哈哈哈!

霍成君　 万岁因何发笑?

刘　询　 成君性格爽朗,妖媚可爱,依我看来,倒像……

霍成君　（动心，含羞）倒像什么？

刘　询　倒像孤皇的御妹。

霍成君　（不觉好笑）什么我像御妹？

刘　询　对，你可愿意作孤皇的御妹？

霍成君　（掩嘴笑）嘻嘻……

刘　询　（正经地）哎，你可愿意认孤作皇兄？

霍成君　（笑）当然愿意！

刘　询　如此我就叫你一声御妹。

霍成君　（笑）我就叫你一声皇兄。

刘　询　啊，御妹！

霍成君　哎，皇兄！

刘　询　御妹请，哈哈哈……

霍成君　嘻嘻嘻……皇兄请！

　　　　（唱）　那厢更有美景在，

刘　询　（唱）　还请御妹把路开。

霍成君　（唱）　分花拂柳步履快，

刘　询　（唱）　夜深露浓湿苍苔。

霍成君　皇兄请！

刘　询　御妹请！

　　　　〔霍、刘二人同下。

　　　　〔许平君从太湖石畔走出望。

许平君　好奇呀！

　　　　（唱）　趁月光太湖石畔暗窥望，

　　　　　　　越看那少年天子心越慌，

　　　　　　　他容貌好似那刘郎模样，

　　　　　　　忍不住上前去再细打量。（欲追又止）

　　　　不可呀！

　　　　　　　就此上前太莽撞，

　　　　　　　惊动圣驾罪难当。

　　　　　　　定下心来想以往，

　　　　　　　挑灯缝衣别刘郎。

《西安秦腔剧本精编》QINQIANGJUBENJINGBIAN

平君虽是寒门女，

不挡男儿志四方。

愿郎富贵勿相忘，

莫当闲花抛路旁。

刘郎不知今何往，

对月落泪暗悲伤。

我不如冒死陈情求圣上，

诉一诉痴心女子负心郎。（欲追）

〔霍夫人上。

霍夫人　许平君，站住！

许平君　啊！夫人。

霍夫人　你到哪里去？

许平君　这个……

霍夫人　什么这个那个……（上前望）那边小姐陪万岁游园，他们是天生一对，地设一双，月圆花好，龙凤呈祥。我都回避了，你去做什么？

许平君　平君为小姐祝福，不敢朝天子，暗中窥君王。

霍夫人　呸！你这民间弃妇，不祥之物，敢去惊驾，不要命了。

许平君　……

霍夫人　还不与小姐连夜制嫁衣去！

许平君　……

霍夫人　为什么不走？

许平君　这……平君恳求夫人方便，奏请万岁查问朝堂，可有一个刘病己？

霍夫人　什么刘病己，我从来没听见过，他是什么人？

许平君　他……他有一把昆吾剑，交与平君收藏，因此寻访原主。

霍夫人　什么宝剑不宝剑，我看你是想男人想疯了，只怕你男人早死了！

许平君　请夫人不要出口伤人。

霍夫人　（怒）啊，你敢顶撞于我，还不给我跪下！

〔霍光上。

霍　光　啊,夫人为何发恼?

霍夫人　这个贱人胆大包天,竟要想叫万岁替她寻找她男人
　　　　刘病已,好还他什么昆吾宝剑,真是疯了。

霍　光　有这等事,唔,夫人不必计较。

霍夫人　哼!

霍　光　啊,平君,朝堂之上并无刘病己其人。

许平君　(失望)啊,老爷也不知道?

霍　光　老夫替你慢慢查问,回房去吧!

许平君　是!

霍夫人　哼!便宜了这个贱人!……(发现远处人影)老爷,
　　　　你看!(指远方)

第三场　访　剑

〔数日后。

〔二幕前:丙吉上。

丙　吉　(唱)　想当年扶危主四处投奔,
　　　　　　　功成后更觉得重任在身。
　　　　　　　实可叹霍夫人权欲太甚,
　　　　　　　托媒证找遍了文武大臣。
　　　　　　　立帝后非寻常必须谨慎,
　　　　　　　要提防出奸佞败坏宫门。
　　　　　　　丙吉我上朝堂面君奏本,
　　　　　　　劝万岁切莫作负心之人。(下)

〔二幕启:未央宫内殿。刘询上座,内侍、众宫娥左右
　　　　侍立。马忠上前传旨。

马　忠　万岁有旨,众位大臣进宫。

〔霍光、蔡义、夏侯胜、丙吉上。

四　人　（同声）参见吾皇万岁！（跪）

刘　询　卿等平身。老柱国锦墩赐座。

霍　光　谢座。（坐）呵，万岁，召唤臣等进宫，不知所议何事？

刘　询　孤王常闻："有功不赏，有罪不罚，虽唐虞犹不足以化天下。"老爱卿位列三朝，定吾朝万世之良策，功如萧相国，实为可嘉。

蔡　义　大将军三世元勋，理当格外重赏。

夏侯胜　老柱国丰功伟绩，理当格外加恩。

刘　询　二卿所言极是，孤皇正拟下诏：益封大将军霍光一万七千户，长子霍禹策边在外，晋封左将军，侄孙霍山霍云俱各封侯。

霍　光　谢主隆恩。

蔡　义　臣启万岁，尚有大将军幼女成君，年已及笄，德荣兼备……

夏侯胜　是啊，臣启万岁，大将军幼女成君，知书达礼，国色天香……

刘　询　嗯，孤王已有所见。

蔡　义
夏侯胜　愿万岁天恩浩荡，准臣所奏，将成君册封为……

刘　询　（笑止二人）不消多言。卿等所奏，深为可喜也！

　　　　（唱）　实难忘中秋夜月华灿烂，
　　　　　　　　在霍府喜相逢淑女婵娟。
　　　　　　　　成君她将孤王皇兄呼唤，
　　　　　　　　孤已经封御妹出入御园。

霍　光　（不觉一呆）啊！

蔡　义
夏侯胜　（面面相觑）这……

丙　吉　哈哈哈，万岁圣明。大将军三世重臣，当朝父老，万岁册封其女为御妹，足见圣心仁爱。老侯爷快快谢恩！

霍　光　（醒悟）啊，谢万岁！

刘　询　众位爱卿，只因孤王自幼多难，先帝所赐昆吾宝剑，

259

当年失落杜城,孤王意欲下诏寻访。

蔡　义
夏侯胜　　理应下诏寻访。

丙　吉　　访剑须访人,不知万岁此剑交与何人?

刘　询　　交与杜城浣纱女子,名唤许平君。

霍　光　　哦,这许平君,老臣想起来了。

刘　询　　想起什么?

霍　光　　启奏万岁,老臣家中收留一个针线女子,千里进京访
　　　　　夫刘病已不见,还求老臣打听。众位大人,可知刘病
　　　　　已其人?

丙　吉　　(目询地)万岁……

刘　询　　且慢!老柱国,针线女子名叫什么?

霍　光　　她叫许平君!

刘　询　　呵!

　　　　(唱)　听罢言来热泪滚,
　　　　　　　皇天不负苦心人。(下座,执霍光手)
　　　　　　　多谢你为孤皇带来喜讯,
　　　　　　　你是我失宝复得大功臣。

霍　光　(唱)　万岁莫急心放稳,
　　　　　　　我去追宝剑报皇恩。

　　　　　　老臣告退了!(下)

刘　询　　丙爱卿!

丙　吉　　臣在。

刘　询　(唱)　孤皇当年改名讳,
　　　　　　　只有你是知情人。
　　　　　　　速和马忠霍府进,
　　　　　　　迎接皇后许平君!

丙　吉
马　忠　　领旨!

刘　询　　退班!

第四场 迎 后

〔前场同一天。

〔二幕前：琼英、瑞香、许平君各捧一盘绣衣，先后上。

琼　英　（唱）　宰相做媒牵红线，

　　　　　　　　小姐喜事到眼前。

瑞　香　（唱）　盘中绣衣花色艳，

　　　　　　　　平君手艺没弹嫌。

许平君　（唱）　你先莫把我夸赞，

　　　　　　　　小姐称意心才安。

琼　英　咱们快走吧！

〔春喜急上。

春　喜　瑞香，你等一下。

瑞　香　什么事？

春　喜　我问你件事。

〔许平君示意琼英，同下。

瑞　香　你说呀！

春　喜　你晓得不晓得许平君有一把昆吾宝剑？

瑞　香　有，是她男人刘病己交给她收藏的聘礼。

春　喜　什么聘礼，那是贼赃。眼看她要大祸临头。

瑞　香　什么大祸？

春　喜　刚才老侯爷回府，向夫人说皇上丢失了昆吾宝剑，正
　　　　要查寻，夫人就说许平君是混进府的坏人。

瑞　香　呵，有这等事？！

春　喜　说不定御林军就要来抓人，我再打听打听。（急下）

瑞　香　许平君善良和气，莫不是被人哄骗，我去报知小姐，
　　　　放她逃走。（急下）

〔二幕启：霍府后院花厅。霍成君正在试新衣，许平
　　　君给她披上绣花斗篷，琼英给她照镜。

霍成君　（唱）　水晶帘下试新妆，

261

宝镜开奁映海棠。

裁剪合身称如意，

凤凰飞出绮罗裳。

琼　英　小姐真美呀！

霍成君　我就喜欢平君的一双巧手。

许平君　小姐夸奖了。（替她解下斗篷折叠）

琼　英　小姐做了皇后，也带她到皇宫里去做针线吧。

〔霍成君含笑默认。

琼　英　（向平君）哎，你愿意去吗？

许平君　只怕平君没有福气。

〔瑞香上。

瑞　香　（远远示意）小姐……（招手）

霍成君　什么事？

瑞　香　小姐……（与成君耳语）

霍成君　（吃惊）啊，有这等事！？

瑞　香　小姐，春喜说，御林军就要来抓人，小姐你做做好事，让平君快逃走吧！

许平君　（一惊）逃走，为什么要我逃走？

霍成君　（唱）　事不宜迟莫细问，

瑞香送你说原因。（向瑞香）

多赠银两做盘费，

带她逃出后园门。

瑞　香　是。平君快走！（拉平君走）

〔霍夫人上。

霍夫人　站住！贱人好大胆！

瑞　香　这……

霍成君　母亲，与瑞香无干，是我命她将平君送走。

霍夫人　女儿，你眼看要做皇后了，还这么孩子气。

霍成君　母亲……

霍夫人　女儿莫要管！许平君，你曾亲口讲过你有一把昆吾宝剑，你可不能抵赖啊！

许平君　是有宝剑,何用抵赖。

霍夫人　你可知道它的来历?

许平君　乃是我夫刘病己的传家之宝。

霍夫人　胡说,是我皇帝女婿的国宝。

许平君　啊!?

霍夫人　老侯爷奉旨查访宝剑,由我夫人代劳,你速献出昆
　　　　吾剑。

许平君　我夫聘物,为何献你?

霍夫人　倘若不献,罪上加罪!

许平君　清白之身,何罪之有?要我献剑,万万不能!

霍夫人　啊,气死我了,(怒叫)丫头随我到她房中搜剑!
　　　　(走)

许平君　你不能啊……(追挡,被霍夫人推倒,霍夫人急下,琼
　　　　英随下)
　　　　〔霍成君与瑞香扶起平君。

许平君　小姐,谁能与我作主啊。

霍成君　莫要伤心,我爹爹仁慈公正,我陪你前去辩解。
　　　　〔春喜急上。

春　喜　禀小姐,从前管犯人的丙吉大人跟着老侯爷来了,说
　　　　不定要抓人呢!

瑞　香　(着急)那怎么办?
　　　　〔霍成君也有些慌,许平君愤然不动。

霍成君　我们先到那厢躲避一下。(欲走)
　　　　〔霍光、丙吉同上。

霍　光　女儿不用回避,见过丙叔父。
　　　　〔霍光请丙吉同坐。

霍成君　拜见丙叔父。

丙　吉　少礼。

霍　光　许平君。

许平君　老侯爷。

霍　光　丙大人有话问你。

许平君	（跪）丙大人，何事下问？
丙　吉	起来说话。
许平君	是。（起）
丙　吉	许平君，家住哪里？
许平君	家住杜城。
丙　吉	所配何人？
许平君	刘郎病已。
丙　吉	有何聘物？
许平君	这……
霍　光	唔，可有一把昆吾宝剑？
许平君	老侯爷，昆吾剑乃是我丈夫传家之宝，夫人诬良为盗，强行搜房，实是冤枉！

〔霍夫人捧剑上，琼英随上。

霍夫人	休得叫冤，丙大人，宝剑搜到了。
丙　吉	（接剑）老侯爷一同观看。
霍　光	出鞘寒光闪闪，
丙　吉	入匣嵌玉镶金。
霍　光	好一把昆吾宝剑。三十五年前，老臣亲见先武帝赐与东宫太子，只为奸贼陷害，逼得太子伏剑身亡。传之三代，应为当今万岁所有，为何落在刘病已之手？
霍夫人	分明是他偷盗国宝！
丙　吉	哎呀老侯爷、夫人哪！万岁幼年遭牢狱之灾，是我丙吉相救，因其多病，改名"病已"，旁人不晓得，丙吉尽知，刘病已就是万岁，万岁就是刘病已。今奉万岁旨意到府辨剑认人，真相大白，迎接娘娘千岁进宫。

〔众惊喜，霍夫人惊呆坐下。

许平君	（极度紧张）丙大人你、你、你说什么？
丙　吉	丙吉参见娘娘千岁！（拜，众皆跪拜）

〔许平君晕倒在地。

瑞　香 琼　英	娘娘，娘娘……！（同扶许平君起）

QINQIANGJUBENJINGBIAN
《西安秦腔剧本精编》

许平君	（唱）	霎时间转祸为福热泪淌，
		哪想到少年天子是刘郎。
		只觉得心花怒放浑身爽，
		莫非我忽悠悠进入梦乡——
瑞　香		娘娘站稳了。
许平君		瑞香，我是在做梦吗？
瑞　香		娘娘你看，阳光满院，老侯爷、丙大人都在这里，哪里 是梦呀！
许平君	（接唱）	做梦我也不敢想，
		竟然接我伴君王。
		平君本是寒门女，
		觅夫沐雨到京邦。
		只愿夫妻常相守，
		谁知平地飞凤凰。
		刘郎对我情义重，
		糟糠之妻不下堂。
		本以为皇后选中侯门女，
		我为她精制入宫嫁衣裳。
		到头来銮驾相迎却是我，
		真叫人一阵欢喜一阵慌。
霍成君	（唱）	皇嫂且听小妹讲，
		圣心皎洁如月光。
		祝愿你昭阳宫里春常在，
		天长地久伴君王。
许平君		多谢了。
		〔鼓乐声中，太监马忠与二彩女捧盘盛皇后衣冠上。
丙　吉		马公公，接过昆吾剑，见过娘娘。
马　忠		（接剑上前）奴婢叩见娘娘千岁！（与二彩女同跪） 请娘娘更衣进宫。
许平君		（腼腆地）平平平身！
马　忠 二彩女		谢娘娘！

霍成君　　瑞香琼英，侍候娘娘到我房中梳妆！

〔霍成君、许平君携手同下，瑞香、琼英、二彩女捧盘随下。

霍　光　　春喜，前厅看茶！（向马忠、丙吉）请！

马　忠
丙　吉　　请！

〔众同下，场上只留呆立的霍夫人。

霍夫人　　啊！

（唱）　恶气攻心怒火上，
　　　　山鸡竟成金凤凰。
　　　　荣华富贵岂能让，
　　　　定叫她也享不长！（切齿）

第五场　谋　药

〔一年以后。

〔景同前场。

〔合唱：日行月移暖复寒，
　　　　　春花秋月又一年。
　　　　　有人毒计施暗算，
　　　　　许皇后宫中身难安。

〔合唱声中幕启：霍夫人从倚榻上扎挣而起，呻吟。

霍夫人　　（唱）　事不如愿把病染，
　　　　　　　心中犹如利箭穿。
　　　　　　　许平君竟把昭阳占，
　　　　　　　心患不除实难安。

〔琼英引淳于衍拎药箱上。

琼　英　　夫人，女医官淳于妈妈来了。

淳于衍　　参见侯爷夫人。

霍夫人　罢了。琼英快与妈妈看座。（琼英端椅）

淳于衍　谢夫人！（坐）

霍夫人　阿衍呀,这几日为何不来看我?

淳于衍　夫人见谅,只为许娘娘临产体弱,万岁传旨,要我进
　　　　宫汤药侍候,寸步难离。

霍夫人　许娘娘临产了?

淳于衍　昨夜临盆分娩了。

霍夫人　生下是男是女?

淳于衍　天赐一位太子,普天之喜。

琼　英　啊,许娘娘生太子了,待我报于小姐知道。（下）

霍夫人　阿衍,许娘娘产后如何?

淳于衍　太子无妨,只是皇后虚弱,须要精心调理。医书上
　　　　说:"妇人娩身大故,九死一生。"

霍夫人　（忍不住起身向前,旁白）好一个"娩身大故,九死一
　　　　生"! 阿衍!

　　　　（唱）　你结交侯门快有二十载,
　　　　　　　　是我的宠爱心腹常往来。

淳于衍　多蒙夫人厚爱。

霍夫人　（唱）　我保你做御医名扬四海,
　　　　　　　　我保你丈夫升官又发财。

淳于衍　阿衍全家得福。

霍夫人　唉!

淳于衍　夫人为何长叹?

霍夫人　（唱）　阿衍莫要装痴呆,
　　　　　　　　我的心事你明白。
　　　　　　　　千金不把皇后做,
　　　　　　　　前世冤结难解开。

淳于衍　（唱）　效劳不周莫见怪,
　　　　　　　　还望夫人手高抬。

霍夫人　阿衍啊,夫人对你如何?

淳于衍　恩重如山。

霍夫人　你对夫人如何？

淳于衍　知恩当报。

霍夫人　好呀！

　　　　（唱）　我与你荣华富贵好穿戴，

　　　　　　　　要听我鬼神不知巧安排。

淳于衍　怎样安排？

霍夫人　这……（分头看，无人）

　　　　（唱）　暗下毒药把产妇害——

淳于衍　啊！（吓坏了）

霍夫人　（接唱）凤辇飞向我家来。

淳于衍　哎呀夫人哪，那帝后服药，需要医官先尝，若是依计
　　　　而行，阿衍岂不先要命终。

霍夫人　哎呀阿衍，你要给我想想办法。我老侯爷权倾天下，
　　　　若有三长两短，一切由我承担。

淳于衍　这……让我想想看。（考虑）

霍夫人　（不耐烦）阿衍……

淳于衍　哦，有了。

　　　　（念）　坐褥忌热药，

　　　　　　　　我用附子汤。

　　　　　　　　常人吃不死，

　　　　　　　　能送产妇亡。

〔淳于衍与霍夫人耳语，二人同笑。

第六场　探　病

〔三天以后。

〔昭阳宫卧房。

〔二幕前：琼英抱盒子引霍成君上。

霍成君　（唱）　金秋天风和顺云高气爽，

喜皇嫂生太子天降吉祥。

念前情偕丫环进宫探望，

愿皇嫂和太子贵体安康。

进宫来不由我低头暗想，

只觉得好羞愧意乱心慌。

都只怪我的娘一心攀上，

见皇嫂真叫我有口难张。

琼　英　（唱）　叫小姐快些走莫要乱想，

许皇后从来是仁慈善良。（同下）

〔二幕启：刘询闷闷地从绣幔后内房走出。

刘　询　（唱）　梓童产后食不进，

倒叫孤皇好忧心。

低下头儿自纳闷，

何人替孤驱愁云。

〔瑞香与二宫娥捧盘自外上。

瑞　香　（与宫娥同跪）启奏万岁，为娘娘进膳，请万岁过目。

刘　询　（略看餐盘，叹息）唉，便是琼浆玉液，怎奈皇后难以

下咽。（挥手示意进去）

〔瑞香与二宫娥捧盘入内。

〔马忠上。

马　忠　启奏万岁，御妹霍成君进宫探望娘娘。

刘　询　御妹来了，快快有请。

马　忠　有请！

〔霍成君、琼英抱盒上。

霍成君　成君参拜吾皇万岁！（琼英同跪）

刘　询　御妹平身。（示意成君坐）

霍成君　正喜天赐皇储，谁知凤体欠安，成君进宫，一贺三朝

洗儿之礼。

〔琼英跪下呈盒。

刘　询　多承了。

〔马忠接盒放一旁。

269

霍成君　二来问候皇嫂之病。

刘　询　奈何病情不见好转。

霍成君　还得精心汤药调理。

刘　询　你皇嫂饮食不思，不肯服药，孤皇正在着急。

霍成君　待我进去劝皇嫂进食服药。

刘　询　有劳了。

〔霍成君与琼英入内。

刘　询　传旨御医进药。

马　忠　万岁有旨，御医进药。

〔内声："领旨！"淳于衍端盘盛药碗上。

淳于衍　吾皇万岁，小医淳于衍为娘娘供奉汤药，（跪呈盘）请万岁过目。

刘　询　淳于衍，你是怎样为娘娘诊断病情？

淳于衍　启奏万岁，娘娘娩身难产，血竭而衰，气虚而亏，邪热内侵，恶露不止，是以神昏舌绛，纳食不馨。

刘　询　你如何处方？

淳于衍　酌用补血益气、清热解毒之汤。

刘　询　用何良药？

淳于衍　益母草、当归、川芎、黄芪。

刘　询　可否药到病除？

淳于衍　小医不敢自夸高明，三十年救人无数。可是娘娘虚不进补，难求速效，小医忠心耿耿，全力而为。

刘　询　如此小心供奉药汤。

淳于衍　遵旨，小医当面试尝。

〔马忠接盘，淳于衍双手持碗喝一口药汤，放还盘中，由于心虚，双手发抖。

刘　询　啊，为何双手发抖？

淳于衍　这……万岁啊，娘娘受命于天，为医者不知天命，倘有万一，小医罪该万死，怎不战战兢兢。

刘　询　只要你忠心耿耿，全力而为，何罪之有？

淳于衍　谢主隆恩。（伏地叩头）

刘　询　平身。

淳于衍　谢万岁!（起身,侍立一旁）

马　忠　待奴婢与娘娘进药。（捧盘欲入）

〔瑞香迎上。

瑞　香　马公公等着,娘娘出来了。

刘　询　怎么样?

瑞　香　（笑）启奏万岁,娘娘见了霍小姐,饮食也进入了,精神也好了。看,她们来了!（众同望）

〔许平君与霍成君挽手同行上。琼英、二宫娥随上。

刘　询　啊,梓童好些了吗?

许平君　万岁啊!

　　　　（唱）　贵客成君把宫进,
　　　　　　　　精神似觉增三分。（一晃）

霍成君　（忙扶）皇嫂!

　　　　（唱）　你莫要强作无病安小妹——

许平君　（接唱）我与你细诉衷肠情意深。

〔成君扶平君并肩坐于湘妃榻上。

淳于衍　万岁,快请娘娘服药。

刘　询　对呀!

　　　　（唱）　梓童先把汤药饮——

瑞　香　（端药碗）请娘娘服药。

许平君　（接过药碗闻到气味,皱眉）

　　　　（唱）　闻气味令人发呕心,
　　　　　　　　这碗汤药我不饮。（还碗给瑞香）

瑞　香　娘娘……

刘　询　哎!

　　　　（接唱）拒药怎能病脱身。

许平君　（唱）　万岁你莫再把心神多费,
　　　　　　　　我这里会知己倒觉舒心。

刘　询　御妹,这……这便如何是好?

霍成君　（会意点头,拿药碗,唱）

271

皇嫂你快把药饮，

莫负万岁一片心。

许平君　（无奈又接过药碗欲喝，气味难闻，仍把药碗还给成君）这碗苦水我实在吃不下去。

霍成君　这……（为难地回望刘询，刘询为难，回望淳于衍，淳于衍示意要她吃，刘询示意成君要她吃）

霍成君　呀！（旁唱）

皇兄焦急催得紧，

皇嫂不饮急煞人。（一想）

有了！

皇嫂啊，良药苦口利于病，

我为你，亲尝苦水把忧分。（喝了一口药）

许平君　（感激而痛苦）御妹……

（旁唱）千金为我亲尝药，

怎好当面再推托。

人为知己死无怨，

黄连苦水我也喝。

〔许平君双手微抖服药毕，头晕失手，药碗坠地上打破，瑞香收拾。

霍成君　（忙扶）皇嫂保重。

刘　询　这就放心了。

淳于衍　娘娘保重，小医告退。（拭汗而下）

刘　询　御妹在此，孤皇少陪了。

霍成君　皇兄请便，皇嫂有我相伴。

〔刘询下，马忠随下。

许平君　瑞香，你们外厢侍候。

瑞　香　是。（招呼琼英、二宫娥同下）

〔许平君喘息，头晕。

霍成君　啊，皇嫂……你躺下说话。

许平君　不……（强振精神）成君，想我出身寒门，父母双亡，没有一个亲人……今天你来看我，我有千言万语，难

以诉说;你的深情厚谊,我永世难忘! 我想叫你一声
妹妹,你愿不愿叫我一声姐姐?

霍成君　怎能不愿意,我的好姐姐!

许平君　我的好妹妹!

　　　（唱）　一声姐姐喜泪悬,
　　　　　　　只觉得生死离别倍心酸。

霍成君　（惊)啊,姐姐何出此言?

许平君　（唱）　莫道愚姐肠欲断,
　　　　　　　人生哪有月常圆。
　　　　　　　在生托你两件事,
　　　　　　　若蒙依允心方安。

霍成君　（唱）　婉转哀音多凄惨,
　　　　　姐姐呀,
　　　　　　　你病里愁怀且放宽。
　　　　　　　不论有何为难事,
　　　　　　　小妹全力来承担。

许平君　（唱）　一愁娇儿失母爱,
　　　　　　　求你抚育我儿男。
　　　　　　　自古来多少皇子遭谋害,
　　　　　　　儿命要你保平安。

霍成君　（唱）　保护皇子承炎汉,
　　　　　　　我父擎天掌重权。
　　　　　　　但只是侯门相距宫廷远,
　　　　　　　我怎能抚育太子在身边。

许平君　你能够办到。

霍成君　叫我怎么办?

许平君　说出来怕你生气。

霍成君　小妹决不生气。

许平君　（唱）　二愁汉宫成永别,
　　　　　　　君王丧偶情何堪。
　　　　　　　愚姐一死琴弦断,

求妹再续未了缘。

只有贤妹坐宫院，

我儿有福保平安。

两桩大事你依允，

姐姐我含笑九泉……心也宽。

　　　　　　贤妹啊……(哭)

霍成君　(唱)　分明是断肠人说断肠话，

真叫我半是羞惭半心酸。

姐姐啊，何苦叮咛身后事，

愿苍天保佑你凤体永安。

许平君　只怕难保了……

霍成君　姐姐……

　　　　〔琼英、瑞香上。

琼　英　小姐，时光不早了。

许平君　妹妹回府去吧!

霍成君　姐姐保重，小妹告辞了。

许平君　瑞香代我相送。

　　　　〔幕内合唱:

别后只怕难相见，

落叶秋风阵阵寒。

　　　　〔两人依依不舍，瑞香送成君、琼英同下。

许平君　(唱)　眼看贤妹已去远，

胆破心裂似油煎。

　　　　〔幕内合唱:

霎时天旋地也转，

恍如大海浪翻船。

　　　　〔平君昏倒在地。瑞香、二宫娥上，见状大惊。

瑞　香　啊，快快报与万岁知道。

　　　　〔二宫娥急下。

瑞　香　(忙扶平君卧于榻上)娘娘，娘娘，娘娘呀……(哭)

　　　　〔刘询同二宫娥急上。

刘　询	梓童醒来。
瑞　香 二宫娥	娘娘醒来。
刘　询	快取甘露！

〔瑞香取壶，刘询接喂平君。

许平君	万岁！……
刘　询	梓童服药不久，病情反倒加重……莫非药中有毒？
许平君	哎，御妹为我亲尝药汤，哪里有毒！哀家生死有命，不可错怪御医。瑞香！你们去乳娘那里把小皇子抱来。
瑞　香	是。（与二宫娥下）
刘　询	梓童！
许平君	万岁。
刘　询	平君！
许平君	刘郎！
刘　询 许平君	我贤德的妻 　仁　的　夫啊！
刘　询	平君啊！
	（唱）　喜极生悲心如绞，
许平君	刘郎啊！
	（唱）　生死有命莫忧焦。
刘　询	（唱）　今日里千言万语从何道，
许平君	（唱）　我也是满腹话儿涌心潮。
刘　询	（唱）　想当年梅花巷里月相照， 　　　　多承你机杼伴读把灯挑。 　　　　到后来春风未把消息报， 　　　　多承你千里寻夫路迢迢。 　　　　幸喜得剑在人还凤驾到， 　　　　多承你不教孤皇误早朝。 　　　　实指望恩爱夫妻同到老， 　　　　谁知你娩身大故受煎熬。 　　　　我枉为天子难把御妻保，

　　　　　　　　　真叫人心痛意乱恨难消。

许平君　（唱）蒙君王不嫌蒲柳恩义好，
　　　　　　　　怎奈我命似游丝一缕飘。
　　　　　　　　生不能克尽箕帚来答报，
　　　　　　　　求刘郎如我遗愿有两条。

刘　询　（唱）爱妻有求直言告，
　　　　　　　　哪怕千条与万条。

许平君　（唱）偏怜婴儿在褓襁，
　　　　　　　　谁能真情育幼苗。

刘　询　（唱）舐犊之情我不少，
　　　　　　　　抚养东宫继汉朝。

许平君　（唱）妾托侯门成君女，
　　　　　　　　保儿重任一肩挑。

刘　询　（唱）御妹虽然心肠好，
　　　　　　　　难得入宫怎操劳。

许平君　（唱）江山全靠霍家保，
　　　　　　　　莫误佳期渡鹊桥。
　　　　　　　　成君得选新皇后，
　　　　　　　　外戚有靠灾祸消。

刘　询　（唱）忍听她把后事表，
　　　　　　　　平君啊！
　　　　　　　　我与你生生世世不相抛。

许平君　君王哪有不娶之理，你就依允了吧！

刘　询　贤妻……放心！（拭泪）
　　　　　〔瑞香抱婴儿与二宫娥上。

瑞　香　娘娘，小皇子抱来了。

许平君　儿啊……（接抱婴儿唱）
　　　　　　　　怀抱娇儿柔肠绞，
　　　　　　　　头晕目眩地晃摇。
　　　　　　　　只说伴君百年老，
　　　　　　　　谁料中途命不牢。
　　　　　　　　皇儿年幼怎知晓，
　　　　　　　　娘心如插寸寸刀。

苍天赶我黄泉道，

非娘狠心把儿抛。

儿大若把娘寻找，

荒草墓门雨潇潇。

〔许平君紧抱婴儿无力地倚在刘询身上，宫娥们
垂泪。

〔幕后合唱：

风凄凄，雨潇潇，

死别无言泪滔滔。

凄风苦雨愁云罩，

昭阳宫外暮钟敲。

第七场　惊　毒

〔翌年初春。

〔二幕前：淳于衍拎药箱伴霍夫人上。

霍夫人　（唱）　喜满新春添荣耀，

帝后大婚十二朝。

今日进宫望娇女，

天从人愿心病消。

淳于衍　（唱）　霍皇后多子多寿福不少，

夫人你公侯万代乐逍遥。

霍夫人　（笑）哈哈哈，阿衍，多亏你啊！我们快走吧！

〔蔡义、夏侯胜迎面上。

蔡　义
夏侯胜　啊，侯爷夫人来了！

霍夫人　嘿嘿，多谢两位大媒人，我女儿立为皇后，今日老身
前去探望女儿。

蔡　义　来得正好，万岁议罢朝政，与娘娘同游御花园去了。

夏侯胜　侯爷夫人此去，龙心大喜，必赐珍贵厚礼。

霍夫人	若有珍贵厚礼,一定转送大媒。
蔡 义 夏侯胜	承情承情,哈哈哈,告辞了。(同下)
霍夫人 淳于衍	嘿嘿嘿!(同进宫下)

〔二幕启:御花园中吟香阁。二宫娥捧壶觞设席。瑞香、琼英引成君、刘询上。

霍成君	(唱)　神仙伴侣下瑶台,
	吟香阁里喜梅开。
刘　询	(唱)　花枝枉报春天来,
	幽梅勾起旧情怀。
霍成君	万岁,请来对酌赏梅。
刘　询	这……
	(唱)　金樽莫浇梅魂醉,
	不如到望湖楼上饮交杯。
霍成君	任凭万岁作主。

〔马忠上。

马　忠	启奏娘娘千岁,侯爷夫人进宫来了。
霍成君	(喜)瑞香、琼英,快去迎接夫人。
瑞　香 琼　英	是。(下)
霍成君	万岁,我母亲来了。
刘　询	(冷漠地)孤皇无意相见。
霍成君	这……
刘　询	望湖楼近在咫尺,孤皇在楼上等候梓童。
霍成君	如此万岁先请,臣妾随后就到。

〔刘询下,马忠随下。

霍成君	(对二宫娥)快去传旨设筵望湖楼。
二宫娥	是。(下)

〔瑞香、琼英及霍夫人、淳于衍上。

霍成君	母亲……
霍夫人	老身参见娘娘千岁!(欲拜)

《西安秦腔剧本精编》 QINQIANGJUBENJINGBIAN

霍成君	（忙扶）母亲免行大礼,请坐。
霍夫人	嘿嘿嘿。（坐）
霍成君	女儿拜见母亲。
霍夫人	我儿少礼上坐。

〔霍成君坐中间。

淳于衍	小医淳于衍,参拜娘娘千岁!（拜）
霍成君	哀家不曾传你,你怎么来了?
霍夫人	儿呀,为娘让她伴我进宫。
霍成君	如此赐座。
淳于衍	谢坐。（坐）
霍成君	母亲,爹爹福体可好?
霍夫人	你爹爹越老越清健了。
霍成君	母亲你呢?
霍夫人	儿呀!

（唱）　自从你进宫做皇后,

娘病全消喜心头。

山珍海味常进口,

添福添寿乐悠悠。

今日看你宫中走,

怎不见皇帝女婿一同游。

霍成君	（唱）　母亲乍到君王走,

等候儿交杯欢宴望湖楼。

霍夫人	哎呀阿衍,我们来得不巧了。
淳于衍	夫人有事就说,事成就走。
霍成君	母亲有得何事?
霍夫人	（唱）　一为君王祝万寿,

二为皇后祝千秋。

三为那抚育皇子你接受,

带来了灵丹妙药世难求。

霍成君	什么灵丹妙药?
淳于衍	（从药箱内取出一只小锦盒）娘娘!

（唱）	此名金童百宝散，
	天地精华药中全。
	乳儿服用不间断，
	一年四季保平安。

霍成君　如此妙药。瑞香，速交与乳娘给皇儿服用。

瑞　香　是！（拿药下）

霍成君　琼英与御医领赏去。

淳于衍　谢娘娘，（向霍夫人使眼色）老夫人，我在外边等待佳音。

霍夫人　你先去吧……

琼　英　随我来。（领淳于衍下）

霍夫人　儿呀，你在万岁面前美言几句，给阿衍的丈夫弄个官做。

霍成君　（正色地）母亲，此事断断不可。

霍夫人　（笑）傻孩子，你要知恩图报。

霍成君　她与我有什么恩？

霍夫人　她是娘的心腹之人，帮了我的忙，我许了她的愿，娘求你父，你父不允，只有求你了。

霍成君　爹爹铁面无私，女儿更难从命。

霍夫人　哎呀女儿，你不依从，此刻无人，娘就给你直说了吧！

霍成君　（惊疑地）母亲还有何说？

霍夫人　儿呀，要不是阿衍那服"附子汤"，你怎能当上皇后？

霍成君　此话怎讲？

霍夫人　喏……（与成君耳语）

霍成君　啊……（吓呆了，跌坐）此话当真？

霍夫人　娘还哄你不成！

霍成君　你……你们怎么干出这伤天害理之事！

霍夫人　女儿，你说话要有良心，是你做皇后，又不是我做皇后！……好啦，我的宝贝女儿，你要懂得为娘一片心。不要害怕，此事连你父也不知道，只要你给阿衍丈夫弄个官做，万无一失。好女儿，趁你去陪万岁吃酒,美言几句……快去吧,不依为娘,就是不孝!
……你好好想想,为娘走啦!(下)

霍成君 天哪!

(唱)　闻凶讯似惊雷祸从天降,
　　　霎时间陷冰窖浑身发凉。
　　　我好似笼中鸟魂飞魄丧,
　　　又好似一叶孤舟飘海洋。
　　　只说是汉宫中奉伴圣上,
　　　怎料想贤姐姐死得冤枉。
　　　这情景真叫人不堪多想,
　　　这情景触目惊心断肝肠。

平君呀!我的好姐姐——
　　　你生前对小妹曾把话讲,
　　　一字字一句句情深义长。
　　　你要我劝慰君王消惆怅,
　　　你要我抚爱皇儿代亲娘。
　　　原以为你阳寿已尽把命丧,
　　　谁知你遗恨绵绵被暗伤。
　　　我要去面见君王把冤情讲,(急走又回)
　　　这这这……害人的祸首是我娘。
　　　若为姐姐雪冤愤,
　　　君王一怒起祸殃。
　　　怕只怕,高堂老母命难保,
　　　我怎能忘却孝道告亲娘。
　　　倒不如回府去对爹爹讲,(急走又回)

这……不能啊——
　　　气死了老爹爹我也活不长。
　　　可怜我自幼娇生又惯养,
　　　不知人世有忧伤。

〔瑞香上。

瑞　香 娘娘,妙药已经交给乳娘。

霍成君　啊?!（大惊）瑞香，快去把药取回，万万不可给皇儿
　　　　服用!

瑞　香　哎呀娘娘，这是老夫人一片心意。

霍成君　（怒）死丫头，叫你快去你就快去。

瑞　香　瑞香就去。娘娘啊，当初你能为许娘娘亲口尝药，可
　　　　今天为什么不让皇子服药?!（下）

霍成君　啊……当初姐姐拒不服药，是我亲口尝药，劝得姐姐
　　　　吃下送命的毒药，这……难道是我毒死姐姐?!……
　　　　姐姐啊!（伏桌哭）

　　　　〔刘询、马忠上。刘见状，示意马退下。

刘　询　（陪笑）啊，梓童。

霍成君　万岁……

刘　询　为何伤心落泪，莫非受你母亲委屈了吗?（成君哭）
　　　　哎呀，看在孤皇面上，不要哭了。来来来，随孤皇到
　　　　望湖楼饮酒去吧!（拖成君走了几步）

　　　　〔霍成君不走，忍不住又哭起来。

刘　询　怎么又哭起来了? 梓童啊!
　　　　（唱）　适才你畅游园喜气满面，
　　　　　　　一霎时因何事却把愁添。
　　　　　　　莫非是孤皇我有失检点，
　　　　　　　未交杯惹爱妻心中颇烦。

霍成君　万岁，不是的。

刘　询　那是为了什么?

霍成君　姐姐她……她，（大哭）姐姐啊……

刘　询　这这这是为了什么?

　　　　〔瑞香拿小药盒上。

瑞　香　娘娘，药……

霍成君　啊!（抢药盒塞入袖中）

刘　询　什么药，拿来我看。

霍成君　不!（几乎昏倒）

瑞　香　娘娘……

QINQIANGJUBENJINGBIAN 西安秦腔剧本精编

刘　询　梓童有病,快扶回宫中医治服药便了。

霍成君　我不要吃药,我不要吃药……

〔瑞香扶霍成君下。

刘　询　这倒奇了。

〔马忠上。

马　忠　启奏万岁,丙吉大夫求见。

刘　询　传旨进见。

马　忠　万岁有旨,丙吉大夫进见。

〔丙吉上。

丙　吉　臣丙吉参见吾皇万岁!

刘　询　爱卿到来何事?

丙　吉　启奏万岁,今有太医院上书,淳于衍为许皇后所处药方,与病情不符,其中有诈,请万岁定夺。(呈书)

刘　询　(看书信,怒)有这等事,丙爱卿听旨!

丙　吉　臣在。

刘　询　速拿淳于衍到案,严加鞫讯治罪!

丙　吉　领旨!

第八场　匡　奸

〔翌日。

〔二幕前:淳于衍仓皇上。

淳于衍　(念)　可恼医官太混账,

妒忌密告坏心肠,坏心肠!

丙大人执法无私情不讲,

眼看我要遭祸殃,遭祸殃!

吓得我浑身冷汗淌,

霍府来找挡风墙。

〔霍夫人上迎。

霍夫人	阿衍慌慌张张何事？
淳于衍	哎呀夫人呀！太医院有人告我用药毒死许皇后，万岁大怒，命丙吉大人追捕于我，求夫人与我作主。
霍夫人	哼，可笑丙吉不自量，敢到老虎头上搔痒。走！随我来。
	〔二人转场下。
	〔二幕启：书房。霍光坐在桌前披阅案卷。霍夫人装病上。
霍夫人	哎唷，老爷……我这旧病复发，不久人世了啊……
霍　光	夫人昨日进宫回来，不是说万事如意，百病全消，怎么今天又复发了？
霍夫人	哎，多亏阿衍药到病除，如今有人告她药死许皇后，丙大夫要来捉拿钦犯，我一气病又复发。
霍　光	哎，竟有这等事，此案非同小可，传她见我。
霍夫人	（向外）阿衍，老侯爷传你。
	〔淳于衍上。
淳于衍	小医淳于衍叩见老侯爷。（跪）
霍　光	起来回话。
淳于衍	谢老侯爷。（起）
霍　光	当日你如何为许皇后治病？
淳于衍	（取出抄本）为许娘娘处方抄录在案，老侯爷请看。
霍　光	（接看）此方并无差错，莫非药中另有毒物不成！
淳于衍	哎呀老侯爷，小医与许娘娘无冤无仇，害她何来？况贵人服药，小医先尝，若是药中放毒，岂能不毒死小医么？
霍　光	（点头）唔，有理！
淳于衍	而且那日小姐进宫问病，为劝许娘娘服药，也尝喝了一口。哪有娘娘中毒，小姐无害之理！
霍夫人	我女儿都喝了，哪有什么毒！
霍　光	如此说来，你是无罪之人。
淳于衍	禀老侯爷，医书上说："妇人娩身大故，九死一生"，

保住了太子,保不住娘娘。小医医病不医命,降罪
于我,实是冤枉啊……(跪哭)

霍　光　快快起来,你自去投案,老夫为你作主,辩明冤枉。

淳于衍　谢老侯爷!(无奈起来)老夫人,小医投案去了!
　　　　(使眼色)

霍夫人　(呼痛)哎哟……

淳于衍　老夫人不要见怪,小医方寸已乱,不能为你治病了。
　　　　(故意走)

霍夫人　哎哟,痛死我了。

淳于衍　(急回身扶)夫人保重!

霍　光　唉,我来问你,夫人之病如何治得?

淳于衍　夫人气阻于胸,绞痛于心,小医针石急救,时刻不离
　　　　左右,倘有疏忽,后果难料!

霍　光　这……

霍夫人　(故作气喘)老侯爷,你好糊涂!你……你枉为三朝
　　　　元老,旷世功臣!能保得一个少年皇帝登基,就不敢
　　　　保一个小小医生留在府中为我治病,你,你哪里还有
　　　　夫妻之情啊……(哭)哎哟……

霍　光　也罢!
　　　　(唱)　夫人且把气忍耐,
　　　　　　　此事老夫做安排。
　　　　　　　把她留在后堂内,
　　　　　　　免却医生狱牢灾。

霍夫人　这就对了。阿衍,走吧!
　　　　〔淳于衍扶霍夫人出书厅,两人对笑。春喜上见了莫
　　　　名其妙。霍夫人忙呼"哎哟"由淳于衍扶下。

春　喜　禀老侯爷,丙吉大人求见。

霍　光　有请!

春　喜　(出外)有请丙大人!
　　　　〔丙吉上。

丙　吉　丙吉参见侯爷!(施礼)

霍　光　丙大夫，请坐。

丙　吉　谢坐。

霍　光　丙大夫难得到来。（示意春喜下）

丙　吉　是啊，上次到府，为皇上接许皇后进宫，这次到府，奉皇上旨意，为许皇后被害一案，特与老侯爷商议，捉拿嫌疑要犯。

霍　光　这嫌疑要犯莫非是淳于衍？

丙　吉　老侯爷所言不差。

霍　光　淳于衍就在府下，老夫已作盘问，实是冤枉。

丙　吉　何以见得？

霍　光　老夫推断，其理有三。

丙　吉　请问其一？

霍　光　淳于衍忠心治病，郑重处方，用药无差，并无庸医杀人之误。

丙　吉　请问其二？

霍　光　我女儿亲尝药汤，哪有皇后中毒，小女无害之理。

丙　吉　请问其三？

霍　光　妇人"娩身大故，九死一生"，从来医病不医命，岂可枉加谋害大罪！？

丙　吉　依老侯爷之见？

霍　光　请你回复圣命，淳于衍并无可疑之点，其情可恕，其罪可免。

丙　吉　这……老侯爷啊！
　　　　（唱）　宫廷大案非寻常，
　　　　　　　岂能潦草便收场。
　　　　　　　轻信口供易上当，
　　　　　　　君子可以欺其方。
　　　　　　　求侯爷交出嫌疑犯，
　　　　　　　丙吉鞠讯察其详。

霍　光　哎，
　　　　（唱）　老夫判断明真相，

因何不能重商量。
对症用药无虚假，
是我女儿亲口尝。
捕风捉影凭猜想，
屈打成招害善良。
老夫自与君王讲，
不用你来问短长。

丙　吉　（唱）　钦命问案交给我，
各司其职循规章。
明察秋毫报圣上，
岂教无辜受刑伤。
无错问你索钦犯，
有罪摘印我还乡。

霍　光　可恼！

（唱）　大胆丙吉敢冲撞，
固执偏见欠思量。
她与皇后无仇恨，
下毒谋害为哪桩？
今日老妻身不爽，
要她护疗伴身旁。
留下御医定不放，
万岁降罪我承当。

春喜！

〔春喜急上。

春　喜　小人在！

霍　光　与我送客！（气极背身不理）

春　喜　丙大人，请吧！

丙　吉　慢！老侯爷一生正直，老成持重，有匡汉之心，无震主之盛。奈何今日偏听护短，置圣命于不顾，视大案为草芥，如此姑息养奸，实为居功自傲！侯爷在生之年，万岁不会降罪；只恐百年之后，子孙富贵难保也！

287

（拂袖而下，春喜随下）

霍　光　哎呀！

　　　　（唱）　丙吉直言如雷震，

　　　　　　　　莫为子孙栽祸根。

　　　　　　　　悔不该对老妻偏听偏信，

　　　　　　　　欺同僚抗圣命是非不分。

〔春喜复上。

霍　光　春喜可知夫人之病？

春　喜　我刚才亲眼看见，老夫人和淳于衍在门口笑哩，我看
　　　　她是假装病。

霍　光　（一把抓住春喜）你待怎讲？

春　喜　夫人假病，不信你去看来。

霍　光　老不贤啊！（摔手，春喜跌倒）

　　　　（唱）　气冲冲直往后堂奔，

　　　　　　　　怒斥无耻老贱人！

春　喜　（爬起，着急）哎呀不好，侯爷吵闹，老夫人定要打
　　　　我，我还是逃走为妙！（急下）

〔霍光拉霍夫人急上。

霍夫人　（慌张地）放开，你要做什么？

霍　光　（气喘地）你你在后堂谈笑风生，为何装病欺骗于我？

霍夫人　这，我怕阿衍受苦，保护于她！

霍　光　你你你俩人干的什么勾当？

霍夫人　这……

霍　光　如若不讲，把她送进衙门，三拷六问，不怕她不招！
　　　　（撩袍欲走）

霍夫人　且慢，事到如今，与你直说了吧！

霍　光　讲！

霍夫人　可恨许氏贱人夺我女儿皇后之位，我与阿衍合谋，一
　　　　味附子汤，送她见了阎王！

霍　光　（惊呆）啊！

霍夫人　我要你面奏万岁，保得阿衍平安无事，如若不然，大

QINQIANGJUBENJINGBIAN
西安秦腔剧本精编

　　　　　　　祸临头,你也难保!
霍　光　　（打霍夫人一记耳光）老贱人!
　　　　　（唱）　可恨你倚势骄横心毒狠,
　　　　　　　　　竟敢做杀害皇后主谋人。
　　　　　　　　　怒冲冲进宫去免冠认罪——
霍夫人　　（急拦）你不能去!
霍　光　　（唱）　定叫你吃一刀祭奠冤魂。
霍夫人　　老侯爷,你不顾为妻,难道要害女儿终身!
霍　光　　哎呀!
　　　　　（唱）　提起了成君女心碎肠断,
　　　　　　　　　你为她求荣华不择手段。
　　　　　　　　　可叹我奉遗诏辅主登殿,
　　　　　　　　　为的是保社稷国泰民安。
　　　　　　　　　数十载尽忠诚披肝沥胆,
　　　　　　　　　你害我丢英名前功尽完。
　　　　　　　　　你作恶杀良善毒辣凶险,
　　　　　　　　　分明是给后代把祸来添。
　　　　　　　　　今日里弥天罪虽露破绽,
　　　　　　　　　料君王投鼠忌器暂容宽。
　　　　　　　　　只怕我百年后风云有变,
　　　　　　　　　保不住老和少一家难安!
　　　　　（吐血,昏倒跌坐）
霍夫人　　啊,老侯爷……!

第九场　割　爱

　　　　　〔一年后。二幕前。
霍成君　　（内唱）老父亡故朝中变,
　　　　　〔瑞香、琼英引霍成君急上。

289

霍成君　（接唱）一场灾祸到眼前。

　　　　　　　　万岁降旨雪冤案，

　　　　　　　　震动朝中文武官。

　　　　　　　　御林军闯府拿钦犯，

　　　　　　　　怕只怕娘亲性命难保全。

　　　　　　　　急急忙忙去上殿，

　　　　　　　　求君王多慈悲发落从宽！（三人急下）

　　　　　〔二幕启：未央宫，偏殿。刘询端坐帝位，丙吉（已为
　　　　　丞相）、蔡义、夏侯胜与太监、彩女侍立。

刘　询　传旨将霍显押上殿来！

马　忠　万岁有旨，将霍显押上殿来！

　　　　　〔四御林军持刀逼霍夫人上。

霍夫人　（唱）　魂飞魄散身抖战，

　　　　　　　　莫非要进鬼门关。

　　　　　　　　横下心来放大胆，

　　　　　　　　强装从容拜君颜。

　　　　　臣妾霍显参见万岁！

刘　询　唗！霍显你可知罪？

霍夫人　臣妾何罪之有？

刘　询　淳于衍谋害许皇后一案，你可知情？

霍夫人　臣妾不知。

刘　询　杀人你是主谋，还敢抵赖！

霍夫人　万岁呀！当初老侯爷保你登基，立下万世之功。如
　　　　　今亡夫尸骨未寒，竟来加罪于我，说我主谋，有何
　　　　　凭证？

丙　吉　唗！大胆霍显，淳于衍已经落网招供，你指使谋害皇
　　　　　后，杀人便是"附子汤"！

霍夫人　啊……（发抖）

刘　询　可恨也！

　　　　　（唱）　你本侯门歌舞婢，

　　　　　　　　恃宠僭为诰命妻。

贪心欲壑深无底,

谋夺皇后动杀机。

善恶到头总有报,

天网恢恢不可欺。

将霍显打入天牢,穷治其罪!

〔御林军甲、乙推霍夫人走向一边。霍成君急上。

霍成君　母亲——

霍夫人　儿呀——快来救我!

霍成君　你害人害己,叫我如何救得?

霍夫人　为儿荣华一世,做娘懵懂一时,你若不救,便为不孝!

〔御林军甲、乙推霍夫人下。

霍成君　也罢!(上殿)臣妾参拜吾皇万岁!

刘　询　梓童上殿何事?

霍成君　窃闻大汉以孝治天下,老母触怒天颜,女儿不救,乃为不孝,只得哀哀上告,请万岁眷念功臣,从宽发落。

刘　询　这……丞相以为如何?

丙　吉　臣启万岁,萧相国律法俱在,其罪可诛者,虽宗室外戚不免,以儆后来。

蔡　义　臣启万岁,许皇后母仪天下,惨遭不白,神天共愤,须将钦犯剖肝挖心,以祭冤魂。

夏侯胜　臣启万岁,霍显欲逃边关,企图与长子霍禹通同谋反,请万岁速夺霍禹兵权,将霍家满门抄斩。

霍成君　你们当初趋奉我父,为我保媒;如今又来落井下石,莫非要将我霍家斩尽杀绝不成!

蔡　义　啊……(退)

夏侯胜　臣启万岁,当初霍光势大滔天,臣等敢怒而不敢言。今日冒死上奏,许皇后不肯服药,是她假意殷勤,亲尝药汤,分明母女同谋,夺取中宫之位。万岁不可放过于她!

霍成君　啊,你敢血口喷人!(夺夏手笏猛击)

刘　询　(大怒)住手!(下座,逼视成君,成君慌乱)嘿,嘿,嘿！想不到你虚情假意，口蜜腹剑，母女同谋，害死了平君！（一把抓住成君）你……

霍成君　（惊慌失措）万岁，不，不不……

刘　询　我把你这贱人！（将成君推倒）欺君罔上，大逆无德，废除皇后，将她打入冷宫，母女一并治罪！

霍成君　天哪——（欲昏倒）

〔御林军丙、丁拖成君下。

刘　询　退班！

〔蔡义、夏侯胜、太监、彩女纷纷下。

丙　吉　万岁！臣以为霍显杀人是实，母女同谋是冤。

刘　询　啊，何以见得？

丙　吉　霍后若是歹毒，太子焉能保住？

刘　询　这……

瑞　香
琼　英　（内呼）"冤枉"！

〔瑞香、琼英同上。

瑞　香
琼　英　万岁，霍娘娘冤枉！

刘　询　啊，你们为何替她鸣冤？

瑞　香　霍娘娘和她母心肠并不一样。

琼　英　现有小药匣可作明证。

刘　询　（接匣，看）何来此药？起来说话。

瑞　香　哎呀万岁！此药乃是霍显与淳于衍加害小皇子之药，是我拿去交与乳娘，多亏霍娘娘要我追回。

琼　英　是我亲眼看见霍娘娘将药调于鹦哥食内，鹦哥吃了便死。

瑞　香　若不是霍娘娘忠义，只怕小皇子性命难保。

刘　询　啊，有这等事?！你二人忠心可嘉，快随马忠去传成君回来。

马忠等　领旨！

〔三人同下。

刘　询　丙爱卿，若不是你提醒，孤皇几乎负情了！

丙　吉　臣只知严守国法，秋毫不误，臣告退了。

刘　询　爱卿殿后稍待，还有商议。

丙　吉　是！（退下）

〔霍成君素服上，马忠、瑞香、琼英随上。

霍成君　罪妇……霍成君……参拜万岁！（跪）

刘　询　（欲扶又止）成君，孤皇容你申诉，慢慢讲来！

霍成君　万岁啊！

（唱）　霍成君跪当殿哀哀上告，

　　　　忍不住伤心泪直往下抛。

　　　　进宫来一年余心惊肉跳，

　　　　怨我娘伤天理心毒似刀。

　　　　那日她为皇子献药讨好，

刘　询　（出示药匣）可是此药？

霍成君　正是的。

刘　询　你讲！

霍成君　（接唱）为御医谋高官求王下诏。

　　　　　　说破了毒药计令人可恼，

　　　　　　眼看着小皇子性命不牢。

　　　　　　命瑞香追回药调食喂鸟，

　　　　　　可怜那小鹦哥一命相夭。

　　　　　　告亲娘只怕落为人不孝，

　　　　　　到今日触天颜自把罪招。

　　　　　　这本是前后情对天可表，

　　　　　　求万岁发慈悲把妾恕饶。

刘　询　（唱）　听罢哭诉实不忍，

　　　　　　　　反教孤皇也伤心。

　　　　　　　　双手扶起成君女，

　　　　　　　　孤皇愿作护花人。

霍成君　万岁……

刘　询　丙爱卿哪里？

〔丙吉上。

293

丙　吉　臣在。

刘　询　才听成君诉说,其心可悯,其罪可恕,孤欲收回成命。

丙　吉　臣以为不可。

刘　询　啊,因何不可?

丙　吉　成君虽非与母同谋,然知情不报,欺瞒圣上,岂能为
　　　　皇后母仪天下?!

刘　询　这,哎呀丞相,父母之道,此乃天性,成君不能告母,
　　　　孝而不忠,情有可原。

丙　吉　万岁须知皇朝律法,匿罪不报者,一律有罪。

刘　询　这……(生气)孤皇将诏告天下,自今以后,子女匿
　　　　父母之罪,情有可原。丞相以为如何?

丙　吉　臣不敢从命。

刘　询　你……

丙　吉　万岁所言是情,臣所讲是法,依法而断,无情可原。

刘　询　你将她如何处治?

丙　吉　废居昭台宫,不得私近天颜。

刘　询　孤皇不依,你奈我何?

丙　吉　万岁才说母女同谋,一并治罪,臣以为不然;如今又
　　　　说情有可原,堪为皇后,臣以为不可。臣非不知霍成
　　　　君心地善良,可是她匿罪不报,无情可原。谋夺皇后
　　　　一案天下皆知,万岁欲为中兴之主,不能割私爱之
　　　　情,谨守皇朝律法,何以治国平天下?!

刘　询　这……

丙　吉　万岁三思。

刘　询　(唱)　这一边忠言直谏难驳倒,

霍成君　万岁……(泣跪,瑞香、琼英、马忠陪跪于后)

刘　询　(回身惨然,接唱)

　　　　　　　这一边婉转蛾眉不忍抛。

　　　　　　　回头来面对丞相……

丙　吉　万岁三思!

刘　询　(接唱)……谕难道,

　　　　　　　转身儿再封皇后……

霍成君　万岁……(啜泣)

刘　询　（接唱）……不禁把头摇。
　　　　　　　　难道说君王难把娇妻保，
　　　　　　　　为什么风雨宫闱百花凋。
　　　　　　　　怨苍天夺我平君太无道，
　　　　　　　　叹成君李代桃僵不终朝。
　　　　　　　　从今后，近在咫尺难相见，
　　　　　　　　好比那，流水无情落花飘。
　　　　　成君！（双手扶起成君）

霍成君　（唱）　万岁莫把心事表，
　　　　　　　　幽情苦绪我明了。
　　　　　　　　江山比妾更重要，
　　　　　　　　法律焉能失萧曹。
　　　　　　　　只恨母亲太无道，
　　　　　　　　倚势弄权施奸刁。
　　　　　　　　宠女反把女害了，
　　　　　　　　身蹈法网罪难逃。

刘　询　（唱）　可悲你身受牵连律不饶，
　　　　　　　　昭台宫愁听冷雨把窗敲。
　　　　　　　　孤也是无可奈何真烦恼，
　　　　　　　　心中犹如火焚烧。
　　　　　　　　愿卿且伴昭台月，
　　　　　　　　静待春风云雾消。
　　　　　唉！成君……

霍成君　万岁……

刘　询　你……放心去吧！

霍成君　万岁请上，贱妾大礼拜别了！
　　　　〔幕内合唱：
　　　　　　　　盈盈拜别双泪悬，
　　　　　　　　依依难舍两心酸。
　　　　　　　　玉笛凄凉汉宫怨，
　　　　　　　　残月朦胧何时圆？
　　　　〔一弯残月笼惨雾，成君泫然再拜。马忠引道，瑞香、
　　　　琼英扶霍成君缓缓而去。刘询挥泪，丙吉叹惜。
　　　　　　　　　　　　　　　　　　　　——剧　终

演出单位

西安市五一剧团

桃花村

根据翁偶虹同名京剧移植整理

张茂亭　移植

蔡立人　整理

剧情简介

　　宋时,桃花村刘德明之女刘玉燕偕同丫环春兰到花田会上选婿,恰遇穷途落魄的卖画书生卞济,一见倾心。刘德明便令老仆刘荣请卞济议婚,错将桃花山好汉周通请来。刘德明说明误会,周通不听,以为刘家取笑于他,定要当晚抬亲。刘玉燕得知,要寻短见,被春兰劝阻。在春兰帮助下,卞济改扮女装与刘玉燕相会,正计划一同逃走,周通花轿已到门前。仓皇中,刘母将女儿藏过,周通却将卞济抬上山寨。

　　周通发现抬错了人,欲杀卞济,被盟兄李忠阻止。李劝周通不要破坏他人婚姻,周通不听,执意前往刘家入赘。

　　卞济被李忠释放,途中正遇大闹五台山后去东京的鲁智深。鲁问明实情,心中不平,寻到花田村,将周通痛打一顿。

　　周通逃往山寨,求李忠报仇。路上正遇鲁智深赶来,通罢姓名,原是故友。在鲁智深与李忠劝说下,周通承认了错误,成全了刘玉燕和卞济的婚姻。

《西安秦腔剧本精编》
QINQIANGJUBENJINGBIAN

场 目

人 物 表

刘玉燕

周 通

卞 济

李 忠

刘德明

刘 荣

鲁智深

春 兰

刘夫人

袁有份

公差甲

四头目

公差乙

四喽兵

第一场

〔刘德明与刘夫人同上。

刘德明　（唱）　桃花村有门第务农为本，

刘夫人　（唱）　每日里在佛堂念诵经文。

刘德明　（唱）　诵经文又何尝求得子胤，

刘夫人　（唱）　有女儿在膝前乐享天伦。

刘德明　咳！享天伦、乐天伦，可怜天下父母心，女儿今年十七岁，三年两载嫁出门。

刘夫人　嫁出门，莫伤心，何不抬婿到门庭。女婿也有半子份，同心同意奉双亲。

刘德明　你讲得虽好，只是女儿性情高傲，东村王，西村李，她总不遂心，看来这流水的年华，就要错过了。

刘夫人　我养的女儿，自然是有志气的，一般的后生男子，她怎能如意。

刘德明　难道我们这平常人家，还要高搭彩楼，抛球招婿不成。

刘夫人　虽说不能抛球招婿，也要她自己挑选。啊，员外，今乃花田盛会，何不叫女儿前往游玩，借此选婿？

刘德明　哼！花田会上，男女混杂，如何去得呢？

刘夫人　既然要选女婿，就得有男有女。待我唤春兰出来。

刘德明　使不得。

刘夫人　使得的，啊，春兰快来！

春　兰　来了来了！

〔春兰上。

春　兰　（念）　黄莺枝头唱，

花影绿满窗。

小姐因春病，

丫环跑断肠。

参见员外、安人！

刘德明|罢了，你家小姐，可曾梳洗整齐？
刘夫人

春　兰　小姐早就梳洗好咧！

刘夫人　唤她前来！

春　兰　是！有请小姐！

〔刘玉燕上。

刘玉燕　（念）　燕子呢喃桃花伴，

美景良辰奈何天。

参见爹娘！

刘德明|一旁坐下。
刘夫人

刘玉燕　谢坐。唤儿前来，有何训教？

春　兰　（抢话）员外安人不用说，春兰一猜就猜着。

刘夫人　你且猜来。

春　兰　要是夫人唤，花园去游玩；要是员外唤，窗下吟诗篇；
安人疼小姐，不要太麻烦；员外盼小姐，考个女状元。
二老心情不一样，叫我们小姐两为难。

刘德明　顽皮的丫头。

春　兰　顽皮不顽皮，敢说猜个大不离。

刘夫人　你这一猜嘛，就猜错了。今日叫你陪伴小姐，去游花
田盛会。

刘玉燕　怎么？爹爹准许女儿去游花田盛会？

春　兰　（旁白）呦，我们老员外，今个咋这开通的！

刘夫人　不但命你去游花田，还要我儿自己（拉玉燕附耳低
声）选女婿哩！

春　兰　（凑近去听）哎哟，这下可对了我们小姐的心啦！

刘玉燕　又来多嘴！（羞）

刘德明　啊……这是你母亲的主意，为父不曾这样言讲。

QINQIANGJUBENJINGBIAN

西安秦腔剧本精编

春　兰　看咋着,我说老员外不会这样开通吧!

刘德明　又来多口,你陪小姐前去,必须小心在意。

春　兰　为了小姐终身大事,春兰一定留心在意。

刘夫人　不是这样的在意,是叫你一路之上陪伴小姐要小心谨慎,早去早回。

春　兰　安人尽管放心,我就好比保主过江的赵子龙,保得去,保得回,保得龙凤呈祥,决不空手而归。

刘玉燕　呀呸!

　　　　(唱)　透春光倒惹得心慌意乱,

春　兰　(唱)　寻桃园还须我武陵渔船。

刘德明
刘夫人　儿啊!

　　　　(唱)　早归家免我们倚门而盼,(同下)

刘玉燕　女儿遵命!

　　　　(唱)　出门去畅心怀鸢飞在天。

　　　　〔二幕下,春兰、刘玉燕流盼各处,心花怒放。刘荣扫地上,春兰无意碰着刘荣。

刘　荣　谁呀?是春兰!又偷着出门玩来啦?

春　兰　我今日是上命差遣,因公外出!

刘　荣　啊!因公外出,我不信,得问问员外爷去。(欲走)

刘玉燕　刘荣!

刘　荣　小姐!

刘玉燕　员外、安人命春兰陪伴于我,同游花田。

刘　荣　(有点耳聋)啊……小姐要饮酒划拳?

春　兰　看你这耳朵!(凑近)去游花田盛会!

刘　荣　赢不了还罚跪!

春　兰　去游花——田——盛——会!

刘　荣　哦!去逛会呀,回去回去!员外爷没那么开通。

春　兰　不信你问去!

刘　荣　我是要问去!

春　兰　你快去问呀!

刘　荣　我可不是问去嘛,我这一走,你们可不许溜……(边

说边下)

春　兰　真是个死心眼！快走吧,咱们好不容易出来,可得痛痛快快地玩一天哪！快呀！

刘玉燕　春兰！
　　　　（唱）　到花田还必须多加检点,

春　兰　小姐！
　　　　（唱）　你就把这心放宽。
　　　　　　　　桃花溪前杨柳岸,
　　　　　　　　太公稳坐钓鱼船。
　　　　　　　　稳踏芳尘细挑选,
　　　　　　　　相貌人品要两全。
　　　　　　　　看中了你就把这秋波一转,（示范）

刘玉燕　（接唱）心中事你快莫多言。
　　　　　　　　哑谜儿随口来呼唤,
　　　　　　　　你与我做一个,

春　兰　（接唱）心照不宣。

刘玉燕　春兰！（看见什么）快来呀！（下）

春　兰　啊！来啦！来啦！（下）

第二场

〔二幕启:袁有份摆好字画摊。

袁有份　有请卜相公。

卜　济　（内）好不愧煞人也！
　　　　〔卜济掩面而上。

卜　济　（唱）　叹斯文困异乡时乖运蹇,
　　　　　　　　病愈后怎奈我囊底无钱。
　　　　　　　　没奈何揣羞愧抛头露面……

袁有份	相公,我看你一手的好字画,才替你出了这个主意。趁这花田盛会,挣点银子,也好上京求名,不负你十载寒窗啊!
卞 济	店主东的情义我岂能不知,只是读书之人江湖卖画。唉,好不羞煞人也!
	(接唱)蟾宫客只落得摆设画摊。
袁有份	哎,休看落魄江湖,一朝得志便能飞黄腾达。打起精神来,我给你吆喝开张。(吆喝)山水人物,花卉翎毛,真草隶篆,扇面屏条,有买画的上这里来呀!(下)
	〔周通上。
周 通	(唱) 为大哥祝寿辰下山买画,
	绿林客强装着风雅行家。
	〔观见卞济作画,周通上前立看。
周 通	哎呀且住,某观这个小白脸儿在雪白的纸上东一条黑边边,西一条黑叉叉,莫非他就是卖画之人。待我向前问他一声……啊,这位弟兄,你莫非就是卖字画的?
卞 济	哦,正是的。
周 通	可有寿星图儿?
卞 济	莫非要悬挂寿堂的么?
周 通	正是,快快取来,多把银钱与你。
卞 济	此处无有。
周 通	现在何处?
卞 济	就在小生的手上。
周 通	手上?(看)无有哇!
卞 济	说有就有,非我夸口,用我两手,一挥而就。
周 通	好,你就快快地挥来。
卞 济	兄台稍候!(作画)
	(唱) 展素幅调颜色霜毫点染,
周 通	(拦)啊,弟兄,是你方才言道一挥而就,怎么,一挥

而不就呢？

卞　济　兄台呀！

（接唱）一幅画怎能够一笔周全？

周　通　好好好，你快快画来。

卞　济　（接唱）兴致来止不住摇动斑管，

周　通　（数）一挥、两挥、三挥、四、五、六……哎呀呀！

（接唱）这一阵等得我好不心烦。

嘿，我看你挥了七八十挥，还不成个样子，叫某好等！

卞　济　这画要画得精，必须耐心情，兄台不耐等，花田游一程。

周　通　也罢！待某慢慢地游，你要快快地画，我先去了！

（下）

卞　济　兄台慢走！

（接唱）论绘画必须要轻描细染……（作画）

春　兰　（内）小姐，随我来！

〔刘玉燕随春兰上。

春　兰　（接唱）一路上好兴致来到花田。

菜花黄梨花白桃花更艳，

刘玉燕　（接唱）怎比我心花放灿烂难言。

春　兰　（接唱）猛抬头渡仙桥就在前面，

〔春兰引玉燕过桥，忽见卞济在桥边作画。

刘玉燕　呀！

（接唱）渡仙桥有一座照人玉山。

春　兰　（接唱）忽然间见小姐秋波一转，

嗯！（点头会意）

刘玉燕　（接唱）且问问那顽石可能开言。

春　兰　明白啦！（走过去）先生，我们这儿有礼啦！先生，我们这儿有礼啦！先生，我们有礼啦！

卞　济　哦，原来是位小姑娘，还礼，还礼。

春　兰　先生，你好用功啊，逛会还画画哪！

卞　济　惭愧！我是卖字画的。

春　兰　哦,你是个卖字画的呀? 巧极了,我们小姐就喜欢字画。你坐,你坐,咱们回头见。(急忙转过去)小姐小姐,他是卖字画的,画得可好啦! 妙极啦! 您快看看去! (拉住刘玉燕就走)

刘玉燕　(拂止)他画些什么?

春　兰　这……我也没看清楚。看他那个人品和专心劲儿,一定是写画俱佳!

刘玉燕　可有现成的字画么?

春　兰　我给您问问去! (走过去,抓起卞济面前的画,就要拿走)

卞　济　小姑娘,这是有人定下的,有人定下的呀!

春　兰　那你有现成的字画没有,我们小姐要买呢!

卞　济　现成的无有,小姐若要么,画完此幅,当面挥毫。

春　兰　看这啰嗦劲儿! (跑过去)小姐,他说现成的无有,等他画完此幅,再与您挥毫。

刘玉燕　这个……春兰,这里有扇儿一把,你对先生去讲,就说:隔花人远天涯近,轻描淡写报知音。

春　兰　您跟我撰文,我不懂,您再说一遍!

刘玉燕　蠢丫头! 你对他讲:字不必多,画不必细,轻描淡写,报知音……

春　兰　哦,轻描淡写报知音哪……我知——道啦!

刘玉燕　又来顽皮!

春　兰　(走过去)先生,我们小姐这儿有扇儿一把,请您当时写画。

卞　济　哦,好扇好扇,待我写来……哎呀,此画未成,焉能搁笔呀?

春　兰　你咋这么死心眼啊! 我们小姐说啦,字不必多,画不必细,轻描淡写报知音。

卞　济　哦! 我明白了!

　　　　(唱)　莫非是西厢月把玉人送到……

春　兰　先生,你怎么不写呀! 你怎么不写呀! 这不是耽误工夫吗？先生……

卞　济　这……仓促之间，倒不知以何为题呀？

春　兰　倒是的！这……（想）哎，先生你看我们小姐坐在桃花树下多好看，你就以花下美人为题，好不好？

〔卞济与刘玉燕对视，春兰几番催促，卞未瞧见。

春　兰　喂，你看好了没有？看够了没有？……这就叫轻描淡写报知音哪！

卞　济　妙啊！

春　兰　不害臊！

卞　济　哈哈哈……

（接唱）我虽然在穷途也展眉梢。

　　　　是知音必须把知音来报，（又写又画）

　　　　守礼仪我不敢意动心摇。

　　　　书画毕呈小姐多多指教……（持扇欲给刘玉燕送去）

春　兰　拿来！（随手取过扇子）

（接唱）只看人不看路小心跌跤。（走过去）小姐，人家写画完毕，请你多多指教哩！

刘玉燕　顽皮！待我看来！

（念）　花点苍苔绣不匀，

　　　　莺唤垂杨语未真。

　　　　乞浆愧煞穷途客，

　　　　人面桃花不问春。

嗯，写画俱佳，只是未曾落款！

春　兰　是呀，虽然中意，可还不知他姓什么，叫什么呀？

（取扇，走过去）先生，您怎么不落款呀？

卞　济　拙笔劣墨，怎好落款！

春　兰　真客气！我们小姐说啦，轻描淡写报知音，既是知音，就要诚心，您不落款，那可就不诚实啦！

卞　济　啊，如此待我写来！（写）襄阳卞济。

春　兰　哟，您还要装羊、变鸡呀！

308

卞　济　哎,我乃襄阳人氏,姓卞名济。

春　兰　那你怎么到这里来啦?

卞　济　我乃赴京赶考,路过此地。

春　兰　原来是位举人,写上写上! 叫我们员外也好知道知道。

卞　济　唉,小小功名何足论,要做蟾宫折桂人。

春　兰　(取扇)待我告知小姐去!

刘玉燕　(旁白)好志气! 好……

春　兰　呦! 您耳朵倒尖啦! 好什么?

刘玉燕　不必多言,快回去吧。

春　兰　回去……您就这样回去呀?

刘玉燕　回去禀告爹娘……(低声)

春　兰　(低声)您的心事,人家哪知啊。这画也给您画啦,字也给你写啦。您得给人家润笔之资呀。

刘玉燕　这有纹银一锭,奉送相公。

春　兰　是! (走过去)先生,我们小姐这里有纹银一锭,送与先生下茶的。

卞　济　啊?

春　兰　喝茶的。

卞　济　既然知音,分文不取,怎当厚赐。

春　兰　这您可要收下,您要是不收,就辜负了小姐的心啦!

卞　济　如此多谢小姐。(施礼)

刘玉燕　先生不必过谦。

春　兰　看,我给您放在笔筒里,咱们可就算定下啦!

卞　济　(喃喃地)定下啦!? 这……

刘玉燕　春兰! 回去吧!

春　兰　小姐,你且先走一步……(附耳)

刘玉燕　(羞介)你快来呀! (回眸一望,下)

春　兰　(见卞济呆呆地望着远去的刘玉燕)先生,先生!

卞　济　啊……啊!

春　兰　您看我们小姐怎么样?

卞　济　端庄淑女,大家闺秀。

春　兰　长得好看不好看?

卞　济　嫦娥下世,仙子临凡。

春　兰　那么我呐?

卞　济　并蒂莲花,一般无二。

春　兰　哟,您可真会说话,您知道我们小姐姓什么哪?

卞　济　我自是不知呀!

春　兰　我们员外姓刘,我们小姐也姓刘。

卞　济　原来是刘员外之女,失敬了。

春　兰　我们员外叫刘德明,就住在前面桃花村。

卞　济　哦,桃花村!

春　兰　我们小姐叫刘玉燕。

卞　济　哦,刘玉燕,刘玉燕! 好个响亮的名字! 但不知小姑
　　　　娘的芳名……

春　兰　我叫春兰。

卞　济　敢是春天之春?

春　兰　对!

卞　济　兰花之兰?

春　兰　越说越对,响亮不响亮?

卞　济　春乃一岁之首,兰乃王者之香,岂止响亮,而且大方
　　　　得很啰哦……

春　兰　真是个书呆子! 先生,我来问你,您成家了没有?

卞　济　小生未曾娶妻。

春　兰　说实话!

卞　济　尚未,哎呀,实实的无有。

春　兰　那可太好啦! 巧极啦!

卞　济　怎么?

春　兰　干脆,我告诉你吧! 我们今日奉了员外、安人之命,
　　　　一来赶会,二来选择佳婿。我把我们小姐说给你,做
　　　　个小两口儿,你说好不好?

卞　济　哎呀,只恐高攀不起。

QINQIANGJUBENJINGBIAN 西安秦腔剧本精编

春　兰　你忘啦！刚才画扇子的时候,我们小姐说过:轻描淡写报知音啊。

卞　济　哎呀呀,若得如此,感谢不尽。

春　兰　好,我们回去把扇子给员外、安人一看,一会儿定来请您,您可千万别走呀！

卞　济　我不走,我不走！

刘玉燕　（內）春兰,还不快来呀？

春　兰　哟！只顾跟你说话！我们小姐走远啦！（向后）小姐您等着！（转向卞济）先生你可甭走！（向后）小姐您等着！（转向卞济）先生,您可甭走！（向后）小姐您等着！（转向卞济）先生你可别走啊……（下）

卞　济　哈哈哈哈……

　　　　（唱）　今日巧逢如花眷,

　　　　　　　三生石上幸有缘。

　　　　　　　只盼婚事早如愿,

　　　　　　　欢欢乐乐缔百年。

　　　　〔袁有份上。

袁有份　卞相公,大喜大喜！

卞　济　（笑）哈哈哈哈……

袁有份　张太公请你写四张图屏,给了二十两银子,来来来,快走,快走！

卞　济　啊,有幅寿星图儿,未曾画完,焉能前去呀！

袁有份　给定钱了吗？

卞　济　这倒未曾。

袁有份　咳,过路的买卖没准,走,先抓现成的要紧！

卞　济　啊,人而无信不知其可也,明日再去吧！

袁有份　人家等着急用！（拉着走）快走！

卞　济　我还有要紧的事情呢！

袁有份　什么要紧的事情？过了这个村,就没这个店了！走走走！（推卞）

卞　济　使不得！使不得！

311

〔袁有份强拉卞济下场。

〔周通上。

周　通　花田会上,游玩半日,倒也爽快,我那寿星图儿,一定是画成了。(走近画摊)啊,这卖画的哪里去了?(看见寿星图未画完)呃!咱去了半日,这图儿怎么还未画成?岂有此理!也罢,天色尚早,就在此地坐等于他!(入画摊坐下)

〔刘荣上。

刘　荣　(念)　奉命到花田,

紧走莫迟延。

请来个娇客,

小姐配良缘,配良缘。

渡仙桥到了。(看)字画摊儿一个,不错,有人正在里边坐,不用说他就是卞先生了。(近前)呦,怎么是个黑脸大汉哪!不对头吧!啊……春兰说得明白:渡仙桥,字画摊,请里面坐着的,甭请外面站着的,没有错啊!(想)哦,我明白啦!常言说得好:慧眼识英雄,惺惺惜惺惺。小姐自己看中的,管他黑脸还是白脸哪,待我冒叫一声。我说那旁坐的敢是卞……

周　通　便怎么样?

刘　荣　我家员外请您哪!

周　通　哪个员外?

刘　荣　桃花村刘德明刘员外。

周　通　与他素不相识,请我作甚?

刘　荣　自然你不认识,可是我们小姐却认识您啊!

周　通　啊?你家小姐,怎么认识于我?

刘　荣　皆因我们小姐,游玩花田,暗中选婿,选中了您啦,因此前来相请,去往庄中议亲。

周　通　有这等事?

刘　荣　这叫做千里姻缘一线牵嘛!

周　通	但不知你家小姐相貌如何?
刘　荣	真是百里挑一的好人品哩!
周　通	怎么说?
刘　荣	才貌双全,百里挑一呀!
周　通	啊哈哈哈哈……
	（唱）　且不买画刘家走……
	前面带路!
刘　荣	是,姑老爷!
	〔二幕落。二人出自二幕前,走圆场。
周　通	（接唱)今日巧得凤凰俦。
	红鸾照命姻缘凑,
	心花怒放喜心头。

第三场

〔二幕启。

刘　荣	到了!
	〔周通欲进,被刘荣拦住。
刘　荣	慢! 姑老爷,您先在门房歇着,待我进去回禀一声,您就听请吧!
周　通	好! 你要快来相请。（下)
刘　荣	您就听请吧! （入)有请员外、安人!
	〔刘德明、刘夫人同上。
刘德明	（念）　雀屏选娇客,
刘夫人	（念）　东床看璧人。
刘德明	卜先生请到了么?
刘　荣	请是请到了。老爷、夫人,不是我刘荣多嘴,这门亲事断断作不得!
刘夫人	怎么作不得呀?

刘　荣	这位卜先生行为粗鲁,还是个黑脸大汉,怎么能与小姐般配呀!
刘德明	啊?快唤春兰前来!
刘　荣	春兰快来!
春　兰	(内)来啦!

〔春兰上。

春　兰	员外爷,什么事啊?
刘德明	我来问你,那卜先生相貌如何?
春　兰	长得可好看啦,是个白面书生。
刘德明	为何是个黑脸大汉?
春　兰	不能啊!刘荣,你在哪里请的?
刘　荣	渡仙桥,字画摊,摊里坐着的,一点没错。
春　兰	是呀,怎么会是个黑脸大汉啦!我不信!
刘　荣	不信,你看去!
刘德明刘夫人	快快请来,让春兰仔细观看。
刘　荣	有请姑老爷!

〔周通上。

周　通	喜事从天降,上前拜岳丈。(作揖) 啊,岳丈老大人……
刘德明	这……春兰……
春　兰	(观看,惊怕)哎哟,我的妈呀,怎么把个黑脸大汉请来啦!(对刘)员外!错啦!错啦!可吓死我啦!(跑下)
刘德明	嘟!我把你个无用的老狗!我命你去请卜先生,为何错请他人!
刘　荣	员外,员外,我没请错呀!
周　通	着哇!
刘德明	还敢多口,该打!
周　通	嘟!你既请俺前来,一言不讲,便来责骂老仆,是何道理?
刘德明	壮士息怒,老汉有下情告禀。

QINQIANGJUBENJINGBIAN 《西安秦腔剧本精编》

周　通	有什么下情？有什么下情？敢是你的女儿花田选婿,选中了我,你却心中不愿,寻故反悔,是也不是？
刘夫人	并非此意,实在是错请尊家,愿奉银两,请壮士另寻佳偶。
周　通	呀呸！说什么错请不错请,旁人任你摆布,俺周通也是你们耍笑的么？
刘德明	啊……请问壮士究竟何人？
周　通	瞎了你的双眼！

（唱）　桃花山上姓名扬,

谁人不知小霸王。

非是某家来掳抢,

你自己的女儿选才郎。

姻缘已定勿多讲,

今晚花轿要新娘。

刘员外,今晚三更时分,花轿来娶新人,你要快快地准备了！（下）

刘德明	（欲追）大王……大王！
	〔春兰暗上。
刘德明	哎呀！
	（唱）　没料到坐家中祸从天降,
刘夫人	（接唱）好姻缘竟成了一枕黄粱。
刘德明	（接唱）都怪你纵女选婿花田往,
刘夫人	（接唱）怨刘荣错把山鸡当凤凰。
刘德明	（接唱）难道说女儿命该遭魔障,
刘夫人	（接唱）我不允岂能够强逼成双。
刘德明	（接唱）到那时他必然烧杀掳抢,
刘夫人	这可怎么办呀！
	（接唱）不由人这一阵胆战心慌。
刘德明	（接唱）到如今只得去官府告状,
刘夫人	（对刘荣接唱）
	快备马让老爷前往公堂。

刘　荣	是喽!(下)
刘德明	(接唱)到官府也怕是白跑一趟……
	唉!(下)
刘夫人	(接唱)望空中求菩萨大显灵光。(下)
春　兰	(接唱)到此时我怎能袖手旁观,(圆场)
	〔二幕下,春兰出自二幕前。
春　兰	小姐快来,小姐快来呀!
	〔刘玉燕上。
刘玉燕	事如何……
春　兰	(接唱)已危急快作商量。
	小姐,刘荣错请之人,乃是桃花山上的小霸王周通。临行言说:今夜三更,前来迎娶!
刘玉燕	这个……春兰哪!只望花田选婿,得配才郎。谁知冤孽缠身,又生魔障。事到如今,只有遗恨终身,自寻一死啊!(哭)
春　兰	哟!哟哟哟……好个有志气的小姐,就死啊!
刘玉燕	你是我闺房知己,为我一想,不死又待如何?
春　兰	常言说得好,物有千变,人有万变。咱们不会想个办法变他一变吗?
刘玉燕	莫非你有万全之计?快快讲来,救我一救。
春　兰	你真是个书呆子。我哪有啥万全之计哟!不会大家想吗?我先问你,您对卞先生,究竟怎样?
刘玉燕	这……
春　兰	哟,都啥时候,您就甭害臊啦!
刘玉燕	我对他一见倾心,情愿偕老白头。
春　兰	这就好办啦。你既愿托终身,何不与他一同逃走?
刘玉燕	这个……我二人只有一面之缘,他心未必我心。
春　兰	这话倒也是的。咱们是一盆热火,人家未必锦上添花。这么办吧,我把他偷偷请来,你们当面商议,好不好哇?
刘玉燕	此事必须瞒过员外、安人。

春　兰	员外到衙门告状去啦,安人已进后堂。
刘玉燕	门上刘荣也要提防一二。
春　兰	他呀,我还没找他算账呢!(欲行)
刘玉燕	且慢,那卞先生是一男子,怎能瞒过旁人,来到此处?
春　兰	他若肯来,自然有计。(欲行)
刘玉燕	千万不可叫外人知道,你我的名节要紧。
春　兰	咱们是随机应变,您就放心吧,我的小姐!
刘玉燕	你要小心了!

〔二人分头下。

第四场

〔二幕启:卞济急上。

卞　济	(唱)　唯恐好事成梦幻,
	运笔如飞写画完。
	渡仙桥旁心悬盼……(打哈欠,睡去)

〔春兰急上。

春　兰	(接唱)急急忙忙到花田。
	(见卞济仍在)哟,人在这儿哪!怎么会请错啦?我说卞先生,哟,睡着啦!让我吓唬吓唬他。呔!笔飞啦,墨跑啦,你还安心睡觉啦!
卞　济	(惊醒)啊,啊啊啊!原来是小姑娘,你怎么才来呀!你误了,你误了!
春　兰	谁误啦?你才误了哪?
卞　济	我不曾误啊!
春　兰	没误?刚才你到哪儿去啦?
卞　济	刚才么?(想)被店家拉去与人写围屏去了。刚刚回来,你就来了,巧得很!巧得很!

春　兰　还巧哪，简直糟透啦？

卞　济　怎么糟透了哇！

春　兰　唉，卞先生啦！

　　　　（唱）　回府后我对员外安人讲，

　　　　　　　　说小姐渡仙桥边遇才郎。

　　　　　　　　也曾中举列金榜，

　　　　　　　　姓卞名济住襄阳。

　　　　　　　　人才一表学问广，

　　　　　　　　恂恂君子更端庄。

卞　济　多承夸奖！多承夸奖！

春　兰　（接唱）员外捧扇细观赏，

　　　　　　　　夸你字画非寻常。

卞　济　惭愧！惭愧！

春　兰　（接唱）安人更是喜心上，

　　　　　　　　吩咐家人请东床。

卞　济　这就好了，这就好了！

春　兰　好什么？甭高兴得太早啦！

　　　　（接唱）只怪刘荣欠思量，

　　　　　　　　竟把山鸡当凤凰。

卞　济　啊，把人请错了么！

春　兰　可不是呀！

　　　　（接唱）错请旁人还好讲，

　　　　　　　　偏偏地请了个山大王。

卞　济　糟了！糟了！

春　兰　更糟的还在后头啦！

卞　济　快讲！快讲！

春　兰　（接唱）那周通大摇大摆到庄上，

　　　　　　　　一开口便叫丈人丈母娘。

　　　　　　　　临行之时把话放，

　　　　　　　　今夜三更拜花堂。

卞　济　难道你家小姐，就这样应允不成？

《西安秦腔剧本精编》QINQIANGJUBENJINGBIAN

春 兰　我家小姐么……（旁白）待我试探于他！

卞 济　你家小姐怎样？

春 兰　唉……！

　　　　（接唱）小姐一听悲声放，

　　　　　　　　宁死不肯嫁强梁。

　　　　　　　　抽身便把绣楼上，

　　　　就这么往楼下扑咚一声……她……

卞 济　（惊呆）啊！她怎么样了？

春 兰　（接唱）呜呼哀哉一命亡。

　　　　（假哭）小姐呀……

卞 济　哎呀，再也不得相见的小姐呀……（哭）

春 兰　（旁白）成！倒是一片真心。

卞 济　（哭）小姐呀……

春 兰　卞先生，你先甭哭，小姐没有死！

卞 济　（哭）从楼上跳下去咋能不死哟！就是不死也成了
　　　　残废了！我的小姐呀……

春 兰　她没从楼上往下跳！

卞 济　（拭泪）那从哪里往下跳哇！

春 兰　哪里也没跳。我是吓唬你哩！

卞 济　哎呀，你吓了我一身冷汗哪！

春 兰　实话告诉于你，今奉小姐之命，前来请你，私到绣楼，
　　　　共同商议，你敢去不敢去？

卞 济　多蒙小姐这般情义，休说是私到绣楼，便是赴汤蹈
　　　　火，我也万死不辞。走！

春 兰　走不得！

卞 济　怎么又走不得？

春 兰　你乃一男子，私入闺阁，倘被旁人看见，一来有损小
　　　　姐名节，二来你也吃罪不起呀！

卞 济　哎呀是呀，这便如何是好？

春 兰　这……（想）哎，卞先生，你何不男扮女装哪！

卞 济　哎！我乃堂堂男子，怎能改扮女流呀！使不得！使

秦腔

桃花村

TAOHUACUN

319

不得!

春　兰　怎么使不得? 你就忘了通权达变啦?

卞　济　这个,不错。古书云:君子豹变,大人虎变,我卞济何
　　　　不变上一变。哎呀,只是我这一变,有些难看啰!

春　兰　管他难看不难看,且图小姐来会面。

卞　济　既然能会面,我就变变变! 这头上?

春　兰　戴我们小姐的。

卞　济　身上呢?

春　兰　穿我们小姐的。

卞　济　足下么……

春　兰　也穿我们小姐的。

卞　济　慢来,你家小姐有这样大的天足么?

春　兰　是呀! 我们小姐哪有这大的丫子呀!

卞　济　这便如何是好?

春　兰　甭急,反正有主意,抬起来我比比。
　　　　〔卞济抬脚,春兰用手比量尺寸。

春　兰　成啦! 成啦!

卞　济　那就走吧!

春　兰　急什么? 先把你这摊子收拾了。今晚……(想)我
　　　　在桃花村口等你!

卞　济　呵,在桃花村口相会! (收拾摊子,欲下)

春　兰　你回来,今晚什么时候呢?

卞　济　是呀,我哪里知道呀?

春　兰　(想)二更时分,记好了!

卞　济　哦! 二更时分。不错,二更时分,路静人稀。妙! 妙
　　　　哇! (又欲下)

春　兰　回来!

卞　济　桃花村口,二更时分,都记下了。

春　兰　黑夜之间,以何为号,你知道吗?

卞　济　这……我哪里知道哇?

春　兰　不知道你就走哇? 告诉你吧:二更时分,休问来人,

西安秦腔剧本精编
QINQIANGJUBENJINGBIAN

只听拍掌为号。

卞　济　哦,休问来人,拍掌为号,记下了!（又欲行）

春　兰　你再给我回来!

卞　济　唉呀,春兰姐,你还有什么言语,痛痛快快地告诉
　　　　我吧!

春　兰　唉,卞先生哪!

（唱）　非是我一再叮咛反复讲,
　　　　只怜你呆头呆脑忒慌张。
　　　　今夜晚非比待月西厢往。
　　　　你还须谨慎小心莫轻狂。
　　　　要提防错上加错再掀浪,
　　　　关系你患难鸳鸯永成双。
　　　　鼓打二更准时往,
　　　　桃花村口把身藏。
　　　　耐着性儿莫叫嚷,
　　　　眼观四路听八方。
　　　　要听要看还要想,
　　　　沉着冷静莫慌张。
　　　　我响一掌你还一掌,
　　　　响两声后近身旁。
　　　　若是你响他也响,
　　　　那就是来了我西厢带路的小红娘。
　　　　我说怎样你便怎样,
　　　　听我的吩咐上战场。

你可要记下了!（下）

卞　济　记下了!

（唱）　好一个春兰姐精明爽朗,
　　　　配良缘永不忘这寄柬的红娘。（下）

321

第五场

〔二幕前：刘玉燕上。

刘玉燕 （唱）　眼望村口东西道，

盼春兰盼得我心如火燎。

桃花村渐被那夜色笼罩，

禁不住一阵阵珠泪长抛。

〔二幕启：刘玉燕转身入内。春兰上。

春　兰　为了我们小姐的事，从绣房跑到渡仙桥，渡仙桥跑回绣房，跑得我这两条腿哟，像塞进了泡菜坛子，酸不溜溜的！我可得歇会儿，哎哟……

刘玉燕　外面何人？

春　兰　连我的声音，您都听不出来啦！

刘玉燕　啊！春兰回来了！

春　兰　回来了！

刘玉燕　怎么不进来呢？

春　兰　进来？进来我也是站着，与其里边站着，不如在外面站着。

刘玉燕　你为我多有辛苦，坐坐何妨呢？

春　兰　（边说边进）哦，坐坐何妨！小姐，那我可就不谢坐啦！哎哟！（坐）

刘玉燕　啊，春兰，可曾见着卞生？讲些什么？

春　兰　你先叫我喘喘气再说！

刘玉燕　啊，春兰……

春　兰　（思索）见哪！见倒是见着啦！是我把小霸王周通之事对他一说，哪知这个书呆子一言不发、两眼发

　　　　　　直、东摇摇、西晃晃,就往渡仙桥下扑通一声……

刘玉燕　做什么?

春　兰　做什么? 他跳了河了!

刘玉燕　你待怎讲?

春　兰　他跳河死啦!

刘玉燕　哎呀,我刘玉燕好命苦啊……(哭)

春　兰　(旁白)着! 城隍庙的鼓槌—— 一对!

刘玉燕　喂呀……(哭)

春　兰　小姐,小姐,甭哭啦! 我是跟你玩儿哪! 他没死!

刘玉燕　哦,他不曾寻死?

春　兰　不但没死,还答应私入绣楼呢!

刘玉燕　与我见面?

春　兰　这下该痛快了吧!

刘玉燕　但不知怎样到此?

春　兰　我叫他男扮女装。

刘玉燕　倒也想得周全。只是他头上?

春　兰　戴您的。

刘玉燕　身上?

春　兰　穿您的。

刘玉燕　脚下呢?

春　兰　光脚丫子呗!

刘玉燕　哎呀不好! 不好!

春　兰　谁叫他长了那么大的脚呢!

刘玉燕　还得另想办法才是。

春　兰　办法倒是有,还得您动手!

刘玉燕　你是说给他做双绣花鞋?

春　兰　对,您做帮儿,我做鞋底!

刘玉燕　只怕来不及了!

春　兰　急什么? 天还早呐!

刘玉燕　如此,你我快快做吧!

　　　　〔二人做鞋。

秦腔
桃花村
TAOHUACUN

刘玉燕　（唱）　拈花针理绒线心驰意远，

春　兰　（唱）　今夜晚比不得往日清闲。

刘玉燕　（唱）　这才是人未到足迹先见，

春　兰　（唱）　愿天下有情人早缔良缘。

〔刘夫人上。

刘夫人　（唱）　意外风云平地卷，

　　　　　　　　且把女儿劝一番。

　　　　春兰！

春　兰　哟，安人来了！（放下针线，急出）

刘夫人　春兰，小姐在做什么？

春　兰　小姐跟我在做活哪！

刘夫人　这般时候，还做的什么活呀？

春　兰　小姐心情不爽，故而做活消遣。

刘夫人　原来如此！啊，女儿！

刘玉燕　母亲！

刘夫人　你爹爹已到县衙告状，我也乞求菩萨保佑，谅那周通，不敢强娶。你就安心歇息了吧！

刘玉燕　女儿遵命！

刘夫人　快快安歇了吧！（随说随走）春兰，你要好生照看小姐！

春　兰　您放心好啦！

刘夫人　把灯熄了！

春　兰　知道啦！您快歇息去吧！

刘夫人　把楼门关好！

春　兰　是啦！您走吧！走吧！我就不送啦！（连扶带拉送刘夫人下，转身入内）唉呀，总算把老夫人支走啦！（边说边往椅子上坐下，不料锥子扎着腿）哎哟，我的妈耶！

刘玉燕　怎么样了？

春　兰　扎了我的腿了！

刘玉燕　（忙给春兰揉腿）仔细了，仔细了！

〔一更。

春　兰　　一更天了,咱们快做吧!（忙活）

刘玉燕　　春兰!

春　兰　　小姐!

刘玉燕　　你真是我的……

春　兰　　什么?

刘玉燕　　知心的贤妹妹啊!

春　兰　　哟,那我可不敢当!

刘玉燕　（唱）　说什么贤妹不敢当,
　　　　　　　　你对我一片热心肠。
　　　　　　　　父母虽然疼儿女,
　　　　　　　　怎能把心底话儿诉与高堂。
　　　　　　　　幸有贤妹能体谅,
　　　　　　　　时刻为我解愁肠。
　　　　　　　　今又为我运智囊,
　　　　　　　　渡仙桥跑来跑去跑回绣房。
　　　　　　　　感动我心无话讲,
　　　　　　　　叫声贤妹理应当。

春　兰　　小姐呀!
　　　　　（唱）　这话儿似春风拂煦心上,
　　　　　　　　倒叫我一阵阵惭愧非常。
　　　　　　　　我只知为小姐终身着想,
　　　　　　　　怎能让彩凤随鸦配鸾凰。
　　　　　　　　常言道车陷泥中推一掌,
　　　　　　　　前途无限是康庄。
　　　　　　　　倘若小姐遂愿望,
　　　　　　　　春兰也有这一桩。
　　　　　　　　还求小姐挂心上,
　　　　　　　　到时候您可要多多帮忙。

刘玉燕　　好哇!
　　　　　（唱）　看不出贤妹妹这般豪爽,

称得起侠义胸襟女孟尝。

到来日我陪你花田游逛。

渡仙桥再选个如意新郎。

春　兰　那呀,又得赶做绣花鞋了!

〔二人不禁笑了起来。

刘夫人　(内)春兰!

〔春兰急忙将灯吹灭。

春　兰　什么事?老安人!

刘夫人　(内)你们睡了没有?

春　兰　刚睡着,又把我们叫醒啦!

刘夫人　(内)啊!睡吧!睡吧!

春　兰　知道了!

〔春兰收拾衣服包袱,与刘玉燕耳语。刘玉燕下,春兰出门,悄悄下楼,二更鼓响,春兰慌忙跑下。

〔卞济上,东张西望,心神不定。

〔春兰上。

〔两人互相拍掌,随着掌声,渐渐走近。

春　兰　你是谁?

卞　济　小生卞济,春兰姐么?

春　兰　是!

卞　济　衣服带来了么?

春　兰　都带来啦!

卞　济　待我改扮。

春　兰　此处不妥,且随我来!

〔春兰引卞济下。

QINQIANGJUBENJINGBIAN
西安秦腔剧本精编

第六场

〔二幕前:四喽兵、两头目引披红挂花的周通上。

周　通　（唱）　运交桃花心欢畅。

天黑好遮黑面庞。

收拾打扮朝前往,

下山迎娶美娇娘。

娶到山寨拜花堂,

拜罢花堂入洞房。

哈哈哈哈……（与众下）

〔二幕启:刘荣从县衙回来,卞济已经扮好女装,由春
兰引上。

刘　荣　（念）　只为请错人,

跑坏老刘荣。

谁?

春　兰　是我!

刘　荣　春兰?黑更半夜的,你又干什么去啦?

春　兰　黑更半夜的,你干什么去啦?

刘　荣　我跟员外进城告状,等了半日,还未见着县太爷。员
外不放心,命我回来看看!

春　兰　（机警地）员外不放心家里,家里也不放心员外呀!
我奉小姐之命,出来看他老人家回来没有?

刘　荣　不对,不对,你身后怎么跟了个人呢?

春　兰　谁?

刘　荣　那个女人!

春　兰　啊!那个女人呀!她是卞……

刘　荣　变什么？

春　兰　卞、卞、卞……嗨！好好个人,怎么会是变的呢？他是西村的……卞婆子。

刘　荣　卞婆子？黑更半夜的,她来干什么？

春　兰　啊？你说呢？（思索）

刘　荣　我是问你呢？

春　兰　你问我哇？我还没问你哩！

刘　荣　我怎么啦？

春　兰　皆因你糊里糊涂错请周通,闹得全家鸡犬不宁。那周通一口咬定,今夜抬人。小姐得知,就要寻死。安人劝解半日,才得作罢。如今员外告状未归,吉凶未卜,祸福难料。安人把小姐托付于我,要我保她安全。我既担心,又是害怕,只得去找卞婆,前来作伴。事情是你做的,乱子是你捅的,叫我们跟着受折腾。你还好意思说呀,问呀？要不是见你这么大的年纪,我真想……（嘴里嘟囔着,逼得刘荣连连后退）

刘　荣　对了,对了,我说错了,问错了,打听错了,你就饶了我吧,小姑奶奶！唉……（摇头下）

卞　济　哎呀！吓煞我也！多亏你随机应变,才得将他瞒过。

春　兰　哼,没有四刃铁,哪敢打大刀哇！快快走吧！
　　　　（圆场）

卞　济　到了无有？

春　兰　到啦！到啦！

卞　济　待我上楼！

春　兰　甭忙,等我上楼看老夫人在不在？

卞　济　老夫人若在楼上呢？

春　兰　我就咳嗽一声,你赶紧躲藏起来,少时再会！

卞　济　我在哪里等候哇？

春　兰　得找个严密地方！（张望）就在那边太湖石后,倘若有人问你,就说你是西村卞婆子,给小姐作伴来啦！

卞　济　是,是,是！

春　兰　你可记下了!

卞　济　记下了,记下了!

〔卞济藏于石后,春兰上楼。

春　兰　小姐!

〔刘玉燕上。

刘玉燕　啊,贤妹,卞生来了么?

春　兰　来了,来了!

刘玉燕　怎么不引他上楼?事到如今,你还弄什么乖巧?

春　兰　哟,人家跑前跑后为你办事,倒落了个乖巧二字啦!

刘玉燕　事已紧急,迟延不得了!

春　兰　话虽如此,可也得谨慎留神呀!万一我走之后老夫
　　　　人来到楼上咋办?

刘玉燕　这个……贤妹说得有理。

春　兰　有理没理,还得我去跑腿。您等着,我给您请人去!

刘玉燕　有劳贤妹!(拜)

春　兰　咋这客气的!把人闹得怪不好意思!您这一拜呀,
　　　　倒叫我也沉不住气啦!

刘玉燕　顽皮的丫头!

〔春兰下楼,走进太湖边,看见卞济规规地站着。

春　兰　(旁白)他倒挺规矩,等我试试他的胆量!(学老夫
　　　　人口气)啊嘟!那一女子,你是何人?

卞　济　(女声)我是西村的卞婆。

春　兰　深更半夜来此作甚?

卞　济　来与小姐作伴。

春　兰　(旁白)成,有胆子!(又问)既然前来作伴,为何不
　　　　上绣楼?

卞　济　这……小姐尚未呼唤,不敢上楼。

春　兰　这就不对了!既然请你作伴,哪有不来呼唤之理。

卞　济　(慌)这……

春　兰　我看你吞吞吐吐,行动诡秘;一双大脚,不男不女;夜
　　　　入民宅,非偷即盗。来人呀,把他送与当官治罪。

329

卜　济　（恢复本来声音）哎呀，老夫人哪！

小生一时大胆……还望老夫人恕罪！还望老夫人恕罪呀！（叩头不已）

春　兰　恕你无罪，上楼去吧！

卜　济　谢……（抬头见是春兰）哎呀，原来是你哟！（拭汗）

春　兰　我试试你的胆量如何。

卜　济　胆量怎样？

春　兰　不咋样！

卜　济　老夫人可在楼上？

春　兰　未在楼上。快随我来。

　　　〔春兰引卜济上楼。

春　兰　小姐，来啦！来啦！（按卜济坐下）

你坐下，你坐下！（自己又搬来凳子坐着）

　　　〔刘玉燕与卜济相对无言。

春　兰　你们两个说话呀！好不容易见了面，倒是把自个的心事说说呀！说，快说，怎么都哑巴啦！（转念）啊……我明白啦！这是叫我走呢！卜相公，我呀给你沏茶去！

　　　〔春兰偷看，窃笑下。

卜　济　（假作呼唤）春兰姐，春兰姐……（见春兰远去，这才转面对刘玉燕）小姐呀！

　（唱）　蒙小姐赋同心五内铭感，

　　　　　又谁知错中错陡起波澜。

　　　　　到如今婚姻事悉听尊便，

　　　　　生与死随小姐永伴身边。

刘玉燕　卜郎呀！

　（唱）　漫道是生与死与君相伴，

　　　　　如花眷怎耐这似水流年。

　　　　　纵然是同命鸟多灾多难，

　　　　　对双星盟誓愿心如石坚。

　　　　　今夜里约郎来无有别念，

《西安秦腔剧本精编》QINQIANGJUBENJINGBIAN

愿随君乘风去转祸为安。

到天涯和海角也无忌惮，

做一对三春燕自在翻跹。

卞　济　好哇!

　　　　（唱）　你是红拂有肝胆,

　　　　　　　　小生怎能负良缘。

刘玉燕　（唱）　事情紧急莫急慢……

　　　　〔春兰急上。

春　兰　小姐! 小姐!

　　　　（接唱）只怕好事难成全。

刘玉燕　啊,怎么了?

春　兰　老夫人上楼来啦!

卞　济　哎呀……

刘玉燕　这便如何是好?

春　兰　甭害怕,咱们先把他藏起来。快进去!（推卞济入帐
　　　　内）

　　　　〔刘夫人急上。

刘夫人　玉燕! 玉燕! 哎呀儿啊! 周通花轿已到门前! 你爹
　　　　爹尚未回来,快随为娘开了后花园门,去到东邻
　　　　藏躲!

刘玉燕　这……哎呀! 这……（焦急地对春兰往帐内示意）

刘夫人　（拉上刘玉燕便走）你还张望什么? 快随娘来呀!
　　　　春兰,前面带路!（拉刘玉燕下）

春　兰　你可藏好啊,我回头便来!

刘夫人　（内）春兰,快快来呀!

春　兰　啊,来啦! 来啦!（边走边回头嘱咐）你可藏好
　　　　哇! ——来啦! 来啦! ——你可要藏好哇!（急
　　　　下）

　　　　〔吹打。周通、二头目、众喽兵上。

周　通　啊? 为何无人迎接? 上前叫门!

头　目　开门! 开门! 二大王来啦!（无人应声）回寨主,无

331

人应声。

周　通　岂有此理，打了进去。

〔众打开大门，入内。

周　通　搜！

〔众上楼搜查。

卞　济　（在帐内簌簌发抖）春兰姐，快来救救我吧！

周　通　帐内正是小姐，抢入花轿抬走！

〔众将卞济抢入轿中抬下。刘荣跑上。

刘　荣　哟，你真给抢走啦！

周　通　难道还假抢不成！告诉你家员外，今晚洞房花烛之
　　　　后，明日来拜丈人丈母娘！哈哈哈哈……（下）

刘　荣　没法了，这门子亲戚弄成了！

〔二公差趾高气扬地上，刘德明跟上。

公差甲　（念）　奉了太爷命，

公差乙　（念）　一路慢慢行。

公差甲　（念）　走到桃花村，

公差乙　（念）　必须过四更。

刘　荣　员外爷，您可回来了。

刘德明　周通来了无有？

刘　荣　周通走啦！

公差甲　怎么样，周通听说我们来了，早就吓跑啦！

刘　荣　跑是跑了，小姐也让抢跑啦！

刘德明　哎呀二位呀！小老只有此女，焉能配与强人，还请二
　　　　位赶上前去，救出小女要紧！

公差乙　怎么，你叫我们去救小姐？

刘德明　是是是，若能如此感恩匪浅。

公差乙　嘿！刘老头，我们给你开心丸，你怎么回敬要命
　　　　汤呵！

公差甲　是啊，县太爷叫我来是给你们两家调解，说得开，将
　　　　你女儿留下；说不开，干脆让他抬人。他是桃花山上
　　　　二寨主，谁敢去救小姐。就是州官府衙也奈何不得！

《西安秦腔剧本精编》 QINQIANGJUBENJINGBIAN

刘德明　二位的威风哪里去了?

公差乙　威风?不见周通,八面威风;一见周通,无影无踪。

刘德明　既然如此,二位请便吧!(欲下)

公差甲　哎、哎、哎,回来回来!这请便是什么意思,就这样叫我们走哇!

公差乙　这老头,连衙门里的规矩也不懂!

刘德明　哦,哦,哦,(取银)这里有纹银二两,有劳了!

公差甲　(不屑一顾)怎么,这是打发我们哥儿俩的么?黑更半夜的,从县衙到你家,深一脚,浅一脚,跑坏一双靴子,也好几大两哩!

公差乙　这倒事小。倘若此次前来碰上周通,还有性命之忧呢!你这二两银子,能买我们两条人命吗?

刘德明　莫非嫌轻。

公差甲　轻不轻,自然有个定盘星!

刘德明　也罢!(取银)这里有十两纹银……

公差乙　(目视公差甲)十两?

公差甲　(冷笑)你这门户,就值十两吗?

刘德明　这……唉!

　　　　(念)　错到县衙走一番,

　　　　　　　空去空回找麻烦。

　　　　　　　花掉纹银七十两,

公差乙　那是你孝敬县太爷的!咱哥儿俩么……至少也得……

刘德明　(取银,念)

　　　　　　　三十两奉上多包涵。

公差乙　(接银向甲)咋样?

公差甲　唉,凑合了吧!刘老头,钱不叫你白花,叫你长点见识,这就叫:

　　　　(念)　棺材里伸出一只手,

公差乙　(念)　请神容易送神难。

　　　　走!

333

〔二公差下。

刘德明 唉……（仰天长叹，木然）

〔春兰偷偷地上，查看动静，见刘德明已回来。

春 兰 （向内呼唤）安人！桃花山的人都走了！员外爷也回来了！

刘夫人 （内）这就好了！女儿快快来呀！

〔刘夫人拉刘玉燕上。

刘夫人 老爷回来了！

刘德明 （见刘玉燕大惊）啊！女儿不是被周通抢去了么，为何还在？

春 兰 谁说的？

刘德明 刘荣讲的。

春 兰 刘荣，你说周通把小姐抢走，可是亲眼看见的？

刘 荣 这……是亲眼看见他们把小姐从绣楼搜去，装在轿子里抬走啦！

春 兰 （惊）哎呀，错啦！

刘 荣 一点也没错！临行之前，那周通对我言道：今夜拜了花堂，明日还拜丈人丈母娘呢！

刘玉燕 （忍不住为卞济担心）这……

春 兰 （急忙示意）小姐……

刘 荣 对了！大概是把卞婆子抢去了！

刘德明 哪个卞婆？哪个卞婆？

春 兰 （惊慌失措，脱口而出）哎呀！哪有什么卞婆子？他是把卞相公抢走啦！

刘玉燕 啊……（昏倒）

刘夫人 女儿！玉燕！玉燕……春兰，快扶小姐下去！（与春兰扶刘玉燕下）

刘德明 哎呀且住！春兰失口言道，周通错把卞济抢去，莫非卞济私入绣楼不成！（对内，一迭连声）春兰走来！春兰走来！

春 兰 （内）来啦！来啦！

QINQIANGJUBENJINGBIAN
《西安秦腔剧本精编》

〔春兰上。

刘德明　嘟！大胆春兰，背着我和夫人，与小姐做下什么暧昧之事？还不从实讲来！

春　兰　没有做啥暧昧之事！

刘德明　那卞济为何藏在小姐的绣楼？

春　兰　这个么，我就直说了吧！

刘德明　快讲！快讲！

春　兰　只因刘荣，少个心眼。错请周通，惹下祸端。小姐闻讯，要寻短见。是我春兰，再之阻拦。小姐心思，令人感叹。只爱卞生，情重如山。愿结同心，偕老百年。良缘不就，誓不生还。为救小姐，一时拙见。去找卞济，渡仙桥边。赶做绣鞋，又送罗衫。二更时分，男装女扮。哄过刘荣，绕过庭院。引他上楼，商量一番。不料此时，夫人来唤。吓得卞生，浑身打颤。我叫卞济，切勿慌乱。红罗帐里，暂把身掩。夫人上来，惊慌万般。说是花轿，已到门前。拉上小姐，穿过花园。出了后门，东邻躲闪。留下卞生，不敢露面。红罗帐里，叫苦连天。可笑周通，雌雄不辨。错把须眉，当作红颜。抢了便走，情急可见。抬上便跑，快如飞箭。恐怕这时，已经上山。两个男子，怎结姻缘？看来卞生，多有凶险。洞房花烛，事情麻缠。主意我出，线儿我牵。暧昧之事，毫无半点。性命担保，句句实言。话说完了，你看咋办？

刘德明　（长叹）唉！快去照看小姐吧！

春　兰　是！（下）

〔二幕下，刘德明与刘荣出自二幕前。

刘德明　（念）　万般皆有命，

　　　　　　　　女儿犯灾星。

　　　　　　　　强人不讲理，

　　　　　　　　官府又无能。

　　　　　　　　吉凶仍未料，

胆战心又惊。

刘　荣　这是怎么回事啊?

刘德明　怎么回事? 事就坏在你的身上! (下)

刘　荣　我成了出气筒啦! (下)

第七场

〔周通搂着卞济上。卞济搭着盖头,走得十分别扭。
李忠随上。

李　忠　恭喜恭喜,花烛大吉。贤弟安歇,愚兄去了。

周　通　大哥甭走,叫你弟妹陪上咱俩喝上几杯!

李　忠　洞房花烛,愚兄不便久留。

周　通　咱兄弟不讲那些俗理。

李　忠　笑话了。这是你山中成亲,愚兄还能送入洞房;倘若
　　　　你下山入赘,愚兄去也不能前去呢!

周　通　哦? 大哥,何为入赘?

李　忠　你若在岳家成亲,即为入赘。

周　通　哦,岳家成亲,即为入赘。

李　忠　正是。

周　通　原来如此。啊,大哥,明日是你四十寿辰,我与你家
　　　　弟妹一同与大哥拜寿,作一个双喜临门。

李　忠　好,明日定要大大热闹一回。

周　通　只是在那花田会上,为了这桩婚事,竟把那张寿星图
　　　　儿忘了取回!

　　　　〔卞济始终局促不安,一听此言,觉得是个机会,急忙
　　　　搭话。

卞　济　哎呀,大王啊! 你那张寿星图儿我已经画好咧!

　　　　〔李忠、周通闻言一惊。

李　忠 周　通	（同时）啊！你是何人？
卞　济	（自己揭了盖头）我我……就是渡仙桥边卖画之人。你你……把我错抬来了！
周　通	待我看来！（看）哎呀呸！果然是他！呔，你不在桥边卖画，竟敢混入刘家小姐绣楼，戏耍于我，休走看剑！
	〔卞济躲藏，李忠拦住。
卞　济	哎呀，大王饶命！大王饶命啊！
	〔周通又要杀卞济，卞济惊慌，躲入李忠身后。
李　忠	（拦住周通）贤弟，是非真假，问个明白，再杀不迟。
周　通	你去问他！
李　忠	呔，那一汉子，你为何男扮女装，混入刘家绣楼，照实讲来，如若不然，剑下作鬼。
卞　济	哎呀，大王啊！
	（唱）　学生卞济住襄阳，
	为求功名走异乡。
	途中卧病无银两，
	暂卖字画渡时光。
	事出意外非虚妄，
	刘家小姐选才郎。
	听说你要把亲抢，
	这才叫我去商量。
	将我藏在红罗帐，
	你把我错抬错娶当新娘。
	错中错错来错去我何错，
	切莫要知错再错错上加错错杀善良。
周　通	住了！分明是刘家小姐选中于我。如今后悔不及，行此诡计。俺自有道理。喽啰们！
	〔四喽兵应声上。
周　通	备马！备马！
李　忠	哪里去？

周　通　再到刘家,抬娶新人!

李　忠　婚姻之事,必须两家情愿,不可强夺强娶。贤弟若是再去,只怕又生差错。

周　通　大哥放心,此番前去,一不夺,二不抢,约定吉日良辰前去入赘,就在他家拜堂成亲入洞房。看他怎样骗我。喽罗们,带马,带马,带马!

李　忠　使不得!使不得!

周　通　大哥,你也太小心了!走!(下,四喽啰随下)
　　　　〔二幕落,李忠、卞济出自二幕前。

李　忠　哎呀,阴错阳差,害了贤弟了!

卞　济　唉,阴错阳差,也害了我卞济了!

李　忠　你方才讲的可是实言?

卞　济　性命相关,怎敢欺骗。望大王开一线之恩,放我走吧!

李　忠　好,念你穷途落魄,担此虚惊,我赠盘费银两,下山去吧!(付银)

卞　济　多谢大王!
　　　　〔李忠下。

卞　济　咳,羞煞人也!(跑下)

第八场

〔二幕启。

鲁智深　(内)阿弥陀佛!
　　　　〔鲁智深身背禅杖上。

鲁智深　(唱)　离了五台东京往,
　　　　　　　　回首山林梦一场。
　　　　　　　　拜佛念经糊涂账,
　　　　　　　　清规难挡酒肉香。

QINQIANGJUBENJINGBIAN 西安秦腔剧本精编

虽然出家当和尚，

改面目未曾改心肠。

莫说是当年把祸闯，

祸再惹某某承当。

铲不平展胸怀豪气万丈，

大英雄胆包天四海名扬。

醉里乾坤大，壶中日月长。酒家鲁智深，江湖人称花和尚。只因吃酒带醉，打坏山门，大闹经堂，为众僧不容。长老无奈，赐与书信一封，叫酒家投奔东京大相国寺。临行之时又赠十两纹银，再三嘱咐，不可饮酒吃肉。话是这么说，嘿嘿，除了饮酒吃肉，酒家要它何用！俺就如此这般领了师父的盛情。一路之上，吃得自在，喝得痛快。看这小桥流水，柳绿桃红，好一派烟春景象也！

（唱）　天气晴和春风荡，

桃红柳绿菜花黄。

一路行来心欢畅……

〔卞济急上，慌忙中撞着鲁智深，卞济跌倒。

卞　济　哎呀……

鲁智深　嘿！

（接唱）怨你行走太慌张。

可曾跌坏？

卞　济　不曾跌着，不曾跌着！（起身欲走）

鲁智深　站住！

卞　济　何事呀？

鲁智深　观你头戴花朵，身穿女衫，不男不女，是何缘故？

卞　济　这个……我是个好人，我是个好人哪！（摸着头上花朵，急忙取下）

鲁智深　回来！看你神情装扮，定然非奸即盗，快将实情讲来，如若不然，酒家的禅杖岂能容你！

卞　济　哎呀，师……父啊！

（唱）　师父慈悲容我讲……（哭介）

鲁智深　洒家叫你讲,哪个叫你哭! 一见人哭,俺就躁气! 快讲! 快讲!

卞　济　是,是! 我不哭……

（接唱）卞济无辜遭祸殃。（又想哭）

鲁智深　（焦躁）嗯……

卞　济　（急忙忍住,接唱）

穷途卖画江湖上,

渡仙桥边遇红妆。

刘员外请我去把婚事讲,

又谁知错请周通贼强梁。

为与小姐脱魔掌,

这才扮成女儿妆。

昨夜周通把人抢,

错把卞济当新娘。

桃花山险些把命丧,

苦哀求才得下山岗。

那周通贼心不死又前往,

定要二次拜花堂。

怕的是多情小姐无生望,

卞济我痴心一片梦一场。（又哭）

鲁智深　原来如此! 卞济,你这一面之词,洒家难以相信。也罢,俺且与你,去至刘家,问个明白。若是真有此事,洒家与你们除暴安良,成全亲事。话不多讲,快随我走!

卞　济　哎呀师父呵,小生与刘小姐,名分未定,岂能去见员外。想小生幼读圣贤之书,粗知礼义,事关闺阁名节,怎能信口胡言,师父只管去问,若有半点虚谎,你到渡仙桥边三元客店,寻我问罪就是!

鲁智深　看来你还老诚!

卞　济　肺腑之言,天地共鉴。再说我这模样,怎好前去呀!

鲁智深　哈哈哈哈,好君子啊!

（唱）　衷心话儿对某讲，

　　　　打动洒家热心肠。

　　　　且回客店莫他往，

　　　　待俺前去问端详。

　　　　洒家自有翻天掌，

　　　　我保你枯木逢春鸾凤成俦欢欢喜喜拜花堂。

　　　　迈大步挥动了镔铁禅杖，

　　　　俺一生为的是除暴安良。

　　　　请！

卞　济　恭候了！

　　　　〔二人分头下。

第九场

　　　　〔二幕前：刘荣上。

刘　荣　（念）　听说周通来入赘，

　　　　　　　全家大小没敢睡。

　　　　　　　如今看门无所谓，

　　　　　　　抽个空儿打瞌睡。（打盹）

　　　　〔鲁智深上。

鲁智深　唔呼呀！看这人家，张灯结彩，莫非就是刘员外的家中？待我问过。呃！那一老者，此处可是刘员外家？

刘　荣　（惊醒）是的，刘员外家！

鲁智深　快去通报一声，洒家有要事言讲。

刘　荣　不成不成。今日我家有喜事，你不能去，改天再来吧！

鲁智深　啊？有喜了？

刘　荣　对，喜事，新姑老爷入赘。要是别人，请随便进，您是和尚，如何进得？

鲁智深	什么喜事？分别是冤孽之事。你家员外心中烦闷，小姐正在悲伤，是也不是？
刘 荣	是呀！甭说员外小姐，我也觉得不美气。这和尚还真有两下子。
鲁智深	哎呀呀，这桃花村好大的煞气呀！
刘 荣	煞气？
鲁智深	是的！我乃活佛下世，特来与你们分解分解。善哉，阿弥陀佛！
刘 荣	哎呀，了不得！活佛来啦！（呼唤）员外、安人！

〔二幕启：刘德明、夫人上。

刘德明	刘荣何事？
刘 荣	外面来了一个和尚，说他乃是活佛下降，见咱村好大的煞气，特来善哉善哉！
刘德明	是分解分解！
刘 荣	对对对！
刘夫人	啊，员外，活佛来解我家灾难，这是老身平日念经的好处啊，还不快快有请！
鲁智深	阿弥陀佛！
刘德明	长老有请！
鲁智深	施主请！（入内）
刘德明	听说活佛下世，救我灾难，不知怎样分解？
鲁智深	待我看来！（四处观望）
	（念） 怨气满前厅，
	冲了丧门星。
	一桩冤孽事，
	应在绣楼中。
刘夫人	哎呀，员外！我家的事，活佛都知道了！
鲁智深	嘿嘿，洒家慧眼通天，能掐会算，你家之事，一算便知。
刘德明	好，好！还请活佛快快算来！
鲁智深	这是自然！
	（唱） 俺这里假意儿装模作样……（掐算）

QINQIANGJUBENJINGBIAN 〔西安秦腔剧本精编〕

刘夫人	刘荣,快叫预备斋饭!
刘　荣	是,是,是。
鲁智深	回来,回来。你们是预备荤斋还是素斋?
刘夫人	自然是素斋呀!
鲁智深	呃,酒家修心不修口,专吃大块子肉,要喝大坛的酒。
刘德明	好,好,好,快取酒肉前来。

〔刘荣下,取酒肉上。

鲁智深	造化你们了!(入座)
	(接唱)听我把前后事细说端详。

〔刘荣斟酒,鲁智深饮酒。

刘德明	请讲!
鲁智深	(接唱)你二人有一女膝前奉养,
刘德明	对对对,我夫妻只有一女!
鲁智深	(接唱)为婚姻惹下了意外的祸殃。
刘夫人	是啊,正为她的婚事,惹下一场灾难!
鲁智深	(接唱)在花田选佳婿得遂愿望, 　　　　又谁知错请来一位魔王。
刘德明	这魔王好厉害呀!
鲁智深	不妨事,酒家专来降伏妖魔。斟上、斟上,喝得越多法力越大。呃,只不过这个杯儿也太小了。喝起来甚是麻烦!
刘德明	快取大杯!
刘夫人	把酒坛也抱来!

〔刘荣下,取大杯,抱酒坛上,倒酒。

鲁智深	(饮)造化你们了!
	(接唱)那魔王就住在桃花山上,
刘德明	正是,正是,他就是桃花山的小霸王……
鲁智深	周通啊!
	(接唱)昨夜晚错抢了假扮的婆娘。
刘夫人	哎呀,这隐密的事,活佛都知道了。快快跪下求求吧!(拉刘德明双双跪倒)

秦腔
桃花村
TAOHUACUN

鲁智深　不要如此,快快起来！快快起来！

　　　　（接唱）因此上那周通又来言讲,

　　　　　　　　说什么今夜晚要入洞房。

　　　　　　　　似这般冤孽事无人拦挡,

　　　　　　　　怒恼了洒家的慈悲心肠。

　　　　　　　　因此上到贵府解除魔障,

　　　　　　　　定叫那小周通勒马收缰。（索性捧起酒坛来

喝）

刘德明　哦！

　　　　（唱）　果然是活佛从天降,

刘夫人　（接唱）救苦救难到我庄。

刘德明　（接唱）求显神通施恩赏,

　　　　〔刘德明、夫人双双跪拜。

刘夫人　（哀求）活佛,菩萨呀……

鲁智深　起来,起来！（放下酒坛,跌跌撞撞地上前将刘德明

扶起）

　　　　（唱）　你二老莫悲伤我自有主张。

　　　　不要啼哭,洒家绝不食言！

刘夫人　多谢活佛！

刘德明　请问活佛,怎样解救我家？

鲁智深　呃……说姻缘！

刘德明　说姻缘？不知怎样的说法？

鲁智深　周通到来之前,请将小姐藏过,待洒家去到洞房之

　　　　中,等那周通前来。到了那时,洒家与他细说一番,

　　　　你家自然消灾解难。

刘德明　（将信将疑）不知那周通能否听从？

鲁智深　如不听从,洒家带有五字（伸出五指）真经,念与

　　　　他听！

刘德明　啊,五字真经？竟然这般灵验么？

鲁智深　洒家炼就五字真经,专为世人说姻缘的,再厉害的魔

　　　　王,也经不起念上三遍咧！

刘夫人	真是百灵百验呀！
刘德明	哦,哦,哦,这就好了！这就好了！
鲁智深	快快带路洞房！
刘　荣	是！(旁白)嘿,尽出新花样,和尚入洞房！
	〔二幕下,众出自二幕前。春兰跑上,看是鲁智深,大惊。
春　兰	哎哟,愈来愈错,和尚也入洞房啦！
刘德明	休得胡言,此乃活佛下世,前来搭救小姐,还不上前叩头！
春　兰	叩头倒容易！等他救了小姐,我那时再叩不迟！但不知怎样搭救小姐？
鲁智深	洒家带有五字真经,劝说周通,退了这门亲事！
春　兰	那倒好了！不过我们小姐的那个卜……
鲁智深	卜济。
春　兰	是啊,叫周通抢跑啦！
鲁智深	无妨,事到其间,我一变就到。
春　兰	真的么？
鲁智深	佛门不打妄语。
春　兰	那我告诉小姐去。(跑下)
	〔二幕启。
刘　荣	洞房到了！
鲁智深	员外,安人,快将小姐藏过！
刘德明 刘夫人	是！刘荣,伺候了！
鲁智深	不用,有人在此,五字真经,就不灵了！
刘德明	也好！门前打探！
刘　荣	是！
	〔刘德明、夫人与刘荣下。
鲁智深	啊哈哈哈！(观看)常言说得好,和尚看嫁妆——下世再见。想不到我花和尚竟有此眼福！待俺上得床去,睡他一觉,有何不可！(吹灭了灯,钻入帐中,鼾声大作)

秦腔
桃花村
TAOHUACUN

〔更鼓声响。

〔刘德明引周通上。

刘德明 大王请。（欲下）

周　通 啊，岳父，过来，过来！

刘德明 何事啊？

周　通 这洞房之中为何无有灯光？

刘德明 这……这是我们的乡风！

周　通 哦，这就是此地的乡风？

刘德明 哦哦哦，乡风，乡风。请了，请了。

周　通 这个乡风可不咋样。算啦，摸着黑进洞房吧。（入内）啊！小姐！小姐在哪里？

鲁智深 （揭开帐子，旁白）他来啦！（假作女子哭声）喂呀呀……

周　通 小姐，你怎么哭起来了？不要啼哭，不要啼哭！想俺周通，有的是金银财宝，绫罗绸缎。你想吃什么就给你吃什么！想穿什么就给你穿什么！你要随我上山，就是个压寨夫人。你要舍不得爹娘，我就住在这里。你看怎样？别哭啦！哭啥呢！

鲁智深 （假声）不是呀！奴家是在为你担心哪！

周　通 乖乖，你替我担的什么心哪？

鲁智深 奴家的师父说过，奴的终身，当配卞济，你如强迫成亲，怒恼我家师父，你可要遭祸咧！

周　通 怎么，你还有师父？

鲁智深 啊！

周　通 你的师父，管得倒宽呀！

鲁智深 嗯！

周　通 你师父他叫什么？他有什么本事呀？

鲁智深 你听了！

周　通 你说说！

鲁智深 提起师父，非比寻常，性情豪爽，除暴安良，你要相信，快出洞房，你要不信，叫你尝尝！（伸出拳头作

《西安秦腔剧本精编》QINQIANGJUBENJINGBIAN

打式)

周　通　嘻！想俺周通在桃花山上，谁人不知，哪个不晓，慢说你的师父，就是你的师爷师祖到了，我也得跟你成亲。

鲁智深　怎么说，你一定要跟我成亲？

周　通　啊！

鲁智深　好吧！脱了衣服睡觉。

周　通　嗬！这倒干脆！

　　　　〔周通脱褶子,鲁智深收拾利落。

周　通　啊,小姐,洞房之中,怎么连个灯都没有？

鲁智深　这是我们这儿的乡风。

周　通　啊,这就是乡风？我看是臭气！

鲁智深　不是臭气,是股酒气！

周　通　我看不见你呀。

鲁智深　你摸嘛,摸着就睡。

周　通　摸不着呢？

鲁智深　算你倒霉！

周　通　嘻,这倒有些意思呢。摸着就睡？你在哪儿啦？

鲁智深　我在这儿啦！

周　通　哪儿啦？

　　　　〔周通摸过去,鲁智深打了周通一拳。

周　通　哎哟,哎哟！你怎么打起老公来了？

鲁智深　你碰了奴家的小拳头啦！

周　通　好嘛,我当是砸煤锤锤哪！（又摸）啊,小姐,你在哪儿啦？

鲁智深　这儿啦！

周　通　摸着就睡？

鲁智深　对,摸着就睡！

周　通　好咧！（又摸过去,碰上鲁智深的身体）

周　通　嚇,真胖！

鲁智深　（用力按着周通）嘿嘿！

周　通　（惊觉）啊？什么人？

鲁智深　是你和尚爷爷！

周　通　（大惊）啊！

〔鲁智深打了一拳。

周　通　哎哟！（挣扎脱身）

〔二人对打。

鲁智深　入洞房！

周　通　不入啦！

〔二人又打。

鲁智深　睡觉吧！小伙儿！

周　通　我不睡啦！

〔二人又打。周通逃下。

〔刘德明惊慌上，正遇鲁智深提了禅杖赶出。

刘德明　哎呀师父呀，你将他暴打一顿，他岂肯甘休，回山洞调来人马，我们全家全村都要遭殃啊！

鲁智深　员外放心，慢说他这小小的桃花山，就是千军万马，也不在洒家眼里。待俺赶上山去，打他个落花流水！（下）

刘德明　师父仔细了。（下）

第十场

〔二幕前：四喽兵、李忠上。

李　忠　（念）　贤弟任性不听劝，

　　　　　　　　船到江心补漏难。

〔周通上。

李　忠　贤弟，为何如此形状？

周　通　哎呀，大哥呀，小弟下山入赘。被那刘家老儿勾结凶僧,暗算与我。还望大哥与弟报仇雪恨!

李　忠　啊,有这等事!喽啰们!兵发桃花村!

〔李忠、周通引喽兵绕场。

〔鲁智深从下场门上,挥杖便打。李忠急忙招架,倒退数步。

李　忠　好一个莽和尚!咄,那一僧人,快快通上名来!

鲁智深　听了!

（念）　当年也曾做提辖,

　　　　打死郑屠出了家。

　　　　江湖人称花和尚,

　　　　洒家真名叫鲁达。

李　忠　原来仁兄到了,小弟李忠在此。

鲁智深　是李忠贤弟!此人可是周通!

李　忠　正是!(对周通)快来见过鲁大哥!

鲁智深　嗯……周通兄弟,你我江湖好汉,就该除暴安良,为何强占刘员外的女儿!

周　通　这……

鲁智深　(一把抓住周通)且随我来!

周　通　(望见李忠示意)啊,遵命!

〔众下。

〔二幕启:刘荣上。

刘　荣　老爷,老爷,不好了!

〔刘德明上。

刘德明　怎么样?

刘　荣　那和尚和桃花山的强盗原来是一伙的!他……他们带上人马进……进来了!

〔鲁智深、李忠、周通上。

刘德明　啊……活佛饶命!大王饶命!

鲁智深　员外不必惊慌,洒家自有公断!

〔春兰暗上。

刘德明　小老知罪!小老知罪!(跪)

秦腔
桃花村
TAOHUACUN

李　忠	快快请起！员外,这就是三拳打死镇关西的鲁提辖!此番前来,一是退了周通之事,二是成全小姐婚姻!
刘德明	活佛,这是真的么?
鲁智深	焉能哄你!
刘德明	(望着周通)不知周大王……
周　通	如若不信,某愿折箭为誓!(折箭)
刘德明	哎呀大王……(跪)
周　通	呃,不必如此,不必如此!
春　兰	(旁白)这还差不多!(上前)活佛,你请过来!
鲁智深	做什么?
春　兰	春兰我先谢谢您啦!(施礼)
鲁智深	呃,不消,不消!
春　兰	这是刚才我欠下的!不过您还欠我们的哪?就是我们小姐的那个卜……您还没变出来呀!
鲁智深	啊!说得出,就变得来!你们哪个错请周通来的?
春　兰	(对刘荣)喂,听见了吗?
刘　荣	呃,是我!
鲁智深	好,如今罚你将功折罪,去到渡仙桥边三元店中,将卜济快快请来!
刘　荣	好,我的师父,你慢点儿说好不好?
鲁智深	去渡仙桥三元店,将卜先生请来!
刘　荣	是!这回没错啦!(欲行)
春　兰	回来回来,又是你去呀!
刘　荣	熟人熟事,我不去谁去?
春　兰	你见过他吗?
刘　荣	见……不就是昨晚上穿女人衣裳绣花鞋的卜婆子么?
春　兰	你呀,算了吧,没有你,还坏不了事哪!
周　通	大哥,我见过此人,待小弟前去!
春　兰	慢来慢来,大王爷若去,只怕那卜先生人没请到,魂先跑啦!

《西安秦腔剧本精编》
QINQIANGJUBENJINGBIAN

鲁智深　也罢！待洒家走走！

春　兰　活佛,你就不用费心了！此事还得我春兰前往！有
　　　　道是:水流千遭归大海,解铃还得系铃人！
　　　　（唱）　虽然是他们二人有缘份,
　　　　　　　　论成全也有我薄力三分。
　　　　　　　　初上花田把路引,
　　　　　　　　二上花田费苦心。
　　　　　　　　三上花田传芳讯,
　　　　　　　　担惊受怕不顾身。
　　　　　　　　今日里风平浪静待合卺,
　　　　　　　　还得我去为小姐寻郎君。
　　　　　　　　此一番必定是十拿……十稳,
　　　　　　　　快重新张灯结彩迎新人！（下）

鲁智深　哈哈哈哈！
　　　　（唱）　小春兰可真是机智聪敏,

刘德明　（唱）　事成后一定要谢她大恩。
　　　　〔春兰引卞济上。

卞　济　（唱）　适才间春兰姐来传喜讯,
　　　　　　　　这姻缘好一似枯木逢春。
　　　　　　　　喜滋滋笑盈盈我把门进……

周　通　卞先生！

卞　济　哎呀,大王呀！你那张寿星图儿,我与你画好了啊！

鲁智深　嘿！
　　　　（接唱）看来你真是一个老实人！
　　　　员外,今乃良辰,就该与他们拜堂成亲！

刘德明　哎呀,只怕措手不及呀！

春　兰　员外爷,我这早就准备好啦！（拿出盖头一扬而去）

众　　　哈哈哈哈！

刘德明　刘荣,快与新姑爷更衣！

刘　荣　是！（引卞济下）

鲁智深　啊,周通贤弟！

周　通　大哥！

鲁智深　我罚你与他们赞礼！

周　通　怎么,我赞礼!? 大哥,媳妇儿让与他也就是了,叫我赞礼,这心里总不是味儿!

鲁智深　莫非要我与你再念一遍五字真经不成！

周　通　我赞我赞!（高声）拂揖,拂揖,你们结亲,受尽折磨,错中有错,巧结丝萝!

〔春兰挽刘玉燕上,刘荣挽卞济上,刘夫人亦上。

周　通　一拜天地! 二拜高堂! 夫妻交拜,送入洞房!

〔春兰挽刘玉燕,刘荣挽卞济下。

刘德明　众位,请到后面饮酒！

众　　　请!（笑）哈哈哈哈!

——剧　终

演出单位

西安市五一剧团

郑 瑛 娇

李永贤（执笔） 唐智明

徐健明 谢跃虹

编剧

剧情简介

　　甲午战争后,腐朽的清政府与日本订立丧权辱国的《马关条约》,将台湾割让给日本。日军强占时,以徐湘为首的台湾某府军民决心保土抗倭,与府城共存亡。在粮食兵援被清廷断绝的情况下,徐湘前往大冈山,欲求义军首领郑瑛娇合盟抗倭。郑瑛娇是民族英雄郑成功的后代。她禀承"永不事清"的祖训,与多年"事清"的徐家是世仇。在国难与家仇面前,是谨守祖训还是联徐抗倭? 经过复杂痛苦的思想斗争和血与火的洗礼,郑瑛娇毅然以民族利益为重,抛却祖训,高举"还我河山"大旗,率众联盟,展开了可歌可泣的抗倭战斗。

《西安秦腔剧本精编》
QINQIANGJUBENJINGBIAN

场　目

秦腔
郑瑛娇
ZHENGYINGJIAO

人 物 表

郑瑛娇

徐　湘

绿　竹

阿　山

王　彪

汪都统

张在仁

冯　旭

李　虎

林　勇

日少佐

书　童

民　甲

众清兵

男女义军

第一场　升　旗

〔时间：甲午海战后。

〔地点：台湾，某府水码头。

〔幕前合唱：

　　　　晴空霹雳燃起战火，

　　　　签约马关丧权辱国。

　　　　台湾大陆岂能分割，

　　　　誓死守土绝不降倭！

〔幕启：水码头旁的旗台上，飞扬着黄龙旗，汪都统带
　　　　张在仁、王彪上。

张在仁　肃静……

汪都统　（宣读军令）"遵朝廷旨训，按《马关条约》台湾已割
　　　　让日本，我驻台将士，即刻撤离，违者以抗旨反叛论
　　　　处！降下黄龙旗！"

冯　旭　（内）不能降旗。

〔冯旭与众清兵及乡民等冲上护旗。

众　　　不能降旗！不能降旗呀！

汪都统　（沉痛状）将士们，这不战失土之耻，本都统与众军
　　　　同感，但身为军人，须以遵从上命为天职。这土不得
　　　　不让，这旗不可不降。降旗！

王　彪　喳！（拔刀分开众人，一刀砍断旗绳）

〔徐湘风尘仆仆急上，接住飞落的旗。

徐　湘　大人，这旗不能降啊！

汪都统　徐湘？你不是到台北去了吗？

徐　湘　台北已陷敌手！

汪都统　啊？！朝廷与日本已订立了《马关条约》呀！

徐　湘　那是大炮轰出来的条约！

汪都统　可圣意已决，台湾岛即将全部割让，这旗怎能不降？

徐　湘　都统大人——（带众集体跪呈）我台湾宝岛周袤三千里，生灵四百万，与神州大陆血脉相连，岂能分割而降倭？！

众　　　绝不降倭！

汪都统　徐湘，你乃官宦子弟，世受皇恩，本府顾念你先人之功，邀约襄赞军机，提拔于你，不料你竟这样行事，就不怕落个反叛朝廷的罪名吗？

众　　　不准加害徐将军！

冯　旭　有俺冯旭在此，谁敢动徐将军——

众　　　我们与他拼了！

〔众执刀兵谏，张在仁、王彪二人见风使舵地站到众人一边。

张在仁　对呀，徐将军乃忠良之后，朝廷柱石，谁敢对他无礼，俺张在仁不答应！

王　彪　对，俺王彪也决不与他善罢甘休！

汪都统　（大惊）你、你、你们以下犯上，拒旨抗命，休想得到朝廷粮草兵援，看你们抗得了多久！（摇头叹息下）

冯　旭　军中不可一日无主，军情紧急，就请徐将军主持大计，抗击倭寇！

张在仁　在仁所部，愿归将军节制。

民　甲　府城百姓愿助将军守城！

众　　　愿听徐将军号令！

徐　湘　国家有难不敢推诿，徐某有僭了！

〔一清兵内喊："报——"急上。

清　兵　新竹失守，守将阵亡！

徐　湘　啊，再探！

〔清兵内喊："报——"急上。

清　兵　狮子岭守军殉难，敌兵距府城只有三日路程了！

冯　旭　我等愿背城一战。

众　　　请将军传令,请将军传令!

徐　湘　啊?!

　　　　(唱)　黑云压城军情险,

　　　　　　　　三日后府城安危一发悬。

　　　　　　　　我本得破釜沉舟决一死战,

众　　　杀——

徐　湘　慢!

　　　　(唱)　又怎奈粮草不足势孤力单。

　　　　　　　　用何策保境民把危局挽……

民　甲　(唱)　倒不如飞檄求援大冈山!

徐　湘　(一怔)求助郑瑛娇?!

众　　　郑瑛娇?

民　甲　对!那郑瑛娇本是郑成功后裔,驱逐外夷祖训传家。
　　　　她如今安营扎寨大冈山,有兵有粮英勇善战,将军如
　　　　果联郑抗倭,定能扭转乾坤。

徐　湘　(动心)老伯言之有理……

张在仁　将军之意?

徐　湘　存亡在即,事关重大,我当即刻亲自进山,劝说郑瑛
　　　　娇合盟抗倭。

张在仁　将军不可!

众　　　将军不可!

张在仁　那郑瑛娇占山为寇反叛朝廷,你若与她合盟,朝廷降
　　　　罪如何是好?更何况你们郑徐两家代代结仇怨,你
　　　　此一去,恐怕是……

徐　湘　怎么样?

张在仁　凶多吉少难生还!

徐　湘　这?

　　　　〔炮声隆隆,群情激扬。

众　　　(惊)将军决断吧!

徐　湘　(决断地)好!

　　　　〔众随徐跪地仰天发誓。

徐　湘　（唱）　炎黄华胄有肝胆，

合力同心抗倭顽。

国难当头非等闲，

合盟方能渡难关。

此去山寨吉凶难辨，

纵死仇家也不作亡国男。

苍天在上立誓愿，

决不降倭保河山！

升旗！

〔众叩拜，日军炮声又起，徐执剑指挥。

徐　湘　坚守待援，上炮台！

众　　　喳——

〔造型，切光，定点光。

张在仁　哼，徐湘违旨，又勾结郑氏反叛抗倭，坏了中堂大人议和方略，哪里容得。王彪密切监视徐湘动静。

王　彪　张大人放心，有我王彪就没有他徐湘！

张在仁　好，速报中堂大人，侍机而动……

王　彪　喳！

〔切光。

第二场　赠　剑

〔时间：数日后。

〔地点：大冈山下。

〔绿竹与阿山巡视上，念《扑灯蛾》。

阿　山　（念）　朝廷卖国实可恨，

倭寇侵台害黎民。

绿　竹　（念）　阿姐矢志承祖训，

联合众山抗日军。

《西安秦腔剧本精编》QINQIANGJUBENJINGBIAN

阿　山	（念）	此处关隘最要紧，
		来往行人要留神。
		严防奸细把山进，
绿　竹	（唱）	绿竹在此请放心。
		阿爹快走吧！
阿　山		哈哈哈……（下）

〔绿竹留场探，徐湘扮书生带书童上。

徐　湘	（唱）	国遭不幸祸临门，
		宝岛岂能被瓜分。
		不计家仇把山进，
		抗倭结盟诚意真。
		山高林密路险峻，
		何处寻访女将军？
绿　竹	（唱山歌）	
		青山绿水好家园，
		乌鸦飞来恼煞人啰……
徐　湘	（唱）	此女飒爽目有神，
		山歌似有弦外音。
绿　竹	（唱）	看他徘徊路不分，
		不是平常进山人。
徐　湘	（唱）	投石探路巧发问，
绿　竹	（唱）	且莫妄动后发制人。

〔徐湘一把撕下石碑上贴的捉拿郑瑛娇的官府告示，
并有意说给绿听。

徐　湘	（看完告示）啊，郑瑛娇……
绿　竹	（试探地）啊，先生，你敢撕告示呀？
徐　湘	（回试地）有何不可？
绿　竹	你跟画上的人沾亲？
徐　湘	非亲。
绿　竹	带故？
徐　湘	非故。

361

绿　竹　既然非亲非故,你撕告示不怕人抓你吗?

徐　湘　哈哈哈,抓不抓我关你何事?

绿　竹　不关我事我不问。

徐　湘　你是她的(指告示)什么人?

绿　竹　你问我吗? 来! (耳语)我——不告诉你。

徐　湘　小姑娘,你怎么耍笑起我来了? 我有急事找她呀!

绿　竹　你都没有给我说真话,我为啥要与你说真话呢?

书　童　哼,他是我们——(徐急阻)

徐　湘　我乃台南一书生,

绿　竹　书生? 到此做甚?

徐　湘　投笔从戎请长缨。

绿　竹　从军? 算了,你斯文呆呆的从啥军呀,喝茶玩鸟还差
　　　　不多,郑瑛娇只收英雄,不收书呆子!

徐　湘　啊,如此说来你是知道郑瑛娇的了?

绿　竹　当然知道。

徐　湘　她在哪里?

绿　竹　远在天边,近在眼前!

徐　湘　哈哈哈,你是郑瑛娇?

绿　竹　怎么? 你不相信?

徐　湘　你绝非郑瑛娇。

绿　竹　对! 你也并非什么台南书生,不说实话,休想进山!
　　　　(亮出匕首)

徐　湘　姑娘,有话好说不要动武。

绿　竹　(大呼)捉奸细!

徐　湘　姑娘听我说……

绿　竹　看刀!
　　　　〔小开打,徐湘所带玉佩掉在地上,二人僵持,郑瑛娇
　　　　带女兵上。

郑瑛娇　住手——
　　　　〔郑分开二人,拾起徐湘失落地上的玉佩看后大惊,
　　　　又看徐湘左额红痣。

《西安秦腔剧本精编》
QINQIANGJUBENJINGBIAN

郑瑛娇　（跪地高呼）恩人！

　　　　　〔众亦跪。

徐　湘　你莫非认错人了?!

郑瑛娇　救命之恩山高海深,岂有错认？你左额上的红痣,叫
　　　　我终身难忘。

徐　湘　你是……

郑瑛娇　公子可还记得十年前你曾在海边救过的一个姑娘吗？

徐　湘　啊？好像有过此事……

郑瑛娇　我却记忆犹新,

　　　　（唱）　实难忘十年前深仇大恨,

　　　　　　　　汪都统率清兵杀我满门。

　　　　　　　　阿山叔带小女躲过血刃,

　　　　　　　　却怎料出虎口又落狼群。

　　　　　　　　狗人贩劫掳我卖往海外,

　　　　　　　　遇公子问情由救我脱身。

　　　　　　　　赠玉佩谢恩人感激不尽,

　　　　　　　　救命恩有似那天高海深。

徐　湘　（忆起,接过玉佩）啊,你就是当年海边遭劫的那位
　　　　姑娘?

郑瑛娇　正是,若非你当初相救,焉能有今朝。

　　　　　〔绿竹推书童上。

绿　竹　阿姐,拿下一名奸细。

众　　　杀！

书　童　（躲徐身后）公子……

徐　湘　首领,他乃我的书童。

郑瑛娇　以礼相待。

绿　竹　阿姐,他（指徐）也是……

郑瑛娇　傻妹妹,他是好人！

　　　　　〔郑一挥手众女兵拥书童下,阿山上。

阿　山　瑛娇！

郑瑛娇　阿山叔,你看他是谁?

阿　山	（审视片刻,忙跪下）恩人!（徐忙扶起）
郑瑛娇	大叔,联络各山义军一事如何?
阿　山	各山义军将领听你的号令,共同抗倭!
郑瑛娇	大事可为! 皇帝可欺,我郑家不可欺,官吏可降,我郑家军决不降倭!
徐　湘	（由衷赞叹）好!
郑瑛娇	啊? 府城之中有何动静?
阿　山	汪都统逃回大陆,徐湘率众抗倭!
郑瑛娇	啊? 看来这个徐湘还有点骨气,可知他是何等样人?
阿　山	就是台南有名的三虎之首,郑家世代仇人,平合侯徐俊之子!
郑瑛娇	是他——久闻这台南三虎甚有名气,原来是仇家主子?
阿　山	听说徐湘还要上山劝你合盟。
绿　竹	哼! 他敢来!
徐　湘	他要是真的来了呢?
郑瑛娇	他若上山我就宰了他!
徐　湘	首领盖世英雄,难道不问个青红皂白,就要杀一个真心求盟抗倭之人吗?
郑瑛娇	这——
阿　山	徐家世代为朝廷鹰犬,他能真心抗倭吗?
徐　湘	首领不是四路行文,呼吁合盟抗倭吗?
绿　竹	啥人都可以合,唯独那个姓徐的不能合!
徐　湘	为何不可?
绿　竹	他……他徐家就没有一个好东西!
郑瑛娇	见面许久,尚未问恩人大名!
徐　湘	（脱口而出）我姓徐!
郑瑛娇 绿　竹 阿　山	徐什么?
众	（急问）徐什么? 徐什么?
徐　湘	徐明……
郑瑛娇	唉,你呀你,百家姓上那么多姓你不姓,为啥偏偏要

QINQIANGJUBENJINGBIAN 西安秦腔剧本精编

　　　　　姓徐嘛?!

徐　湘　（苦笑）我有什么办法呢?

郑瑛娇　（自我解围地）不过,你这个徐与那个徐不同,你是
　　　　　徐姓当中的大好人!

阿　山　不知公子家中尚有何人,老幼可安?

徐　湘　父母双亡,飘然一身。

郑英娇　意欲何往?

徐　湘　欲去府城从军,故而途经宝山。

郑瑛娇　（不悦）啊——原来你是去找徐湘讨官当的? 请!

绿　竹
阿　山　（不客气地）送客!

徐　湘　首领幼习诗书母教训,大丈夫岂为恋功名?

　　　　　〔炮声响起。

郑瑛娇　炮声?!

徐　湘　唉!

　　　　（唱）　炮声隆隆震海空,

　　　　　　　　定是倭寇又逞凶。

　　　　　　　　堪叹宝岛遭厄运,

　　　　　　　　生灵涂炭遍哀鸿。

　　　　　　　　七尺男儿热血涌,

　　　　　　　　三尺龙泉枉自擎。

　　　　　　　　倭寇侵台金瓯碎,

　　　　　　　　投笔从戎请长缨。

　　　　　　　　效前贤岳武穆直捣黄龙,

　　　　　　　　郑成功驱荷夷青史留名。

　　　　　　　　恨不能依天抽剑斩贼佞,

　　　　　　　　待从头收拾我宝岛享太平。

　　　　　〔徐湘拔剑起舞,伴唱:

　　　　　　　　怒发冲冠心潮涌,

　　　　　　　　国仇不报意难平!

　　　　　〔郑瑛娇兴奋地挥剑跃入,二人对舞,伴唱:

　　　　　　　　合力同心逐倭寇,

秦腔
郑瑛娇
ZHENGYINGJIAO

　　　　　　　赴汤蹈火救苍生。
　　　　　　〔二人剑穗相缠。
绿　竹　好剑法呀！
阿　山　（喝彩）好武艺呀！
徐　湘　（惊觉地）啊，失礼了——
郑瑛娇　（动心动情地）呀——
　　　　　（唱）　人生难觅一知音，
　　　　　　　　　岂料眼前竟是知音人。
　　　　　　　　　堪叹我创业难独斗单拼，
　　　　　　　　　叔年老妹年轻难领三军。
　　　　　　　　　倭寇侵台烽烟滚，
　　　　　　　　　更需利刃劈荆榛。
　　　　　　　　　难得他剑法高武艺精湛，
　　　　　　　　　有见识有胆略壮志凌云。
　　　　　　　　　他若能佐山寨继承祖训，
　　　　　　　　　定能够驱逐倭寇、报仇雪恨、力挽千钧。
　　　　　　　　　终身事休错过当机立断，
阿　山　你要怎样？
郑瑛娇　（唱）　今日里赠剑许婚定乾坤！
　　　　　　〔收光。
阿　山　公子，我家首领为谢公子大恩，有一物相赠。
徐　湘　身外之物，不敢愧领。
阿　山　宝剑名马英雄所爱，此有镇台剑一口，请公子定要收
　　　　　下！（呈剑给徐）
徐　湘　啊！真是一柄好剑！
阿　山　公子，此剑非比寻常，乃郑门传家宝，我家首领随身
　　　　　佩带，从不轻易示人。剑在哪里，人就在哪里！
徐　湘　（只顾看剑）啊，剑在哪里，人就在哪里……（忽然明
　　　　　白）啊！这却使不得，使不得！
阿　山　公子，她可真是个好姑娘呀！
徐　湘　（点头，又猛省）只是——我姓徐呀！

《西安秦腔剧本精编》QINQIANGJUBENJINGBIAN

阿　山　你是徐明,又不是徐湘!

　　　　　〔阿山一扬手,二义军与徐湘披红戴花。

徐　湘　你与我披红戴花为的啥?

阿　山　恭喜你今日与首领成亲。

徐　湘　哎呀,徐某无才艺。

阿　山　她意已属君。

徐　湘　我有话未说尽,我姓徐呀!

阿　山　你们洞房能说清! 走!

　　　　　〔众拥徐下。

第三场　洞　房

　　　〔时间:当晚。

　　　〔地点:大冈山新房。

　　　〔众女兵拥郑瑛娇着新装,搭盖头上。

郑瑛娇　（唱）　披嫁衣描红妆心花怒放,

　　　　　　　　作新娘羞煞我女中豪强。

　　　　　　　　拜花堂结并蒂梦中曾想,

　　　　　　　　看今宵好梦成真入洞房。

　　　　　　　　细思量十年来风雨闯荡,

　　　　　　　　哪顾得理云鬓、贴花黄、

　　　　　　　　菱花宝镜巧手细梳妆。

　　　　　　　　率义军苦征战叱咤疆场,

　　　　　　　　女儿肩硬把这金鼎独扛。

　　　　　　　　沙场风吹老我如花容貌,

　　　　　　　　破敌策搜尽我九曲柔肠。

　　　　　　　　常盼望独木成林孤燕成双,

　　　　　　　　有一个智勇双全、有情有义、

　　　　　　　　志同道合的贴心人在身旁。

心心相印共帏帐，
并肩携手斩豺狼。
今日里得知己喜从天降，
山寨中点红烛共拜花堂。
从此后同创大业相依傍，
卫台岛双鞍并驰定海疆。
但等那河清海晏渔樵唱，
我两个人成对、影成双，
双双对对饱览我神州大地美风光。
日月潭西子湖轻舟荡漾，
武夷山阿里山鸟语花香。
想到此瑛娇我心驰神往，
情更切心欲醉如蜜似糖。
耳边忽听人声嚷，

〔内呼："徐公子请哪！"

郑瑛娇　（唱）　羞得我手足无措慌忙顶上盖头一张。

〔郑瑛娇搭上盖头帕坐，阿山与一义军推徐上。

阿　山　公子有话你们当面讲。

徐　湘　大叔，我——

阿　山　她可是天下少有的好姑娘呀！哈哈哈！公子，你好
　　　　福气。（推徐入房，自下）

〔郑、徐表演过场。

郑瑛娇　公子，十年前若非君子大力相救，怕我早成异乡之
　　　　鬼了。

徐　湘　扶危济困圣人严教，何足挂齿。

郑瑛娇　公子胸怀大志，必能力挽狂澜，卫我台湾！

徐　湘　首领巾帼英雄，徐某自愧不如。

郑瑛娇　公子过奖。

徐　湘　首领太谦。

郑瑛娇　由此说来，我们是惺惺相惜。

徐　湘　英雄爱——

《西安秦腔剧本精编》
QINQIANGJUBENJINGBIAN

郑瑛娇　（鼓励地）爱什么？说呀，说呀！

徐　湘　爱英雄！

郑瑛娇　此语当真？

徐　湘　肺腑之言！

郑瑛娇　无有虚假？

徐　湘　坦诚无私！

郑瑛娇　好！请公子满饮此杯。

徐　湘　此乃何意？

郑瑛娇　愿我二人白头偕老，同生共死！

徐　湘　这……恕我不能领受盛意。

郑瑛娇　你！你还记得刚才之言吗？

徐　湘　这，记得，记得……

郑瑛娇　记得就好！快饮此杯！

徐　湘　其他的酒，十杯八杯，徐某敢不遵命，只是眼下这杯
　　　　酒么，不饮也罢。

郑瑛娇　你，你敢戏弄于我?!

徐　湘　此话从何说起？

郑瑛娇　就从你说起！我郑瑛娇纵横台岛，英雄豪杰见过
　　　　千千万万，从没有向人低过头！哎，我又不是嫁
　　　　不出的丑八怪，我乃延平王的后代，跺一脚山摇
　　　　地动，吹口气风云变色！只因为你志气高、武艺
　　　　好，是一个有骨气的男子汉。谁知你竟敢装模作
　　　　样在我的面前摆起了架子，告诉你，你不要敬酒
　　　　不吃吃罚酒。

徐　湘　（急于解释）首领，你听我说……

郑瑛娇　（打断）我不听！郑瑛娇从来说一不二，这门婚事，
　　　　你答应也得答应，不答应也得答应。我，我就是要嫁
　　　　给你！

徐　湘　（倔犟地）我也是个犟脾气，就不答应！

郑瑛娇　（野性大发）我，宰了你！（拔短刀）
　　　　〔郑装模作样要杀徐又不忍，欲罢又不能。

徐　湘　哈哈哈！来来来,我要是皱一下眉头,就不算好汉!

郑瑛娇　你不怕死,我就偏不要你死!给我坐下!

徐　湘　坐下就坐下,我就不相信捆绑成得了夫妻!

郑瑛娇　难道是我在逼婚吗?我可是有媒有证,有聘礼!

徐　湘　请问这媒?

郑瑛娇　我阿山叔亲自为媒!

徐　湘　这证?

郑瑛娇　满山男女义军皆可作证!

徐　湘　这,你的聘礼在哪里?

郑瑛娇　你来看——(举剑)

徐　湘　镇台剑?!

郑瑛娇　这就是聘礼!剑在哪里,我人就在哪里。你既将剑收下,就是允了这门婚事,何言捆绑夫妻?今夜山寨张灯结彩喜气洋洋,难道你要我当众出丑被人耻笑?叫我今后如何号令山寨?——你为啥就不理会我的一片真心哪!

徐　湘　(被郑真情所动)这——

(背唱)由衷地暗叫一声好,

好一个坦荡豪放情真意切的郑瑛娇。

且丢开生与死直言相告,

以真心换真心就在今朝。

(走向郑)首领一片真情,我也并非无义之人,只是……其中确有难言之隐。

郑瑛娇　请君剖心见肠直言相告。

徐　湘　你可知道我是什么人?

郑瑛娇　只要我看中,管你是什么人!

徐　湘　我姓徐呵。

郑瑛娇　你是徐明又不是徐湘!

徐　湘　我正是徐湘!

郑瑛娇　你——你开什么玩笑,徐湘敢上山吗?

徐　湘　为求合盟抗倭,徐湘斗胆闯山,首领见谅!

郑瑛娇　你、你、你真是徐湘?

徐　湘　千真万确!

郑瑛娇　平台侯徐俊是你什么人?

徐　湘　乃我家父。

郑瑛娇　庶出?

徐　湘　嫡传!

郑瑛娇　可有虚言?

徐　湘　句句属实!

郑瑛娇　(一把揪住徐)你你你为何不早讲?

徐　湘　我来得及说吗?

郑瑛娇　哎呀——(强烈刺激欲倒)

　　　　(唱)　闻言又惊又是恨,

　　　　　　　霎时地暗又天昏。

　　　　　　　世代血仇怎能忍,

　　　　　　　手执青锋要杀人!

徐　湘　(唱)　鲜血岂能洗仇恨?

　　　　　　　宝剑不斩无罪人。

郑瑛娇　(唱)　你竟敢隐真名将我蒙混,

徐　湘　(唱)　须念我事出无奈非有心。

郑瑛娇　(唱)　花言巧语不可信,

　　　　　　　让你剑下变鬼魂。

徐　湘　(唱)　徐湘一死不足恨,

　　　　　　　合盟抗倭化流云。

　　　　　　　冤冤相报何时尽?

　　　　　　　俺泉台张目望合盟。

郑瑛娇　(为之震动)啊——

　　　　(唱)　听他之言心一震,

　　　　　　　宝剑沉沉重千钧。

　　　　　　　我有仇来他有恨,

　　　　　　　世代相残累儿孙。

　　　　　　　何况他曾施恩将我救,

　　　　　　他救我我杀他岂不教天下人寒心。

　　　　　　（沉思，猛抬头看见祖训横匾"永不事清"）

　　　　　　永不事清！呀?!

　　　　　　（唱）　猛抬头望见了赫赫祖训，

　　　　　　　　　　我怎能违祖训轻放仇人！（欲杀徐）

　　　　〔炮声又起。

徐　　湘　首领你听！

郑瑛娇　炮声？

徐　　湘　倭寇又在杀人了！

郑瑛娇　（震撼）啊——

　　　　　　（唱）　炮声隆隆催人醒，

　　　　　　　　　　眼见中华被瓜分。

　　　　　　　　　　权衡国仇与家恨，

　　　　　　　　　　宝剑难斩抗倭人。（收剑）

徐　　湘　首领，这合兵之事？

郑瑛娇　你快走，再不走，我要杀人了！

徐　　湘　（失望）唉！（欲走）

郑瑛娇　慢！说说府城情况到底怎样？

徐　　湘　府城万分危急，加之朝廷断粮绝援，只怕难以支撑了。

郑瑛娇　啊！只要你真心抗倭，我可借粮助战，两日之后我亲
　　　　　　到石口送粮。

徐　　湘　我定亲自恭迎，首领你——

郑瑛娇　你……（情感复杂地）走！走！走！

　　　　〔徐湘下，阿山上。

阿　　山　这，这是怎么回事？

郑瑛娇　大叔，他，他就是徐湘！

阿　　山　啊！唉，怎么偏偏是徐家的人！

　　　　〔林勇上。

林　　勇　禀首领，徐公子临行有几句言语要我转告首领。

郑瑛娇　快讲！

林　　勇　首领厚意，永记在心，慷慨赠粮，激励军民，形势危

急，切盼合盟！

郑瑛娇　合盟合盟，我恨不得宰了他！

林　勇　徐公子是好人啊。

郑瑛娇　愈是好人，我愈是恨他！

〔林勇下。

阿　山　瑛娇，你怎能忘记祖训，赠他粮草？

郑瑛娇　只要他打倭寇，我就愿送！

〔绿竹端茶上。

绿　竹　阿姐，姐夫呢？

郑瑛娇　姐夫？挨刀去啦！

绿　竹　（莫名其妙）这……

郑瑛娇　（哭泣）大叔，我一辈子不嫁人啦！（扑到阿山怀里大哭）

〔切光。

第四场　离　间

〔时间：两日后。

〔地点：石口。

〔王彪带清兵劫杀送粮义军，高呼"活捉郑瑛娇"上。

绿　竹　清廷果然无信，鸣号示警！

〔郑瑛娇带兵赶来，杀退清兵。

绿　竹　阿姐，徐湘借粮是假，灭我是真！弟兄们，找徐湘算账去！

众　　　杀！

郑瑛娇　慢！这其中定有原委，不可妄动。

林　勇　看，有一飞骑上山来了！

〔马蹄声由远而近。

众　　　（看清惊呼）是徐湘！

秦腔　郑瑛娇　ZHENGYINGJIAO

〔徐湘头部负伤包扎急上,绿竹拔刀迎上。

绿　竹　(怒叫)徐湘!你还有脸上山,看刀!

众　　　杀!

徐　湘　徐湘此来,早已将生死置之度外,请听徐某一言,死而无憾……

绿　竹　谁听你花言巧语,看刀!

郑瑛娇　慢,让他把话说完,讲!

徐　湘　今日之事,尽坏在奸人王彪之手!

郑瑛娇　王彪可是你亲自差遣?

徐　湘　正是我亲自差遣。

郑瑛娇　你为何不如约亲自接粮?

徐　湘　倭寇突然偷袭,我带兵抗敌,临行曾命王彪来石头山迎候。

绿　竹　哼!好一个抢粮杀人的"迎候"!

徐　湘　谁料他居心叵测,干出这等事来?

郑瑛娇　这样说来,劫粮之事你一概不知?

徐　湘　我回营惊闻此事即刻清查,王彪早已逃走。我未及卸甲,便上山请罪来了!

郑瑛娇　其余劫粮之人呢?

徐　湘　已全部斩决。

郑瑛娇　(沉思)都杀了……

绿　竹　哼,杀了一些替罪羊!

徐　湘　徐湘用人不当,治军不严,请首领治罪!
　　　　〔徐摇晃下跪,郑这才发现他头上包扎伤口。

郑瑛娇　你负伤了?你、你、你真的出战了?!

徐　湘　我军五百健儿,面对洋枪无一后退,拼死击退敌兵,回营清点人数,十去其六!
　　　　〔徐痛哭,郑动情地仰首沉思。

郑瑛娇　念你满身伤痕,与倭寇拼过性命,劫粮之事待查,回营去吧!

徐　湘　徐湘此来,一是请罪,二是来……

《西安秦腔剧本精编》QINQIANGJUBENJINGBIAN

郑瑛娇　但讲无妨。

徐　湘　二来我接得探报,明晨倭寇大队人马进犯旋风岭!

郑瑛娇　旋风岭……

徐　湘　首领须早作提防。

郑瑛娇　(急思,决断)好,要他来才好!

徐　湘　首领之意莫非……

郑瑛娇　将计就计!

徐　湘　计将安在?

郑瑛娇　我明晨正面诱敌,佯装败退,引倭寇追入枫口。

徐　湘　啊?!枫口草深林密,可藏千军万马。

郑瑛娇　对!如有一支人马潜入枫口埋伏,待明晨敌军追到,
　　　　一声炮响……

徐　湘　枫口伏兵四起,断其归路!

郑瑛娇　我即回兵夹击,全歼敌军!

徐　湘　好计!好计!

郑瑛娇　徐将军如若真心合盟抗倭,就看今日。

徐　湘　徐湘愿率本部人马,埋伏枫口助战!

郑瑛娇　(激动)你愿真心助战?

徐　湘　苍天可鉴。

郑瑛娇　若有差错?

徐　湘　愿献此头!

郑瑛娇　好!将军此举心迹已明,倘若此番不出差错,两军即
　　　　可合盟!

绿　竹　谁要他来参战,阿姐,清军之中无好人!

郑瑛娇　阿妹,岂不闻泥沙里面有真金!

绿　竹　徐家是我们的仇人呀!

郑瑛娇　我们的仇人是倭寇!将军回营准备吧!

徐　湘　告辞!

　　　　〔阿山带义军上。

阿　山　将徐湘抓起来,杀!

郑瑛娇　慢!大叔是怎么回事?

秦腔

郑瑛娇

ZHENGYINGJIAO

阿　山　他是劫粮元凶,倭寇的奸细!

郑瑛娇　有何为证?

阿　山　带王彪。

　　　　〔王彪上。

王　彪　参见首领。

郑瑛娇　王彪,你劫粮在逃,还敢上山?

王　彪　特来找徐湘算账!

徐　湘　呸!我命你迎候义军,谁叫你杀人劫粮?你到底受何人唆使?

王　彪　就是你!你命我埋伏石口,暗算首领,用她的人头向日军邀功求和,报你徐家世仇。你怕走漏风声,将我们劫粮的弟兄斩的斩,杀的杀。幸我逃脱,冒死上山向首领说明真相,请首领作主!

绿　竹　好险哪,阿姐,幸好王彪报信,不然……

郑瑛娇　王彪,你受何人唆使,前来挑拨离间,莫非欺我大冈山无人么?!

王　彪　小人有几个脑袋敢说假话?

阿　山　我已仔细查明,无须多疑。

徐　湘　首领,俺既知王彪在逃,何敢再次上山?

郑瑛娇　这……

阿　山　死到临头还敢强辩,杀!

郑瑛娇　慢!事未查明杀不得。

绿　竹　莫非你要放他?

郑瑛娇　真假未辨放不得。

绿　竹　既不杀又不放,你想怎样?

郑瑛娇　明晨决战事关重大,将徐湘、王彪扣压山寨,我要亲自审问!

　　　　〔切光。

第五场　夜　探

〔时间：当天夜晚。

〔地点：大冈山，囚屋。

〔众女提灯引郑沉思上。

郑瑛娇　（唱）　嶂雾迷漫夜深沉，

　　　　　　　　决战前风波骤起水又浑。

　　　　　　　　若说徐湘是奸佞，

　　　　　　　　他怎能率众抗命恳请合盟

　　　　　　　　舍死上山见丹心。

　　　　　　　　若说徐湘可信任，

　　　　　　　　又怎奈劫粮是实王彪举报作证人。

　　　　　　　　详查细审辨真假，

　　　　　　　　力挽狂澜定乾坤！（下）

〔大冈山囚屋，徐湘戴铁镣沉重思索。林勇上。

林　勇　徐将军！（四顾）徐将军你认识我吗？（徐摇头）我叫林勇，从前在台南家乡，你曾周济过我家呀！

徐　湘　你为何上山？

林　勇　活不下去了！徐将军，我知道你是好人，只怪你们清营的水太浑了。这里有半碗椰子水，表表我敬重你的心意。

〔绿竹上。

绿　竹　林勇！为奸细献好心，像义军吗？

徐　湘　是我要的水，与他无干！

绿　竹　哼！你这种人还配喝我们山寨的水吗？（泼水）走！

〔绿竹与林勇下。

〔初更梆声起。

徐　湘　唉，眼见合盟将成，却被王彪这伙奸贼断送了。

（唱）　更鼓响星月暗山风扑面，

　　　　徐湘我披枷锁、戴铁链，

　　　　刀斧丛中难入眠。

　　　　看山下倭寇压境形势险，

　　　　想军营祸起萧墙出内奸。

　　　　身陷牢房叹、叹、叹，

　　　　心急如焚冤、冤、冤。

　　　　实指望合盟抗倭救危难，

　　　　隐姓名只身上山把兵搬。

　　　　谁料想遇故人比武赠剑，

　　　　洞房夜吐真言又起波澜。

　　　　郑瑛娇识大义不念旧怨，

　　　　借粮草助我军却入套圈。

　　　　负荆请罪二上山，

　　　　计定枫口斩敌顽。

　　　　奸人王彪实阴险，

　　　　挑拨离间黑白颠。

　　　　精忠报国成空愿，

　　　　壮志未酬新愁添。

天哪，天哪，天哪！

　　　　叫苍天你为何不睁眼，

　　　　莫非是真要灭我徐湘

　　　　亡我台湾好河山。

（更鼓声又起）

　　　　更鼓声声夜阑珊，

　　　　决战时辰在眼前。

　　　　个人安危全不念，

　　　　合盟抗倭大过天。

　　　　我定要披肝沥胆再把瑛娇劝，

　　　　道真情洗沉冤共把敌歼！

〔林引郑瑛娇上,郑示意,林与徐开枷下。

徐　湘　首领,与倭寇决战时辰迫近了……

郑瑛娇　是啊,已经二更了!

徐　湘　我心里着急呀!

郑瑛娇　我比你……更急!

徐　湘　那旋风岭?

郑瑛娇　你所言属实,那里确有敌兵调动。

徐　湘　这一仗还打吗?

郑瑛娇　这就要看你了!

徐　湘　我、我、我,(长叹)唉!

　　　　(唱)　怎料及遭诬陷风云突变,

　　　　　　　只恨我中暗箭未防内奸。(哭泣)

郑瑛娇　(唱)　常言说男儿有泪不轻弹,

徐　湘　(唱)　实痛心合盟多舛时世艰。

　　　　〔徐湘痛哭,郑感动地悄悄给手绢与徐。

郑瑛娇　(唱)　瑛娇深知你心愿,

　　　　　　　难忘你违旨求盟涉险深山。

　　　　　　　因此我决意合兵共抗倭顽,

　　　　　　　哪料及石口劫粮掀波澜。

　　　　　　　人证皆在实难了断,

　　　　　　　怎不教人心起疑团。

徐　湘　首领,难道你也真的相信那王彪之言?

郑瑛娇　那王彪平素与你有仇?

徐　湘　无仇。

郑瑛娇　有怨?

徐　湘　无怨。

郑瑛娇　好道! 既然无仇无怨,他怎会平白害你?

徐　湘　这……

郑瑛娇　讲! (拔剑)

徐　湘　讲讲讲讲什么呀?

　　　　(唱)　我如今身陷囹圄成囚犯,

秦腔
郑瑛娇
ZHENGYINGJIAO

浑身有口也难言。

生死无悔亦无怨，

此刻徐湘无他言。

但求首领事一件，

郑瑛娇　哪一件？

徐　湘　（唱）　合盟方能保台湾。

郑瑛娇　（唱）　堪叹他自身安危全不念，

犹将这合盟之事挂心间。

你如今被囚牢狱尘满面，

死到临头为何不叫冤？

徐　湘　（唱）　明辨冤屈需时间，

如今决战箭上弦！

箭上弦，催人烦，

夜短更阑心难安。

郑瑛娇　（唱）　时易逝，夜苦短，

事未明，出征难。

思绪如麻乱乱乱，

忧心如焚煎煎煎。

杀不妥，信不敢，

进亦难，退亦难。

心欲碎来肠已断，

徐湘呀——

我求你推心置腹吐实言！！

〔郑苦求苦逼徐，徐痛苦万分。

徐　湘　首领，你叫我说什么的好呀……

郑瑛娇　实话！实话！！

徐　湘　我说我是奸细你愿意信吗？！

郑瑛娇　不不不！

徐　湘　那我就是清白的！

郑瑛娇　也……也不。

徐　湘　天哪——

（唱）　我此时五内俱焚裂肝胆，

　　　　东海水难洗徐湘不白冤。

罢了，罢了，

（唱）　都有怪我自找死飞蛾扑焰，

　　　　违什么命来上什么山。

　　　　管什么宝岛沦陷苍生受难，

　　　　倒不如独善其身享田园！

郑瑛娇　（气愤地抓住徐）你？你这是什么话！

徐　湘　谋事在人，成事在天。我已尽力了……

郑瑛娇　你、你、你再说一遍！

徐　湘　我已尽力，只求速死！

郑瑛娇　（气得大叫）男子汉……没有出息！（打徐一耳光）

　　　　〔静场，二人慢慢冷静下来。二人相互对视，慢慢
　　　　　靠近。

郑瑛娇　（心疼地）你……疼吗？

徐　湘　这里（指心）更疼！

郑瑛娇　我这里更疼！（拉徐湘坐下，解披风给徐披上）你冷
　　　　静想想，你差王彪之时，何人在场？

徐　湘　只有张在仁将军在场……

郑瑛娇　（一怔）张在仁？！

徐　湘　怎么，你认识他？

郑瑛娇　岂止认识，我还知他肮脏往事，此人屠杀义军成性，
　　　　且曾勾结日本浪人倒卖沿海人口。王彪之举莫非受
　　　　他指使？

徐　湘　他与我同营主事，怎会做出此事？

郑瑛娇　书呆子！同营未必同心，处决劫粮从犯是谁下令？

徐　湘　我未回营，是张在仁下令。

郑瑛娇　这岂非杀人灭口？而单单放走的又是上山作证的
　　　　王彪。

徐　湘　啊！依首领之见？

郑瑛娇　张在仁可疑，须当严查！

徐　湘　明日一战？

郑瑛娇　依计而行。腰牌在此,你即刻下山,扣押张在仁之后,速带兵赶至枫口埋伏!

徐　湘　记下了!（接过腰牌）

〔三更响。

郑瑛娇　（念）　更鼓声声似催人,

　　　　　　　　将军快走调三军!

〔阿山、绿竹上,挡住。

阿　山　哪里走! 瑛娇呀! 我和绿竹刚刚又将王彪严加审问。

绿　竹　王彪他一口咬定徐湘是清军派来的奸人。

郑瑛娇　明晨决战,事不容缓,徐湘系坦荡之人,应该信任。

绿　竹　倒不如改期决战,不能轻放这可疑之人!

郑瑛娇　这……这……这……

徐　湘　首领! 不必为难,我愿留山作为人质。徐湘写下一封书信传与挚友冯旭,冯将军爱国忠勇,赞同合盟,他定能完成埋伏重任,一举全歼敌军!

郑瑛娇　冯旭可信吗？

徐　湘　倘有差错？徐湘愿以项上人头担保!

郑瑛娇　那好,将军快快修书——

〔一义军托盘上,徐疾书完毕。阿山拿信。

阿　山　我要看看你这合盟抗倭到底是真还是假,阿山亲做你下书人!

〔徐下。

绿　竹　阿爹小心!

郑瑛娇　大叔小心! 天将拂晓,我立即带兵下山引倭寇入瓮,与冯将军会师旋风岭,夹击敌军!

绿　竹　山寨我自会紧守,阿姐放心出征去吧!

郑瑛娇　好,（对众）整队出兵!（率众下）

〔马嘶声、人喊声远去。绿竹担心地走动。

绿　竹　（唱）　阿爹下山去送信,

　　　　　　　　阿姐出征斩瘟神。

祈愿老天遂人愿，
一战功成定乾坤。

〔义军甲急上，受伤。

义军甲　（大呼）报——！绿竹头领！阿山大叔被清兵抓获！

绿　竹　（大惊）你你你说什么？

义军甲　我随阿山大叔刚刚下山，就被清兵伏军团团围住，大叔被他们捉去，我受伤逃回！

绿　竹　（大怒）徐湘——

〔义军甲推徐湘出，绿竹提刀便砍。

　　　　还我的阿爹来！

徐　湘　你阿爹不是送信去了吗？

义军甲　刚刚下山就被一个叫李虎的清将捉去了！

徐　湘　李虎？！哎呀，他乃张在仁部下，莫非……

绿　竹　（大惊）张在仁？这样一来，阿姐在旋风岭必然有失，我要带兵下山救我阿姐。徐湘！你这颗人头暂寄囚屋，等我回来再与你算账！弟兄们，随我救阿姐去！（下）

徐　湘　（心急火燎）坏了，坏了！

　　　　（唱）　形势陡变天地惊，
　　　　　　　　身陷囚室怎调兵？
　　　　　　　　眼睁睁见瑛娇失去策应，
　　　　　　　　急切切见合盟大业难成。
　　　　　　　　解危难救瑛娇急中生智，
　　　　　　　　修血书送冯旭起死回生。
　　　　　　　　求林勇下山寨飞马送信，
　　　　　　　　定能够挽狂澜重见光明！

　　　　（咬指，撕巾，修书）林勇！

　　　　〔林勇上。

林　勇　将军何事？

徐　湘　形势骤变，为挽危局，此有血书一封，望你飞送清营，亲自面呈冯旭将军！

林　勇　这？！为囚犯送信，这可是死罪呀！

徐　湘　难道你忍心见首领陷入敌手,山上弟兄人头落地吗?

林　勇　这……(决心)好! 我去送信!

徐　湘　(取下随身玉佩)此有我随身佩玉作证,你面交冯旭,他一见便知。此事关系重大,千万不可误事,请受我重礼。

〔徐三拜,林勇扶起。切光。

第六场　决　战

〔时间:当日正午。

〔地点:旋风岭,枫口。

〔杀声、炮声、人声,郑带义军上,李虎带清兵迎上。

郑瑛娇　你可是冯旭将军?

李　虎　正是冯旭在此。

郑瑛娇　可曾收到徐湘书信?

李　虎　你看! (亮书信)俺正如约设伏!

郑瑛娇　好! 我已将倭寇引到,快分兵合击!

李　虎　你看他是谁?

〔日少佐上。

日少佐　哈哈哈! 郑首领久违了!

郑瑛娇　(大惊,问李虎)啊! 你到底是谁?

李　虎　俺乃张在仁部将李虎,奉徐湘之命在此拿你!

郑瑛娇　天哪! 徐湘误我呀! 杀!

〔开打,郑危急,绿竹带救兵救应上。

绿　竹　阿姐,我来了!

〔日少佐开枪射击郑,绿竹以身掩护郑中弹倒地,郑抓住日少佐。

郑瑛娇　(仇恨万分地)还我阿妹命来! 回你的东洋老家去吧! (发泄似的乱劈,日少佐死。郑扑向绿竹呼叫)

QINQIANGJUBENJINGBIAN 西安秦腔剧本精编

阿妹,阿妹呀……

绿　竹　（时断时续叮嘱）承祖训,杀徐湘、王彪……清营
　　　　中……没有好人。（死）

郑瑛娇　阿妹呀……（大叫）回大冈山,杀王彪,杀徐湘!

　　　　〔郑带兵扶绿竹撤走下。

　　　　〔张在仁、李虎、清兵押阿山上。

张在仁　哈哈哈!郑逆大败,多亏了你送的信哪!

阿　山　原来你们和徐湘都是一丘之貉!

张在仁　不!徐湘大逆不道,违抗圣旨,联合郑逆抗日。我们
　　　　可是表面与他合流,骨子里却是主和忠君的大清
　　　　良臣!

阿　山　（急切地）那到底谁是冯旭将军哪?!

　　　　〔冯旭率林勇及抗倭清军上。

冯　旭　（大叫）冯旭在此!

　　　　〔开打,众救下阿山,张在仁、李虎逃下。

林　勇　大叔,这才是真正的冯旭将军!

冯　旭　多亏林勇飞马送来徐湘将军血书求援,俺才赶来相
　　　　救,大叔受惊了。

阿　山　唉!都怪我错投书信,才招致损兵折将,误了首领大
　　　　事……哎呀不好,首领回山,定要……徐将军命在旦
　　　　夕了!

冯　旭　（对众）火速奔赴大冈山救徐湘!

阿　山　走捷径,我带路!

　　　　〔切光。

第七场　合　盟

〔时间:第二日。

〔地点:大冈山刑场。众义军挂白着黑,群情激愤,一

片肃杀。

义军甲　（捧绿竹腰刀,怒吼）将徐湘、王彪二人押上来!

众　　　杀——

〔众分押徐湘、王彪上。

郑瑛娇　（内唱）天地同悲人神共愤!

〔郑瑛娇上。

郑瑛娇　（唱）　风萧萧,雷滚滚,大冈山设灵堂,

泣血洒泪祭英魂。

众弟兄报仇雪恨呼声震,

郑瑛娇怒火满腔杀奸人。

都只为情迷双眼将人错信,

到如今兵败人亡尸骨横陈。

阿妹遗言已验证,

清营之中无好人!

杀贼祭旗把军威振,

再与倭寇把命拼。

刀斧手齐待命举起刀刃……

徐　湘　（长叹悲怆）苍天——

王　彪　（狂叫）不服! 不服!

郑瑛娇　（唱）　我钢刀之下不留冤魂!

徐湘! 你还有何说?!

徐　湘　有心杀贼无力回天。我死之后望首领不忘合盟,济
我苍生!

郑瑛娇　王彪,你不服什么?!

王　彪　我揭发有功,反遭极刑,怎能服气?!

徐　湘　奸贼,你毁我合盟,误我大业呀!

王　彪　徐湘,你假仁假义,罪该万死!

徐　湘　你!

王　彪　你!

郑瑛娇　（唱）　他二人临刑前一番言论……

难住我一山之主,

叱咤风云的女掌门。
那徐湘呼苍天满怀悲愤，
那王彪自表功不让毫分。
我若是斩王彪奈无凭证，
我若是放徐湘怎服众军。
二人皆斩首，
好坏岂可分。
二人皆赦免，
何以对英魂。
此时此刻此时此景，
或杀或放或死或生。
迷雾沉沉迷双眼，
三尺青锋该斩何人？

义军甲　首领,杀徐湘继承祖训!

众　　　对,杀徐湘继承祖训!

　　　　〔众跪请杀,郑猛省。

郑瑛娇　祖训!? 抬上来!

　　　　〔众抬书有"永不事清"的祖训匾上。

郑瑛娇　（唱）　刑场再把忠奸认，
　　　　　　　　赫赫祖训辨假真!

　　　　徐湘!

　　　　（唱）　你若低头拜三拜，
　　　　　　　　发誓降郑不事清。
　　　　　　　　旧恨新仇一刀断，
　　　　　　　　死罪免赦放你生!

众　　　拜!

徐　湘　（唱）　如今是强敌倭寇来压境，
　　　　　　　　分者亡来合者成。
　　　　　　　　还争什么强来斗什么胜?
　　　　　　　　论什么输来讲什么赢?
　　　　　　　　拜三拜纵保徐湘一条命,

害首领与全军千载留骂名!

王　彪　我拜!

　　　　(唱)　你不愿拜我来拜!(三拜祖训匾)
　　　　　　　从此降郑不事清。
　　　　　　　谁敢再言合盟事,
　　　　　　　王彪与他刀见红!

郑瑛娇　啊——(胸有成竹地)明白了!

　　　　(唱)　一个傲来一个顺,
　　　　　　　一个合来一个分。
　　　　　　　一个宁死不忘合盟事,
　　　　　　　一个求生三拜来欺人。
　　　　　　　谁忠谁奸我已认准……

　　　　〔林勇内喊:"报——"上。

林　勇　真正的冯旭将军,护送阿山大叔回山!

众　　　(大喜)好啊!

郑瑛娇　(惊喜)徐将军,你受委屈了!

王　彪　(惊慌)哎呀!

　　　　(唱)　事紧急来一个先发制人!

　　　　〔王彪突然夺过义军短刀刺向徐湘,众大惊,郑拔剑
　　　　挑飞王彪刀。

郑瑛娇　(愤怒)恶贼,你竟敢抢先下手!

　　　　〔郑用剑劈死王彪,急扶救徐湘。

郑瑛娇　(急呼)徐将军,我我我……

徐　湘　(挣扎嘱咐)首领……抗倭寇……靠合盟!(死)

　　　　〔众大呼。阿山引冯旭将军上。

郑瑛娇　他——(指徐湘,阿山、冯旭扑向徐湘)

阿　山　徐将军——

　　　　〔乐大起,众悲怆。

冯　旭　徐将军——

　　　　〔在庄严的乐声中,郑拔出镇台剑走向祖训"永不事
　　　　清"横匾,一剑挥断。

郑瑛娇　两军合盟,卫台抗倭,升旗!

〔众列队。阿山执郑家军旗与由徐湘一角代演的清旗手执黄龙旗上。郑以为是徐湘,惊呼大叫扑上。

郑瑛娇　徐湘——

〔清旗手变胡子,二次变幻。

〔炮声,众惊请战。

众　　　请首领传令!

郑瑛娇　上炮台!

〔伴唱起,黄龙旗、郑家旗双双升起。

〔伴唱:同仇敌忾抗倭寇,

　　　　　共赴国难铸金瓯,

　　　　　宝岛寸土连中华,

　　　　　碧海丹心写春秋。

〔郑领众呼叫冲锋,闭幕。

——剧　终

演出单位

西安市五一剧团

阴 阳 鉴

取材于关汉卿《窦娥冤》

张晓亚　李学忠　编剧

剧情简介

　　《阴阳鉴》剧情荒诞,故事涉及阴间和阳间。窦娥蒙受千古冤,一缕冤魂到阴间。临行之时咒苍天,六月飞雪旱三年。饿死饥民有万千,鬼魂齐聚到阴间。鬼门关前见判官,状告窦娥罪不浅,恰逢钟馗大判官,闻后难解其中缘,阴阳婆请出阴阳鉴,照出已逝阳世间,窦娥冤从头至尾看一遍,钟馗心中才了然,缉拿驴儿归了案,魂魄羁押在阴山,面对赃官桃知县,钟馗执法作了难,阎王要开网一面,贪图赃官香火钱,桃知县无罪反升官,钟馗无奈甚茫然,自古多少冤假案,阳世阴间都一般。此剧荒诞不荒诞,留给众生自己参。

人 物 表

窦　娥　　　　狱　卒
钟　馗　　　　监斩官
阴阳婆　　　　众鬼卒
蔡婆婆　　　　众衙役
桃　杌　　　　众校尉
张驴儿　　　　刽子手
张　父

秦腔

阴阳鉴

YINYANGJIAN

〔音乐起,众鬼魂群舞,营造出鬼魂在阴间的气象。

序歌:六月天,飞鹅毛,

日月暗,朔风号。

女儿梦断阴阳界,

冤屈震颤奈何桥。

留下这情长命短千秋恨,

留下这地老天荒雪飘飘。

〔阴曹地府,寒风惨淡,诸鬼泣嚎。

〔众小鬼拥钟馗上。

钟　馗　怪了哇,怪了!

(唱)　六月雪惹来了连年荒旱,

阴曹动地府惊鬼魂超员。

荒唐情荒唐事古怪罕见,

难住了钟馗我堂堂判官。

每日里将天地询问几遍,

是何人惹下了这样的麻烦?(音乐声中完成

动作)

〔众魂灵高举状纸,环而舞之,状纸上皆书四个醒目

大字:"状告窦娥!"

钟　馗　状告窦娥?(接状,念)山阴县民妇窦娥发下毒誓,

让楚州之地大旱三年,使数万生灵饥饿而亡……可

恼哇!可恼,来,带窦娥!

众小鬼　带窦娥!

〔由近而远遥遥相应地呼喊:"带窦娥!"

〔窦娥内唱:

(尖板)冤魂儿来在黄泉道,

〔电闪雷鸣,光闪处,两道硕长的水袖冲天飘起,引出

了如霜如雪、散发垂肩的窦娥。

窦　娥　　（接唱）灵不灭，性不凋。

　　　　　　　　　阳间不平阴间告，

　　　　　　　　　把血泪儿再涌波涛！

　　　　　　　　　如霜如雪衣，

　　　　　　　　　半人半鬼貌。

　　　　　　　　　亦惊亦恐魂，

　　　　　　　　　如丝如缕飘。

　　　　　　　　　将女儿肌骨，

　　　　　　　　　化山石料峭。

　　　　　　　　　探地有多厚，

　　　　　　　　　看天有多高！

钟　馗　　你是窦娥？

窦　娥　　（上下打量）你是何人？

钟　馗　　判官钟馗！

窦　娥　　你就是钟馗？科举蒙冤，考场遇难，一缕仙魂还乡嫁
　　　　　妹的钟老爷？

钟　馗　　正是！

窦　娥　　（喜出望外）窦娥沉冤，昭雪有望了！

钟　馗　　既知钟馗在此，就该早早认罪伏法！

窦　娥　　（愕然）我何罪之有？

钟　馗　　有人告你发下毒誓，六月飘雪让楚州之地大旱三年，
　　　　　使数万生灵饥饿而亡！

窦　娥　　（疑惑地）状告哪个？

钟　馗　　状告窦娥！

窦　娥　　告我？

钟　馗　　告你！窦娥呀窦娥，你小小年纪，又是懦弱女子，心
　　　　　肠为何这样歹毒？

窦　娥　　（悲怨地）天呐！

　　　　　（接唱）冤未昭屈未雪又成了被告，

　　　　　　　　　霎时间昏沉沉神荡魂摇。

难道说阳宦阴官同一道,

空让我

血染白练,六月雪花飘。

人都说善恶终有报,

窦娥啊,

滴滴血斑斑泪,向谁洒来向谁抛。

〔窦娥呼天唤地,昏厥而倒。

〔一阵嘻嘻冷笑,阴阳婆隐上。

钟　馗　你是何人?

阴阳婆　我就是我!

钟　馗　为何发笑?

阴阳婆　不为什么,我想哭就哭,想笑便笑! 钟老爷,你看我长得怎么样?

钟　馗　鹤发红颜,仙风道骨!

阴阳婆　你再看这边! (转身,现出骷髅头)嘻嘻……

钟　馗　你究竟是何人?

阴阳婆　是你先人的先人,是你后代的后代。(掏出阴阳宝鉴)欲知窦娥真情,大爷你看,我这阴阳宝鉴……

〔阴阳婆掷宝鉴于空中,宝鉴变大,映照出水碧山青的人间胜景。

阴阳婆　(唱)　阴阳宝鉴铜色青,

天光地气镜中凝。

照得凌霄金銮殿,

照得地府十八层。

判官欲知窦娥事,

跟定我,鬼婆子。

一步一趋进入那阴阳宝鉴中。

看一看阳世间,

千古奇冤一段真情。

〔众鬼族及众魂灵渐渐隐去,阴阳婆牵钟馗悠悠然步入镜中。

〔时光倒逝,水碧山青的人间。窦娥家内外。蔡婆婆愁眉不展地上。

蔡婆婆　（唱）　丈夫死儿子亡家境落魄,
　　　　　　　　一门寡两身孝岁月蹉跎。
　　　　　　　　积小本放借贷日子难过,
　　　　　　　　还钱的少哇,赖帐的多。
　　　　　　　　为讨债惹来了杀身之祸,
　　　　　　　　赛卢医生毒念行凶荒坡。
　　　　　　　　张驴儿帮我把灾难躲过,
　　　　　　　　谁料想出虎口又落狼窝。
　　　　　　　　逼婆媳嫁父子存心险恶,
　　　　　　　　急煞了蔡婆婆,气坏了窦娥!

〔张驴儿、张父披红挂彩,喜洋洋笑上。

张驴儿　（唱）　种一颗芝麻收一车瓜,

张　父　（唱）　有便宜不占是王八。

张驴儿　（唱）　咱一对光棍她一双寡,

张　父　（唱）　父吃秋露果,儿摘迎春花! 依儿呀,依儿哟!

蔡婆婆　见过救命恩公!

张　父　（迫不及待）贤妻,久旱的禾苗逢甘雨,为夫这厢施一礼!

张驴儿　蔡婆婆快将窦娥唤出,大家拜堂成亲!

蔡婆婆　（为难地）二位恩人德高望重,我婆媳恐怕高攀不起,宁愿倾家当产,还报救命之恩!

张驴儿　你想赖婚?明告诉你,我张驴儿不为娶窦娥,还不救你这条老命呢! 快将窦娥唤出,免得大家撕破脸面。

张　父　对,赶快将她唤出,快点。

蔡婆婆　这不是逼人吗?

张　父　哼! 蔡婆子,事到如今,就这么回事儿,快点。

张驴儿　（威逼）快呀!

蔡婆婆　（胆怯地）是! 窦娥,恩公到了,快来见礼!

〔窦娥托茶盘上。

398

窦　娥	（唱）	菩萨面原来是凶神恶煞，
		强扭俺一根蔓两颗苦瓜。
		威逼着婆媳俩同时改嫁，
张驴儿	（垂涎三尺）	
	（接唱）愈发是水灵灵粉面桃花！	
	（趋步向前揖拜）小生张驴儿，二十有六，尚未娶妻！	
窦　娥	大爷救我婆婆性命，窦娥当面谢过。	
蔡婆婆	儿啊，儿啊！恩人请茶！	
张驴儿	不！不！先喝交杯酒，再饮感恩茶，来，你我拜天地，入洞房，成就好事！（强拉硬拽，窦娥躲闪）你不要敬酒不吃吃罚酒！	
蔡婆婆	恩公息怒，有话好说！	
张驴儿	今天就是拜堂，其他废话一律全免！	
蔡婆婆	媳妇？	
窦　娥	大爷救命恩高，也不该借机胁迫！	
张驴儿	废话少说！好事喜成双，婆媳同拜堂。婆子，你给她做个榜样，跪下！	
张　父	对，你给她做个榜样，一同拜堂，跪下。	
蔡婆婆	（哀求地）大爷……	
张驴儿	（恶狠狠地）跪下！	
窦　娥	婆母不可……	
蔡婆婆	儿啊！	
	（唱）	张驴儿心狠手毒辣，
		谁让咱偏偏碰上他。
		叫一声媳妇认命吧，
窦　娥	不，婆母……婆婆……	
	〔蔡婆婆伤心，无奈地跪下。	
张驴儿	（得意地）娘子，上行下效，轮到你了！跪下。	
窦　娥	无耻之徒！婆婆……	
张驴儿	（恼羞成怒）窦娥！今儿这婚事，成也得成，不成也得成！	

（接唱）苦菜帮装什么碧玉无瑕。

张　父　对，不成也得成！

蔡婆婆　恩公请茶，待我慢慢劝她！

张驴儿　茶？（毒计上心）也好，你就慢慢劝她！（暗向一旁，掏出毒药）

窦　娥　婆母休要劝我，窦娥不是花间蝶、柳上风，难与他同罗帐、道恩情！

张　父　这到如今，还是这样的嘴硬。

张驴儿　爹，你别生气。（投毒入杯）算了，买卖不成仁义在，结不了夫妻也不要做仇人！婆婆，我父子鲁莽了，清茶一杯，权做赔礼！

蔡婆婆　（喜出望外）不敢当！

张　父　慢！好小子，你倒会卖人情！婆子，他俩不愿鸳鸯戏水，咱俩可得举案齐眉，来，咱们喝这交杯茶！

张驴儿　（欲拦）爹……

张　父　（不悦地）你能买卖不成仁义在，我不能赔了夫人又折兵！（一饮而尽）拜天地，入洞房！（毒性发作，突然倒地）

张驴儿　爹……（骤然变脸）窦娥，你不愿成婚也还罢了，为何恩将仇报，下毒害人？

窦　娥　茶中无毒！

张驴儿　无毒怎会死人？

蔡婆婆　我孤婆寡媳，柔弱女子，怎敢下毒？

张驴儿　难道是我毒死自己的亲生父亲？

蔡婆婆　（惶恐地）老天爷，这该如何是好？

张驴儿　窦娥，杀人偿命，欠债还钱，你要官了？还是私了？

窦　娥　官了如何？私了怎样？

张驴儿　官了你我同上公堂，断你个死罪！私了么，你口儿甜甜地叫我三声亲亲的丈夫，然后拜天地，入洞房，咱便万事皆休！

蔡婆婆　媳妇，私了吧，私了吧？

窦　娥　（心绪烦乱地）这……

　　　　（唱）　嫩苗儿偏逢寒霜降，

　　　　　　　一杯茶又惹来无端祸殃。

张驴儿　你叫呀！

窦　娥　（唱）　一个是凶狠狠狼吼鬼嚷，

蔡婆婆　我儿叫吧！

窦　娥　（唱）　一个是悲切切泪流两行，

　　　　　　　搅得人神无主难抵难抗，

　　　　　　　进不是退不是心绪茫茫。

张驴儿　叫哇！（两番倒场）

窦　娥　亲……亲……

张驴儿　你高声些，我听不见！

窦　娥　亲亲的……

张驴儿　哈哈……杀人不用偿命，还可以浓云密雨,乐享华
　　　　年，便宜你了！

窦　娥　（骤然惊起）我没有投毒,我没有杀人,我没有——

　　　　（唱）　我情愿对质公堂上，

　　　　　　　绝不能求全伴虎狼。

　　　　　　　天悬日月明又亮，

　　　　　　　不曾让无辜受冤枉！

蔡婆婆　媳妇！

张驴儿　（凶狂地）与我见官！

　　　　（收光）

　　　　〔钟馗、阴阳婆上。

钟　馗　（唱）　阴曹初审案中案，

　　　　　　　宝镜又显冤中冤。

　　　　　　　进公堂看一看如何了断！

　　　　（欲进宝鉴之中,奈何鉴门紧闭,三撞而不得入,奇怪
　　　　地接唱）

　　　　　　　这宝镜有什么暗道机关?

阴阳婆　（嘻嘻作笑）钟判官,小心了！

钟　馗　适才你我进出方便,为何现在进不去?

阴阳婆　刚才是寻常百姓家,自然进出方便,现在是县衙公堂,自然得讨个说法!

钟　馗　什么说法?

〔阴阳婆掏出一个金元宝,托在掌中,煞有介事地顶礼并口中念念有词。

众鬼卒　金元宝!

阴阳婆　芝麻,开门!

〔内声:"升堂!"

〔阴阳婆携钟馗入镜,现出山阴县衙大堂。原告、被告分跪两厢。

〔衙役拥山阴县令桃杌上。

桃　杌　(念)　千里来做官,

　　　　　　　为了吃和穿。

　　　　　　　当官不发财,

　　　　　　　白请也不来。

　　　　你们……(四下打量)谁是原告?

张驴儿　我是原告!

桃　杌　你是原告?

张驴儿　张驴儿请大人做主! 受我一拜!

桃　杌　(堂威声)喊什么?

　　　　前来告状的都是我的衣食父母。原告,你可知道告状的规矩?

张驴儿　小民知道!

桃　杌　知道,明白人好办事,来,来,来。再受我一"礼"。

张驴儿　(暗送银两)小民还礼!

桃　杌　礼多人不怪! (走向窦娥)你是被告?

窦　娥　民女冤枉!

桃　杌　受我一拜! (堂威声)又喊什么,咱们这里是公堂?
　　　　既是公堂,就该讲公道,吃完原告、吃被告,原告被告都要一视同仁嘛! 被告,你可知衙门的规矩?

窦　娥　请大老爷明示！

桃　杌　再受我一"礼"！

窦　娥　大老爷明察秋毫,以理公断！

桃　杌　(不见还礼)唉！没见过这么笨的！哼！这案子不用问也知道谁对谁错！升堂！(升堂落座)大胆窦娥,恩将仇报下毒害人,大刑伺候！

窦　娥　大人不审不问,因何就断窦娥有罪？

桃　杌　你没有罪,他为什么告你？(加快节奏)

窦　娥　是她陷害民女！

桃　杌　他怎么不陷害旁人,偏陷害你？

窦　娥　他强逼民女为妻！

桃　杌　哈！世间女子多得是,他为何不逼旁人,偏要逼你？

窦　娥　这……

桃　杌　说呀？没理了吧？来呀,大刑伺候！

窦　娥　(欲分辩)大老爷……

桃　杌　打四十板子。

　　　　〔衙役杖责,窦娥挣扎倒地。

窦　娥　(唱)　只说是高堂明镜清如水,

　　　　　　　为什么无情棒下血肉飞。

　　　　　　　这里不辨人和鬼,

　　　　　　　这里不分是与非。

　　　　　　　公正牌下无公正,

　　　　　　　背阴坡不照太阳辉！

桃　杌　你招不招？窦娥,我劝你还是招了的好！

窦　娥　民女无罪！

桃　杌　不断出你的罪来,怎见我公正廉明？来,将这婆子挟起来！挟……

　　　　〔衙役挟蔡婆婆。

蔡婆婆　(挣扎)媳妇……

窦　娥　婆母！

蔡婆婆
窦　娥　(同唱)十指连心心挟碎,

              婆媳同苦亦同悲，

窦　娥　（唱）　年迈人怎受这酷刑毒罪！

桃　杌　招！

众衙役　招！

窦　娥　天呐！

      （接唱）晴朗朗天空，为什么这样黑？

桃　杌　窦娥，有招无招！

窦　娥　无招！

桃　杌　无招，好！来呀！将这婆子再与我挟起来。

窦　娥　慢！（匍匐扎挣上前）窦娥愿招！

桃　杌　与她松刑！

蔡婆婆　媳妇！

窦　娥　婆母呀！

      （唱）　咱心里纵有千般苦，

             怎奈何苦水倒不出。

             救婆母只能舍媳妇，

             狗官他心毒更胜茶中毒！

桃　杌　画押！

窦　娥　（颤颤接笔，悲愤接唱）

             眼前一条无常路，

             手中一道催命符。

             分明我是也清楚，非也清楚，

             却落得生也糊涂，死也糊涂！（愤然挥笔）

桃　杌　打入死牢！

蔡婆婆　（紧扯桃杌官衣，以头撞地不已）大老爷，我媳妇
      冤枉！

窦　娥　婆母——

桃　杌　将这婆子赶出堂去。

    〔众衙役押窦娥，赶蔡婆婆下。

张驴儿　大老爷英明神断，盖世无双！

桃　杌　小子，你看老爷我这桩案子断得怎么样？

张驴儿　……

桃　杌　你可认得,公堂上这几个字。

张驴儿　公正廉明!

桃　杌　来,将这小子重打四十大板!

张驴儿　(惶然跪倒)大老爷,我是原告!

桃　杌　你是原告?

张驴儿　我是原告!

桃　杌　你算了吧!这套贼喊捉贼的把戏,都是老爷我玩剩
　　　　下的,你呀,差得远呢!打!

张驴儿　小民冤枉!

桃　杌　你冤枉?她们比你更冤枉!小子,为了娶媳妇,毒死
　　　　亲老子,赏你四十棍,不重!

　　　　〔光渐落。

　　　　〔阴阳交界处。

　　　　〔钟馗内唱:

　　　　　　　驱动了骞驴儿阳间问罪,

　　　　〔钟馗跨驴急上。

钟　馗　(接唱)踏烟尘破迷雾心绪如飞。

　　　　　　　苍天空洒冤民泪,

　　　　　　　红尘翻卷女儿悲。

　　　　　　　神恍恍心如秋叶风割碎,

　　　　　　　火辣辣胆气冲霄怒扬眉。

　　　　　　　今日里不断真和伪,

　　　　　　　我还有何脸面叫钟馗!

　　　　〔钟馗策驴急驰,阴阳婆快步追上。

阴阳婆　钟判官慢走!

钟　馗　闪开了!(驱驴走)

阴阳婆　(左拦右挡,拦挡不住,学公鸡叫鸣)喔喔喔……

　　　　〔骞驴闻声,戛然止步,雷打不动。

钟　馗　(再三驱驴不走,气恼地)你这阴阳怪气的老太婆,
　　　　究竟要干什么?

405

阴阳婆	你这愣头愣脑的傻小子,要干什么?
钟 馗	到阳间为窦娥伸冤!
阴阳婆	你但怎讲?(嘻嘻作笑)就凭你?自己是个屈死鬼,还说什么替旁人伸冤!
钟 馗	你……
阴阳婆	判官老爷息怒!

    (唱)　钟判官你消消怒气压压火,

           听听我歪嘴和尚念弥陀。

           你真去伸张正义本不错,

           却忘记自己算什么?

           在阴曹你吆五喝六真神一座,

           到阳间你算哪尊佛?

           想当初你也是人一个,

你才高八斗,学富五车,却屡试不第,名落孙山,一头撞死在考场,宁愿做鬼也不愿活!

           你二人同病相怜排排座。

           窦娥就是你,你就是窦娥,

           她是你师妹,你是他师哥。

钟　馗　(沉吟)窦娥就是我?我就是窦娥。

〔钟馗被一种无名的哀恸笼罩,蓦然回首凝视阴阳宝鉴。

〔阴阳宝鉴中映着阴森恐怖的死囚牢,映着囚衣囚服、披枷戴锁的窦娥。

〔歌:　阴阳鉴,清如水,

        照云鬟,映娥眉。

        总是有缘才相对,

        日映光,月映辉。

钟　馗　(唱)　咫尺相对人和鬼,

          万种忧怨涌心扉。

          见窦娥想起我钟馗嫁妹,

阴阳婆　也曾是负冤屈人去魂归。

窦　娥　（唱）　叶正浓时根枯萎，

花落尘泥土一堆。

人生路短才珍贵，

谁将残月照囚围？

阴阳婆　（唱）　同一条路呵，

窦　娥　（唱）　走不完曲曲弯弯真真伪伪，

钟　馗　（唱）　同一份情呵，

窦　娥　（唱）　缠不尽恩恩怨怨是是非非。

三　人　（同唱）一样的苦一样的难一样的血泪，

一样的冤一样的恨一样的伤悲。

阴阳鉴鉴阴阳错错对对，

照天南地北，叹月缺花飞！

〔狱卒提壶小酒，踉踉跄跄地上。钟馗，阴阳婆隐去。

狱　卒　（念）　打二两人情冷暖，

灌半斤世态炎凉。

醉了倒头睡，

梦里听秦腔！

蔡婆婆　门上是哪位大爷？

狱　卒　啥事？

蔡婆婆　看看俺那苦命的媳妇！

狱　卒　不行，她是死囚，不得探视！

蔡婆婆　（掏碎银）求大爷行个方便！

狱　卒　（客气地）你看看，来就来吧，还带啥东西？都是可
怜人，见一面少一面，去吧，去吧！（收银，下）

蔡婆婆　（进牢门，摸索着）媳妇，媳妇啊！

窦　娥　（上前迎扶）婆母！（婆媳相拥，悲泣不已。窦娥强
笑着为婆婆擦泪）婆母，咱不哭，泪流得再多也淹不
了无道的衙门！

蔡婆婆　（苦笑）老婆子没记性，路上还想着，见了媳妇不要
哭呢！媳妇，娘把家也搬来了，从今往后，咱同吃同
住，同生同死！

窦　娥　婆母,你……

蔡婆婆　(打开包袱,拿出一件囚衣,笑着比画)我照模画样缝了件罪衣,你看合适不? 没想到,咱婆媳还能在这个地方住一场,稀罕事,嘿嘿,稀罕事!(穿上囚衣,依旧笑着)人是衣装,马是鞍装,你看娘穿上这身行头,可像那杀人放火的响马么?

窦　娥　(感伤地)婆母……

蔡婆婆　媳妇,咱不哭,咱要笑,笑给他们看看,笑给这个不公的世道听听! 笑,笑哇!(大笑)哈哈……

(转而呜咽)你们都走了,留下我这把老骨头还有啥活头?

(唱)　一把拉住媳妇的手,

泥土里的苦根,咱扎到了头。

你本是花含苞开放的时候,

我才是枯叶落清冷的晚秋。

好人的路呵,为何这样短,

好人的命呵,咋就像青灯草捻半盏油?

窦　娥　(唱)　日月有光,难把天地照透,

衙门无道,怎肯与百姓分忧。

只因为人穷不如狗,

才有这江河水倒流。

儿如今黄泉路上走,

有一桩心愿把娘求。

儿不要娘亲备棺木,

儿不要娘亲把尸骨收。

儿不要清明送茶饭,

儿不要十月香火罩坟头。

望娘亲替儿去告状,

告到它三更见日头。

快脱掉罪衣早早走……

蔡婆婆　媳妇……

窦　娥　（唱）　儿的娘亲啊，

　　　　　　　　活一日挺一日，莫将生命付东流！

　　　　　　〔狱卒喜滋滋地跑上。

狱　卒　大喜，大喜，新任府台大人体察民情亲自探监来了！
　　　　婆子，你媳妇有救了！

窦　娥　（一怔）有救了？

狱　卒　新官上任，谁不办几桩好事？有救了！

窦　娥　（激动地）娘……

　　　　　　〔蔡婆婆愣怔半晌，突然放声大哭。

狱　卒　婆子，死里逃生，这是喜事！

蔡婆婆　（喃喃不休地）喜事，我儿有救了，有救了。来，娘给
　　　　你梳洗，打扮，咱精精神神地迎接青天大老爷。

狱　卒　这时留你不得，快快回避！

蔡婆婆　这就走，这就走！儿啊，娘先回去烧茶煮饭，迎候
　　　　我儿！

狱　卒　你快走吧！（推蔡婆婆下）

窦　娥　（欣喜地）苍天开眼了！

　　　　（唱）　听说来了新府台，

　　　　　　　　窦娥有望讨清白。

　　　　　　　　二月桃花三月柳，

　　　　　　　　全靠春风作剪裁！

　　　　　　〔内声："新任知府到！"

　　　　　　〔窦娥伏地相迎。校尉列队，鱼贯而上，迎出朝服衣
　　　　　　冠、洋洋得意的桃杌。

桃　杌　（唱）　混官场如同做买卖，

　　　　　　　　不奸不猾就不发财。

　　　　　　　　金银堆起登天路，

　　　　　　　　七品官买来了五品府台！

窦　娥　民女拜见青天大老爷！

桃　杌　（正冠整衣，回拜）请受我一拜！

众校尉　威！

桃　杌　喊什么？蹲监坐狱的都是我的衣食父母！

窦　娥　民女冤深似海，请大老爷做主！

桃　杌　你可晓得，喊冤告状的规矩？

　　　　〔窦娥一怔，疑惑地抬头，两人双目对视，惊愕。

窦　娥　是你？

桃　杌　是你？

窦　娥　你升官了？

桃　杌　上级提拔，我也没办法，恭敬不如从命！

窦　娥　(怒从心头起)狗官！

校尉们　(拔刀相逼)女犯大胆！

桃　杌　(笑容可掬地)慢来慢来！小女子还想说些什么？
　　　　今天老爷高兴，免费听听！

窦　娥　张驴儿栽赃陷害，狗官贪赃枉法！

桃　杌　陈词滥调，没有一点儿新意。来来来，让老爷教你两
　　　　招。唉，年纪轻轻就搭上一条小命，咋就弄不清个人
　　　　情事理呢？
　　　　(唱)　吃一堑长一智，你毫无起色，
　　　　　　　这才是朽木难雕琢。
　　　　　　　临死前几句话免费奉送，
　　　　　　　到阴曹与同行相互切磋。
　　　　　　　人世间本来就有福有祸，
　　　　　　　就看你会不会顺风使舵搭桥过河！

窦　娥　狗官呐狗官！
　　　　(唱)　我做了含冤没头鬼，
　　　　　　　不放过你这露面贼。
　　　　　　　争到头，竞到底，
　　　　　　　人间地狱将你陪。
　　　　　　　看我这，
　　　　　　　民仇民恨化雷电，
　　　　　　　劈开你，
　　　　　　　官贪吏腐满天黑。

桃　杌　哈哈……本老爷我连人都不怕,还怕鬼吗,哈哈……

　　　　〔收光。隐去了窦娥、桃杌。

　　　　〔钟馗与阴阳婆再现,钟馗怒不可遏。

钟　馗　（唱）　赃官声言不怕鬼,

　　　　　　　　焉知鬼中有钟馗。

　　　　　　　　我吞吐尘环道义,

　　　　　　　　我张掖九天朝晖。

　　　　　　　　他抹煞了黑白,

　　　　　　　　他含糊了是非。

　　　　　　　　他混淆了真伪,

　　　　　　　　他颠倒了瘦肥。

　　　　　　　　看到此鬼为人惭愧,

　　　　　　　　想于斯鬼为人堪悲。

阴阳婆　哈哈,这傻小子又火了。

钟　馗　你又来做甚?

阴阳婆　我是怕你犯错误。

钟　馗　何为错误?

阴阳婆　连犯错误都不懂,你还嫩着哪。人间有句俗话:"江山易改,秉性难移。"连你都成了冤鬼,还不知道吸取教训,咋还是那二杆子脾气,要是这样,你连这判官的乌纱帽也保不住。

钟　馗　此话怎讲?

阴阳婆　人间说"沉默是金。"你看那些不说话,少开口,遇着事,绕着走,揣着明白装糊涂,随波逐流点点头儿的人,那官儿当得多太平?! 还不住地往上升哪!

钟　馗　（不耐烦地)你絮絮叨叨,胡言乱语,到底是何人?

阴阳婆　傻小子,听我告诉你。

　　　　（唱）　小钟馗你不识马王爷爷三只眼,

　　　　　　　　只见云彩不见天。

　　　　　　　　我也曾闭月羞花,

　　　　　　　　我也曾沉鱼落雁。

我也曾光耀人际，

我也曾左右江山。

我是那阴山之外王昭君，

我是那马嵬坡前杨玉环。

我是那西子湖畔浣纱女，

我是那凤仪亭中美貂蝉。

我也可以是，怒沉百宝的杜十娘，

我也可以是，洪洞县里罪苏三。

我也可以是，大宋朝的李师师，

我也可以是，大明朝的陈圆圆。

伴君君欢娱，

伴虎虎安眠，

伴酒乾坤醉，

兴时我入红罗帐，

败时我先走黄泉。

经历了石头城旌旗变幻，

看过了古疆场烽火硝烟。

厌倦了五凤楼王朝更换，

尝够了烟花场苦辣酸甜。

青史专把男人载，

骂名却要女人担。

亘古女吊凝一体，

阴阳婆婆历千年。

论"冤学"我称得上博士后，

小钟馗你这娃娃只够学龄前。

〔钟馗木然。

阴阳婆 傻小子别愣着，我这是给角儿垫场，好让人换"行头"，瞧，正戏来了。

〔收光。

〔音乐声中阴阳婆、钟馗亮相，衙役上，吹号，要求把尖板断开。

〔阴阳宝鉴,映出两块红白分明的牌子,一块写着
"夸官",一块写着"行刑"。

〔鼓乐声中,两块牌子引着两行队伍,从两个方向鱼
贯而出,交叉过场。窦娥和桃杌都穿着红衣走在各
自的行列中。

〔夸官的队伍走了,只留下行刑的行列,音乐骤然而
止,场上静得出奇。

窦　娥　(一声呐喊,划破天空)冤枉!

(唱)　苍天有眼不睁眼,不睁眼,

〔刀斧手、窦娥上,桃杌上,双方交叉过场。

〔行刑的队伍漫舞,行路,造型。

窦　娥　(接唱)王法轻,刑宪乱,鬼魅动,刀光寒。

游魂先赴森罗殿,

叫声屈动地惊天!

(伴唱)叫声屈动地惊天!

内　　　(喊)闲人闪开,新任府台夸官过来了。

窦　娥　(唱)　有日月朝暮悬,

有鬼神掌握生死权。

天地也,只合把清浊分辨,

可怎生糊涂了盗跖颜渊。

为善的受贫穷命更短,

造恶的享富贵又寿延。

天地也,做了个怕硬欺软,

却原来也这般顺水推船。

地也,你不分好歹何为地,

天也,你错勘贤愚枉做天!

监斩官　休再多言,快走!

窦　娥　官爷,能否与快死的人儿行个方便?

监斩官　行何方便?

窦　娥　咱们走前街,莫走后街!

监斩宫　这是为何?

窦　娥	我不想让婆婆看到我这样的装束。她老人家还在家里高高兴兴地等着,等着青天大老爷做主,放我回去呢? 这个样儿会让她心里难受。
监斩官	唉! 若是往日倒也罢了! 今天不成!
窦　娥	官爷,我求你了!
监斩官	不是我不通人情,只是今日新任知府前街夸官,怎容罪犯抢道。
窦　娥	后街杀人,前街夸官?
监斩官	后街杀人,前街夸官!
	〔内声:"媳妇儿啊!"蔡婆婆提香烛表纸冲上。
蔡婆婆	(疯狂跌爬)媳妇!
窦　娥	(跪蹉迎上)婆母!
监斩官	容她一见。
蔡婆婆	(唱)　烧好香茶煮好饭, 　　　　依门熬得漏声残。 　　　　只说是新官上任天开眼, 　　　　为什么? 为什么? 　　　　举目又是鬼门关?
窦　娥	(唱)　无根的蒿草随风卷, 　　　　无源的死水总涸干。 　　　　叫婆母莫要空嗟怨, 　　　　山阴县只容坏人不容咱!
蔡婆婆	儿啊……
监斩官	快快讲来!
蔡婆婆	你我婆媳一场,虽非亲生,却也恩重,就此街头祭上一祭吧! 来来来,你先祭我这老婆子!
窦　娥	婆母,你……
蔡婆婆	丈夫去了,儿子去了,如今有个通情达理、知冷知热的媳妇也要去了,不要撇下我,阴曹地府咱一家团聚! 〔传来喜庆的鼓乐声,两人都安静下来。

窦　娥　婆母,听!

蔡婆婆　好热闹的鼓乐!

窦　娥　在前街上。

蔡婆婆　在前街上?

窦　娥　那是草菅人命的山阴县令桃杌升任楚州知府,在前街夸官!

蔡婆婆　后街杀人,前街夸官!

窦　娥　该死的不是我们,是张驴儿,是那个正在夸官、耀武扬威的桃杌狗官!婆母,儿死也是万不得已,就算替我窦娥活着,您替儿活着,替儿看着。

蔡婆婆　看什么?

窦　娥　看狗官的下场!

〔凄凉的埙、箫声起,与喜庆的唢呐相缠绕,荡着天空,卷着大地,钟馗显现,吹风,刽子手退一步。

钟　馗　(唱)　竹箫儿呜咽,

锁呐儿辉煌。

同样是红红的衣裳,

同样是红红的衣裳,

为什么囚衣儿短,锦袍儿长。

一个是鬼门关前咏绝唱,

一个是弹冠相庆醉华堂。

监斩官　时辰已到快走!

〔在钟馗的咏叹中,婆媳聊别,亦悲亦壮,最后窦娥登上了行刑的斩台。

监斩官　窦娥,死到临头,你有何话讲?

窦　娥　(清楚而悲愤地)监斩官员,窦娥将死,有一事相求。

监斩官　讲!

窦　娥　求官爷在这断头台前悬起丈二白练。

监斩官　要它何用?

窦　娥　若窦娥果真冤枉,刀光过处一腔热血全溅在白练之上。

（唱）　非是我发下这无头愿，

只让这冤情昭示湛蓝天。

我不要半星热血红尘洒，

只向那八尺旗枪素练悬。

让古往今来全瞧见，

写一曲苌弘化碧，望帝啼鹃。

〔白练高悬。

窦　娥　如今是炎炎伏日，若窦娥果真冤枉，身死之时，让这六月飘雪，掩埋尸身！

监斩官　烈日高挂，哪有飞雪？

窦　娥　（接唱）非是我出语甚荒诞，

非是我空口吐狂言。

苍天不公日月暗，

大地不公江河干。

阴阳不公人伦乱，

春秋不公草木残。

乾坤不公道理反，

王法不公万民冤。

窦娥女一腔怒气冲霄汉，

定叫这飞雪漫卷六月天！

监斩官　岂有此理！

窦　娥　大旱三年！

监斩官　胡说！

〔狂风骤起，天低云暗。

浮云为我阴，

悲风为我旋。

看三桩誓愿明题遍，

天地同显窦娥冤。

监斩官　开刀！

〔血溅白练，漫天红遍，大雪纷飞，哀歌随飞雪而来。

（唱）　一片绿叶飘飘落，

冤气狂卷漫天波。

六月雪从天降，

汇同碧血染山河。

〔歌声中钟馗引众鬼卒上，怒不可遏。

钟　馗　众鬼卒拿真凶！

〔地府中，钟馗升堂断案。

钟　馗　众冤魂听了，楚州大旱，事出有因，皆为阳间浑沌，窦娥冤深所致，本判官定将捉拿真凶，以昭天下！

〔二小鬼挟张驴儿上。

二小鬼　张驴儿拿到！

张驴儿　我有钱，我有钱，请判官老爷开恩！

钟　馗　将张驴儿打入十八层地狱，让这样的恶人永世不得翻身！

张驴儿　（不服地）吃柿子拣软的，你们为何不拿桃杌，他花了我五百两纹银！你算什么无私判官，不公道！（被拖下）

钟　馗　恶有恶报，一个也逃不了！带桃杌！（无有应声）带桃杌！（仍不见回音）

〔一阵冷笑声，阴阳婆上。

钟　馗　又是你？

阴阳婆　又是我！

钟　馗　（气呼呼地）你还有完没完？

阴阳婆　（笑嘻嘻地）完不了，完不了。你们都完了，我也完不了。就算这戏演完，我也还在着哩！

钟　馗　来，（不理她，继续喊）带桃杌！

阴阳婆　（掏出一张地府旨意）不要喊了，闫君有旨，拿去看来！

钟　馗　（念）桃杌在阳间为官，月月焚香，年年敬贡，财源不断，功在阴曹，不可枉自捉拿。

阴阳婆　怎么样？

钟　馗　断了财路。

阴阳婆　我早就说你治不了他,不幸被我言中了!

钟　馗　(大声地)众鬼卒!

鬼　卒　有!

钟　馗　(无力地)退堂!

〔内声:"慢!慢着!"如霜如雪的窦娥冲上。

窦　娥　钟大人,桃杌狗官逍遥法外,难道就这样罢了么?

钟　馗　闫君有旨我也拿他不得!

窦　娥　大人哪!阴阳有法度,善恶无定夺!算什么公正的判官?算什么打鬼的钟馗?

钟　馗　(心烦意乱)休再多言!

窦　娥　大人……

钟　馗　(喝止)退下!喳!喳!

〔一小鬼捧旨急上。

小　鬼　闫君有旨,钟判官听了:民妇窦娥咒骂天地,诬蔑官府,以下犯上,罪不能容,责令判官钟馗,将她打入阴山之后,永世不得超生。

钟　馗　你说什么?

小　鬼　打在阴山之后,永世不得超生。

钟　馗　岂有此理!

小　鬼　判官爷,闫君还有一语告诫,他说写在旨上不方便,要我小声儿给你带个话儿,他劝告您身为判官,断不可贪图窦娥美色,以情代法,徇私舞弊!

阴阳婆　得,钟馗也出了作风问题,瞧见没有,这阳间有什么事儿,阴间就有什么罪儿,这好戏还在后边呢。

钟　馗　油流鬼,现在是什么时刻?

油流鬼　适才添油之时,阳间正打三更。

钟　馗　(以手示意二鬼)你们趁阳世夜静更深,将桃杌的魂灵索来地府。

〔二鬼卒下。

阴阳婆　钟判官,你将桃杌的魂灵儿索来做什么?

钟　馗　我自有道理。

〔二鬼卒引桃杌的灵魂上。

钟　馗　（冷静地）你就是桃杌？

桃　杌　你就是钟馗？

钟　馗　你身为楚州知府,却为何这般狼狈的模样？

桃　杌　你把我从被窝里请到阴曹,只能是这副模样。

钟　馗　是我把你捉到了阴曹,怎说是请？

桃　杌　不,你捉不了我,倒是我早就该来这里看看。我知
　　　　道,我迟早会来到这里。

钟　馗　桃杌,你在阳世为官,也曾读圣贤之书,识调出之乱,
　　　　却为何贪图钱财颠倒是非？

桃　杌　钱财,毕竟不是坏东西,谁也不会讨厌,因为它可以
　　　　通天,通神,通官,通人。说到是非,我也很清楚,那
　　　　个张驴儿不是也挨了四十大板吗？

钟　馗　可是那民女窦娥！

桃　杌　窦娥是冤,这我比你明白,她若不冤也不会有六月飘
　　　　雪,三年大旱。可是历朝历代比她冤的大有人在,天
　　　　地也没有给如此厚重的葬礼,故对你言,窦娥也算是
　　　　幸运之人。再说了,也正是她的冤枉成全了关汉卿,
　　　　名扬后世,梨园子弟歌咏不绝！

钟　馗　一派胡言,你明明白白错判了好人！

桃　杌　哈……哈……哈……何为好人？何为坏人？你钟判
　　　　官自以为是好人,可是你却过早地死了。

钟　馗　我死得理直气壮,我死得石裂天惊,而你今活着声名
　　　　狼藉,骂声千古！！

桃　杌　世间说:好死不如赖活着,你毕竟死了。

钟　馗　不,我钟馗虽死犹生,英名不朽,我非但活在深山庙
　　　　宇,还活在百姓人家,受人间香火,为黎民避祸消灾。
　　　　桃杌哇桃杌,你可晓得公道自在人心中,像你这样的
　　　　恶人,就不怕死后……

桃　杌　死后,哈……哈……哈……连生前的事我都顾及不
　　　　过来,还能顾及到死后吗？再者说,我连活都不怕,

419

还怕死吗？我早已感到活着太累,可惜我还死不了,因为我阳寿未尽,就连你也无奈我何。

钟　馗　我查过了生死簿,你桃杌将灵魂儿丢在了考场,良心卖在了官场,将骨气丢在了钱场,将官身儿死在了刑场。

〔更鼓响过。

桃　杌　对不起钟判官,时辰到了五更,我该回去了,今晚还得到丰都城进香。

钟　馗　(咬牙切齿)桃杌!你还有残寿三年,三年之后我将你的躯体碎尸万段,将你的灵魂打入阴山背后的茅厕之中,将你的声名遗臭万年!

〔钟馗吹气,桃杌灵魂席卷而去。

阴阳婆　钟判官,这窦娥姑娘的冤枉,纵贯古今,感天动地,不知你该如何处置?

钟　馗　(果断地)来,将窦娥贬回人间!!

〔窦娥愕然。

阴阳婆　(玩味地)贬回人间?好词儿,钟馗也开窍了。

钟　馗　窦娥呀窦娥,这阴间地府你本不该来,如今我还你真身灵魄,回阳间去罢!!

(唱)　　人也好鬼也罢都有善恶,
　　　　天地间总还是正比邪多。
　　　　我还你春光明媚花一朵,
　　　　我还你绕山环柳人生河。
　　　　我还你纯真善良灵与魄,
　　　　我还你安居乐业好生活。
　　　　春催桃李终结果,
　　　　阴阳同唱正气歌!

众　鬼　恭喜窦娥姑娘!

窦　娥　(石破天惊)不,我不回去!

钟　馗　(惊诧)你但怎讲?

窦　娥　(斩钉截铁地)我不回去!

420

〔众皆惊。

阴阳婆　小女子休得任性,钟大人判你还阳,这可是开天辟地的头一回!

〔窦娥缓缓回身,凝视着高悬的阴阳宝鉴上,宝鉴中依旧雪花飞扬。

窦　娥　(伏身跪拜钟馗)我晓得,大人啊!

(唱)　　六月飞雪化长河,

休将旧浪涌新波。

愿将此身埋千尺,

人间永远无窦娥!

〔钟馗、阴阳婆、众鬼卒都用一种特别的目光望着这位真诚善良的女子。

〔伴唱声起:

一片叶儿飘飘落,

千古沧桑千古歌。

愿真情融化六月雪,

人间永远无窦娥!

〔阴阳宝鉴照定天地,众拥簇着窦娥,钟馗亮相。

〔钟声。

——剧　终

编 后 语

　　《西安秦腔剧本精编》是一项大型剧本编辑工程。它收录了新中国建立后西安市辖的易俗社、三意社、尚友社、五一剧团四大著名秦腔社团上自清末、下至二十一世纪初近百年来曾经上演于舞台的保存剧本,承载与呈现着古都西安百年的秦腔史。这样一个浩大的戏剧工程,在西安市近百年文化史上是前所未有的,受到各方面广泛关注。

　　编辑组建立之初,面对的是四个社团档案室中百年以来的千余本(包括本戏、小戏、折子戏)约三千万字的剧本手抄稿、油印稿、铅印稿。由于时间久远,其中不少已经含混不清,或章节凌乱、缺张少页、错误多出,有的甚至连作者、改编者姓名、演出单位、演出时间等都已寻找不见,工作量之大、难点之多可以想象。更由于此次编辑的范围,是以必须经过舞台演出的剧本为前提,因而正式进入工作后,许多需要认真解决的具体问题都凸现出来了:

　　一是不少剧目,虽然演出过,但真正的排练演出本却找不到了。在查访中,有些尚可落实,有些则因当事人已故,无觅踪迹,只好录用现存的文学本,以解决该剧目缺失的遗憾。

　　二是有些排练演出本虽然收集到了,却不完整。有的有头无尾,有的有尾无头;有的场次短缺,有的唱段缺失；有的页码残缺，前后无法衔接。这样，只能依靠编辑组人员及有关演职人员反复回忆，或造访老艺人和当事人回忆，不厌其烦，完成残本的拾遗补缺、充实完善工作。

三是一些秦腔名戏和看家戏，艺术魅力强，观众很喜爱，但在长期的演出中，为了适应当时的形势，往往同一个戏，在新中国建立前后、改革开放前后都有不同版本。这些剧目，由于受客观时势和执笔者思想认识的影响，不少改编本把原作中一些脍炙人口的名场段、名唱段给遗漏了，拿掉了。今天看来，这是历史、文化的失误。因为这些场段、唱段的不少地方既含有简明而丰富的历史知识，又有淳朴淳厚的人文教化，附丽以历代秦腔名家的倾情演唱，熏陶和感染过无数戏迷观众，不失为秦腔传统艺术的闪光点所在。因此，在对这类剧本的认定和选用中，编辑组抱着尊重、抢救、保护国家非物质文化遗产的态度和立场，通过鉴别，更多地向传统倾斜，把该恢复、该补救的名场、名段都做了尽可能完善的恢复与补救。

四是曾经有一些在西安舞台上演过的老秦腔传统本，被兄弟剧种看好，拿去改编、移植成他们的优秀剧目。之后，这些剧本又被秦腔的剧作家再度移植、改编过来，在西安舞台上演。对这类本子，在找不到秦腔演出本的情况下，经过审定，也都作了收录，成为"出口转内销"的好本子。

五是有些保存本，当年演出、出版风靡一时，并有作者、改编者的署名。由于岁月的磨洗，演出本还在，而作者的名字则记忆模糊甚至不见了。为了尊重他们的劳动，还其以神圣的著作权，编辑组翻查了大量档案资料，终于使一些剧本的作者署名得以落实。

六是由于秦腔是大西北最有代表性的地方剧种，剧本中普遍存在大量的方言俚语、民俗风情，鲜明地体现着秦腔的地方戏色彩。但同时也因为作者和所写的题材来自不同方域，用字、用词、用语存在很多错、别和不规范、不统一的现象。此次编校，通过讨论、争议、比对、考证，尽可能地做到了规范和统一。

除此之外，还涉及到很多剧本在主题思想、故事情节以及版本、人物、时间、场景、舞台指示、板腔设置、动作、细节、念白、唱段、字词句、标点等许多大大小小的问题，需要进行有效地疏、改、勘、正工作。编辑组通过连续数月的辛勤工作，终于以艰苦的劳动征服了这座巨山。

参加本次编辑的专家平均年龄已 68 岁，每天要审校、修订三四万文字。为了提高工作效率，针对剧本的体裁特点，编辑组分为几个小组，采用读听结合、交叉审校的方法，尽可能精准地还原出作品的原貌，包括每场戏、每段唱词、每句念白、原作者、改编者、移植整理者、剧情简介、上演剧团、上演时间等等。为了争取进度，经常夜间加班，并放弃每周末和节假日的休息。为了保证质量，不时地对一些重要问题进行学术研究、学术的争执和判定，往往到深夜。其中有关秦腔的历史问题，有关一些现代戏的剧本入围标准问题，有关早期的秦昆相杂剧本的入选问题，甚至有的传统剧目中某个主要人物姓名中

秦腔
编后语
BIANHOUYU

的用字问题等，时常反复探讨。对较重大的，必须查明出处；对较具体的，则进行细心考证，直到水落石出。由于整个编校工作沉浸在不间断的学术气氛中，使编辑的过程，争议的过程，同时也是很好的互相学习的过程。特别是在阅编早中期一批秦腔剧作家的作品时，大家不禁为老先生们深厚的学识、精美的辞章和高超的艺术而叹服，更加体会到手中工作的重要性，更加珍惜此次机遇，从而加深了编辑组同志之间的学术友谊，提升了整体工作的水准。他们高昂执着的工作热情、认真负责的工作态度、严谨科学的工作作风、主动忘我的工作干劲，令人十分感动。

为了支持这项工程，不少老艺术家捐赠、捐用了自己多年的秦腔珍藏本、稀缺本、手抄本。有的老艺术家、老剧作家的家属、后代闻讯后主动从家里搜寻出原创作、演出剧本，送到编辑组工作驻地。全体编务人员，为了及时、保质、保量地做好业务供应工作和全组人员的生活安排，积极配合跑资料、查档案、复印剧本，忙前忙后，不遗余力。当他们听到几年前三意社在改革并团时尚遗存有部分资料档案后，便及时赶到原五一剧团档案室，从蛛网尘埃中翻寻到了七八十部老三意社的手抄本和油印本。上世纪五六十年代西安四大社团演出过很多好戏，有些戏直到现在还在乡间和外地热演，但由于政治气候、人事变更、内外搬迁等原因，造成原剧本遗失。后经有关方面帮助支持，从西安市艺术研究所找到了一批久已告别西安城内秦腔舞台、面目似已陌生的优秀剧目铅印、油印本，使剧本的编辑工作更加充实和完善。

这里，有几个问题需要予以说明。一是这套大型剧本集以西安易俗社、三意社、尚友社、五一剧团四个社团演出剧目为基础收集本子；四个社团均演出的同一剧本，只收集演出较早的本子，其他演出单位仅在书中予以署名；有原创作本、传统本的，一般不收录改编本，但个别两者都有历史、文化与研究价值的，可同时收录；除个别名折戏和进京、出国演出剧目外，凡有本戏的，原则上不再收折戏。二是为了突出"西安秦腔"的主题特色，经反复研究，决定按易俗社、三意社、尚友社、五一剧团四大块进行编排；在四大块中，又按传统戏、新编历史戏、现代戏三大类的历史顺序编目。三是从历史上看，秦腔不少优秀剧目被兄弟剧种搬演，很受欢迎，并成为兄弟剧种的保留剧目；同时，西安的秦腔也改编移植了兄弟剧种的不少成功剧本，丰富了西安秦腔舞台的演出剧目，满足了观众的欣赏需求，有些也成为各社团的保留剧目，因此，经过选择也都收录进来了。四是诞生于"文革"中的剧本，是一个历史现实，根据相关规定，经专家仔细甄别，有选择地收录；对有严重政治问题的不予收录；对确有一定保留价值而有涉版权纠纷的作为内部资料收录。五是有些优秀剧目由于年代久远、社团分合等历史原因，已无法搜集到剧本，只能成为遗憾了，待以后有下落时再版增补。

　　对眼前这套凝聚着众多领导、专家、艺术家、工作人员、技术人员、服务人员心血和辛勤汗水的《西安秦腔剧本精编》，编委会满怀感激之情向大家表示深切致谢！向关心、支持此项工程的西北五省（区）、市文艺界相关单位、专家学者及戏迷朋友表示诚挚的

秦腔
编后语
BIANHOUYU

谢意！这套秦腔剧本集的出版是值得引以自豪的，它可以无愧地面对三秦大地，面对古都西安的故人、今人和后人！让我们不断总结经验，继续探索，与时俱进，努力为西安秦腔的发展繁荣做出新的贡献！

《西安秦腔剧本精编》编辑委员会
2011 年 9 月 14 日